오렌지주를 증류하는 사람들

Cuentos de Horacio Quiroga

Horacio Quiroga

대산세계문학총서
169

오렌지주를 증류하는 사람들

Los destiladores de naranja

오라시오 키로가 임도울 옮김

문학과지성사

대산세계문학총서 169

오렌지주를 증류하는 사람들

지은이 오라시오 키로가
옮긴이 임도울
펴낸이 이광호
주간 이근혜
편집 박솔뫼 김은주
펴낸곳 ㈜문학과지성사
등록번호 제1993-000098호
주소 04034 서울 마포구 잔다리로7길 18(서교동 377-20)
전화 02) 338-7224
팩스 02) 323-4180(편집) 02) 338-7221(영업)
전자우편 moonji@moonji.com
홈페이지 www.moonji.com

제1판 제1쇄 2021년 9월 13일

ISBN 978-89-320-3898-8 04870
ISBN 978-89-320-1246-9(세트)

이 책은 대산문화재단의 외국문학 번역지원사업을 통해 발간되었습니다.
대산문화재단은 大山 愼鏞虎 선생의 뜻에 따라 교보생명의 출연으로 창립되어
우리 문학의 창달과 세계화를 위해 다양한 공익문화사업을 펼치고 있습니다.

차례

일러두기

1. 이 책은 Horacio Quiroga의 *Cuentos*(Madrid: Ediciones Cátedra, 2012)를 우리 말로 옮긴 것이다.
2. 본문의 주는 모두 옮긴이의 것이다.

목 잘린 닭

마시니, 페라스 부부의 바보 사 형제는 하루 종일 안뜰 벤치에 앉아 있었다. 입술 사이로 혀를 빼물고는 멍청한 눈을 하고 있었고, 입을 헤벌린 채로 고개를 내젓곤 했다.

안뜰은 흙바닥이었고 서편으로는 벽돌 담장이 있었다. 벤치는 담장과 5미터 거리를 두고 나란히 놓여 있었는데, 그들은 그 벤치에 꼼짝도 하지 않고 앉아서 벽돌에만 시선을 고정하고 있었다. 해가 기울어 담장 뒤로 넘어갈 때면 바보들은 그들만의 축제를 벌이곤 했다. 처음에는 눈이 멀 것 같은 강한 빛이 그들의 주의를 끌었고, 조금씩 조금씩 바보들의 눈에는 생기가 돌았다. 결국에는 시끄럽게 웃어대고는, 제 커다란 웃음소리에 얼굴이 벌게진 채, 기쁨에 찬 야수의 눈으로 마치 태양이 먹잇감이라도 되는 것처럼 바라보곤 했다.

또 어떤 날에는 벤치에 죽 늘어앉아 전차 소리를 흉내 내면서 몇 시간이고 계속해서 굉음을 질러댔다. 시끄러운 소리가 그들의 무기력을 흔들어 깨웠고, 그럴 때면 그들은 혓바닥을 입에 문 채 괴상한 소리를 내며 안뜰을 뛰어다녔다. 하지만 대부분은 지적 장애아들이 흔히 그러듯 침울한 기면 상태에 빠져 있었다. 종일 벤치에 앉아서는, 별 움직임도 없이 다리만 대롱거리며 끈적끈적한 침을 질질 흘려 바지를 적셨다.

만이가 열두 살, 막내가 여덟 살이었다. 모두가 더러운 꼴인 것으로 보아 엄마의 보살핌이 절대적으로 부족하다는 것을 알 수 있었다.

그래도 한때는 이 바보 사 형제도 부모의 기쁨이었던 적이 있었다. 마시니와 베르타가 결혼한 지 석 달이 지났을 때, 그들은 남편과 아내, 아내와 남편 둘만의 좁은 사랑의 세계에서 벗어나 훨씬 더 생기 넘치는 미래로 나아가기로 했다. 바로 자식을 갖는 것. 사랑에 빠진 두 사람에게, 애정이 줄 수 있는 고결한 선물인 자식보다 더 큰 행복이 있을까? 자식을 갖는다는 것은 아무런 목적도 없이 서로 간의 사랑에만 빠져 있는 이기심에서 벗어나는 길이며, 게다가 변화의 가능성을 기대할 수 없다는 것은 사랑 그 자체에도 더욱 나쁜 일이 아닐까?

마시니와 베르타 부부는 분명히 그렇게 느꼈고, 결혼 14개월 만에 아들을 품에 안았을 때 비로소 행복이 완성되었다고 믿었다. 이 생명체는 만 한 살 반이 될 때까지는 예쁜 빛을 발하며 자라났다. 그런데 생후 20개월이 되던 어느 날 밤 아기는 소름끼치는 경련을 일으켰고, 다음 날 아침에는 더 이상 부모를 알아보지 못했다. 의사는 아기를 주의 깊게 진찰했고, 아기의 병의 원인이 부모의 병력에서 올 수 있다는 것이 그의 전문적인 소견이었다.

며칠이 지나자 불수가 되었던 아기의 수족이 움직임을 되찾

왔지만, 지능과 영혼, 심지어 본능까지도 모두 빠져나가버렸다. 어머니의 무릎 위에는, 영원히 죽어 있는 것과도 같이 늘어진 멍청한 바보만 남고 말았다.

"아들, 사랑하는 내 아들아!" 첫째 아들의 끔찍한 파멸 속에서 그녀는 오열했다.

아버지는 비탄에 잠겨 의사를 따라 밖으로 나갔다.

"이렇게 말씀드릴 수 있겠습니다. 절망적인 케이스예요. 지적 장애가 허락하는 한에서 교육을 통해 많은 걸 가르칠 수는 있겠지만, 그 이상 좋아지지는 않을 겁니다."

"네……, 네." 마시니는 수긍했다. "하지만 선생님, 말씀해 주세요. 선생님은 이 병이 유전이라고 생각하시죠? 그렇다면 어떤……?"

"아드님을 보았을 때 이미 제 소견을 말씀드렸습니다만 부계 유전일 수도 있겠습니다. 어머니 쪽과 관련해서는, 폐가 좀 약하더군요. 그 이상 별다른 건 없습니다만, 호흡이 조금 거칠어요. 아내분이 제대로 진찰받을 수 있도록 해보세요."

자책감에 마시니의 영혼은 완전히 조각났고, 그래서 그는 할아버지의 무절제의 대가를 치르고 있는 조그마한 바보 아들에게 두 배의 사랑을 주었다. 또한 그는 젊은 모성의 좌절로 인해 가슴 깊은 곳까지 상처 입은 베르타를 쉼 없이 위로하고 부양해야만 했다.

당연하게도 이 부부는 다른 자식을 가질 희망에 모든 사랑을 쏟았다. 둘째가 태어났고, 아이의 건강하고 천진한 웃음은 사라졌던 미래에 다시금 불을 붙였다. 하지만 생후 18개월째가 되자 첫째에게 나타났던 경련이 반복되었고, 바보가 되어 다음 날을 맞이했다.

이번에도 부모는 깊은 절망에 빠졌다. 그들의 피와 그들의 사랑은 저주받았다! 무엇보다도 그들의 사랑! 그는 스물여덟 살, 그녀는 스물두 살이었고 그들이 열정적인 사랑을 다 바쳤음에도 정상적인 삶에 눈곱만큼도 다가가지 못했다. 이제 더 이상 그들은 첫째를 가질 때처럼 예쁘고 똑똑한 아이를 바라지 않았다. 자식 하나, 다른 사람들처럼 그냥 자식 하나!

다시 닥친 재앙으로부터 그들의 가슴 아픈 사랑에 새로운 불꽃이 솟아올랐다. 그것은 영원히 사랑의 신성함에 의해 구원받으려는 광기 어린 갈망이었다. 그러나 그들이 얻은 것은 쌍둥이였고, 쌍둥이는 형들의 수순을 하나하나 그대로 따라갔다.

그러나 이러한 쓰디쓴 고통에도 불구하고 마시니와 베르타에게는 네 아들에 대한 동정심이 남아 있었다. 아들들을 깊고 깊은 야수성이라는 지옥의 변방에서 끄집어내야 했다. 영혼을 되살리는 건 바라지도 않았고, 유폐된 본능이라도 살려내야 했다. 그들은 음식을 삼킬 줄도 몰랐고, 자리를 옮길 줄도, 심지어 앉을 줄도 몰랐다. 결국에는 걷는 법을 배웠지만, 여기저기 부딪치고 다녔다. 장애물에 대해 전혀 이해하지 못했기 때문이다. 아이들을 씻길 때면 그들은 얼굴에 피가 쏠릴 때까지 세차게 울어대곤 했다. 단지 뭔가 먹을 때나 반짝거리는 색을 볼 때나 천둥소리를 들을 때만 생기가 도는 것이었다. 그럴 때면 혀를 밖으로 내밀고 침을 질질 흘리며, 미친 짐승 같은 빛을 발하며 웃어댔다. 반면에 그들은 어떤 모방 본능을 가지고 있기는 했다. 하지만 그 이상의 능력을 습득할 수는 없었다.

쌍둥이까지 태어남으로써 혈통이 준 끔찍한 유산은 일단락된 것처럼 보였다. 3년이 지나자 긴 세월이 그들의 불운을 진정시켰다고 믿었고, 이 부부는 다시금 또 다른 자식을 열렬히 원하게 되었다.

그들의 희망은 이루어지지 않았다. 망가져버린 저 열렬한 갈망 속에서, 결실을 얻을 수 없음에 그들은 화가 났다. 이때까지만 해도 그들은 각자 아들들의 불행과 관련된 자신의 몫을 받아들였다. 그런데 그들 사이에서 태어난 네 짐승들로부터 구제될 길이 없다는 절망에 사로잡히자, 이 부부의 마음속에서는 서로에게 책임을 전가하고자 하는 건방진 생각이 스멀스멀 피어 나올 수밖에 없었다. 그것은 열등감에서 비롯된 유산이었다.

그것은 대명사를 바꾸면서 시작되었다. '당신 아들들'. 그냥 욕설보다도 더한 악의에 찬 말이었고, 분위기는 험악해졌다.

"내가 보기에는," 어느 날 밤 막 집에 들어와 손을 씻으며 마시니가 말했다. "당신이 애들을 좀더 청결히 할 수 있을 것 같은데."

베르타는 못 들은 척 책을 계속 읽었다.

"처음이네," 베르타는 곧이어 대꾸했다. "당신이 당신 아들들 상태를 걱정하는 걸 보는 게."

마시니는 얼굴을 그녀 쪽으로 살짝 돌려 억지웃음을 지어 보이고는 말했다.

"우리 아들들이겠지. 내 생각엔 그런데?"

"그래, 우리 아들들. 이제 됐어?" 그녀가 눈을 치켜뜨며 말했다.

이번에는 마시니가 분명하게 자기 말을 꺼냈다.

"나한테 잘못이 있다고 말하려는 건 아니겠지? 응?"

"아니지." 베르타는 미소 짓고 있었지만, 얼굴엔 핏기가 없었다. "그런데 내 잘못도 아니야. 아닐걸. 그럴 리가 있나." 그녀가 중얼거렸다.

"뭐, 그럴 리가 있냐니?"

"누군가에게 잘못이 있다면, 나는 아니라고. 알아들어? 그게 내가 하고 싶었던 말이야!"

남편은 뭔가 욕설이라도 하고 싶은 난폭한 얼굴로 그녀를 잠시 쳐다보았다.

"그만하자!" 마침내 손을 닦으며 또박또박 말했다.

"맘대로 해, 뭐든 하고 싶은 말이 있으면……"

"베르타!"

"맘대로 하라고!"

이날이 두 사람이 처음으로 부딪친 날이었고, 그 후로는 잦은 다툼이 이어졌다. 하지만 어쩔 수 없이 화해할 수밖에 없었고, 이 두 영혼은 또 다른 자식을 원하는 마음에 두 배의 분노와 광기로 하나가 되곤 했다.

그렇게 여자아이가 태어났다. 2년 동안은 그 재앙이 또 닥쳐올까 불안한 영혼을 부여잡고 살았다. 그러나 아무 일도 생기지 않았고, 그러자 이들 부모는 그녀의 모든 응석을 다 받아주었으며, 이 작은 여자아이는 받을 수 있는 모든 애정을 다 받고 버릇없이 자라났다.

베르타는 마지막까지도 항상 아들들을 돌보았었지만, 딸 베르티타가 태어나고서는 다른 자식들에 대해서는 거의 다 잊어버렸다. 아들들에 대한 유일한 기억은 그녀를 소름 끼치게 할 뿐이었고, 마치 어쩔 수 없이 저질러버렸던 어떤 가혹한 일 같은 것이었다. 정도가 조금 덜하긴 했어도 마시니 역시 다르지 않았다.

그래서 그들의 영혼에 평화는 찾아오지 않았다. 딸에게 아주 사소한 병세만 나타나도 그녀를 잃을지도 모른다는 두려움에, 건강하지 못한 자식들 때문에 쌓였던 한이 스멀스멀 피어올랐다. 긴 세월 동안 켜켜이 들어앉은 고통이 아직 풀어지지 않았고 작은 부딪침에도 독기가 흘러넘쳤다. 일단 관계가 한번 악화되자 그들은 서로에 대한 존중을 잃어버렸다. 만약 인간에게 처참한 기분과 동시에 잔인한 기쁨을 느끼게 하는 무언가가 있다면 타인에게 굴욕을 안기는 일일 것이다. 그것은 이들에게 이미 시작되었다. 전에는 건강한 자식을 낳지 못했다는 각자의 잘못 때문에 서로 억누르고 있었을 뿐이었다. 이제 건강한 딸이 태어났으니, 그들은 그 공을 서로 자신에게 돌리면서, 네 명의 장애아에 대해서는 상대방이 억지로 만들어 안기기라도 한 것처럼 치욕스럽게 느꼈다.

이러한 감정으로는 더 이상 네 아들에 대한 애정이 남아 있을 리 없었다. 눈에 띄게 함부로 하는 태도로 하녀는 사 형제의 옷을 입혔고 먹을 것을 주었으며 그들을 재웠다. 씻기는 일은 거의 없었다. 그래서 그들은 거의 매일 울타리 앞에 앉아 시간을 보냈고, 그 어떤 애정도 받지 못한 채 방치되었다.

이렇게 베르티타는 네 살 생일을 맞았다. 딸을 사랑하는 이 부모는 절대로 군것질을 그만두라고 할 수 없었고, 베르티타는 군것질을 하도 많이 한 나머지 오한과 발열 증세를 보였다. 딸이 죽거나 바보가 되는 것을 보게 될까 너무나 두려워 그들은 깊은 상흔을 다시 열어젖혔다.

아무 말도 하지 않은 채 세 시간이 지났고 싸움의 동기는 거의 항상 그랬듯이 마시니의 거친 발소리였다.

"세상에! 좀 조용히 걸을 수 없어? 몇 번째야?……"

"아이고, 내가 깜빡했네. 이제 끝! 내가 일부러 그런 게 아니라고."

그녀는 경멸하는 웃음을 지어 보였다. "아니, 당신 안 믿어."

"나도 마찬가지야. 내가 한 번이라도, 당신 믿은 적이 있겠니. 이 폐병쟁이!"

"뭐? 뭐라고 했어?"

"아무 말도 안했어!"

"말했잖아. 다 들었어! 뭐라고 말했는지는 모르지만 나는 맹세할 수 있지, 세상 그 무슨 일이라도 당신 아버지 같은 아버지를 갖는 것보다는 낫겠다고!"

마시니의 얼굴에서 핏기가 가셨다.

"결국!" 어금니를 꽉 깨물고 중얼거렸다. "결국! 이 독사 같은 년! 네가 하고 싶은 말이 그거였구나!"

"그래! 독사야 나, 독사! 됐어? 그래도 나는 부모님이 건강하시지, 들었어? 건강하다고! 우리 아버지는 미쳐서 돌아가시지는 않았거든! 나도 다른 모든 사람들처럼 건강한 자식을 가질 수 있었어! 걔들은 당신 자식들이야, 그 바보 사 형제는 당신 자식들이라고!"

이번에는 마시니가 폭발했다.

"폐병쟁이 독사 년! 이게 내가 아까 했던 말이야! 이게 내가 하고 싶은 말이고! 물어봐, 의사한테 물어보라고. 당신 자식들의 뇌막염에 누가 더 큰 잘못이 있는지! 우리 아버지인지 아니면 벌레 먹은 당신 폐인지!"

싸움은 점점 더 사나워졌고, 순간적으로 새어 나온 베르티타의 신음이 두 사람의 입을 막을 때까지 계속되었다. 새벽 1시경 베르티타의 가벼운 체기가 다 내려갔다. 그들은 한 번이라도 뜨겁게 사랑했던 젊은 부부라면 모두 겪듯이 서로 욕하고 상처 입혔던 만큼 열렬히 화해했다.

황홀한 새날이 밝아왔고, 베르타는 잠자리에서 일어나다 각혈을 했다. 이건 분명히 지독했던 지난밤의 감정들 때문이었다. 마시니는 한참을 꼭 끌어안으며 그녀를 진정시켰고, 그녀는 절망적으로 울었으나 서로 감히 아무런 말도 할 수 없었다.

10시쯤, 그들은 점심 식사 후에 외출하기로 했다. 점심까지는 시간이 별로 없었기 때문에 하녀에게 암탉 한 마리를 잡아 놓으라고 시켰다.

찌는 듯한 한낮의 더위가 바보들을 벤치에서 몰아냈다. 그 결과 하녀가 부엌에서 닭의 목을 베고 아주 천천히 피를 빼내는 동안, (베르타는 어머니로부터 고기의 신선도를 유지하는 이 좋은 방법을 배워두었다.) 등 뒤에서 어떤 숨소리 같은 기척을 느꼈다. 그녀는 고개를 돌렸고, 바보 사 형제를 보았다. 그들은 나란히 어깨를 맞대고 서서는, 아연실색한 표정으로 닭의 도축 광경을 바라보고 있었다…… 새빨간…… 붉은 피……

"사모님! 애들이 여기 있어요, 부엌에요!"

베르타가 부엌으로 왔다. 하지만 그녀는 결코 애들이 한 발자국도 그 안으로 들어오길 원하지 않았다. 게다가 이렇게 한창 모든 걸 용서하고 잊어버리고 다시 찾은 행복의 시간에는 더욱더, 저런 끔찍한 광경은 마주하고 싶지 않았다! 그녀가 그런 마음이 든 것은 당연하게도, 남편과 딸에 대한 사랑의 충동이 훨씬 더 강렬할수록 괴물 같은 자식들을 보는 기분은 훨씬 더 짜증스럽기 때문이었다.

"애들을 내보내세요, 마리아! 쫓아내요! 쫓아내라고요!"

짐승같이 불쌍한 사 형제는 두들겨 맞고 거칠게 떠밀려서, 안뜰 벤치로 다시 보내졌다.

점심 식사 후에 모두가 외출했다. 하녀는 부에노스 아이레스로 떠났고 부부는 시골 별장 주변으로 산책하러 나갔다. 해가 질 때쯤 부부는 돌아왔는데, 베르타는 앞집에 인사하러 잠시 들르고 싶었다. 딸 베르티타는 엄마 품에서 떨어져 곧장 집으로 들어갔다.

그러는 사이에 이 바보들은 하루 종일 벤치에서 꼼짝도 하지 않고 앉아 있었다. 해는 이미 담장을 넘어가 이제 곧 지려던 참이었고, 바보들은 어느 때보다도 더 힘없이 담장의 벽돌만 바라보고 있었다.

갑자기 그들의 시선과 담장 사이로 무언가가 끼어들었다. 바로 여동생 베르티타였다. 그녀는 다섯 시간 동안이나 아버지 손에 붙들려 다니는 데 지쳐서, 혼자서 이것저것 보고 싶어 했다. 담장 밑에 멈춰서서 가만히 생각에 잠긴 채 담장 꼭대기를 올려다보았다. 기어 올라가고 싶은 것이 분명했다. 결국 밑 빠진 의자 하나를 가져다 놓고 올라가려고 했으나 여전히 꼭대기에는 못 미쳤다. 이리저리 둘러보다 석유 깡통 하나를 가져와서는, 본능적으로 높이를 가늠하여 의자 위에 세로로 세우고 나서야 마침내 담장 꼭대기에 닿을 수 있었다.

바보 사 형제는 무심한 시선으로, 여동생이 어떻게 인내심을 가지고 균형을 잡고야 마는지, 또 어떻게 까치발을 들고 위태롭게 뻗은 두 손 사이로 고개를 담장 꼭대기에 걸치는지 보고 있었다. 또 그녀가 더 높이 올라가려고 발 디딜 곳을 찾아 이쪽저쪽 둘러보는 것을 쳐다보았다.

그런데 이때 바보들의 시선에 생기가 돌았다. 그들의 눈동자 속에 똑같은 집요한 눈빛이 박혔다. 그들은 여동생에게서 눈길을 떼지 않았고, 그러는 동안 먹잇감이라면 다 먹어치우고야 마는 야수의 감각이 점점 자라나, 그들 각각의 얼굴선이 날카롭게 살아났다. 그들은 천천히 담장 쪽으로 나아갔다. 작은 소녀는 결국 발을 딛고서는, 담장 꼭대기에 말 타듯 올라타 반대편으로 떨어질 참이었는데, 그때 갑자기 한쪽 발이 꽉 잡히는 걸 느꼈다. 그녀가 아래쪽을 내려다보자 여덟 개의 눈초리가 자신에게 단단히 꽂혀 있었고, 그녀는 무서웠다.

"놓아줘! 놔두란 말이야!" 발을 뿌리치며 외쳤다. 하지만 발은 계속 붙들려 있었다.

"엄마! 아, 엄마! 엄마! 아빠!" 다급하게 울었다. 담장 가장자리를 꽉 붙들려고 했지만, 확 잡아채는 걸 느끼고는 땅으로 떨어지고 말았다.

"엄마! 아, 엄……" 더 이상 소리칠 수 없었다. 바보 중 하나가 그녀의 목을 조르고는, 머리채를 깃털 뽑듯이 뽑았으며, 나머지 아이들이 그녀의 한쪽 발을 잡고서, 질질 끌고 부엌으로 갔다. 바로 그날 아침 암탉의 피를 빼내었던 부엌. 단단히 붙들린 채, 아주 천천히, 숨을 앗아갔던 곳.

앞집에 있던 마시니는 딸의 목소리를 들은 것 같았다.

"당신을 부르는 것 같은데." 베르타에게 말했다.

부부는 불안함에 귀를 기울여보았지만 더 이상 아무 소리도 들리지 않았다. 모두에게 작별 인사를 하고 나서 베르타가 모자를 두러 간 사이, 마시니는 안뜰로 갔다.

"베르티타!"

아무도 대답하지 않았다.

"베르티타!" 목소리는 바뀌었고, 더욱 높아졌다.

침묵은 언제나처럼 마음 졸이는 불길함을 자아냈고, 그는 어떤 끔찍한 예감에 등줄기가 서늘해졌다.

"딸! 우리 딸!" 그는 벌써 절망에 휩싸여 안쪽으로 뛰어 들어갔다. 하지만 부엌 앞을 지나칠 때 그는 바닥이 피바다가 된 것을 보고 말았다. 반쯤 열린 부엌문을 거칠게 밀고 들어갔고, 공포에 질려 비명을 질렀다.

베르타는 마시니가 걱정스럽게 딸을 부르는 소리를 들었을 때 바로 뛰쳐나왔다. 곧이어 마시니의 비명이 들렸고, 베르타도 비명을 질렀다. 허겁지겁 부엌으로 뛰어왔을 때, 낯빛이 시체처럼 창백해진 마시니가 끼어들어 그녀를 말렸다.

"들어가지 마! 들어가지 말라고!"

베르타는 그때 바닥에 흥건한 피를 보고 말았다. 그녀가 할 수 있는 일이라곤, 두 팔로 머리를 감싸고 남편 품에서 천천히 무너져 내리며 그렁그렁한 숨을 토해내는 것 말고는 없었다.

주간지 『얼굴과 가면들*Caras y Caretas*』,
제12년, 통권 562호(1909. 7. 10.)

깃털 베개

그녀의 신혼은 기나긴 공포였다. 금발 머리에 천사같이 순수하고, 소심한 성격의 새 신부가 꿈꿔왔던 소녀 같은 신혼의 단꿈은 남편의 무뚝뚝한 성격 때문에 꽁꽁 얼어붙어버렸다. 물론 남편을 사랑했지만, 가끔 밤길을 걸어 집으로 돌아올 때면 남편 호르단은 한 시간 동안이나 아무 말도 없었고, 그런 그의 큰 키를 흘깃 올려다볼 때면 그녀는 두려움에 살짝 몸을 떨고는 했다. 남편 입장에서 보자면, 그는 그녀를 깊이 사랑했지만, 그런 마음을 드러내지 못했다.

처음 석 달 동안은—그들은 4월에 결혼했다—분명 행복했었다. 당연히 그녀도 저 완고한 하늘 같은 남편을 사랑했지만, 그가 좀 엄격함을 누그러뜨렸으면, 그리고 좀더 다가가기 쉽고 솔직한 사람이었으면 하고 바랐다. 하지만 남편의 무신경한 얼굴을 보고 있노라면, 그녀는 늘 그런 마음을 억누르게 되었다.

그들이 사는 집 또한 그녀의 오싹한 기분에 어느 정도 영향을 주었다. 온통 흰색으로 둘러싸인 적막한 안뜰—벽 하단부, 기둥과 대리석상들까지 모두 흰색이었다—은 귀신 들린 궁전의 가을 같은 분위기를 자아내고 있었다. 건물 안으로 들어가면, 벽의 높디높은 곳까지 가볍게라도 긁힌 자국 하나 없는 마치 유리 같은 회반죽의 광택이 뭔가 스산한 한기를 느끼게 했다. 이 방에서 저 방으로 건너갈 때면 그 발소리가 온 집안에 울려 퍼지곤 했는데, 이는 마치 오랫동안 버려져 휑뎅그렁한 건물에서 울리는 잔향 같았다.

바로 그 이상한 사랑의 보금자리에서 알리시아는 가을을 보냈다. 그녀는 결국 오랜 꿈에 장막을 씌워버리기로 한 것 같았다. 그 적대적인 집에서 그녀는 멍한 상태로 지냈고, 남편이 귀가할 때까지 아무런 생각도 하고 싶지 않았다.

이런 그녀가 야위어가는 건 조금도 이상한 일이 아니었다. 가벼운 독감에만 걸려도 병세가 며칠씩 계속되었고, 그녀는 결코 건강을 회복하지 못했다. 어느 날 오후 그녀는 남편의 팔에 의지해 정원에 나올 수 있었다. 그녀는 무심한 눈길로 이쪽저쪽을 바라보았다. 그때 갑자기 호르단이 깊은 애정을 담아 손으로 그녀의 머리를 쓰다듬자, 알리시아는 그 순간 쓰러지듯 남편의 목에 두 팔을 감고 흐느껴 울기 시작했다. 그간의 말 못 할 공포감이 전부 터져나와 알리시아는 오래도록 울었고, 남편의 아주 작은 애정 표현 하나에도 그녀의 오열은 배가되었다. 그러고도 그녀의 흐느낌은 멈출 줄을 모르고 이어졌다. 여전히 남편의 품에 얼굴을 묻은 채였다. 움직이지도 않았고 아무런 말도 하지 않았다.

알리시아가 자리에서 일어난 건 그날이 마지막이었다. 다음날이 밝았을 때 그녀는 잠시 정신을 잃었다. 호르단의 주치의는 지극히 주의 깊게 그녀를 진찰했고, 절대적인 안정과 휴식을 취해야 한다고 말했다.

"잘 모르겠습니다."

의사는 정문 앞에서 여전히 목소리를 낮춘 채 호르단에게 말했다.

"왜 저렇게 쇠약해졌는지 이해할 수가 없군요. 구토도 없고, 다른 증상도 없는데…… 내일 깨어났을 때도 오늘과 같은 증세를 보이면 바로 전화 주세요."

다음 날 알리시아의 병세는 더욱 심해졌다. 의사가 바로 진찰했는데, 원인을 전혀 알 수 없는 심각한 급성 빈혈이라는 진단을 내렸다. 알리시아는 더 이상 실신하거나 하지는 않았지만, 눈에 띄게 죽음을 향해 가고 있었다. 하루 종일 침실은 불이 켜진 채 적막에 휩싸였다. 아주 작은 소리 하나 없이 몇 시간이 지나가곤 했다. 알리시아는 종일 선잠을 잤다. 호르단은 거의 거실에서 지냈는데, 역시 불은 켜두었다. 그는 지칠 줄도 모르고 끈질기게 거실의 끝에서 끝으로 왔다 갔다 했다. 그의 발소리는 양탄자에 묻혔다. 이따금씩 침실에 들어가서는 침대 옆에서 왔다 갔다 하는 일을 계속했고, 아내가 보이는 쪽으로 걸을 때마다 줄곧 아내를 바라보았다.

곧이어 알리시아에게 환각이 시작되었다. 처음에는 불분명하고 공중에 떠 있는 헛것이 보이는 것으로 시작하였는데, 다음에는 그 헛것이 바닥에 거의 닿을 듯 말 듯하게 내려왔다. 알리시아는 눈을 크게 뜨고 멍하니 침대 등받이 양쪽의 양탄자를 바라보고만 있었다. 어느 날 밤 그녀는 갑자기 시선을 고정했다. 곧이어 비명을 지르려고 입을 벌렸을 때 그녀의 코와 입술은 땀으로 뒤범벅이 되어 있었다.

"호르단! 호르단!"

공포에 질려 몸이 굳어진 채 양탄자에서 눈길도 떼지 않고 외쳤다.

호르단이 침실로 뛰어왔다. 알리시아는 호르단이 들어오는 모습을 보자 공포에 질려 비명을 질렀다.

"나야 나, 알리시아. 나라고!"

알리시아는 풀린 눈으로 그를 쳐다보다가 다시 양탄자를 바라보았다. 또다시 고개를 돌려 그를 바라보고는 한참을 멍하니 양쪽을 번갈아 살핀 뒤에야 간신히 진정할 수 있었다. 벌벌 떨며 그녀를 쓰다듬는 남편의 손을 그녀는 두 손으로 감싸 쥐고 미소 지었다.

그녀를 끈덕지게 괴롭히는 환각 중에는 유인원의 형상을 한 것이 있었다. 그것은 손가락으로 양탄자를 짚고 그녀를 뚫어지게 쳐다보았다.

의사들이 돌아왔지만 아무런 소용도 없었다. 의사들은 눈앞에서 꺼져가는 생명을 그저 보고만 있을 수밖에 없었다. 그녀의 몸에서는 날마다, 아니 시시각각 피가 빠져나가고 있었다. 의사들은 도무지 그 이유를 알 수 없었다. 마지막 진찰 때 맥을 짚는 동안 그녀는 마비된 채 누워 있었고 의사가 이쪽저쪽으로 움직여보아도 미는 대로 밀리고 마는 늘어진 인형 같았다. 의사들은 그녀를 오랫동안 살펴보고 나서 식당으로 자리를 옮겼다.

"음……" 낙담한 의사가 어깨를 움츠렸다. "심각한 케이스네요…… 손쓸 방법이 거의 없습니다."

"제가 들을 수 있는 말이 결국 그것뿐이란 말입니까!" 호르단이 숨을 헐떡이며 손바닥으로 탁자를 거칠게 내려쳤다.

알리시아는 빈혈로 인한 착란에 시달리며 생명이 꺼져가고 있었다. 늦은 오후가 되면 그녀의 정신 착란과 헛소리는 더욱 심해졌다. 매일 아침 몇 시간 동안은 조금 진정되었다. 낮 동안에 병세가 악화되는 것은 아니었으나, 아침마다 창백한 얼굴로 깨어날 때는 거의 실신 상태였다. 마치 밤에만 새로운 피의 물결을 타고 생명이 빠져나가 버리는 것 같았다. 그녀는 깨어날 때마다 백만 킬로그램의 무게가 위에서 짓누르는 느낌을 받았고 꼼짝없이 쓰러져 있었다. 셋째 날부터는 침대에 함몰되는 듯한 느낌이 그녀를 떠나지 않았다. 고개도 거의 움직일 수 없었다. 그녀는 침대를 건드리는 것을 원하지 않았고, 베개도 정돈하지 못하게 했다. 해 질 녘이면 찾아오는 공포스러운 환각은 이제 괴물의 형태를 띠고 침대로 기어오더니, 끙끙거리며 침대 커버를 타고 올라왔다.

이윽고 그녀는 의식을 잃었다. 마지막 이틀은 낮은 소리로 헛소리를 계속해댔다. 침실과 거실에는 음산한 불빛이 켜진 채였다. 고통스러운 적막이 집 안에 감돌았다. 들리는 소리라고는 알리시아의 억양 없는 중얼거림과 끊이지 않고 계속되는 호르단의 숨 막힐 듯한 발소리뿐이었다.

결국 알리시아는 죽었다. 이후에, 하녀가 혼자 침대를 정리하러 들어왔다가 뭔가 이상하다는 듯이 베개를 잠시 바라보았다.

"주인님!" 하녀가 낮은 목소리로 호르단을 불렀다. "베개에 핏자국 같은 게 있네요."

호르단이 급히 다가왔다. 이번에는 호르단이 몸을 굽혀 베개를 살폈다. 정말이지 베갯잇 위에는, 알리시아의 머리가 놓였던 자리 양쪽으로 거무튀튀한 얼룩이 보였다.

"물린 자국 같은데요." 한참을 살펴보고 나서 하녀가 중얼거렸다.

"베개 좀 들어봐요. 불빛 쪽으로." 호르단이 말했다.

하녀가 베개를 들어 올리다 갑자기 떨어뜨리고 말았다. 하녀는 창백한 얼굴로 몸을 덜덜 떨며 베개를 쳐다보기만 했다. 영문도 모른 채 호르단은 머리털이 곤두섰다.

"뭐지?" 그가 쉰 소리로 우물거렸다.

"엄청나게 무거워요." 하녀가 또박또박 말을 뱉었다. 하녀는 계속 몸을 떨고 있었다.

호르단이 베개를 집어 들었는데, 정말 이상하리만치 무거웠다. 그들은 베개를 들고 나가 주방 식탁에 올려놓고 한칼에 베갯잇을 뜯어냈다. 윗부분의 깃털이 공중으로 날아올랐고, 하녀는 두 손으로 머리띠를 꽉 움켜쥔 채 입을 크게 벌리고 비명을 질렀다. 베개 밑바닥 깃털 사이로 수북한 털로 뒤덮인 발이 꾸물거렸다. 거기엔 괴물처럼 생긴 동물이 자리 잡고 있었다. 살아 꿈틀대는 점액질의 공 모양의 생명체였다. 입은 통통 부어서 거의 분간할 수 없을 정도였다.

이 녀석은 알리시아가 침대에 쓰러진 날부터 밤이면 밤마다,

제 입—주둥이라고 부르는 게 낫겠다—을 은밀하게 그녀의 관자놀이에 딱 붙이고는 피를 빨아 먹었다. 물린 자국은 거의 알아볼 수 없을 정도였다. 베개를 매일 정돈했을 때는 분명 그 녀석의 성장을 막을 수 있었으나, 알리시아가 움직이지 못하게 되면서부터 그 괴물의 흡혈 속도는 굉장히 빨라졌다. 그리고 5일 밤낮으로 알리시아를 전부 다 마셔버렸다.

이 조류 기생충은, 일반적인 환경에서는 무시할 정도로 작지만 어떤 특정한 조건에서는 거대한 크기로 성장할 기회를 얻는다. 인간의 피는 그 녀석들이 특별히 좋아하는 것이니 깃털 베개에서 그들을 발견하는 것은 이상한 일도 아닌 것이다.

주간지 『얼굴과 가면들』, 제10년, 통권 458호(1907. 7. 13.)

표류

남자는 뭔가 물컹한 것을 밟았고, 곧바로 발등이 물린 걸 느꼈다. 앞으로 펄쩍 뛰고는 욕설을 내뱉으며 뒤돌아보니 다음 공격을 준비하고 있는 야라라쿠수 독사 한 마리가 똬리를 틀고 있었다.

언뜻 발등을 내려다보니 두 개의 핏방울이 맺혀 조금씩 솟아오르고 있었다. 허리춤에서 마체테*를 뽑아 들었다. 독사는 위협을 느끼고 돌돌 만 제 몸 속으로 머리를 묻었다. 그는 마체테로 독사의 등을 내리쳐 척추를 동강 냈다.

남자는 몸을 구부려 물린 상처의 핏방울을 닦아내고 잠시 그곳을 눈여겨보았다. 보랏빛 두 점으로부터 예리한 통증이 시작되어 곧 발 전체로 퍼져나갔다. 그는 서둘러 손수건으로 발목을 묶고는 오솔길을 따라 오두막으로 향했다.

---

* 마체테machete: 밀림에서 주로 사용하는 날이 넓고 긴 칼. 보통은 길이가 60cm 정도이며 한쪽 날을 쓰는 칼이다. 풀을 베거나 우거진 수풀을 헤칠 때, 사탕수수나 마테차를 수확할 때, 벌목이나 가지치기를 할 때 등 라틴아메리카의 밀림에서는 없어서는 안 될 필수품이다. 물론 무기로도 쓰인다.

발의 통증은 땡땡하게 부어오르는 느낌과 함께 점점 심해졌고, 곧이어 남자는 두어 차례 찌르는 듯한 고통을 느꼈다. 마치 상처에서부터 장딴지 가운데까지 번개가 내리친 것 같았다. 힘겹게 발걸음을 옮겼다. 타는 듯한 갈증에 이어 목구멍이 바싹 말라 쇳소리가 났다. 다시 욕이 튀어나왔다.

마침내 오두막에 도착했다. 그는 사탕수수 압착기 핸들 위에 팔을 걸치고 무너지듯 주저앉았다. 발 전체가 기괴한 모양으로 통통 부어올라서 이제 보랏빛 두 점은 보이지도 않았다. 살갗은 너무 팽팽하게 부풀어서 곧 터질 것처럼 보였다. 아내를 부르고 싶었지만 그의 목소리는 말라비틀어진 목구멍에서부터 쉰 소리로 다 부서져버렸다. 극심한 갈증이 그를 집어삼켰다.

"도로테아!" 쌕쌕거리는 소리로 간신히 내뱉었다. "사탕수수 주酒 좀 갖다줘!"

아내가 잔을 들고 뛰어왔고 그 남자는 세 모금 만에 다 들이마셨다. 하지만 아무런 맛도 나지 않았다.

"술 달랬잖아. 물 말고!" 다시 쉰 소리로 부르짖었다. "술 좀!"

"파울리노, 이거 술 맞는데!" 공포에 질린 아내가 대답했다.

"아니야, 물이잖아! 술을 마시고 싶다고, 술!"

아내는 다시 뛰어가 술을 항아리째 들고 돌아왔다. 그 남자는 두 잔을 연거푸 들이켰지만 아무런 목 넘김도 느껴지지 않았다.

"아, 이거 정말 흉측하게 돼버렸네." 이미 괴사가 진행되어 거무죽죽한 빛을 띤 발을 내려다보며 중얼거렸다. 손수건으로 묶은 자리는 깊이 패어 그 위로 살덩이가 퉁퉁 불은 순대처럼 부어올랐다.

두 눈에 불이 번쩍 나게 하는 통증이 계속해서 이어졌다. 통증은 이제 사타구니까지 타고 올라왔다. 동시에 목구멍에서 더운 숨이 차올라 갈증은 더욱 지독해졌다. 몸을 일으키려는 순간 갑작스런 구토가 나서, 압착기 핸들에 이마를 기대고 잠시 숨을 골라야 했다.

하지만 남자는 이대로 죽고 싶지 않았다. 강가로 내려가 카누에 올랐다. 선미에 앉아 파라나강* 중앙으로 노를 젓기 시작했다. 파라나 강은 이구아수** 부근에서 시속 6마일까지도 흐르니 강류를 타면 다섯 시간 이내에 타쿠루푸쿠 항에 다다르게 될 것이었다.

남자는 기력이 다해가고 있었지만, 간신히 강 중앙까지는 닿을 수 있었다. 그러나 점점 마비되어가던 손이 카누의 노를 놓쳐 떨어뜨리고 말았다. 그리고 다시 구토가 찾아왔다. 이번에는 피를 토했다. 고개를 들어보니 해는 숲 너머로 지고 있었다.

---

* 파라나강Río Paraná: 브라질 중남부에서 시작하여 파라과이와 아르헨티나를 지나 라플라타 강으로 흘러드는 길이 4,875km의 강. 남미에서 아마존 다음으로 큰 강이다. 파라나강 유역은 브라질, 파라과이, 볼리비아, 아르헨티나에 걸쳐 있으며 그 면적은 약 4,250km²에 이른다. 파라과이와 아르헨티나의 미시오네스, 코리엔테스주 사이의 국경을 이루며, 미시오네스 지방의 젖줄로 키로가의 많은 작품에서 중요한 배경이 된다.

** 이구아수Iguazú: 브라질 남부를 지나 아르헨티나와 국경을 이루다 브라질, 파라과이, 아르헨티아 세 나라의 국경이 만나는 곳에서 파라나강으로 흘러드는 파라나강의 지류. 합류점으로부터 상류 방향으로 23km 거리에 세계 3대 폭포 중 하나인 이구아수 폭포가 있다.

허벅지 중간까지 다리 전체가 이미 하나의 딱딱한 기형의 덩어리가 되어 옷이 다 찢어졌다. 그 남자는 단검으로 다리를 묶은 곳을 끊어내고 바지를 잘라 죽 열어젖혔다. 이제는 아랫배도 부어올랐고 곳곳에 커다란 보랏빛 얼룩이 드러났다. 끔찍한 고통이 계속되었다. 타쿠루푸쿠까지 혼자서는 결코 가지 못할 거라 생각한 남자는, 사이가 틀어진 지 오래된 친구이기는 하지만, 알베스에게 도움을 청하기로 마음먹었다.

강류는 이제 브라질 쪽 강가로 밀려들고 있었고 남자는 쉽게 기슭에 닿을 수 있었다. 위쪽 언덕으로 난 오솔길을 기어가기 시작했다. 하지만 20미터쯤 가서는 체력이 바닥나 땅바닥에 사지를 뻗고 엎어졌다.

"알베스!" 젖 먹던 힘까지 다해 외쳐 불렀다. 그리고 귀를 기울여봤지만 허사였다.

"알베스! 제발 날 좀 도와줘!" 땅에서 머리를 들어 올려 다시 애원했다. 밀림은 적막하기만 했고 아무 소리도 들려오지 않았다. 그 남자에게는 아직 카누에 닿을 힘은 남아 있었다. 다시 강류를 탔고 그는 순식간에 말려들어 표류하기 시작했다.

파라나강은 그곳에서부터 거대한 구덩이로 흘러 들어간다. 100미터 높이의 절벽들이 강물을 가두어 음산한 물웅덩이를 이루고 있다. 강가를 따라서는 검은 현무암괴들이 늘어서 있고 위쪽 수풀마저도 검은색이다. 앞쪽으로도, 옆쪽이나 뒤쪽으로도 끝없이 이어진 음산한 장벽이다. 강바닥에서 소용돌이치던 강물이 솟구쳐 올라서, 흙탕물이 끊임없이 부글부글 끓는다. 풍경은 매우 공격적이고 쥐 죽은 듯한 정적만이 그곳을 감싸고 있다. 그럼에도 해 질 녘이 되어 고요한 어스름이 깔리면 그때만큼은 아름답고 장엄한 풍경이 펼쳐진다.

그 남자가 카누 바닥에 반쯤 널브러져 고통스러운 오한에 몸을 떨 때는 해가 이미 넘어간 뒤였다. 그는 갑자기, 놀랍게도, 느릿느릿 고개를 들었다. 좀 나아진 느낌이 들었다. 다리도 별로 아프지 않았고 목마름도 덜해졌으며 가슴도 좀 편해져서, 몸을 펴고 깊게 숨을 들이마셨다.

독이 사라지기 시작했다는 데에 의심의 여지가 없었다. 아직 손을 움직일 힘조차 없기는 했지만 몸 상태는 거의 다 좋아진 것 같았고, 전부 다 회복되려면 밤이슬만 좀 맞으며 기다리면 될 거라고 생각했다. 어림잡아 계산해보니 세 시간 안에 타쿠루푸쿠에 갈 수 있겠다고 여겼다.

마음이 점점 평온해졌고 그와 함께 옛 추억들이 그를 나른하게 감쌌다. 이미 다리 쪽에서나 아랫배에서는 아무런 느낌도 나지 않았다. 내 친구 가오나는 아직 타쿠루푸쿠에 살고 있을까? 어쩌면 그의 전 고용주였던 두갈드 씨나 벌목장으로부터 일감을 받아 나눠 주던 작업반장을 볼 수 있을지도 모르겠다.

금방 도착하려나? 하늘은 이제 서쪽에 금빛 스크린을 펼쳐 놓았고, 강물도 황금색으로 물들었다. 파라과이 쪽 강가는 이미 살짝 어두워져 깨끗하고 푸르스름한 산 그림자가 물 위에 어렸다. 사방은 코를 찌르는 오렌지꽃 향기와 야생 꿀 냄새로 가득했다. 알록달록한 앵무새 한 쌍이 높은 하늘을 조용히 가르며 파라과이로 향했다.

하늘에서 내려다보는 저 아래 금빛 강물 위에는, 방향을 잃고 빠른 속도로 표류하는 카누 한 대가 물거품이 이는 소용돌이 앞에서 이따금씩 제자리에서 빙글 돌고는 했다. 카누 위의 그 남자는 배가 빙그르르 돌 때마다 몸이 더 좋아진다고 느꼈다. 그러는 사이에 그는 전 고용주 두갈드 씨를 못 본 지가 얼마나 되었나 헤아려 보았다. 3년? 아닐 거야, 그렇게 오래되지는 않았어. 2년 9개월? 어쩌면. 2년 8개월 반인가? 그래, 맞아, 확실해.

갑자기 가슴께까지 얼어붙는 느낌이 들었다. 뭘까? 호흡도 역시……

두갈드 씨의 목재 작업반장이었던 로렌소 쿠비야, 그를 부활절 기간 성聖금요일에 에스페란사 항에서 처음 알게 됐지…… 금요일인가? 그래, 아니 어쩌면 목요일……

그 남자는 천천히 손가락을 폈다.

"어느 목요일……"

그리고 숨을 거두었다.

주간지 『프라이 모초*Fray Mocho*』, 제1년, 통권 6호(1912. 6. 7.)

일사병

수캉아지 올드는 문을 나와 안뜰을 가로질러 느릿느릿 걸었다. 잔디가 끝나는 지점에서 멈춰 서서는, 숲 쪽을 향해 몸을 쭈욱 펴더니 눈을 가늘게 뜨고 코를 벌름거리며 편안히 앉았다. 차코* 지방 평원의 단조로운 풍경이 눈에 들어왔다. 숲과 초원, 초원과 숲으로 번갈아 이어지는 풍경에는 색깔이라곤 거뭇한 숲과 누런 목초지의 색밖에 없었다. 각각 200미터 거리를 두고 농장의 삼면을 이런 단조로운 풍경이 에워싸고 있었다. 서쪽으로는 개활지가 있어 평지가 넓게 펼쳐져 있었지만 먼 쪽으로는 역시 숲의 음영이 피할 수 없이 지평선을 감싸고 있었다.

그런 이른 시간에는 정오의 눈부신 햇살과는 달리 어스름한 빛이 고요하고 깨끗한 풍경을 만든다. 구름 한 점 없고 바람 한 줄기 불지 않았다. 고요한 은빛 하늘 아래 들판은 상쾌한

---

* 차코Chaco : 아르헨티나 북부에 있는 주州 이름. 숲이 울창하며 주된 작물은 목화이다. 20대의 키로가가 잠시 이곳에서 살며 목화 재배를 했었다.

기운을 발산하여 사색에 잠기고 싶은 마음을 불러일으켰다. 다른 건조한 날들을 생각해본다면 더욱 그런 생각이 드는 날이었는데, 그것은 마치 보수가 더 좋은 일을 하면서도 어쩔 수 없이 찾아드는 공허한 감정과도 같았다.

이번에는 강아지 올드의 아빠 밀크가 안뜰을 가로질러 와 복에 겨운 게으른 한숨을 내쉬며 아들 옆에 앉았다. 둘은 미동도 없이 꼼짝하지 않았다. 아직은 파리가 날아다닐 시간도 아니었다.

올드는 조금 전부터 산기슭을 바라보고 있다가, 한마디 던졌다.

"아침이 참 상쾌하네요."

밀크는 아들의 시선을 따라가다가 한 곳에서 정신이 팔려 눈을 끔뻑거리며 그곳을 바라보았다. 잠시 후 입을 열었다.

"저 나무에 매가 두 마리 있구나."

그들은 고개를 돌려 지나가는 황소에게 무심한 눈길을 던졌고, 평상시처럼 계속해서 이것저것 바라보았다.

그러는 사이, 동쪽 하늘이 부채꼴 모양으로 붉게 물들기 시작했고, 지평선은 이미 새벽녘의 선명함을 잃어버렸다. 밀크는 앞발을 포개다 가벼운 통증을 느꼈다. 움직이지 않고 발가락을 내려다보고는 결국 킁킁거리며 냄새를 맡았다. 전날 살갗에 박힌 모래벼룩을 뽑아냈을 때 너무 아파 고생했던 기억이 나서 밀크는 자신의 아픈 발가락을 정성스레 핥았다.

"어제는, 걸을 수가 없었어." 마침내 밀크가 한마디 내뱉었다.

올드는 무엇을 말하는 건지 이해하지 못했다. 밀크가 덧붙였다.

“모래벼룩이 참 많아.”

이번에는 강아지 올드가 아빠의 말을 알아들었다. 올드는 한 참 후에 스스로 입을 열어 한마디 거들었다.

“모래벼룩이 참 많네요.”

다시 침묵이 흘렀다. 이심전심이었다.

해가 났다. 아침 첫 햇살 속에서 야생 칠면조 무리가 마치 축제 날의 떠들썩한 악단처럼 신선한 공기 속으로 빽빽거리는 트럼펫 소리를 내질렀다. 눈을 반쯤 감고 있는 두 마리 개는 비스듬히 햇빛을 받아 금색으로 물들었고, 행복에 겨운 두 눈을 끔뻑거리며 달콤한 안락에 빠져 있었다. 친구들이 모여들면서 무리는 점점 늘었다. 과묵하고 사랑스러운 딕, 긴코너구리에게 윗입술을 찢겨 이빨 두 개가 드러나 있는 프린스, 그리고 원주민 이름을 가진 이손두. 다섯 마리의 폭스테리어는 땅바닥에 널브러져 팔자 좋게 잠을 잤다.

한 시간쯤 지나자 다들 고개를 들었다. 맞은 편의 안이 트인 2층짜리 오두막집—아래층은 진흙으로 위층은 나무로 된, 회랑과 난간을 갖춘 산장식 주택—쪽에서 주인이 계단을 내려오는 발소리를 느꼈기 때문이다. 어깨에 수건을 걸친 존스 씨는 오두막집 모퉁이에 잠시 멈춰 서서 이미 중천에 뜬 해를 바라보았다. 전날 밤 평소보다 늦게까지 홀로 마신 위스키 때문인지 아직도 입술이 늘어지고 눈에는 초점이 없었다.

그가 씻는 동안 개들은 그의 주위로 몰려들어 장화에 코를 대고 킁킁거렸고 꼬리를 슬렁슬렁 흔들었다. 마치 잘 조련된 맹수처럼, 개들은 주인의 아무리 약한 취기라도 알아차린다. 개들은 슬슬 물러나서 다시 햇볕을 쬐러 갔다. 하지만 점점 강해지는 더위 때문에 이내 볕에 나가길 단념하고 회랑 처마 밑 그늘로 모여들었다.

이달 내내 계속되던 날들과 마찬가지로 한낮은 건조하고 청명했으며, 열네 시간 동안이나 이글거리는 태양은 하늘을 푸른 용광로로 만들었고 젖은 땅을 순식간에 말려 허연 딱지처럼 갈라지게 했다. 존스 씨는 농장에 나가 전날의 작업을 둘러보고는 오두막집으로 돌아왔다. 오전 내내 그는 아무 일도 하지 않았다. 점심을 먹고는 2층에 올라가 낮잠을 잤다.

오후 2시의 불볕더위에도 일꾼들은 다시 김을 매기 시작했다. 목화밭엔 잡초가 무성했고 농사짓는 일과 무척 친숙한 이 개들은 일꾼들을 좇아갔다. 이 녀석들은 지난겨울부터 쟁기가 흙을 뒤집어놓으면 기어 나오는 흰색 애벌레들을 잡기 위해 매들과 경쟁하는 법을 배워두었다. 묵묵히 쟁기질하는 목화밭 일꾼 옆을 한 마리씩 따라다니며 헐떡거렸다.

그러는 사이 더위는 더 심해졌다. 눈이 멀어버릴 것 같은 태양 빛을 받는 적막한 풍경 속에서, 대기는 사방으로 요동치며 시야를 흐릿하게 만들었다. 갈아엎어 놓은 대지는 화덕처럼 훈기를 내뿜고 있었고, 귀까지 흘러내리도록 손수건을 머리 위에 얹은 일꾼들만이 묵묵히 농장 일을 하며 더위를 견디고 있었다. 개들은 더 시원한 그늘을 찾으려 매 순간 장소를 바꿔댔다. 몸을 길게 뻗고 드러누웠으나 금방 피로해져서는, 숨을 잘 쉬기 위해서 뒷다리를 깔고 앉아야만 했다.

그 녀석들 앞으로는 땅을 일굴 엄두조차 내지 못한 점토질 황무지가 빛을 반사하고 있었다. 강아지 올드의 눈에 갑자기 그곳 통나무에 앉아서 자기를 뚫어지게 바라보고 있는 존스 씨가 보였다. 올드는 발 딛고 일어나 꼬리를 흔들었다. 다른 개들도 따라 일어났다. 그러나 털을 곤두세운 채였다.

"주인님이야!" 다른 개들의 태도에 놀란 강아지 올드가 소리쳤다.

"아니야, 주인님이 아니야." 딕이 반박했다.

네 마리의 개들은 낮게 으르렁거리며 존스 씨에게서 눈을 떼지 않았다. 그는 계속해서 꼼짝도 하지 않은 채 개들을 바라보고 있었다. 강아지 올드는 의심스러운 마음에 앞으로 조금 나아갔다. 하지만 프린스가 올드에게 이빨을 드러냈다.

"아니라니까. 그는 사신死神이야."

강아지 올드는 두려움에 털이 곤두섰고 뒷걸음질 쳐 무리로 돌아왔다.

"그럼 주인님이 죽었단 말이야?" 올드가 걱정스럽게 물었다. 다른 개들은 그 말에는 대답하지 않은 채 갑자기 성을 내며 짖기 시작했다. 공격에 두려움을 느낄 때 늘 취하는 태도이다. 미동도 없던 존스 씨의 모습은 공기 중에 물결이 일듯 흩어져 사라졌다.

개 짖는 소리를 들은 일꾼들이 고개를 들었으나 별다른 건 보이지 않았다. 농장 안으로 말이라도 들어왔나 보려고 고개를 돌렸다가, 이내 다시 허리를 굽혀 일을 계속했다.

폭스테리어들은 한달음에 오두막집으로 돌아왔다. 강아지

올드는 아직도 털이 곤두선 채로, 안절부절못하고 앞으로 갔다 뒤로 갔다 잰걸음으로 종종거렸다. 누군가가 죽을 때에는 그보다 앞서 사신이 나타난다는 것을 그는 이미 친구들의 죽음을 통해 알고 있었다.

"그런데 우리가 본 저 사람이 살아 있는 주인님이 아니라는 걸 어떻게 알지?" 올드가 물었다.

"왜냐하면, 주인님이 아니었으니까." 다른 개들이 무뚝뚝하게 답했다.

아! 사신이 주인님을 데려간다면, 그것은 주인이 바뀐다는 것이고, 발길질을 당하는 불행한 나날들이 그들 앞에 펼쳐진다는 것이다! 개들은 주인님의 바로 곁에서 근심하면서 또 경계하면서 이날 오후를 보냈다. 아주 작은 소리에도, 어디서 나는 소리인지도 모르면서 으르렁거렸다. 존스 씨는 초조하게 자신의 옆을 지키는 그 녀석들의 모습이 마음에 들었다.

이윽고 태양은 개울가의 어두컴컴한 야자나무 숲 뒤로 넘어갔고, 달 밝은 밤의 고요함 속에서 개들은 오두막집 주위에 진을 치고 있었다. 바로 위층에서는 존스 씨가 또다시 위스키를 마시기 시작했다. 자정이 되자 발소리가 들렸고, 곧이어 장화 두 짝이 나무 바닥에 투둑 하고 떨어졌으며, 곧이어 불이 꺼졌다. 개들은 그때, 머지않아 주인이 바뀌게 될 거란 생각이 더욱 강하게 들었다. 그리고 외로워져서는 잠든 집 발치에서 울기 시작했다. 개들은 울음소리로 합창했다. 씹어뱉은 듯한 울음, 어깨를 들썩이며 내는 메마른 흐느낌이 늑대처럼 구슬피 길게 뽑아내는 울음소리 속에서 한데 어우러졌다. 저음부를 받치는 프린스의 사냥개 음색 위에 다시 다른 개들이 흐느끼는 소리를 얹었다. 강아지 올드는 멍멍 하고 짖었다. 밤이 깊어갔다. 네 마리의 나이 든 개들은—이 녀석들은 곧 잃게 될 지금의 주인으로부터 먹이도 애정도 듬뿍 받아왔다—달빛 아래 모여 주둥이를 벌리고 볼을 부풀려 집안의 불행 앞에서 계속 통곡했다.

다음 날 아침 존스 씨는 몸소 밭에 나가 노새에게 제초기가 달린 멍에를 씌우고 아침 9시까지 일했다. 그런데도 그는 작업이 만족스럽지 않았다. 땅을 제대로 고르지 못했을 뿐만 아니라, 제초기 끝에 달린 쟁기의 날이 제대로 서 있지 않아 노새가 걸음을 빨리할 때면 어김없이 쟁기가 튀었기 때문이다. 제초기를 들고 돌아와 날을 갈았다. 그러나 이미 살 때부터 하나 빠져 있던 나사를 죄려고 하자, 그만 나사가 망가져버렸다. 그는 일꾼 한 명을 근처 작업장으로 보내면서 말을 쓰도록 권했다. 말은 훌륭한 동물이긴 하지만, 지금은 말이 더위를 먹었다. 그가 고개를 들어 정오의 용광로 같은 태양을 쳐다보더니, 절대 말을 달리게 하지 말라고 당부했다. 그는 곧바로 점심을 먹었고 위층으로 올라갔다. 아침부터 주인의 곁을 한 번도 떠나지 않았던 개들은 회랑 처마 밑에 머물렀다.

낮잠 시간은 빛과 고요 속에 무겁게 가라앉았다. 주변의 모든 윤곽은 타는 듯한 열기에 뿌옇게 흐려져 있었다. 오두막집 주위와 안뜰의 땅바닥은 수직으로 내리쬐는 태양 빛에 부서져 허옇게 달아올랐고, 번쩍거리며 끓어오르는 듯 일그러져 보여 폭스테리어들의 끔뻑이던 눈이 더욱 감겼다.

"다시 나타나지 않았어." 밀크가 말했다.

강아지 올드는 '나타나다'*는 말을 듣자 눈을 뜨고 귀를 쫑긋 세웠다.

그리고 귀신이라도 본 듯 몸이 반응했다. 몸을 똑바로 일으키더니 무엇인가에 대고 멍멍 짖었다. 하지만 조금 후 다시 무리와 함께 조용히 웅크리고는 가끔 움찔거리며 파리나 쫓을 뿐이었다.

"또 오지는 않네." 이손두가 한마디 했다.

"풀포기 아래에 조그만 도마뱀붙이 한 마리가 있었어." 프린스가 기억을 떠올리며 처음 입을 열었다.

암탉 한 마리가 부리를 벌리고 날개를 몸에서 뗀 채, 허옇게 달궈진 안뜰을 열기에 못 이겨 종종걸음으로 가로질렀다. 프린스가 게으른 눈으로 그 모습을 좇다가, 갑자기 펄쩍 뛰었다.

"다시 온다!" 크게 소리를 질렀다.

안뜰의 북쪽에서 일꾼과 함께 나갔던 말이 홀로 들어오고 있었다. 개들은 발을 세워 등을 활처럼 휘고는 다가오는 사신을 향해 조심스러운 태도로, 그러나 분노를 담아 짖어댔다. 말은 어느 쪽으로 가야 할지 모르는 것처럼 고개를 처박고 걷고 있었다. 우물이 있는 방향으로 오두막집 앞을 몇 걸음 지나쳐 간 순간, 날 것의 생생한 빛 속에서 말의 모습은 단계적으로 엷어지면서 사라졌다.

존스 씨가 내려왔다. 졸립지가 않은 모양이었다. 제초기의

* '나타나다aparecer'의 명사형 aparición에는 '출현'이라는 뜻 외에 '유령' '혼령'이라는 뜻이 있다.

조립을 마저 하려고 준비하는데, 생각지도 않게 일꾼이 말을 타고 돌아오는 것을 보게 되었다. 존스 씨의 지시에도 불구하고 일꾼은 이 시각에 말을 달려 돌아온 것이다. 존스 씨는 핑곗거리만 늘어놓는 일꾼에게 최대한 이성적인 논리를 대며 나무랐다. 간신히 숨만 붙은 채로 집에 돌아오는 임무를 완수한 불쌍한 말은 이제 옆구리에서 맥도 잡히지 않았고, 이어 고개를 숙이고 몸을 덜덜 떨더니 옆으로 고꾸라졌다. 존스 씨는 아직 손에 채찍을 든 채로, 위선적인 변명만 계속 늘어놓는 일꾼에게 해고당하지 않으려면 당장 농장으로 돌아가는 게 좋을 거라고 명령했다.

그런데 개들은 이 상황에 매우 만족했다. 주인님을 찾고 있던 사신이 대신 말을 데려간 것이다. 개들은 매우 기뻐했고, 걱정에서 벗어나 일꾼을 따라 농장으로 가려던 참에 존스 씨가 멀리서 나사를 가져오라고 외치는 소리가 들렸다. 일꾼은 나사는 어디에도 없었다고 했다. 가게가 문을 닫았다느니, 책임자가 잠을 자고 있더라느니…… 존스 씨는 대꾸하지 않고 벽에 걸린 피스 헬멧*을 집어들고 직접 공구를 찾아 길을 나섰다. 그는 일꾼처럼 햇빛을 견뎠고, 그의 언짢은 기분과는 달리 길은 너무 아름다웠다.

개들이 그의 뒤를 따랐다. 하지만 첫번째로 만난 커다란 알가로보 나무 그늘에서 걸음을 멈췄다. 지나치게 더웠다. 거기

---

* 피스 헬멧: 유럽인들이 식민지에서 많이 썼던 챙이 넓고 가벼운 헬멧 모양의 모자. 방서모 또는 정글모라고도 한다.

에서 개들은 발걸음이 떨어지지 않아 잔뜩 찌푸린 얼굴로 주인이 멀어져가는 모습을 보고만 있었다. 하지만 결국 외롭게 버려질 것이 두려운 나머지 억지 걸음으로 그의 뒤를 쫓아갔다.

나사를 구한 존스 씨는 귀갓길에 나섰다. 돌아가는 거리를 줄이려고 먼지가 풀풀 날리는 굽은 길을 피해서 농장을 향해 직선으로 나아갔다. 개울 앞에 도착해서는 개울가의 무성한 풀숲 안으로 깊숙이 들어갔다. 살라디토 천변의 아주 무성한 풀숲이었다. 세상에 짚이 있을 때부터 한 번도 불에 탄 적 없이 무성하게 자라고, 그러다 말라 죽고, 다시 그 자리에서 자라난 풀들이 뒤엉킨 그런 풀숲이었다. 덤불은 가슴 높이에서 아치형의 둥근 지붕 모양으로 뒤엉켜 있었고, 풀들은 서로 엮여서 마치 고체 덩어리 같았다. 이런 곳을 지나는 일은 선선한 날씨에도 어려운 일이건만, 이런 불볕더위에서는 더욱더 고역이었다. 그럼에도 존스 씨는 결국 개울을 건넜다. 채찍으로 내리치는 것 같은 짚들을 헤치고, 키가 자라면서 말라붙은 진흙 가루가 날리는 와중에도 두 팔을 번갈아 내저으며 건넜다. 존스 씨는 녹초가 되었고 그 와중에 올라오는 질산염의 매운 김에 질식할 것만 같았다.

결국 빠져나왔다. 그리고 풀숲이 끝나는 지점에서 멈춰 섰다. 하지만 이런 태양 아래에서 이런 피로한 상태로 움직이지 않고 가만히 있는 것은 불가능한 일이었다. 다시 앞으로 나아갔다. 3일 전부터 날이 갈수록 멈추지 않고 더해가기만 했던 타는 듯한 더위는 이제 불안정한 대기와 푹푹 찌는 날씨까지 더해져 숨이 턱턱 막혔다. 하늘은 하얗고 바람 한 점 불지 않았다. 공기가 부족했다. 숨을 끝까지 못 쉬게 될까 봐 심장이 벌렁거렸다.

존스 씨는 자신이 견딜 수 있는 한계를 넘어섰음을 확실히 깨달았다. 조금 전부터 경동맥에서 나는 맥박 소리가 귓속을 두들겨대고 있었다. 마치 그의 머릿속에 있는 두개골이 그를 밀어 올리는 것처럼 공중에 붕 뜬 기분이었다. 목초지를 보자 멀미가 났다. 이 상태를 빨리 벗어나려고 걸음을 재촉했지만…… 곧이어 제정신을 차리고 보면 엉뚱한 곳에 멈춰 서 있었다. 무슨 일이 벌어지고 있는지도 모른 채 70미터가량 걸은 것이다. 뒤를 돌아봤더니 그의 머릿속에 또다시 현기증이 일었다.

그러는 사이에 개들은 혀를 밖으로 길게 빼고 그의 뒤를 따르고 있었다. 가끔은 숨이 막혀 곳곳에 수염처럼 난 풀포기 그늘에서 멈추곤 했다. 앉아서 헐떡이는 숨을 내뱉고는 다시 고통스런 뙤약볕 아래로 돌아가야 했다. 마침내 집이 저 너머에 보이자 다시 걸음을 재촉했다.

바로 그 순간이었다. 앞서가고 있던 올드는 농장의 철조망 너머로 흰옷을 입고 그들을 향해 다가오는 존스 씨를 보았다. 강아지 올드는 문득 떠오른 생각에 고개를 돌려 자신의 주인님을 쳐다보고 그 두 모습을 대조해보았다.

"사신이다! 사신이야!" 그러고는 구슬프게 울부짖었다.

다른 개들도 역시 사신의 모습을 보았고, 털을 곤두세우고 멍멍 짖었다. 사신이 철조망을 넘어오는 것이 보였다. 그리고 한순간 방향을 못 찾고 헤매는 것 같더니 100미터 앞에서 멈춰 섰다. 사신은 천상의 눈으로 무리를 바라보았고, 앞으로 나아가기 시작했다.

"주인님이 너무 빨리 걸으면 안 될 텐데!" 프린스가 외쳤다.

"둘이 곧 부딪치고 말겠어!" 모두가 슬피 울었다.

실제로 또 다른 존스 씨는 잠시 머뭇거리더니 다시 앞으로 다가왔는데, 이번에는 그들을 향해 똑바로 오지 않고 잠시 헷갈린 것처럼 비스듬히 돌아서 다가왔다. 하지만 역시 존스 씨와 만나게 될 방향이었다. 개들은 이번에야말로 모든 게 끝나 버렸다는 걸 알았다. 왜냐하면 그의 주인님은 아무것도 의식하지 못하고 마치 로봇처럼 멍하니 한 걸음 한 걸음 옮기고 있었기 때문이다. 다른 존스 씨는 이미 존스 씨 앞에 다다랐다. 개들은 꼬리를 내리고 옆으로 물러나면서 울부짖었다. 몇 초가 지났을까, 드디어 둘의 접촉이 이루어졌다. 존스 씨는 멈춰 섰고, 그 자리에서 빙글 돌더니 힘을 잃고 무너져 내렸다.

일꾼들이 그가 넘어지는 모습을 보고는 서둘러 그를 오두막집으로 옮겼으나, 물을 먹이고 뿌려봐도 아무런 소용이 없었다. 그는 제정신으로 돌아오지 못한 채 죽고 말았다. 그의 이부異父 동생인 무어 씨가 부에노스아이레스에서 와서는, 농장에 겨우 한 시간 머물더니, 4일 만에 그의 모든 재산을 처분하고 돌아가버렸다. 인디오들이 개들을 나누어 가졌다. 개들은 이때부터 깡마르고 피부병에 걸린 개가 되었으며, 굶주림에 밤마다 몰래 빠져나가 남의 집 농장의 옥수수 낟알이나 훔쳐 먹는 신세가 되었다.

주간지 『얼굴과 가면들』, 제11년, 통권 492호(1908. 3. 7.)

달품팔이들*

막노동꾼인 카에타노 마이다나와 에스테반 포델레이는 열다섯 명의 동료들과 함께 실렉스호를 타고 포사다스**로 돌아오고 있었다. 포델레이는 벌목꾼으로, 9개월 동안의 계약 기간을 마치고 오는 길이라, 뱃삯을 내지 않아도 되었다. 역시 달품삯을 받는 카에도 마찬가지 상황이었는데, 선불금을 청산하기 위해 1년 반이란 시간을 꼬박 채우고 오는 길이었다.

삐쩍 마른 몸에 헝클어진 머리를 하고 반바지 차림에 셔츠는 길게 풀어헤쳤으며, 대부분의 다른 동료들처럼 맨발이었고 모두가 그런 것처럼 더러운 꼴을 하고 있었다. 그 달품팔이 둘은

---

* 달품팔이mensú: 월급제 노동자라는 뜻의 'mensual' 또는 'mensualero'에서 어미가 탈락된 단어. 19세기 말부터 20세기 중반 사이에 파라과이와 아르헨티나 미시오네스주, 코리엔테스주의 밀림에서 개월 수를 정해 계약하고 일하던 시골 일꾼을 가리키는 말이다. 주로 마테차 수확이나 벌목 작업을 하였는데, 거의 노예제나 다름없는 노동 형태였다. 지금도 미시오네스주의 수도 포사다스에 가면 그 지방 달품팔이의 고된 삶과 기구한 운명을 기억하기 위한 달품팔이 거리와 기념비를 볼 수 있다.

** 포사다스Posadas: 파라나강 가에 위치한 미시오네스 지방의 주도州都. 당시 달품팔이들이 밀림 속의 작업장에서 나오게 되면 오락거리를 찾아 배를 타고 내려오던 곳.

게걸스러운 눈빛으로 이 숲의 수도인 포사다스를 한껏 바라보았다. 그들에게 이곳은 예루살렘의 골고다 언덕과 다름없었다. 저기 저 위에 처박혀 일만 했던 게 아홉 달이라니! 일 년 하고도 여섯 달이나! 하지만 결국에는 이곳으로 돌아온 것이다. 고된 노동 속에서 얻은, 도끼에 찢긴 상처들이 여전히 욱신거렸지만, 바람에 실려 오는 저 분명한 환희의 냄새 앞에서는 고작 나무 부스러기에 긁힌 자국 정도로나 느껴질 뿐이었다.

일꾼이 백이면 그중에 단지 둘 정도만이 급료를 손에 쥐고 포사다스에 온다. 그래서 대부분은, 발아래 유유히 흐르는 강물이 데려다줄 포사다스에서의 영광스러운 일주일을 누리기 위해, 새 계약금을 선불로 받아놓는 것이다. 강기슭에는 중개인이자 계약을 도와줄 한 무리의 여자들이 기질적이기도 하고 직업적이기도 한 미소를 띠고 이들을 기다리고 있는데, 목마른 달품팔이들은 달뜬 목소리로 그녀들을 향해 '이야!'하고 탄성을 내지르곤 한다.

카예와 포델레이는 미리 맛본 술판 탓에 몸을 비틀거리며 배에서 내려, 서넛의 여자들에게 둘러싸인 채 달품팔이의 갈망을 채우기에 충분한 양의 사탕수수주酒를 마시면서 잠시 머물렀다.

순식간에 취해버린 그들의 손에는 이미 날인된 새로운 도급 계약서가 쥐어져 있었다. 어떤 작업이지? 어디서 일하는 걸까? 이런 의문들을 그들은 무시해버렸고, 사실 별 상관도 없었다. 그들은 알고 있었다. 호주머니에는 40페소가 들어 있었고, 한참은 더 흥청거릴 능력이 있었다. 달콤한 휴식과 기분 좋은 취기에 침을 흘리며 느릿느릿, 둘은 새 옷을 지으러 고분고분 여자들을 따라나섰다. 그 빈틈없는 처녀들은 몇 퍼센타보가량의 중개료를 챙길 수 있는 가게—어쩌면 그들의 새 도급업자가 운영하는 상점—로 그들을 이끌었다. 그녀들은 번갈아가며 그들의 넝마 같은 옷을 어울리지도 않는 사치스러운 옷으로 갈아입혔고, 자기들은 머리채를 틀어 커다란 장식용 빗을 꽂았으며, 머리띠를 둘러 단단히 죄었다. 그녀들은 철저하고 냉정하게 술 취한 시골뜨기의 모든 것을 앗아갔다. 달품팔이가 실질적으로 소유한 유일한 것은 손가락 사이로 무섭게 빠져나가는 돈뿐이었으니까.

카예의 경우에는 새 옷에 구역질이 날 정도로 뿌려댈 필요 이상의 향수와 로션과 향유를 샀다. 반면 포델레이는 그나마 좀 더 분별력이 있어 양모 정장 한 벌을 고집했다. 가격을 건성으로 듣고 값을 치른 후 계산대 위에 던져버린 계산서 뭉치로 보아 아마도 그들은 굉장히 비싼 값을 지불했을 것이다. 아무튼 그들은 한 시간 뒤 무개차에 휘황찬란한 몸을 던졌다. 부츠도 신었고, 어깨에는 판초를 걸쳤으며—허리춤엔 당연한 듯 44구경 권총도 차고는—옷엔 담배를 가득 채우고 이빨 사이로는 담배를 질겅거리면서, 양쪽 주머니에는 손수건 끝을 뽑아 늘어뜨렸다. 두 여자가 그들과 동행하였는데, 그녀들은 그런 사치스러움을 자랑으로 여겼다. 그러나 동시에 아침저녁으로 들뜬 거리를 배회하는, 고된 노동과 담배에 찌든 달품팔이들에게 넌더리가 난다는 표정이 얼굴에 고스란히 묻어났다.

이윽고 밤이 되었고, 밤과 함께 마을 댄스파티가 열렸다. 거기서 바로 그 빈틈없는 아가씨들은 달품팔이들을 꼬드겨 술을 마시게 했는데, 선불금의 위엄은 그들이 맥주 한 병에 10페소를 내게 했고, 거스름돈으로는 1페소 40센타보를 받아 흘깃 살펴보지도 않고 챙겨 넣었다.

그렇게, 새로 받은 선금을 끝없이 탕진했을 때—일곱 날의 황제 같은 삶은 그간의 비참한 노역을 보상받기 위해서는 어쩔 수 없이 꼭 필요한 일이었다—, 실렉스호가 다시 강을 거슬러 포사다스로 돌아왔다. 카예는 여자를 데려갔다. 그리고 그들 둘은, 나머지 다른 일꾼들처럼 술에 취한 채로, 선교 위에 자리를 잡았다. 그곳에는 이미 열 마리의 노새들이 다닥다닥 붙어, 여행용 트렁크, 옷 보따리, 개들과 남녀들과 함께 북새통을 이루고 있었다.

다음 날에, 이제는 맑은 정신으로, 포델레이와 카예는 그들의 통장을 살펴보았다. 계약하고 나서 처음 하는 일이었다. 카예는 120페소를 현금으로, 각종 경비로 35페소를 받았었다. 그리고 포델레이가 받은 것은 각각 130페소와 75페소였다.

둘은 더이상 놀랄 수 없을 만큼 놀란 표정으로 서로를 바라보았다. 원래 달품팔이라면 그런 불쾌감에서 완벽하게 벗어나지는 못하기는 하지만 말이다. 그들은 쓴 돈의 5분의 1도 기억하지 못했다.

"도대체……!" 카예가 중얼거렸다. "죽을 때까지 못 갚겠는데……"

그리고 바로 그 순간부터—방탕한 생활을 한 것에 꼭 맞는 형벌이겠지만—저곳으로부터 도망쳐야겠다는 단순한 생각이

들었다.

그럼에도, 포사다스에 있을 때의 방탕한 생활은, 그에게 정당한 것이었음이 분명했다. 그리하여 그는 포델레이가 계약한 더 높은 선불금에 질투심을 느꼈다.

“너는 운이 좋아……” 카예가 말했다. “선금을 많이 받았잖아……”

“너는 여자를 데려왔잖아.” 포델레이가 반박했다. “그래서 네 주머니 사정이 힘든 거야……”

카예는 자기 여자를 바라보았다. 그녀의 미모와 더불어 도덕적이기도 한 그녀의 여러 장점들에, 한낱 달품팔이의 선택에서는 거의 중요하지 않은 것이긴 하지만, 이제야 그는 만족감을 느꼈다. 여자는 실제로, 눈부시게 아름다웠다. 녹색 치마, 노란색 블라우스의 비단 정장 차림에, 꼬질꼬질한 목에서는 세 줄짜리 진주 목걸이가 빛났다. ‘루이 15세’ 스타일의 굽이 달린 하이힐을 신었고, 두 뺨에는 진한 색조 화장기가 도드라졌으며, 눈꺼풀을 내리깔고 도도하게 시가 한 대를 물고 있었다.

카예는 여자와 44구경 권총에 대해 찬찬히 생각했다. 그것은 그가 가진 것 중에 유일하게 진짜 값어치 있는 것이었다. 그러나 권총 또한 어떻게 될지 모르는 일이었다. 카드 도박의 유혹이란 처음에는 아무리 가볍다고 해도 선불금을 탕진하고 파산해버릴 위험을 안고 있으니까.

그에게서 2미터 떨어진 곳, 각진 트렁크 위에서는, 달품팔이들이 가진 걸 다 걸고 진지하게 도박판을 벌이고 있었다. 일꾼들이 모이면 이유야 어찌 되었건 늘 웃는 것처럼, 카예는 웃으면서 잠시 그들을 관찰했다. 그러더니 트렁크 쪽으로 스윽 다가갔고, 카드 한 장을 올려놓더니, 그 위에 담배 다섯 개비를 올려놓았다.

처음엔 신중했다. 작업의 선불금을 청산할 만한 충분한 돈을 조달할 수가 있었다. 그렇다면 그는 이 증기선을 그대로 타고 포사다스로 돌아가 다시 새 계약금을 받아 흥청망청할 수 있었다.

그러나 잃었다. 나머지 담배도 다 잃었고, 5페소를 잃었고, 판초와 제 여자의 목걸이와 자기 부츠와 44구경 권총을 잃었다. 다음 날 부츠는 되찾았으나 더 이상은 되찾지 못했고, 그러는 사이 경멸하는 기색을 감추지 못하는 여자는 목덜미의 허전함을 줄담배를 피워대는 것으로 달래고 있었다.

포델레이는 땄다. 끊임없이 목걸이의 주인이 바뀐 끝에, 문제의 목걸이와 향 비누 한 상자를 땄다. 마체테와 긴 양말 여섯 켤레를 걸고 이긴 것이었고, 그래서 그는 그 정도에 만족했다.

마침내 그들은 목적지에 도착했다. 일꾼들은 절벽 위로 끝없이 이어진 붉은 흙길을 따라 기어올랐고, 꼭대기에 이르니 실렉스호가 왠지 야비한 모습으로 음울한 강에 잠긴 채 제 모습을 드러내고 있었다. 모두가 과라니어語로 탄성과 지독한 욕설을 내뱉었지만, 그래도 기쁜 마음으로 증기선과 작별을 고했다. 증기선은 이제 4일 동안이나 강을 거슬러 오며 싣고 온 병든 노새와 파슬리 냄새와 오물 때문에 구역질이 날 것 같은 공기를 씻어내기 위해서 세 시간은 갑판에 물을 뿌려대야만 할 것이었다.

벌목꾼인 포텔레이는 일급이 7페소까지 오를 수도 있었고 그의 작업 생활은 그다지 고달프지 않았다. 그런 작업장에서는, 베어낸 나무의 체적을 계산할 때 엄격함과 공정함을 바라는 마음은 다스려야만 했다. 일꾼의 처지란 일상적으로 반복되는 강탈에 지나지 않지만, 그나마 그는 고분고분한 일꾼에게 주어지는 약간의 특권으로 보상받았다. 그의 새 계약 기간은 다음 날, 일단 숲에서 그의 구역을 경계 짓는 것으로부터 시작되었다. 야자수 잎으로 오두막—지붕과 남쪽 벽이 전부였다. 그게 다였다—을 지었다. 여덟 개의 막대기를 수평으로 이어놓은 걸 침대라고 이름 붙였고, Y자 모양의 막대기에 일주일치 보급품을 걸어놓았다. 이렇게 다시 시작된 것이다. 자동적으로 말이다. 그의 작업장에서의 삶이 다시. 아직 어두컴컴한 꼭두새벽부터 일어나, 쇠 주전자에서 손 한 번 떼지 않고 조용히 마시는 마테차. 목재를 찾아내기 위한 탐사. 8시에 밀가루에 소기름, 육포와 함께 하는 아침 식사.* 이후에는 웃통을 벗

---

* '레비로reviro'라고 부르는 아르헨티나 미시오네스 지방 특유의 아침 식사 요리를 가리킨다. 19세기 말 달품팔이들에 의해 탄생했다고 전해지는 음식으로, 당시 고용주들이 먹을 것을 제대로 주지 않아 그나마 구하기 쉬운 식재료인 밀가루와 소기름을 이용해 만들어 아침으로 주로 먹었다. 밀가루에 물을 조금 붓고 섞어 거칠게 뭉친 밥풀처럼 만든 뒤 기름에 튀기듯 요리한다. 아이들 먹일 음식이 없었던 가난한 한 어머니의 눈물이 밀가루에 떨어져 탄생했다는 전설도 있을 만큼 '가난한 자들의 빵'으로도 불린다. 지금도 아르헨티나 미시오네스 지방과 파라과이 이외에서는 맛보기 힘든 이 지역 고유의 음식이다.

은 채로, 등에와 모래파리와 모기떼를 부르는 땀을 흘리며 하는 도끼질. 이번에도 어쩔 수 없이 기름에 강낭콩과 옥수수 알갱이를 띄워 먹는 점심 식사, 그 후 직경 8인치 길이 30인치 크기의 통나무들과 다시 한번 씨름을 하고 나서, 정오에 먹었던 꿀꿀이죽으로 마무리하는 밤 식사까지.

그의 관할 구역을 침범하는 동료 벌목꾼들과의 사소한 다툼을 제외하고는, 또 비 오는 날 지루하게 쇠 주전자 앞에 쪼그려 앉아 있어야 할 때만 빼면, 노동은 토요일 오후까지 계속되었다. 토요일에는 빨래를 했으며, 일요일에는 식량을 채우기 위해 상점으로 갔다.

이때가 달품팔이들에게는 실질적인 휴식 시간이었다. 출신 지역 언어로 저주를 퍼부어대면서 모든 것을 잊을 수 있었고, 늘 오르기만 하는 보급품 가격에서 오는 시름도 인디오들의 숙명으로 여기고 조금 덜어낼 수 있었다. 당시 가격은 마체테 한 자루에 5페소, 비스킷 1킬로그램에 80센타보까지 올랐다. 동료들을 웃으며 바라보면서 '망할 놈들!' 하고 내뱉으며 이런 숙명을 받아들이는 행위는 한편으로, 이 상황에 대한 간단한 보상책으로 할 수 있을 때 바로 작업장에서 도망쳐야 한다고 말해주는 듯했다. 이런 야망은 모두가 가슴 속에 품고 있는 것은 아니었지만, 모든 막일꾼들은 가슴속에 불의에 물어뜯긴 상처를 안고 있었기에, 여차하면 그들의 고용주의 창자에 이빨을 박고 말 것이었다. 이러니 고용주 입장에서는 그런 극단적인 결말을 피하려고 분투하면서 밤낮으로 사람들을 감시했는데, 특히 달품 삯을 받는 이들을 주시했다.

달품팔이들은 그 당시 선창船艙에서 일하고 있었다. 끝없는 아우성 속에서 그들은 통나무를 쓰러뜨렸고, 아래쪽으로 굴러 내려가려는 목재 운반용 이륜마차를 노새들이 버텨주지 못할 때면 아우성은 더욱 높아졌으며, 나무와 동물들과 마차가 서로를 넘어 서로를 쓰러뜨리며 마구 굴렀고, 그렇게 모두 함께 뒤엉키곤 했다. 노새가 크게 다치거나 하는 일은 좀처럼 없었다. 그래서 그들은 매번 똑같은 환호성을 내지르곤 했다.

웃음소리가 계속되는 와중에도 카예는, 언제나 도주 계획에 대해 곰곰이 생각하곤 했다. 튀긴 밀가루나 꿀꿀이죽에도 이제는 진절머리가 났다. 그런데도 미리 맛본 도망치는 상상은 매번 끝까지 소화를 시키지 못하고 처음으로 돌아왔다. 권총이 없다는 사실에, 그리고 확실히 십장의 윈체스터 라이플총 앞에서는 늘 생각이 막히곤 했다. 아, 내게 44구경 권총만 있었다면!

행운은 이번에는 꽤나 빙 둘러 오는 형태로 그에게 찾아왔다.

카예의 여자는 이미 사치스러운 장신구들도 없이 일꾼들 옷 빨래를 맡아 하는 상황이었는데, 하루는 그녀가 거처를 옮겨 버렸다. 카예는 이틀 밤을 기다렸다가 3일째 되는 밤에 그녀가 옮겨 간 남자의 집으로 찾아갔고, 여자에게 지독한 몽둥이질을 먹였다. 두 달품팔이가 남아서 이야기를 나눈 결과 다 같이 함께 살기로 합의했는데, 이 새로운 유혹자가 카예와 여자와 함께 살기로 한 것이다. 이는 경제적이었고 꽤 분별 있는 합의였다. 그러나 그 달품팔이가 숙녀를 진정으로 좋아하는 것처럼 보였으므로—조합 내에서는 흔치 않은 일이었지만—카예는 그에게 여자를 주고 대신, 그 남자에게 직접 상점에서 권총 한 자루와 총알을 빼내 와 자신에게 넘길 것을 제안했다. 이렇게 단순한 조건에도 불구하고, 계약은 깨질 뻔했다. 왜냐하면 막판에 카예가 한 줄짜리 엽궐련 1미터를 더 얹어달라고 요구했고, 그 달품팔이에게는 그게 좀 지나친 요구로 보였기 때문이다. 어쨌든 결국 거래는 성사되었고, 달품팔이가 그의 오두막집에서 신혼살림을 차리는 사이, 카예는 자신의 44구경 권총을 아주 공들여 장전하고는, 그들과 함께 마테차를 마시는 것으로 비 오는 오후를 마무리하기 위해 길을 나섰다.

가을이 끝나가고 있었다. 5분가량 내리는 소나기를 빼고는 꿈쩍도 않고 쨍하기만 하던 하늘이 결국에는 구름으로 뒤덮여 나쁜 날씨가 계속되는 계절이 왔다. 높은 습도에 달품팔이들의 어깨가 부어올랐다. 그때까지 별 탈 없이 지내던 포델레이는 어느 날 자기가 일해야 할 통나무 더미로 가는 길에 하도 의욕이 나질 않아, 가던 길을 멈추고 달리 할 수 있는 일이 또 뭐가 있는지 사방팔방을 둘러보았다. 아무런 기운도 나지 않았다. 그래서 그는 오두막으로 돌아왔는데, 오는 길에 등이 좀 간지럽다고 느꼈다.

그는 이런 의욕 저하와 떨림 끝에 오는 저 근질근질한 느낌이 뭔지 잘 알고 있었다. 그는 사색에 잠긴 채 앉아서 마테차를 마셨고, 30분이 지나자 셔츠 안쪽으로 깊은 오한이 등 전체를 길게 한 바퀴 휘돌았다.

할 수 있는 게 아무것도 없었다. 침대에 몸을 던지고 추위에 부들부들 떨면서 새끼 고양이처럼 판초 아래 몸을 웅크리고는,

억제할 수가 없어 어쩔 수 없이 이빨을 캐스터네츠처럼 딱딱거렸다.

다음 날에도 발작은 해 질 녘까지 기다릴 것도 없이 정오에 다시 시작되었고, 포델레이는 키니네제劑를 청하러 작업 관할 사무소에 갔다. 달품팔이의 몰골이 말라리아에 걸렸다는 것을 너무도 자명하게 말해주고 있었으므로, 직원은 환자를 제대로 살펴보지도 않고 약상자를 꺼냈고, 포델레이는 지독히 쓴 그 약을 조용히 혓바닥 위에 털어 넣었다. 숲으로 돌아오는 길에 그는 관리인과 마주쳤다.

"너도냐!" 그를 살펴보며 말했다. "그럼 넷이로군. 다른 놈들은 상관없는데…… 별 문제가 아니라서. 그런데 너는 채무 이행 중이지…… 빚은 얼마나 남았나?"

"조금 남았죠…… 하지만 일을 할 수 없을 것 같은데……"

"에이끼! 잘 낫게나, 아무것도 아니니까…… 내일 봅세."

"네, 내일." 포델레이가 그에게서 멀어지며 길을 재촉했다. 왜냐하면 발뒤꿈치에서 막 가벼운 간지러움이 느껴졌기 때문이다.

세번째 발작은 한 시간 뒤에 시작됐다. 포델레이는 심한 무기력에 몸이 무너져 내렸고 눈은 멍하니 풀려, 1, 2미터도 더 나아갈 수 없을 것처럼 보였다.

3일 동안의 절대적인 안정—예기치 못한 일이기는 해도, 달품팔이에게는 특별한 위로이긴 했을 테지만—을 취했음에도, 단지 그는 나무뿌리 위에 웅크리고 앉아 몸을 싸맨 채 이만 딱딱거리는 커다란 혹 덩어리가 되었을 뿐이었다. 포델레이의 열은 정직하게도 주기적인 리듬을 가지고 있었으나, 이제는 좋아질 기미가 전혀 보이지 않은 채 열의 발작은 거의 끊어짐 없이 질주하듯 계속되기만 했다. 열이 났고 또 열이 났다. 키니네제가 두번째 발작에서 증상을 바짝 끊어내지 못한 거라면, 저 위 숲에서 그냥 머무르는 것은 아무 소용 없는 일이었다. 그리고 그냥 그렇게 있다가는 밀림 통행로를 따라 돌아가는 그 어느 곳에서라도 몸이 둥그렇게 엉겨 붙어 죽게 될 것이었다. 그래서 그는 다시 상점으로 내려갔다.

"또 만났군, 자네!" 관리인이 맞이했다. "이거 상태가 영 좋지 않네…… 키니네제를 복용하지 않았나?"

"먹었죠…… 열나는 게 어떻게 안 돼…… 일을 할 수가 없다고. 내게 뱃삯을 주면, 낫자마자 바로 남은 채무를 이행하도록 할게요……"

관리인은 폐허처럼 망가진 그를 생각에 잠겨 바라보았으나, 그곳에서의 남은 그의 삶을 대수롭게 여기지는 않았다.

"빚이 얼마나 남았지?" 다시 한번 질문했다.

"아직 20페소가 남았죠…… 토요일에 마지막으로 건넸었는데…… 나 많이 아파요……"

"너도 잘 알겠지만 빚이 청산되지 않으면, 여기 남아야 해. 내려가면…… 너 죽을 수도 있어. 여기서 낫도록 해. 그러고 나서 바로 빚을 정리하라고."

이렇게 극도로 해로운 열병이, 병을 얻은 곳에서 낫는다고? 확실히, 그건 아니었다. 하지만 한번 떠난 달품팔이는 돌아오지 않을 수도 있었기 때문에 관리인은 멀리 있는 채무자보다는 차라리 죽은 사람을 선호했다.

포델레이는 결코 채무 이행을 그만둔 적이 없었다. 이는 덩치만 컸지 늘 굽실거려야만 하는 달품팔이가 고용주 앞에서 떳떳하게 굴 수 있게 해주는 유일한 것이었다.

"네가 채무 이행을 그만둔 적이 있는지 없는지는 아무런 상관이 없어!" 관리인이 대꾸하였다. "빚을 갚는 게 먼저야, 그런 다음에 얘기하자고!"

그에 대한 이러한 불공정한 처사는 곧바로 당연하게도, 포델레이에게 보복심을 불러일으켰다. 그는 카예와 함께하기 위해 그를 찾아갔다. 카예의 속마음은 그가 잘 알고 있었다. 그래서 둘은 다음 일요일에 탈출하기로 했다.

"어이 거기!" 같은 날 오후 포델레이와 마주치자 관리인이 소리쳤다. "어젯밤에 셋이 탈출했어…… 네가 좋아하는 게 그거지, 아냐? 걔들도 채무 이행자들이었어! 너처럼! 그렇지만 너는 여기서 뒈지게 될 걸, 선창을 떠나기 전에 말이야! 그러니 아주 조심해, 너도 그리고 내 말을 듣고 있는 너희들 모두! 이제 다들 알아들었겠지!"

도망치기로 한 결정과 그에 따른 위험—달품팔이가 혼신의 힘을 다해야만 하는 것들—은 지독히 해로운 열병 이상의 것을 견딜 능력이 있어야 한다. 어쨌거나, 일요일이 왔다. 가짜로 빨래하는 척을 하거나 오두막집에서 기타를 치는 시늉을 하는 등 이런저런 방법으로 감시의 눈을 피할 수 있었고, 포델레이와 카예는 서둘러 작업 관할 사무소에서 천 미터 떨어진 곳에서 만났다.

추격이 시작되기 전까지는 밀림 통행로를 벗어나지 않을 생각이었다. 포델레이는 아픈 채로 간신히 걷고 있었으니까. 아직까지는 그랬지만……

숲 특유의 울림소리가 멀리서부터, 그들에게 걸걸한 목소리 하나를 싣고 왔다.

"앞으로! 두 놈을 쫓아라!"

그러더니 잠시 후에 길모퉁이에서 십장과 세 명의 일꾼이 돌연 모습을 드러냈다. 그들이 달려오고 있었다. 사냥이 시작되었다.

카에는 도주를 멈추지 않은 채 권총의 공이를 세웠다.

"항복하라고, 이 망할 것들아!" 십장이 그들을 향해 소리쳤다.

"숲으로 들어가자." 포델레이가 말했다. "마체테를 들 힘도 없어."

"돌아와라, 그러지 않으면 발포하겠다!" 다시 목소리가 날아들었다.

"저들이 더 가까이 왔을 때……" 카에가 입을 뗐다.

윈체스터 라이플총 탄환이 길을 따라 휙 하고 날아갔다.

"들어가!" 카에가 동료한테 외쳤다. 그러고는 나무 뒤로 몸을 숨겼고, 쫓아오는 쪽을 향해 권총을 다섯 발 쏘았다.

날카로운 아우성이 되돌아 울렸고, 그사이 날아온 윈체스터 라이플총의 또 다른 탄환에 나무껍질이 튀었다.

"항복하라, 그렇지 않으면 머리를 날려버리겠다……!"

"그냥 계속 가!" 카에가 포델레이에게 애원했다. "내가……"

그러고는 다시 총을 쏜 뒤, 숲으로 들어갔다.

추격자들은 폭발음에 잠시 멈춰 섰다가 격노해서 전방을 향해 다시 총질하며 뛰쳐나갔고, 아마도 도망자들의 진로로 보이는 쪽에다가 라이플총으로 연달아 총격을 가했다.

카예와 포델레이는 밀림 통행로에서 100미터 떨어져 길과 나란한 방향으로 멀어져가면서, 칡넝쿨을 피하려고 땅바닥에 닿을 듯이 몸을 숙였다. 추격자들은 도망자들이 길을 벗어났음을 짐작했다. 하지만 숲속에서는 한 방에 이마를 맞혀 도망자를 쓰러뜨릴 확률보다는 그렇지 못할 확률이 백 배는 되었기에, 십장은 허공을 향해 윈체스터 라이플총을 쏘아대며 도발적인 고성을 내지르는 것으로 위안 삼았다. 다른 때 같았으면 안 그랬을 것이다. 오늘은 총탄이 모두 빗나갔지만 목요일 밤에는 깨끗이 명중시켰었으니……

위험한 상황은 이제 지나갔다. 도망자들은 녹초가 되어 주저앉았다. 포델레이는 판초를 두르고는 동료의 등에 기대어서, 그렇게 도망치며 힘을 쓴 여파에다 끔찍한 말라리아 열로 두 시간 동안 끙끙 앓았다.

그들은 다시 도주를 계속했다. 항상 밀림 통행로를 시야에 두고 나아갔고, 이윽고 밤이 되자 야영을 했다. 카예는 치파빵을 싸 왔다. 포델레이는 이 지역의 천 가지 불편한 점에도 불구하고 불을 피웠다. 공작나비는 차치하더라도, 불을 보고 몰려들 다른 존재들—인간은 말할 것도 없이—이 있었음에도.

다음 날 아침 그들이 개울을 발견했을 때에는 이미 해가 높이 솟아 있었다. 개울은 그들의 탈주에 있어 처음이자 마지막 희망이었다. 카예는 깊이 생각하지 않고 열두 줄기의 타콰라 대나무를 골라내어 잘랐고, 포델레이는 몸을 배배 꼬고 부들부들 떨게 되기 전에 간신히, 그의 마지막 힘을 덩굴 식물을 자르는 데에 쓸 짬을 낼 수 있었다.

카예는 그리하여, 혼자서 뗏목—열 줄기의 타콰라 대나무를 세로로 이어 칡넝쿨로 묶고 양쪽 끝에 대나무를 하나씩 가로질러 놓은—을 만들었다.

일을 끝마치자마자 10초도 안 되어 그들은 뗏목에 올랐다. 그리고 그 작은 뗏목은 표류하듯 물살에 끌려 들어가, 파라나강으로 진입했다.

밤은 그 계절에 터무니없이 서늘했고, 두 달품팔이들은 발이 물에 잠긴 채 서로서로 부둥켜안고 얼어붙을 것 같은 밤을 보냈다. 엄청난 양의 빗물을 받아 흘러 내려온 파라나강의 강류는 물거품이 이는 소용돌이 속에서 뗏목을 이리저리 비틀어댔고, 천천히 덩굴의 매듭을 느슨하게 만들었다.

다음 날 하루 종일 그들은 마지막 남은 식량인 치파빵 두 개를 먹었는데, 포델레이는 거의 먹지도 못했다. 대나무는 애벌레가 갉아 먹어 생긴 구멍 탓에 가라앉기 시작했고, 해가 질 때쯤엔 뗏목의 4분의 1이 수면 아래로 내려가 있었다.

거친 강물 위에서 음울한 숲의 장벽에 갇힌 채, 아주 멀리 떨어진 아무도 없는 이 사막 같은 곳에서, 아아! 두 남자가, 무릎까지 물에 잠긴 채 제자리에서 빙그르르 돌며 표류하고 있었고, 순간 소용돌이를 만나 멈췄다가도 다시 떠내려갔으며, 발밑으로 거의 풀려 빠져나가는 대나무 위에서 간신히 몸을 지탱하고 있었다. 절망에 빠진 그들의 눈동자를 그들도 어쩌지 못하는 어느 칠흑 같은 밤이었다.

강물이 이미 가슴께까지 차올랐을 때 그들은 땅에 닿았다. 어디지? 어딘지 알 수 없었다…… 강가 저지대 어느 풀숲이었다. 어쨌든 그들은 바로 그 강가에서 미동도 없이, 배를 깔고 너부러졌다.

눈을 떴을 때는 이미 해가 빛나고 있었다. 그 저지대 풀숲은 안쪽의 땅까지 20미터 정도 펼쳐져 있었고, 강과 숲 사이에 연안을 형성하고 있었다. 60미터가량 남쪽으로는 파라나이 천川이 있어서, 그들은 기운을 차리는 대로 개천을 걸어서 건너기로 했다. 하지만 이들이 원했던 만큼 기운은 빨리 회복되지가 않았는데, 죽순과 벌레만 먹어서는 힘이 날 리 없었기 때문이었다. 게다가 스무 시간 동안 그침 없이 내린 비가 파라나강을 마치 허연 기름처럼 바꿔놓았고, 파라나이 천은 범람하여 격렬하게 흐르는 대로로 변해버렸다. 모든 것이 불가능했다. 포델레이는 느닷없이 상체를 일으켜 물을 뚝뚝 흘리며 권총을 짚고 일어서더니 카예에게 총을 겨누었다. 고열에 정신을 놓은 것이다.

"이런 망할, 건너가……!"

카예는 정신이 나간 그에게 기대할 것이 별로 없어 보여서, 막대기를 집어 들고 동료에게 가까이 붙으려고 몰래 몸을 숙였다. 하지만 포델레이가 다시 집요하게 말했다.

"물속으로 걸어가라고! 네가 날 데려왔잖아! 강을 건너!"

자줏빛 손가락이 방아쇠 위에서 떨리고 있었다.

카예는 순순히 그의 말을 들었다. 강류가 자신을 데려가게

두었고, 저지대 풀숲 너머로 사라졌다가 젖 먹던 힘까지 짜내어 간신히 건너편에 닿을 수 있었다.

거기서 그는 다시 뒤로 돌아, 숨어서 그의 동료를 지켜보았다. 하지만 포델레이는 무릎을 가슴까지 끌어올린 채, 그치지 않고 내리는 빗속에서 다시 그냥 옆으로 드러누워 있었다. 카예가 다시 그에게 다가가 머리를 들어 올리자, 내리는 빗물에 눈이 먼 듯 그는 거의 눈도 뜨지 않은 채 이렇게 중얼거렸다.

"카예…… 이런 빌어먹을…… 너무 춥잖아……"

빈사 상태의 사람 위로 여전히 밤새도록 비가 내렸다. 가을 홍수 때의 소리 없는 희뿌연 비가 계속 내려, 새벽녘에 결국 포델레이는 물의 무덤 속에서 영원히 움직이지 못하게 되었다.

그리고 바로 그 풀숲에서 일곱 날 동안 숲과 강과 비에 포위된 채, 남은 달품팔이는 풀뿌리와 벌레들을 있는 대로 먹어치우며 버텼으나 조금씩 조금씩 힘을 잃었고, 결국 가만히 앉아 추위와 굶주림에 죽어가며 파라나강을 멍하니 바라보고만 있었다.

해 질 녘에 그곳을 지나던 실렉스호가 다 죽어가는 그 달품팔이를 건져 올렸다. 그의 행복은 잠시뿐, 그 증기선이 다음 날 강을 거슬러 올라간다는 걸 깨달았을 때 그 행복은 공포로 변해버렸다.

"제발 부탁입니다!" 선장 앞에서 막 울어버렸다. "X 항구에 절 내려주지 마세요! 그들이 절 죽일 겁니다……! 진심으로 부탁드립니다……!"

실렉스호는 포사다스로 되돌아갔고, 여전히 밤마다 악몽에 시달리며 흠뻑 젖어 있는 그 달품팔이를 그곳으로 데려다주었다.

하지만 육지에 내린 지 10분 만에 그는 이미 새 계약서를 들고 술에 취해 있었고, 향수를 사러 비틀거리며 길을 걸었다.

주간지 『프라이 모초』, 제3년, 통권 101호(1914. 4. 3.)

야과이*

그래도 그렇지, 고작 저기라니. 야과이는 바위—단단한 철광석 덩어리—에 코를 박고 킁킁거리더니 주의 깊게 그 주변을 한 바퀴 돌았다. 미시오네스** 지방의 한낮의 뙤약볕 아래, 그 우뚝 솟은 검은 바위 근처에서 대기가 진동하고 있었는데, 이 진기한 바위가 폭스테리어의 마음을 사로잡은 것은 아니었다. 그게 아니라, 바위 저 아래쪽에는 도마뱀붙이가 있었다. 야

---

* 야과이Yaguaí: 과라니어로 '개'를 뜻하는 '야과'라는 말을 따서 지은 주인공 개의 이름.

** 미시오네스Misiones: 아르헨티나 북동쪽 끝에 있는 이구아수 폭포에서 시작해 파라나강과 우루과이 강 사이로 길쭉하게 자리잡은 주州 이름. 서쪽으로는 파라과이, 동쪽으로는 브라질에 접해 있다. '미시오네스'라는 이름은 17세기에 예수회가 선교(Misión)를 위해 만들었던 정복지 원주민 보호구역(레둑시온 reducción)과 관련이 있다. 이곳의 동식물과 자연환경은 키로가의 많은 작품에서 중요한 역할을 한다. 푹푹 찌는 듯한 더위와 거대한 밀림, 이만Imán 산맥이 세로로 가로지르고 있어 울퉁불퉁하고 파라나강과 우루과이 강으로 흘러드는 수많은 강과 개천에 의해 주름진 지형이 특징이다. 마테차와 만디오카의 아르헨티나 내 최대 생산지이며, 미시오네스의 밀림은 희귀 동식물이 많이 서식하고 있고 풍요로운 생물 다양성을 간직한 곳이다.

과이는 다시 주위를 돌고 바위 틈새로 거친 숨을 내뱉더니 종種의 명예를 건 듯 일순간 그 이글이글한 바위를 할퀴었다. 그런 행동을 다 하고 나더니 느릿한 걸음으로 집으로 돌아왔다. 오는 길에도 습관처럼 양옆을 킁킁거리는 일을 멈추지 않았다.

야과이는 부엌으로 들어가, 찬장과 벽 사이로 몸을 던졌다. 그곳은 그 녀석이 집안의 다른 사람들의 생각과는 달리 자기 것이라고 여기는 시원한 피난처였다. 하지만 그 그늘지고 구석진 곳은 저기압이 되어 공기가 엷은 날에야 더할 나위 없이 훌륭하지만, 후덥지근한 북풍이 부는 날에는 있을 곳이 못 된다. 이건 폭스테리어가 새롭게 알게 된 일이다. 왜냐하면 이 녀석은, 여기와는 달리 온화한 기후를 가진 나라—부에노스아이레스, 할아버지의 조국이자 자신의 조국이다—의 유산과 여전히 싸우고 있기 때문이다. 그래서 밖으로 나갔다. 그러고는 오렌지나무 아래 앉았다. 바람은 완전히 불 같았지만, 숨쉬기는 훨씬 편했다. 개들은 원래 땀을 거의 흘리지 않기 때문에, 야과이는 춤추듯 덜렁대는 혓바닥 위로 지나가며 열기를 날려주는 바람이 얼마나 고마운지 몰랐다.

온도계의 눈금은 40도까지 올랐다. 그러나 좋은 혈통의 폭스테리어들은 오히려 이런 적막 속에서 어떤 낌새를 느끼고 스스로를 위장할 줄 안다. 정오의 불볕 아래, 붉은 모래가 여전히 뜨겁게 달궈지고 있는 화산암 지대의 고원 위에, 도마뱀붙이들이 있었다.

야과이는 조용히 입을 다물고 철망을 넘어 사냥터 한복판으로 들어왔다. 9월부터는 이런 벌건 대낮에 다른 할 일을 찾지 못했다. 오늘은 이제 얼마 남아 있지 않은 도마뱀붙이 네 마리의 뒤를 쫓았다. 셋을 잡았고 하나를 놓쳤다. 그러고 나서는 목욕을 하러 갔다.

집에서 100미터 떨어진 곳, 고원 지대 밑의 바나나밭 가장자리에는, 독특한 형태와 양식을 가진, 땅속에 깊이 뿌리박힌 돌로 된 우물이 하나 있었다. 그 우물은 한 전문가가 다이너마이트 폭파로 착공한 후, 아마추어가 뾰족한 삽으로 마무리한 것이었다. 사실 깊이는 고작 2미터 정도밖에 안 되었다. 한쪽 편에는 물을 흘러내리게 하는 긴 급사면이 있었다. 우물의 수원水原은 겉보기보다는 좋아서, 두 달 동안의 가뭄을 견딜 수 있었는데, 이는 미시오네스 지방에선 굉장히 소중한 것이다.

폭스테리어는 그곳에서 목욕을 하곤 했는데, 처음에는 혓바닥을 적시고 다음에는 물 위에 배를 깔고 앉았다가 결국에는 헤엄을 쳐 물을 건넜다. 오는 길에 짐승의 흔적을 발견하고 길에서 벗어나는 경우만 뺀다면 늘 곧장 집으로 돌아왔다. 그리고 해가 떨어질 때쯤에 우물로 되돌아가곤 했다. 거기서는 그를 괴롭히는 벼룩도 조금은 떨쳐낼 수 있었고, 무엇보다 그곳은 이 기후에 맞지 않게 태어난 종이 그나마 열대의 더위를 견디기 쉬운 곳이었다.

폭스테리어의 호전적인 본능은 대체로 마른 잎들을 대할 때 나타났다. 다음으로는 나비들, 그다음으로는 자신의 그림자, 결국에는 도마뱀붙이들에게 집중했다. 아직은 집 안의 모든 쥐에게 으름장을 놓는 11월이었지만, 야과이의 가장 큰 기쁨은 도마뱀류였다. 낮잠 시간만 되면 여지없이 오두막으로 돌아오는 일꾼들은 개의 그 집념에 매번 혀를 내둘렀다. 불같은 태양을 피해 조막만 한 동굴 같은 처마 밑에 모여 앉아 거친 숨을 내쉬면서도 개가 그렇게 사냥하는 신기한 장면에서 눈을 떼지 못했다.

"저 녀석," 하루는 누군가, 고갯짓으로 그 개를 가리키며 말했다. "벌레나 잡을 줄 알지 아무것도 못 할 거야."

야과이의 주인이 그 말을 들었다.

"아마도" 그가 대꾸했다. "그런데 너희들의 그 잘난 개들 중에서 재가 하는 걸 따라 하는 개는 한 마리도 없을걸."

사람들은 대답은 하지 않고 빙그레 웃기만 했다.

쿠퍼 씨는 그렇게 이야기하기는 했어도, 사실 숲의 사냥개들에 관해서는 잘 알고 있었다. 그 개들은 쏜살같이 달려서 하는 사냥에 솜씨가 굉장히 좋았고, 쿠퍼 씨의 폭스테리어는 그런 걸 할 줄 몰랐다. 한번 가르쳐볼까? 혹시 알아…… 하지만 그는 가르치는 법을 몰랐다.

바로 그날 오후 한 일꾼이 쿠퍼 씨에게 사슴들이 강낭콩을 다 먹어치워 버린다고 투덜댔다. 그는 엽총 한 자루를 부탁했다. 왜냐하면 그는 좋은 사냥개가 있었지만, 몽둥이만 가지고서야 '어쩌다 한 번' 사슴 근처까지 가더라도 늘 코앞에서 놓치곤 했기 때문이다……

쿠퍼 씨는 엽총을 빌려주면서 그날 밤 바로 개간지로 나가자고 제안했다.

"달이 뜨지 않는데." 그 일꾼이 탐탁지 않게 말했다.

"괜찮아. 자네 개를 풀어놓고 우리 개가 쫓아가는지 보자고."

그날 밤 그들은 개간지로 갔다. 일꾼이 그의 개를 풀자, 그 개는 사냥감의 자취를 찾아 즉각 숲의 어둠 속으로 쏜살같이 튀어 나갔다.

동료가 출발하는 것을 보고 야과이도 카라과타 선인장 울타리를 빠져나가려 안간힘을 썼다. 결국 빠져나가 다른 개의 발자국을 따라갔다. 하지만 2분 만에 되돌아왔는데, 이런 야밤의 탈주에 아주 행복해 보였다. 그래, 좋아할 수 있다. 10미터 내에서 빙글 돌며 킁킁거리지도 않았고 여기저기 구멍이나 파고 있었던 건 아니니까.

하지만 흔적을 쫓아 전속력으로 질주하며 하는 사냥은, 그것도 숲에서 하는 사냥은, 새벽부터 오후 3시까지도 이어질 수 있는 장기전이니, 저리 좋아할 때가 아니다. 한편 일꾼의 개는 아주 멀리까지 가서 사냥감의 발자국을 찾아냈지만, 곧바로 놓쳐버렸다. 한 시간 뒤 주인에게 되돌아왔고 그들은 모두 함께 집으로 돌아갔다.

시합은 결론이 난 것은 아니었지만 쿠퍼 씨를 실망시켰다. 그래서 그 일 이후 그는 그냥 그 사실을 잊고 살았고, 그의 폭스테리어는 계속해서 쥐를 잡거나 제 굴 안의 도마뱀이나 여우, 그리고 도마뱀붙이를 사냥하곤 했다.

그러는 사이, 몇 날 며칠을 연이어 눈멀 것 같은 태양 빛에 후덥지근한 날들이 계속되었고, 찌는 듯한 한낮의 백색 하늘 아래 끈질기게 불어오는 북풍은 시든 채소를 누더기처럼 널어놓았다. 온도계는 35~40도에 머물러 있었고, 비 한 방울 내릴 기미를 보이지 않았다. 4일 동안은 구름이 끼더니, 질식할 것 같은 고요 속에 더위만 더욱 심해졌다. 한 달 내내 북쪽에서 불어온 불 같은 바람을 맞았으니 이제 남쪽으로부터 폭포수 같은 물을 되돌려 받을 수 있겠다는 희망이 마침내 완전히 사라졌을 때, 사람들은 이 재앙과도 같은 가뭄에 대해 체념해버리고 말았다.

폭스테리어는 그때부터 오렌지 나무 아래 앉아 살다시피 했는데, 왜냐하면 더위가 이성적인 어떤 한계를 넘어서면 개들은 호흡을 제대로 할 수 없어 푹 퍼져버리기 때문이다. 혀를 밖으로 빼문 채 반쯤 감긴 눈을 하고는, 봄에 파릇파릇 돋아났던 새싹들이 모두 죽음을 향해 나아가는 모습을 지켜보고만 있을 뿐이었다. 채소밭은 금세 망가졌다. 옥수수밭은 연두색에서 누리끼리하고 희끄무레한 색으로 변해버렸고, 11월 말이 되자 거무죽죽하게 황폐해진 개간지엔 잘린 옥수숫대들만 남아 있었다. 만디오카*만이, 그 와중에 영웅이 된 것처럼 꿋꿋이 견뎌내었다.

폭스테리어의 우물—그 수원水原은 이미 말라버렸다—에서는 녹색 빛이 돌던 물이 날마다 사라져갔고, 이제는 너무 뜨거워져서 야과이는 아침만 빼고는 그곳에 가지 않았다. 비록 숲

---

* 만디오카mandioca: 남미의 열대, 아열대 지방에서 많이 자라는 관목. 아르헨티나 이외의 남미 지역에서는 '유카yuca'라고 많이 부른다. 그 뿌리에서 녹말과 전분 가루, 타피오카 수프의 재료를 추출하는데 미시오네스에서는 대중적이고 기본적인 식재료이며 아르헨티나의 만디오카 주요 생산지가 미시오네스이다. 또한 남미의 많은 나라에서 여러 가지 요리의 재료로 쓰인다. 섬유질과 녹말이 풍부하고 맛은 고구마와 비슷해서 삶은 고구마처럼 삶아 먹기도 하고 감자 튀김처럼 튀겨 먹기도 한다.

의 가뭄이 그 우물로 몰아내었을 기니피그나 아구티,* 흰족제비의 흔적이 거기서 발견되기도 했지만 말이다.

목욕하고 돌아오는 길에, 그 개는 다시 자리 잡고 앉아 조금씩 조금씩 더해지는 바람을 보곤 했다. 동이 틀 무렵엔 15도까지 내려가 좀 시원했었으나 오후 2시가 되자 기온은 41도에 달했다. 건조한 대기 때문에 폭스테리어는 30분마다 물을 마시러 가야 했는데, 물통에는 목말라 죽을 지경인 꿀벌과 말벌들이 득실거려서 물을 마실 때마다 벌들과 한바탕 전투를 벌여야만 했다. 암탉들은 땅바닥에 날개를 떨구고선, 바나나나무와 원형 정자와 붉은 꽃 넝쿨이 만든 삼중의 그림자 안에 너부러진 채 숨만 헐떡였다. 뜨겁게 달궈진 모래 위나 불개미들을 순간적으로 죽여버리는 태양 아래로는 감히 한 발짝도 움직일 엄두를 내지 않았다.

폭스테리어의 눈에는 철광석 바위들, 화산석 부스러기, 멀미 나는 열기에 스스로 춤을 추는 밀림만이 가득했다. 서쪽으로는 숲을 낀 골짜기가 이중의 산맥 사이 저지대에 가라앉아 있고 그 바닥으로는 파라나강이 고이 잠들어 있었다. 아연이 함유된 물은 그 시간에는 죽은 듯 고요했으므로, 강이 소생하기 위해서는 오후의 태양이 지기만을 기다려야만 했다. 그때에는 대기가 그 시간까지 살짝 훈제된 듯이 수평선에다 짙은 증기의 베일을 드리웠다. 바로 그 너머로 태양이 강 위로 지면서 숨 막

* 아구티agouti: 중미와 남미 북부 및 중부에 사는 설치류. 강 유역의 열대림에 주로 서식한다.

히게 완벽한 핏빛 원을 그려놓고 있었다. 그사이에 바람은 완전히 멎었고, 여전히 뜨거운 공기 속에 대지 위를 기어가는 야과이는 조그마한 흰 얼룩처럼 보였으며, 검은 야자수들은 루비색으로 물든 강 위로 꼼짝도 하지 않은 채 윤곽을 뚜렷이 드러내어, 그 풍경은 마치 오아시스의 화려한 그늘과도 같은 느낌을 자아냈다.

똑같은 날들이 계속되었다. 폭스테리어의 우물은 아예 말라버렸고, 그때까지 야과이를 비껴갔던 인생의 쓴맛은 그날 오후 그 녀석에게 찾아오고야 말았다.

전부터 쿠퍼 씨의 한 친구는 이 흰 강아지를 달라고 여러 번 청했었다. 밀림에 사는 그 남자는 숲속에서 멧돼지를 쫓으며 많은 시간을 보내곤 했다. 그에게는 사냥에 훌륭한 개가 세 마리 있었는데, 이 녀석들은 지나치게 긴코너구리의 흔적만을 쫓는 경향이 있었다. 긴코너구리를 끌어들이는 일은 사냥꾼에게는 시간 낭비일뿐더러, 끔찍한 결과를 초래할 가능성까지 안고 있었는데, 왜냐하면 본래 긴코너구리의 이빨은 자기를 잡을 줄 모르는 개의 목덜미를 물어 죽이기 때문이다.

프라고소는 어느 날 야과이가 담비를 꼼짝없이 움직이지 못하게 하는 장면을 보았었다. 정확하게 등과 목덜미 사이를 물어버리는 저런 특별한 능력을 가진 강아지라면, 꼬리가 아무리 짧아도 예사 개는 아닐 것이라고 프라고소는 미루어 생각했다. 그래서 그는 쿠퍼 씨에게 야과이를 빌려달라고 여러 번이나 간청했던 것이다.

“제가 그 녀석을 잘 가르치겠습니다, 나리.” 프라고소가 그에게 말했었다.

"시간을 두고 보자고." 쿠퍼 씨는 이렇게 대답했었다.

하지만 그 압도적인 더위가 이어지던 때—프라고소의 방문이 그날 밤의 기억을 되살렸다—에, 쿠퍼 씨는 달리는 법을 가르칠 목적으로 그의 개를 프라고소에게 넘겼다.

달렸다. 의심할 여지도 없이, 쿠퍼 씨 자신이 바랐던 것보다 훨씬 잘 달렸다.

프라고소는 야베비리* 천川의 왼편 강가에 살았는데, 10월에 만디오카를 심었지만 아직은 나지 않았고 0.5헥타르의 옥수수와 강낭콩 농사는 완전히 망친 상태였다. 이 마지막 사실, 사냥꾼에게는 특별했겠지만 야과이에게는 거의 중요하지 않았던 사실이, 오히려 그 녀석의 식단을 뒤바꾸어버렸다. 쿠퍼 씨의 집에 살 때는 간단히 삶아 낸 만디오카 앞에서 꼬리를 흔들어대며 주인의 마음이 상하지 않게만 하면 되었고 옥수수죽 접시를 삼면 사면으로 킁킁대면서는 요리사의 심기를 건드리지만 않으면 되었다. 그런데 이제는 접시라도 핥으려—다른 세 마리의 동료들은 이미 다 닦아 먹었을 접시—주인이 식사하는 모습을 초롱초롱하게 눈을 박고 지켜보아야 하는 초조함이 어떤 건지 알게 되었고, 매일 던져주는 덜 익은 한 줌의 옥수수조차 조마조마하게 기다리는 신세가 되었다.

세 마리의 개들은 밤이 되면 스스로 사냥하러 나갔다. 이는

---

* 야베비리 천Yabebirí: 미시오네스 지방의 산이그나시오 구역의 남쪽 경계선을 형성하는 파라나강의 지류.

사냥꾼의 교육법에 꼭 맞는 계책이었다. 굶주림은 세 마리의 개들이 먹이를 찾아 자연스럽게 숲으로 가게 했지만, 그 폭스테리어는 오두막집에 꼼짝 않고 있었다. 왜냐하면 그곳이야말로 먹을 것의 냄새라도 맡을 수 있는 유일한 곳이었기 때문이다. 사냥하는 족족 잡은 것을 다 먹어치우지 않는 개는 사냥을 잘 못하는 개일 테다. 그런데 야과이가 속한 바로 그 품종은 애초부터 사냥을 단순히 스포츠로 즐기는 품종이다.

프라고소는 그 폭스테리어에게 이런저런 학습을 시키려 했다. 자유롭게 풀어주는 일이 다른 세 마리 개에게는 유용한 데 반해 야과이에게는 해롭기만 했다. 그 사실을 알고부터 그는 가르치기 더 좋은 시기를 기다리고자 야과이를 오두막집에 따로 떼어 놓았다.

그러는 사이 작년에 심어놓은 만디오카가 결실을 맺기 시작했다. 마지막 옥수수 이삭들은 바닥에 굴러다녔으나 알맹이 없이 희기만 했다. 날 때부터 배고픔에 익숙한 세 마리의 개들에게도 이 굶주림은 지독했고, 야과이도 이 굶주림에 내장이 말려들어 갔다. 그 새로운 생활 속에서 야과이는 이 나라 개들의 굽실거리는 태도와 노예근성, 그리고 변덕스러운 기질을 놀라운 속도로 습득했다. 또 밤에는 이웃 오두막집 주위를 어슬렁거리다 조심스레 다가가서 다리를 탄력 있게 구부린 채, 위협이 되는 그 어떤 작은 소리라도 들리면 아프리카수염새 풀포기 아래로 천천히 몸을 숙이는 법을 배웠다. 아무리 화가 나거나 무섭더라도 짖지 않는 법을 배웠고, 이웃집 똥개가 집을 지키고 있을 때는 소리 나지 않게 으르렁거리는 법도 배웠다. 닭장에 찾아가는 법을, 포개진 두 접시를 주둥이로 분리하는 법을, 그리고 혼낼 사람이 없는 강가 저지대 풀숲에서 몰래 먹을 목적으로 소기름 캔을 입으로 운반하는 법을 배웠다. 수지獸脂 먹인 가죽 채찍 맛과, 기름칠한 신발 맛과, 솥에 눌어붙은 그을음의 맛을 알게 되었고, 어쩌다 한번은, 채집하여 대나무 통에 담아놓은 꿀의 맛도 보았다. 행인이 지나갈 때는, 길에서 조금 떨어져서, 눈으로는 그를 쫓으면서도 몸은 목초지 사이로 수그리는 조심성도 익혔다. 그리하여 1월 말이 되자, 이글거리는 눈빛과 그 두 눈 위로 쫑긋 세운 귀를 가졌던, 그리고 도발적으로 꼬리를 세우고 있었던 폭스테리어는 이제 더 이상 없었고, 귀를 뒤로 늘어뜨리고 뒤가 구린 듯 꼬리를 감춘 채 주인 모르게 길가를 종종걸음으로 배회하는, 뼈다귀만 앙상한 옴 오른 개 한 마리만 남아 있었다.

가뭄은 계속되었다. 숲은 조금씩 조금씩 사막화되어 동물들은 한때 큰 내를 이루었었던 실개울로 모여들었다. 세 마리 개들이 사는 곳은 짐승들이 물을 마시는 곳과는 거리가 있어서 그곳까지 가는 길을 조금씩 차지하며 나아갔으나, 절반의 성공밖에는 거두지 못했다. 왜냐하면 물을 마시는 곳은 재규어의 차지가 되었기 때문이었다. 그리하여 그 녀석들은 이제 자질구레한 사냥조차 마음 놓고 할 수 없었다. 프라고소는 배고픔 때문이 아니라 폐허가 된 개간지 걱정과 지주와의 새로운 불화 때문에 사냥할 기분이 나지 않았다. 상황이 그렇게 위협적으로 전개되어 아슬아슬한 위기에 닥쳤을 때, 뜻밖의 사정이 이 슬픈 사냥개들에게 한 줄기 숨통을 틔워주었다.

어느 날 프라고소는 산이그나시오*로 가야 했다. 네 마리 개들 모두 그와 함께 갔다. 그 녀석들은 초목의 상쾌한 기운—원한다면 간신히 느낄 수 있을 만큼 미약하기는 했다—에 코를 벌름거렸는데, 저 더위와 가뭄의 지옥에서는 느낄 수 없었던 작지만 분명한 생명의 기운이었다. 실제로 산이그나시오는 피해가 좀 덜했다. 그 덕에 몇몇 옥수수밭은, 물론 빈약하기는 해도 제 줄기를 세워 지탱하고 있었다.

그날은 아무것도 먹지 못했다. 하지만 말 뒤를 따라 숨을 헐떡이며 돌아오는 길에도 개들은 그 상쾌한 기분을 잊을 수가 없어, 다음 날 밤 모두 함께 소리를 죽이고 종종걸음을 쳐 산이그나시오로 갔다. 야베비리 천 가에 멈춘 녀석들은 물 내음을 맡았고 맞은 편 강가를 향해 떨리는 주둥이를 들어 올렸다. 누르스름한 빛의 그믐달이 떠올랐다. 개들은 조심스레 바위 표면을 따라 나아가, 여기서도 풍덩 저기서도 풍덩 강에 뛰어들었고 헤엄치며 놀았다. 물길은 고갈되지 않았고, 수심은 보통 3미터 정도였다.

물을 거의 털어내지도 않고, 그 녀석들은 다시 소리를 죽이고 집요하게 종종걸음 쳐 가장 가까운 옥수수밭으로 갔다. 거기서 야과이는 동료들이 어떻게 옥수수 싹을 이빨로 깨부수는

---

* 산이그나시오San Ignacio: 미시오네스주의 행정구역 중 하나의 이름이자 파라나강과 야베비리 천 사이에 위치한 마을 이름. 유네스코 세계 문화유산으로 등록된 예수회 유적 '산이그나시오 미니'가 이곳에 있고, 키로가의 삶과 작품에서 아주 중요한 공간이다. 키로가는 이 마을 외곽 파라나강이 내려다보이는 곳에 집을 짓고 살았으며 이곳의 배경과 주민들이 그의 이야기 속에서 반복적으로 등장한다.

지, 게걸스럽게 바스락거리며 질겅질겅 씹어대면서 연한 이삭에서부터 옥수수 속대까지 먹어치우는지 보았다. 야과이도 똑같이 했다. 그리고 한 시간 동안 말라비틀어진 나무들의 검은 묘지 속에서, 그믐달의 음울한 빛이 더욱 소름 끼치게 변해가는 그곳에서, 개들은 서로 으르렁거리며 여기로 저기로 옥수숫대 사이를 뛰어다녔다.

그 녀석들은 이곳으로 세 번 더 돌아왔다. 마지막 밤에는 아주 가까운 곳에서 총성이 울려 경계 태세를 갖춰야만 했다. 그러나 이 모험과 프라고소의 산이그나시오로의 이주는 그 때를 같이 했기에, 개들은 크게 아쉬워하지는 않았다.

프라고소는 결국 그곳으로 이주하는 데 성공했다. 거주지 안쪽 제일 깊숙한 곳이었다. 타콰피 대나무가 이리저리 얽힌 숲은 이곳이 훌륭한 땅임을 말해주고 있었다. 마체테로 베어내 바닥에 늘어놓은 거대한 대나무 뭉텅이들을 보니, 굉장히 멋진 개간지를 만들 준비를 하는 모양이었다.

프라고소가 여기 와 정착했을 때에는, 타콰피 대나무가 말라가고 있었다. 그는 기적같이 비가 올 것이라 믿으며 4분의 1헥타르의 땅의 대나무들을 재빨리 다 베어내고 태웠다. 날씨는 실제로 조금씩 누그러지고 있었다. 희기만 했던 하늘은 납빛으로 변했고, 가장 뜨거운 시간에도 거무죽죽한 윤곽을 드러낸 적란운이 지평선 위에 훤히 보였다. 수은주는 39도를 가리키고 있었고 맹렬한 북풍이 결국 12밀리미터의 비를 뿌렸다. 옥수수밭에 내린 비에 프라고소는 무척 행복해했다. 싹이 나는 게 보였다. 그리고 5센티미터까지 훌륭하게 자라났다. 하지만 그게 다였다.

타콰피 대나무에는 뜻밖에도 그 아래에서 싹을 갉아먹고 사는 설치류가 헤아릴 수 없이 많았다. 대나무가 말라버리면 거기 살던 이들이 뿔뿔이 흩어져 배고픔을 견디지 못하고 농장으로 들어온다. 이래서 프라고소의 세 마리 개들이 어느 날 밤 밖에 나갔다가 물린 주둥이를 비벼대면서 곧바로 돌아왔던 것이다. 바로 그날 밤 프라고소는 소기름 캔을 습격한 쥐 네 마리를 죽였다.

야과이는 그날 거기 없었다. 그러나 다음 날 밤에는 야과이도 동료들과 함께 숲에 들어갔는데 (폭스테리어는 짐승들의 흔적을 쫓아 달리지는 않지만, 아르마딜로의 갑옷을 벗기는 법이나 우루새의 둥지를 찾아내는 방법은 완벽하게 알고 있었다), 다른 동료들이 개간지를 가로지르지 않고 우회하는 걸 보고 의아하게 생각했다. 그런데도 야과이는 개간지로 나아갔고, 잠시 후 발을 물렸다. 사방에서 그림자들이 빠르게 달려오고 있었다.

야과이는 그게 무엇인지 보고야 말았다. 이 비참한 삶 속에서 열대림의 완전한 야만성에 눈을 뜨자, 순간적으로 그의 눈에는 광채가 돌기 시작했다. 꼬리를 빳빳이 치켜세운 모습이 나무랄 데 없이 훌륭한 영국 개의 전투적인 자세였다. 굶주림, 굴욕, 그간 물든 나쁜 습관이, 사방팔방에서 몰려드는 쥐 앞에서 순식간에 사라졌다. 이윽고 전투에 몸을 던졌고, 극도의 피로에도 불구하고 여기저기에서 오두막집을 침범하고 있는 굶주린 쥐들을 쫓아 피투성이가 된 채로, 마구 돌진했다.

프라고소는 그동안 잊고 있었던 저 사나운 신경계와 근육계의 에너지에 완전히 매혹되었고, 기억 속에서 야과이가 예전에 담비와 전투를 벌이던 장면이 떠올랐다. 등을 꽉 무는 것이 그 때와 똑같았다. 아래턱으로의 군더더기 없는 공격, 그리고 또 다른 쥐로의 돌진.

동시에 그는 오두막집을 침범하고 있는 이 불길한 쥐들이 어디에서 온 건지 알아차리고 한참을 큰 소리로 욕을 내뱉더니, 옥수수밭을 지키기 위해 길을 나섰다. 야과이 혼자 해낼 수 있을까? 그는 개간지로 나가, 폭스테리어 야과이를 쓰다듬으며 다른 개들을 부르기 위해 휘파람을 불었다. 호랑이도 쫓을 것 같던 이 개들은 고작 쥐 이빨에 주둥이를 물려 끽끽거리며 두 앞발로 아픈 주둥이를 마구 비벼대고 있었다. 프라고소와 야과이만이 종일 분투했다. 프라고소의 손목은 욱신거렸고 야과이는 숨을 내쉴 때마다 코에서 피 섞인 거품이 일었다.

12일이 지나자, 프라고소와 폭스테리어가 어떻게든 살려보려고 그리 노력했음에도 불구하고 개간지는 다 망가지고 말았다. 쥐들은, 자고새와 똑같이, 이 작은 식물에 아직 붙어 있는 낟알들까지 다 꺼내 먹는 법을 매우 잘 알고 있었다. 날씨는 또다시 뜨거워져 새로 심은 작물에도 작은 그림자 한 점 허락하지 않았다. 프라고소는 어쩔 수 없이 일감을 찾아 산이그나시오 읍내로 가야만 했기 때문에 개는 그 길에 쿠퍼 씨에게 돌려주어야 했다. 아직 이 개와 제대로 즐거운 시간을 거의 갖지 못했는데도 말이다. 그는 개를 돌려주기로 하면서 진심으로 슬퍼했다. 그들의 마지막 모험에서 그는 폭스테리어를 진정한 사냥의 무대에 올려놓았고, 바로 이 흰 강아지 덕에 그의 사냥꾼으로서의 위치는 굉장히 높아졌었으니까.

돌아가는 길에 폭스테리어는, 야베비리 천 기슭의 아득한 곳에서 가뭄으로 불타는 저지대 풀숲이 파열되는 듯한 소리를 들었다. 숲 가장자리에서 암소들이 구름처럼 몰려든 쇠파리 떼를 견디며 가슴으로 카티구아 나무를 밀어내는 것을, 활처럼 휜 나무줄기에 올라타 잎사귀를 따먹기 위해 안간힘을 쓰는 것을 보았다. 딱딱한 투나 선인장이 접어 내린 돛처럼 접혀 있는 것을 보았고, 38~40도의 오후의 안개 자욱한 지평선 위로, 또다시 벌겋고 뿌연 동그라미를 그리며 숨 막힐 듯 지는 태양을 보았다.

30분이 지나 산이그나시오에 들어섰지만 쿠퍼 씨네 집까지 가기에는 이미 늦었으므로, 프라고소는 방문 계획을 다음 날 아침으로 미루었다. 세 마리의 개들은 배가 고파 죽을 지경이기는 했지만 잘 알지 못하는 땅을 배회하는 모험을 할 생각을 감히 하지 않았다. 야과이만은 달랐다. 쿠퍼 씨의 말 앞에서 함께 달리기하던 예전의 기억은 돌연 그 녀석을 깨웠고, 곧장 주인의 집을 향해 일직선으로 나아갔다.

넉 달 동안이나 나라에 가뭄이 이어지고 있는 이 비정상적인 상황—의미를 더 명확히 하자면, 미시오네스 지방의 유독 심한 가뭄—은, 풍족해야 할 시기에 오히려 앙상해져버린 일꾼들의 개들을 밤에 도둑질이나 하게끔 밖으로 내몰았는데, 그 도둑질의 정도는 참을 수 없을 만큼 극성스러웠다. 한낮에 쿠퍼 씨는 이미 암탉 세 마리를 잃는 사건을 겪었다. 개들이 숲으로 물고 간 것이다. 게으른 어떤 주민은 직접 먹을 것을 구하려는 노력은 하지 않고, 개들이 훔쳐 온 것을 나눠 먹으려 자기 강아지들에게 이런 술책을 가르치는 데에 재능을 발휘한다는 사실을 생각해 보면, 쿠퍼 씨가 얼마나 인내심을 잃었을지 이해할 수 있을 것이다. 그리하여 그는 밤도둑들을 향해 용서할 수 없는 마음으로 엽총을 쏘아대곤 했다. 단지 산탄만을 사용했다고는 해도 그것이 가져올 교훈은 가혹했다.

그러던 어느 날 밤에 쿠퍼 씨가 막 잠자리에 들려는 찰나, 경계심을 늦추지 않고 있던 그의 귀에 철망을 억지로 넘으려 발톱을 쳐대는 적의 소음이 들렸다. 그는 성이 난 몸짓으로 벽에 걸린 엽총을 집어 들었고, 밖으로 나오자 뒤뜰로 막 들어서려는 흰 얼룩이 보였다. 재빨리 한 발 쏘았다. 동물의 울부짖음이 가슴을 뚫고 지나갔고, 뒷발을 끌고 기어가는 모습이 급습에 질겁한 도망자의 것이었다. 더 무언가를 설명할 수는 없었다. 왜냐하면 곧바로 사라졌기 때문이다. 그곳까지 가봤지만 개는 이미 보이지 않았다. 쿠퍼 씨는 다시 집으로 들어왔다.

"뭐에요, 아빠?" 침대에 누워 있던 그의 딸이 물었다.

"개에요?"

"응" 쿠퍼 씨가 엽총을 걸어놓으며 대꾸했다.

"좀 가까이서 쐈어……"

"큰 개에요, 아빠?"

"아냐, 작은 놈이었어."

잠시 정적이 흘렀다.

"힝, 불쌍한 야과이!" 그의 딸 훌리아가 계속 말했다. "괜찮을까!"

별안간 쿠퍼 씨의 기억에 개의 울부짖음을 듣는 순간 가슴이 아파왔던 느낌이 떠올랐다. 뭔가 야과이 같은 녀석이 거기 있었어…… 하지만 동시에 그럴 가능성이 얼마나 있겠는가 하고 생각하면서 잠을 청했다.

다음 날 아침, 아주 이른 시간에 쿠퍼 씨는 핏자국을 따라갔다. 바나나밭 우물가에서 그는 죽은 야과이를 발견했다.

최악의 기분으로 집에 돌아가자 훌리아의 첫 질문은 역시 그 작은 개에 대한 것이었다.

"죽은 거지? 아빠?"

"그래, 저기 우물가에서…… 야과이더구나."

삽을 집어 들었다. 그리고 망연자실한 채 아빠 뒤를 따르는 두 자식과 함께 그는 우물가로 갔다. 훌리아는 몸이 굳어 꼼짝도 하지 못한 채 잠시 야과이를 바라보더니, 천천히 다가가 쿠퍼 씨의 바짓가랑이를 붙잡고 흐느껴 울었다.

"무슨 짓을 한 거예요, 아빠!"

"몰랐단다, 아가야…… 잠시만 물러서 있거라."

그는 바나나밭에 그의 개를 묻어주고는, 그 위에 흙을 덮고 땅을 다졌다. 그리고 깊은 슬픔에 잠겨 집으로 돌아갔다. 그의 양손을 붙잡고 있는 어린아이 둘이 아빠가 눈치채지 못하게 소리 죽여 울고 있었다.

주간지 『프라이 모초』, 제2년, 통권 87호(1913. 12. 26.)

따귀 한 대

보름에 한 번씩 알토 파라나* 지방으로 강을 거슬러 오르는 메테오로호의 관리자 아코스타는 다음과 같은 한 가지 사실을 아주 잘 알고 있었다. 세상 그 어떤 것도, 이 강물의 흐름조차도, 이보다 더 빠를 수 없는 것이 있는데, 바로 작업장에 던져진 사탕수수주酒 한 통의 폭발이 그것이다. 코르네르와의 그 사건은 그곳에서, 그러니까 그가 잘 알고 있는 그 지긋지긋한 땅에서 그냥 끝날 수도 있는 일이었다.

알토 파라나 지방의 법, 그 절대적인 규칙에 의하면—단 하나 예외는 있다—작업장에서는 사탕수수주酒를 금하게 되어 있다. 가게에서도 판매가 금지되어 있고, 직접 담근 것이라 해

---

* 알토 파라나Alto Paraná: 파라나강 상류 지역를 부르던 이름. 지금은 파라과이의 주州 이름—당시에는 행정구역 이름은 아니었다—으로, 파라나강에 접하며 서쪽에 자리잡은 곳인데, 파라나강을 사이에 두고 위쪽에서는 브라질 파라나 주—당시에는 과이라 지방으로 불렸다—와, 아래쪽에서는 아르헨티나 미시오네스주와 만나는 지역이다. 당시에는 현재의 알토 파라나 주만을 가리키기보다는 넓은 의미에서 '파라나강 상류 지역'이라는 뜻으로 많이 썼다. 19세기 말에서 20세기 초에 마테차 재배와 벌목 작업이 활발했던 곳이다.

도 단 한 병도 용인하지 않는다. 작업장에는 달품팔이 노동자들의 머릿속에 떠올려서 좋을 게 없는 비통한 기억과 원한들이 있다. 백 그램의 알코올이라도 머리에 돌게 된다면 작업장은 두 시간도 안 돼서 전쟁터가 될 것이다.

아코스타는 이 중요한 감정의 폭발을 그다지 신경 쓰지 않았으므로 기지를 발휘해 약간의 술을 밀반입하여, 각각의 항구마다 배가 떠나는 길에 일꾼들이 증기선 안에서 재빨리 한 잔씩 들이켜게 했다. 선장도 그 사실을 알고 있었고, 또한 거의 고용주들과 관리자들로만 구성된 다른 승객들도 마찬가지였다. 하지만 코리엔테스 출신의 간사한 아코스타는 늘 적절한 양을 넘기지 않았기 때문에 모든 것은 순조롭게 진행되었다.

여기까지는 좋았는데, 하루는 소란 피우기 좋아하는 한 무리의 일꾼들이 끈질기게 술을 청했고, 불운이 아코스타의 귀에, 그동안 신중하게 잘 지켜왔던 엄격한 술 배급을 오늘은 좀 풀어주는 게 어떻겠냐고 속삭였다. 결과는 환희에 찬 축제였다. 달품팔이 노동자들은 해방감에 취해 짐 가방 위에 올라가 세상이 빙빙 돌 만큼 춤을 추었고, 기타 선율은 허공을 감쌌다.

이 스캔들은 심각했다. 선장과 승객 대부분이 새로운 춤판이 필요하여 다들 갑판으로 내려왔는데, 마침 그때 허공을 가른 가죽 채찍이 술 취한 머리통들 위로 떨어졌다. 이런 행위는 늘상 있는 일이었으나 선장이 아주 세게 얻어맞고 말았다. 소란은 곧바로 진정되었다. 다른 사람들에 비해 가장 거칠게 굴었던 달품팔이 하나가 잡혀가 주 돛대에 묶였고, 모든 것은 일상의 규범으로 돌아갔다.

이제 화살은 아코스타에게로 향했다. 증기선이 정박해 있던 항구의 소유주이자 그 항구에 있는 작업장의 고용주 코르네르가 아코스타를 공격하기 시작했다.

"당신, 바로 당신이 문제요, 이 사달이 난 건 당신 탓이라고요. 고작 10센타보나 벌자고, 일꾼들에게서 손을 놓아버리니 이리 난장판이 돼버린 거요!"

관리자 아코스타는, 메스티소*의 입장이었으므로, 그의 비판을 수긍하고 받아들일 수밖에 없었다.

"당신, 입 좀 다물고, 부끄러운 줄 아시오!" 코르네르가 계속해서 아코스타를 비난했다. "고작 10센타보 때문에…… 그래도 이건 확실히 합시다, 포사다스에 도착하자마자 나는 미타인 씨께 이 비리를 고발하겠소!"

미타인 씨는 메테오로호의 선주船主로, 아코스타를 크게 신경 쓰지 않는 사람이다. 아코스타는 결국 인내심을 잃고 말았다.

"어차피" 그가 대답했다. "당신은 이 일과 아무 상관도 없잖아요…… 당신 맘에 들지 않는다면, 누구에게든 불평하도록 하세요…… 하지만 여기는 제 담당이고 저는 제가 하고 싶은 대로 하겠습니다."

"그렇게 나오면 어떻게 되나 한번 봅시다!" 코르네르가 그리 외치며 위로 올라가려고 했다. 그런데 계단에 서자 청동 난간

* 메스티소mestizo: 유럽계 백인과 인디오 사이에서 난 혼혈인. 작품의 배경이 되는 시기의 아르헨티나는 소수의 상류층 백인들이 농장이나 목장을 거의 독점하고 있었다. 당시 아르헨티나에서 혼혈인과 인디오는 공공연한 차별을 받았으며, 심지어 학살과 추방의 대상이었다.

위로 주 돛대에 묶여 있던 달품팔이를 보게 되었다. 그 죄수의 시선에 빈정거림이 서려 있었을 수도 있고 그렇지 않았을 수도 있지만 코르네르는 그런 빛이 있다고 확신했고, 차가운 눈에 뾰족한 콧수염을 한 저 작은 인디오가 석 달 전에 자신과 어떤 문제로 엮였던 일꾼이라는 걸 알아보았다.

그는 분노에 더욱 벌게져서 주 돛대 앞으로 걸음을 내디뎠다. 그 일꾼은 한순간도 얼굴에 띤 엷은 미소를 거두지 않고 그가 다가오는 것을 보고 있었다.

"너 도대체 뭐야!" 코르네르가 그에게 말했다.

"가는 길마다 꼭 내가 널 만나야만 하는 거냐! 작업장에는 발도 붙이지 말라고 했을 텐데! 이번엔 어디서 나타난 거냐…… 이 잘난 척하는 새끼야!"

그 달품팔이는 아무 말도 듣지 못한 것처럼 계속해서 그 미묘한 웃음을 지으며 그를 쳐다보았다. 그러자 코르네르는 노여움에 눈이 멀어 그의 오른뺨과 왼뺨을 연달아 후려갈겼다.

"이거나 먹어라…… 이 잘난 척하는 새끼야! 너 같은 놈들은 이렇게 다뤄야 하는 거라고!"

그 달품팔이의 뺨은 자줏빛으로 변했고, 그는 코르네르를 똑바로 쳐다보았다. 코르네르는 그가 웅얼거리는 몇 마디 말을 들은 듯했다.

"언젠가는……"

코르네르는 다시 한번 그를 협박하여 꼼짝 못 하게 하고 싶은 충동을 느꼈으나 간신히 억누르고 뒤돌아 올라와 이곳을 이런 지옥으로 만든 장본인인 관리자에게 욕설을 퍼부었다.

그러나 이번에는 아코스타가 공격할 차례였다. 어떻게 하면 코르네르를 아주 깊이 괴롭힐 수 있을까? 저 붉으락푸르락한 얼굴을, 저 기다란 혓바닥을, 그리고 그의 저주받을 작업장을 말이다.

복수의 활로를 찾는 일은 그리 오래 걸리지 않았다. 상류를 거슬러 오르는 다음 여정부터 아코스타는 조심스럽게, 프로푼디다드 항(코르네르의 항구)에 내리는 일꾼에게 한두 통의 사탕수수주를 몰래 공급했다. 달품팔이 노동자들은 평소보다 더 우는 소리를 내며 짐 가방에 숨겨둔 밀반입품을 통과시켰고, 바로 그날 밤에 코르네르의 작업장에서는 불이 났다.

메테오로호가 강을 거슬러 올라간 뒤 두 달 동안은, 강을 따라 내려오던 증기선이 프로푼디다드 항에 들를 때마다 그곳 작업장에서 반드시 너덧의 부상자가 실려 나왔다. 코르네르는 절망했고, 사탕수수주 밀수꾼이 누구인지, 방화범이 누구인지도 도무지 찾을 수가 없었다. 그 시기가 다 지나갈 때쯤에는 술 취한 일꾼들이 일손을 놓아 주인 없는 마체테만 뒹구는 상태였으므로, 아코스타는 더 이상 화를 키우지는 말아야 하지 않을까 하고 신중하게 고민했다. 어쨌든 이는 좋은 거래였다. 코리엔테스 출신의 그에게는, 말하자면 복수와 이윤을 의미했다. 코르네르의 벗겨진 머리통에 제대로 한 방 먹인 것이다.

2년이 흘렀다. 따귀를 맞은 그 달품팔이는 여러 군데의 작업장에서 일을 했었는데, 프로푼디다드 항에는 단 한 발짝도 딛는 것이 허락되지 않았다. 코르네르와의 오래된 원한과 주 돛대에서 있었던 사건 때문에, 그 작은 인디오는 이미 당국의 마음에 들지 않는 사람이 되었던 것이다. 그러는 사이 그 달품팔이는 토착민들과의 향락에 젖어 긴 시간 동안 포사다스에 머무르곤 했고, 여기저기 방랑하면서 여자들의 가슴에 불을 지르는 그의 뾰족한 콧수염 덕에 먹고 살았다. 그의 짧은 갈기 모양의 머리 스타일은 특히 이 북쪽 지방에서는 찾아보기 힘든 스타일이어서 여자들이 무척 좋아했고, 그는 로션과 향유를 잔뜩 뿌리고 여자들을 유혹했다.

날씨 좋은 어느 날 그는 지나는 길에서 만난 첫번째 도급 계약 제안을 받아들이기로 했고, 그리하여 다시 파라나강을 거슬러 올랐다. 그는 금세 선불금을 청산했다. 그에게는 튼튼한 팔뚝이 있었으니까. 그는 일을 계속 하기 위하여 이 항구 저 항구에 내렸고 이번에는 진짜 원하는 곳에 가기 위해 모든 곳을 알아보았다. 하지만 허사였다. 다른 모든 작업장에서는 그를 기쁘게 받아들였지만 프로푼디다드만은 예외였다. 거기서는 그를 원하지 않았다. 그러자 모든 것에 넌더리가 났고 아무런 의욕도 없었다. 그는 다시 몇 달을 포사다스에서 뭉갰고, 그러면서 몸은 쇠약해졌고 그의 콧수염은 향수 냄새에 푹 빠져 살았다.

또다시 3년이 쏜살같이 흘러갔다. 그동안 그 달품팔이는 알토 파라나 지방으로는 단 한 번밖에 올라가지 않았고, 결국 그는 숲에서 일하는 노동자들의 생계수단보다 자신의 현재 삶의 생계수단이 훨씬 덜 피로하다고 생각하게 되었다. 예전의 생활에서는 두 팔이 고되고 힘들었던 것이 이제는 두 다리가 쉼 없이 고생하는 것으로 바뀌기는 했지만, 그는 거기서 즐거움을 찾았다.

그는 바하다 지구와 항구 외에는 포사다스를 잘 알지 못했다—적어도 자주 가지는 않았다. 그는 달품팔이 구역 밖으로는 잘 나가지 않았던 것이다. 그는 한 여자의 오두막에서 다른 여자의 오두막으로 옮겨 다니다 선술집에 들르곤 했는데, 그런 뒤에는 항구에 나가 코러스를 넣듯 늑대 울음소리를 내며 매일 들어오는 달품팔이들을 맞이했고, 이어 5센타보짜리 춤판으로 밤을 마무리했다.

"어이 친구!" 일꾼들이 그에게 소리쳤다.

"자네는 더 이상 도끼질을 좋아하지 않는구먼! 마을 댄스파티를 좋아하잖나, 친구!"

그 작은 인디오는 미소지었고, 자신의 조그만 콧수염과 윤이 나는 갈기 같은 머리를 만족스러워 했다.

그러던 어느 날, 방금 하선한 한 무리의 달품팔이들에게 굉장한 조건의 선불금을 제시하는 도급업자들의 말에 그는 고개가 홱 돌아가고 귀가 번쩍 뜨였다. 카브리우바 항에서의 도급 계약에 관한 것이었는데, 일하게 될 곳은 과이라 폭포* 근처였다. 코르네르가 경영하는 회사에서 진행하는 일이었다. 그 곳

* 과이라 폭포Los saltos de Guairá: 파라나강에서 가장 큰 폭포였으나 1982년 이타이푸 댐—중국 싼샤 댐 건설 이전까지 세계 최대 규모의 댐이었다—의 건설로 인해 사라졌다. 파라나강 상류, 파라과이와 브라질이 국경을 이루는 곳에 있으며, '과이라'는 지금의 브라질 파라나주州가 있는 지역을 부르던 이름이다. 과이라 지방은 파라나강을 사이에 두고 파라과이 알토 파라나주와 마주보고 있으며 남쪽에서는 아르헨티나 미시오네스주와 만난다.

절벽에는 목재가 많았고, 사람이 필요했다. 일급이 좋은 데다가 사탕수수주도 제공한다는 말이 돌았다.

3일 후, 아홉 달 동안의 작업에 수척해진 모습으로 배에서 내렸던 그 달품팔이들이 48시간동안 200페소의 선불금을 환상적으로, 그리고 무서운 속도로 탕진해버리고는 다시 배에 올랐다.

그들 사이에서 곱상한 젊은이가 보여 일꾼들은 조금 놀랐다.

"파티는 끝났구려, 친구!" 일꾼들이 그에게 외쳤다.

"이제 또다시 도끼질이구먼, 에구 이런 망할 놈의……!"

그들은 카브리우바 항에 도착했고, 바로 그날 오후부터 그가 속한 조組는 뗏목으로 향했다.

당연하게도 시간은 흘러갔고, 두 달 동안 그들은 불 같은 태양 아래서 일을 했다. 절벽 높은 곳에서부터 강으로 나무를 굴려 떨어뜨리고, 지렛대 앞에서 일곱 명의 달품팔이가 열을 지어 얼굴이 시뻘게지도록 힘을 쓸 때면 그들의 목에서는 힘줄이 철사처럼 드러나곤 했다.

그런 다음에는 강에서 하는 일로, 발아래 스무 길 깊이의 물에서 헤엄을 쳐서 통나무를 한데 모아 예인하는 일이었는데, 물 밖으로는 머리와 팔만 내놓고 몇 시간을 계속해서 나무 귀퉁이에 꼼짝없이 붙어 있어야 했다. 네 시간이나 여섯 시간이 지나서야 사람들은 뗏목으로 기어올랐고, 더 정확히 말하자면 돛을 올리듯 몸을 뗏목 위로 끌어 올렸다. 몸이 꽁꽁 얼어붙은 채였고, 사정이 그러하기에 당국이 이런 경우를 위해 항상 사탕수수주를 조금 준비해두는 것—오로지 이때만큼은 법을 어기는 것이 허락된다—은 이상한 일이 아니었다. 사람들은 술을 한 잔씩 마시고 다시 물속으로 들어가는 것이다.

달품팔이는 이 거친 일에서 그렇게 자신의 역할을 다한 뒤, 거대한 뗏목을 타고 프로푼디다드 항으로 내려갔다. 우리의 그 남자는 항구에 내릴 허가를 받기 위한 무리에 속해 있었다. 실제로는 작업 관할 사무소에서 그를 못 알아보았거나, 아니면 일이 급하다는 이유로 못 본 척 했다. 확실한 것은 뗏목이 받아들여졌다는 것이다. 그 달품팔이는 다른 세 명의 일꾼과 한 조가 되었고, 그들에게는 십수 킬로미터 들어간 곳에 있는 카레리아까지 짐을 실은 노새 행렬을 이끌고 가는 일이 맡겨졌다. 그 달품팔이는 군소리 하나 없이 다음 날 아침 밀림에 난 주 통행로를 따라 노새 떼를 몰며 길을 나섰다.

그날은 무척 더웠다. 양옆의 나무숲 사이로 붉은 길이 태양빛에 눈부시게 빛났다. 그 시간대의 밀림은 너무 고요해서, 화산지대의 모래 위에 대기의 진동이 한층 더 심하게 느껴져 멀미가 날 것 같았다. 바람 한 점 불지 않았고, 새 한 마리 지저귀지 않았다. 수직으로 내리쬐는 태양 아래 매미들도 입을 다물었고, 등에 떼를 후광처럼 달고 가는 노새 행렬은 강한 빛과 심한 졸음에 고개를 떨구고 있었는데 시종일관 변함없는 모습으로 앞으로만 나아갈 뿐이었다.

1시가 되자 일꾼들은 마테차를 마시기 위해 길을 멈췄다. 잠시 후 길을 따라 그들을 향해 다가오는 주인님의 모습이 희미하게 보였다. 그는 혼자였고, 말을 타고 있었으며, 용설란 잎에서 뽑아낸 실로 짠 큼직한 피스 헬멧을 쓰고 있었다. 코르네르는 그들 앞에 멈춰 서서 가장 가까이에 있던 일꾼에게 두세 마디 질문을 하다가 물 주전자에 몸을 숙이고 있던 그 작은 인디오를 알아보았다.

땀으로 범벅이 된 코르네르의 얼굴은 한층 더 붉어졌고, 그는 말 등자를 딛고 일어섰다.

"어이, 너! 여기서 뭘 하는 거야!" 그는 화가 나서 소리쳤다.

그 작은 인디오는 천천히 상체를 일으켰다.

"사람을 보았으면 인사부터 하는 법이란 걸 모르는 것 같습니다만."

주인님을 향해 한 걸음 다가가며 대답했다.

코르네르는 권총을 꺼냈고 그의 총구가 불을 뿜었다. 그러나 발포에는 시간이 걸렸고, 탄환은 멋대로 날아갔다. 오히려 되받아치는 마체테의 일격이 권총과 방아쇠를 당기던 집게손가락을 허공에 날렸다. 순식간에 코르네르는 땅에 떨어졌고, 그 작은 인디오가 그의 몸 위에 있었다.

일꾼들은 그 자리에서 얼어붙었다. 동료의 대담한 행동에 한 방 먹은 기색이 역력했다.

"당신들은 계속 길을 가시오!" 인디오가 고개도 돌리지 않은 채 목멘 소리로 고함쳤다. 일꾼들은 어쨌든 명령에 따라 노새를 계속 몰고 가야 했으므로 다시 서둘러 길을 떠났다. 노새의 행렬은 이윽고 길에서 사라졌다.

그러는 동안 달품팔이는 코르네르를 바닥에서 일어나지 못하게 계속해서 내리누르고 있었고, 그자에게서 칼을 뺏어 멀리 집어 던졌다. 그러고는 벌떡 일어나 똑바로 섰다. 그의 손에는 브라질맥貘* 가죽으로 만든 주인님의 가죽 채찍이 들려 있었다.

"일어나라." 그가 말했다.

코르네르는 피와 모욕감으로 범벅이 되어 일어나 그에게 와락 덤벼들려고 했다. 그러나 채찍이 그의 얼굴을 사납게 내리쳤고, 그는 바닥에 나동그라졌다.

"일어나라." 달품팔이가 또다시 말했다.

코르네르는 다시 일어났다.

"이제 걸어라."

분노에 정신 나간 코르네르가 또다시 공격할 수도 있었으므로 달품팔이는 가죽 채찍으로 그의 등을 내리쳤다. 착 감기는 끔찍한 타격음이 울렸다.

"걸어라."

코르네르는 걸었다. 그가 느낀 굴욕감은 뇌졸중을 일으킬 것만 같았으나 손에서 철철 흐르는 피와 그로 인한 피로감을 이겨내지 못했고, 그래서 그는 걸었다. 이따금씩 그는 수치심이 너무나도 심하여 걸음을 멈추곤 했고, 한 바가지의 협박을 폭풍처럼 내뱉었다. 하지만 달품팔이는 듣는 것 같지 않았다. 채찍만이 거듭하여, 지독하게도, 그의 목덜미를 내리치곤 했다.

"걸어라."

길에는 그들뿐이었다. 강쪽을 향해 걷는 침묵의 한 쌍이었다. 달품팔이는 약간 뒤에서 걷고 있었다. 태양은 머리를 달구

* 맥: 코와 윗입술이 길게 자란 모양의 멧돼지와 비슷하게 생긴 포유류.

었고, 장화를, 그리고 발을 달구었다. 아침과 마찬가지로 고요했고, 혼수상태와도 같은 밀림의 윙윙거리는 공간 속에 모든 것은 희미해졌다. 오직 코르네르의 등 위로 쉭 하고 내리치는 가죽 채찍 소리만이 간간이 울렸다.

"걸어라."

다섯 시간 동안, 몇 킬로미터를 계속해서 걸으면서 코르네르는 이 상황의 굴욕과 고통을 그 찌꺼기까지 다 흡수해버렸다. 아파서, 숨이 막혀서, 뇌졸중이 올 것 같은 순간적인 충격 때문에, 그는 별 소용도 없는데 몇 번이나 걸음을 멈추곤 했다. 달품팔이는 한마디도 하지 않은 채 채찍만 거듭 내리쳤고, 코르네르는 그냥 걸었다.

해가 질 때쯤, 작업 관할 사무소를 피해 가기 위해 이 둘은 밀림 주 통행로를 버리고 역시 파라나강으로 통하는 샛길로 빠졌다. 이렇게 진로가 바뀌자 코르네르는 도움을 받을 수 있는 마지막 가능성까지 사라졌다는 생각에 바닥에 드러누워버렸고, 한 걸음도 더 움직일 생각조차 하지 않았다. 그렇지만 그 가죽 채찍이 도끼질로 단련된 팔뚝의 힘에 의해 다시 채찍질을 시작했다.

"걸어라."

다섯번째 채찍질이 가해졌을 때 코르네르는 몸을 일으켰고, 마지막 15분 동안은 스무 걸음에 한 번씩 지칠 줄 모르는 힘으로 코르네르의 등과 목덜미에 채찍질이 계속되어, 코르네르는 몽유병 환자처럼 비틀대며 걸었다.

그들은 결국 강에 도착했고 강가를 거슬러 뗏목에 다다랐다.

코르네르는 뗏목에 올라야 했는데, 가능한 한 뗏목의 반대편 끝으로 걸어가야 했다. 뗏목 끝까지 가서는 체력이 한계에 다다라 두 팔 사이로 고개가 맥없이 무너져 내리더니 앞으로 고꾸라졌다.

달품팔이가 다가왔다.

"자," 드디어 입을 열었다.

"이건 네가 사람들에게 인사 좀 잘하라는 뜻이야…… 그리고 이건 또 한 번 사람들에게 손찌검해보라는 뜻이고……"

그러고는 가죽 채찍이, 코르네르의 머리와 목덜미 위로 쉼 없이, 그리고 변함없이 끔찍하고 맹렬한 기세로 쏟아졌고, 피투성이가 된 머리털 뭉치가 뽑혀 나왔다.

코르네르는 더 이상 움직임이 없었다. 그러자 달품팔이는 뗏목에 묶인 밧줄 하나를 잘라 카누에 올라서는 밧줄의 한쪽 끝을 선미에 묶고 힘차게 노를 젓기 시작했다.

거대한 통나무 더미를 끄는 힘이 약하다고 해도, 처음에 힘을 잘 쓰면 충분했다. 뗏목은 눈에 띄지 않게 조금씩 방향을 바꾸더니 강류로 말려들었고, 남자는 그 순간 카누에 묶여 있던 밧줄을 잘랐다.

태양은 좀 전에 졌다. 대기는 두 시간 전까지 하얗게 다 타버려 지금은 선선한 기운과 슬픈 고요만이 감돌고 있었다. 아직은 초록빛이 남아 있는 하늘 아래에 뗏목이 빙그르르 돌며 표류하고 있었고, 뗏목은 파라과이 쪽 강가에 어린 투명한 산 그림자 속으로 들어갔다가 다시 모습을 드러냈으나, 이제는 하나의 선처럼 보였다.

달품팔이 역시 브라질 쪽으로 비스듬히 표류하고 있었는데, 브라질은 이제 그가 남은 생이 다할 때까지 머물러야 할 땅이었다.

"나는 이제 국기國旗를 버릴 거야." 그는 이렇게 중얼거리며 그의 지친 손목에 실을 감았다.* 그러고는 틀림없이 재앙을 가져올 저 뗏목을 차가운 눈으로 한번 바라보더니, 잇새로 마지막 말을 뱉었다.

"어쨌든 저 놈은 이제 그 누구의 따귀도 때리지 못할 거라고! 이런 망할 외국놈!"

주간지 『프라이 모초』, 제5년, 통권 196호(1916. 1. 28.)

---

* 행운을 불러온다는 브라질 미신. 브라질로 도망가기로 하면서 손목에 실을 감는 것은, 이미 그 미신을 알고 있다는 뜻이다. 서로 문화를 공유하고 있는 국경 지방이기에 가능한 일이다.

아나콘다

I

그때는 밤 10시였고 숨이 막힐 듯이 무더웠다. 후덥지근한 날씨가 밀림을 짓누르고 있었고 바람 한 점 불지 않았다. 숯처럼 검은 하늘은 이따금 지평선 끝 이쪽저쪽에서 소리 없이 치는 번개에 번쩍이며 조금 열리는 듯했다. 하지만 남쪽 지방 소나기의 휘 하는 소리는 아직은 멀기만 했다.

흰 풀포기로 뒤덮인 대지 사이에 암소들이 지나가며 만들어 놓은 오솔길 위에서, 란세올라다가 독사라는 종족 특유의 느릿한 몸짓으로 앞으로 나아가고 있었다. 그 독사는 너무나도 아름다운 야라라 독사였다. 길이는 1미터 50센티미터에, 날씬한 몸에는 검은색의 각진 무늬가 있었고, 비늘과 비늘 사이사이가 보기 좋게 톱날 모양으로 잘려 있었다. 대지의 위험을 혀—뱀의 혀는 완벽하게 손가락의 역할을 한다—로 더듬어가며 안전하게 앞으로 나아가고 있었다.

사냥을 하러 가는 길이었다. 샛길의 교차로에서 멈춰 선 독사는 지루할 정도로 천천히 제 몸을 둘둘 말고는, 잠시 몸을 조금 더 움직여 자리를 잡았고, 똬리 높이까지 머리를 내리고 나서 아래턱을 몸 위에 딱 붙이고는 꼼짝도 하지 않는 자세로 기다리기 시작했다.

몇 분 또 몇 분이 흘러 다섯 시간을 기다렸다. 그 시간을 꼬박 미동도 없이 똑같은 자세를 유지했다. 재수 없는 밤이로군! 날이 새기 시작하여, 그녀는 생각을 바꿔먹고 철수하기로 했다. 보랏빛 동쪽 하늘에 광대한 그림자가 윤곽을 뚜렷이 드러내고 있었다.

"집 근처 쪽으로 가보고 싶은데." 야라라 독사가 말했다.

"며칠 전에 무슨 소리가 들렸으니, 경계해야 할 필요가 있어……"

그러고는 그림자 쪽을 향해 신중하게 나아갔다.

란세올라다가 언급한 집이란 회랑으로 둘러싸인 낡은 판잣집인데, 전체가 흰색이었다. 주위에는 두세 채의 창고 건물이 세워져 있었다. 먼 옛날부터 건물은 사람이 살지 않은 채로 비어 있는 상태였다. 그런데 지금은 이상한 소리가 들려왔다. 쇳소리라든가, 말들의 울음소리가. 몇 가지를 종합해보면, 멀리서부터 인간의 출현을 알려오고 있었다. 안 좋은 일이다……

하지만 확실히 할 필요가 있었기 때문에 란세올라다는 혹시나 하는 마음에 훨씬 더 빨리 움직였다.

열린 문을 통해 틀림없이 어떤 소리가 분명하게 귓가에 닿았다. 독사는 머리를 곧추세웠고, 지평선에서 여명이 밝아오고 있음을 알려주는 차갑도록 맑은 빛을 의식하고 있는 사이에, 좁고 긴 그림자를 보았다. 키가 크고 건장한 그 그림자는 그녀를 향해 다가오고 있었다. 발소리 또한 들렸다. 크게 거리를 두고 다가오는 분명하고 완벽한 습격의 소리였고, 역시 멀리서 적이 다가오고 있음을 알 수 있었다.

"인간이야!" 란세올라다가 중얼거리며 빛처럼 빠른 속도로 몸을 말고 경계 태세를 갖추었다.

그림자가 그녀 위로 드리워졌다. 거대한 발이 바로 옆을 덮쳤다. 야라라 독사는 목숨을 걸고 가장 맹렬한 공격을 가했다. 그녀는 머리를 그 발을 향해 쏘아 올리고는 다시 원래의 위치로 머리를 거두었다.

그 남자가 멈춰 섰다. 뭔가가 장화를 때렸다고 느꼈기 때문이다. 발을 떼지 않고 주위의 잡초를 살펴보았다. 하지만 이제 겨우 나타나기 시작한 여명의 빛으로는 아직은 깜깜하여 아무것도 보이지 않았으므로, 그는 계속해서 앞을 향해 걸었다.

하지만 란세올라다는 보았다. 이제 집에 누군가 살기 시작하는 것을. 이번에는 진짜로, 그 집에서 실질적인 인간의 삶이 시작되고 있었다. 야라라 독사는 굴로 철수하기 시작했는데, 그녀의 머릿속에는, 간단히 말하자면, 그날 밤의 일이 이제 펼쳐질 장대한 드라마의 서막에 불과하다는 생각이 확실하게 자리 잡고 있었다.

II

다음 날 란세올라다가 처음으로 걱정한 것은 인간의 당도와 함께 가족 전체에게 닥친 위험이었다. 인간과 황폐화는 옛날

옛적부터 동물의 세계에서는 동의어이다. 특히 독사는 두 가지 공포를 아주 구체적인 재앙으로 여겼다. 하나는 밀림의 깊숙한 내부를 헤집고 다니는 마체테, 다른 하나는 숲을 순식간에 무로 돌아가게 하는 불이었다. 더구나 불은 숲속 깊이 감추어져 있는 뱀의 굴까지 궤멸시킨다.

그리하여, 이런 상황을 대비하는 일이 시급하게 되었다. 란세올라다는 다시 밤이 되기를 기다려 작전을 개시했다. 큰 힘 들이지 않고 동료 둘을 찾아냈다. 두 동료는 큰 소리로 비상사태임을 알리고 다녔다. 한편 란세올라다는 뱀들이 가장 많이 이용하는 즐거운 만남의 장소들을 밤 12시까지 돌아다녔고, 운이 좋아 그럭저럭 새벽 2시에는 의회가 열렸다. 모두가 참석한 것은 아니지만 최소한 무엇을 해야 할지 결정하는 데 필요한 종족의 과반수는 모였다.

거대한 바위로 이루어진 5미터 높이의 암벽 아래로, 숲으로 완전히 뒤덮인 그곳에는 분명히 동굴이 하나 존재했는데, 입구를 거의 막고 있는 양치식물 덕에 잘 은폐된 장소였다. 오래전부터 테리피카가 은신처로 쓰던 곳이었다. 테리피카는 방울뱀으로 할머니 중에서도 할머니였는데, 그녀의 꼬리에 달린 방울은 서른두 개에 이르렀다. 길이는 1미터 40센티미터를 넘지 않았지만, 굵기는 병 굵기만 했다. 노란색 마름모꼴의 격자 무늬를 가진 훌륭한 방울뱀의 전형이었다. 활력이 넘쳤고, 끈질겨서 적을 사냥하기 위해 같은 장소에서 일곱 시간을 가만히 기다릴 수 있었다. 그러다 한순간 재빠르게 내부에 독관이 있는 독니를 꼿꼿이 세운다. 그녀의 독니는 가장 크지는 않더라도,

알려진 바와 같이 독을 가진 모든 뱀 중에서 가장 훌륭하고 튼튼했다.

이런 이유로 그 동굴에서 방울뱀의 주재로 절박한 위험에 관한 독사 의회가 열렸다. 란세올라다와 테리피카 이외에도, 그 나라의 다른 야라라 독사들도 그곳에 와 있었다. 옆구리에 불그스레한 줄이 뚜렷이 나 있는 뾰족한 머리의 막내 소녀 코아티아리타도 왔다. 또한, 자신의 긴 연분홍색 띠 위에 그려진 흰 곡선과 등에 그려진 커피색 무늬를 모두가 우러러보게 만들지 않고는 못 배길 것처럼, 흐트러진 매무새로 유혹하듯 너부러져 있는 호리호리한 미녀 네우위에드도 있었다. 네우위에드라는 이름도 그녀의 종을 규정했던 동식물 연구가의 이름에서 자기가 직접 따 온 것이었다. 능력 있고 뻔뻔한 크루사다도 왔는데—남쪽 지방에서는 십자 독사라고 부른다—무늬의 아름다움에 있어서 네우위에드와는 라이벌 관계였다. 족히 불길한 이름*을 가진 아트로스도 있었다. 마지막으로, 야라라쿠수 독사인 우루투 도라도가 있었다. 동굴 가장 안쪽에서 170센티미터의 몸통을 신중하게 위장하고 있었는데, 그녀의 몸통은 사선으로 교차하는 금띠를 두른 검정 벨벳 같았다.

굉장히 멋진 라케시스 속屬, 또는 야라라 독사에 속하는 종種들—테리피카를 제외하고 모든 참석자들이 여기에 속한다—은, 무늬와 색깔의 아름다움을 가지고 오랫동안 경쟁해왔다.

* '아트로스atroz'가 스페인어로 '(통증이나 날씨 등이) 지독한, 혹독한, 가혹한, 지독히 나쁜'이란 뜻이기 때문이다.

실제로, 그들처럼 타고난 미모를 가진 존재는 별로 없다.

독사들 법에 따르면, 개체 수가 너무 적거나 나라에서 실질적인 지배권을 갖지 못한 종은 제국의 회의를 주재할 수 없다. 그래서 우루투 도라도는, 끝내주게 강력한 힘을 가진 훌륭한 동물이었지만 종의 개체 수는 훨씬 더 적었기에, 회의를 주재할 영예를 누린다는 건 감히 바라지도 않았고, 그래서 그녀는 더 약한 동물이었지만 불가사의하리만치 개체 수가 많은 방울뱀에게 기꺼이 그 자리를 양보했다.

참석자가 과반수가 되었기 때문에, 테리피카는 개회를 선언했다.

"동지 여러분!" 테리피카가 입을 열었다.

"우리는 란세올라다 덕에 모두가 이 불길한 인간의 출현에 대해 알게 되었습니다. 우리 모두의 걱정을 대변하여 저는, 적의 침입으로부터 우리의 제국을 구하기 위해 나서야 할 때가 왔다고 생각합니다. 단 한 가지 방법밖에 없습니다. 왜냐하면 땅을 버리고 떠나는 것이 아무것도 해결해주지 않는다는 것을 우리는 그동안의 경험을 통해 알고 있기 때문입니다. 그 한 가지 방법이란, 여러분들도 잘 알고 있겠지만, 인간과의 전쟁, 휴전도 없고 멈춤도 없는 전쟁입니다. 바로 오늘 밤부터, 각각의 종이 가진 역량을 발휘해주시기 바랍니다. 이 상황에서 저는 인간이 구별하여 명시한 제 품종의 이름을 잊을 수 있다는 것이 매우 기쁩니다. 저는 이제 방울뱀이 아닙니다. 저는 여러분들과 마찬가지로 야라라입니다. 야라라 독사들은, 자신 안의 검은 신전에 사신死神을 가지고 있지요. 우리가 바로 사신입니다, 동지들! 자 그럼 이제 참석하신 여러분 중 누구든 전투 작전 계획을 제안해주십시오."

최소한 독사의 제국에서는 테리피카의 모든 것, 즉 독니는 길었지만 지성은 짧다는 것을 모르는 이는 아무도 없었다. 그녀 역시 그 사실을 잘 알아서 그 어떤 계획도 생각해낼 능력은 없었지만, 나이 많은 여왕으로서, 가만히 있는 것이 상책이라는 것을 알 만한 눈치는 있었다.

그때 크루사다가 기지개를 켜고는 입을 열었다.

"저도 테리피카의 의견에는 동의합니다만, 계획 없이는 할 수 있는 것이 아무것도 없을뿐더러 무엇도 해서는 안 된다고 여겨집니다. 안타까운 것은, 이 의회에는 독이 없는 우리 사촌들이 없다는 사실입니다. 바로 구렁이들이죠."

긴 침묵이 이어졌다. 그 제안은 명백히 독사들의 마음에 들지 않았다. 크루사다는 게으른 표정으로 미소 짓고는, 말을 계속했다.

"이 상황이 안타깝습니다…… 하지만 단지 이것만 기억했으면 좋겠습니다. 우리 중 구렁이를 이기려고 시도하는 자가 있다 한들, 아무도 그 목표를 달성하지 못할 거란 말입니다! 더 할 말, 없습니다."

"독에 대한 내성 때문이라면" 동굴 안쪽에 있던 우루투 도라도가 슬며시 반박했다. "나 혼자서도 그 환상을 깨줄 수 있을 거란 생각이 드는데."

"독에 관한 얘기가 아닙니다." 크루사다가 오만하게 반론했다. "그런 거라면 나도 역시 충분하지요……" 크루사다는 야라라쿠수 독사를 흘겨보며 덧붙였다. "이건 구렁이의 힘, 구렁이의 솜씨, 구렁이의 신경 활동에 관한 이야기입니다. 그걸 뭐라고 부르든, 그 누구도 우리 사촌들을 부정하지 못할 싸움에서의 강점이 있거든요. 저는 주장합니다. 그들이 우리에게 굉장히 유용할 것이라고요. 아니 그 이상이죠. 필수 불가결하단 말입니다!"

하지만 그 제안에 모두들 언짢아했다.

"왜 하필 구렁이죠?" 아트로스가 소리질렀다. "하찮은 것들이잖아요." "생선 눈깔을 하고 있다고요." 으스대길 좋아하는 코아티아리타가 거들었다.

"개들만 보면 불쾌해져요!" 란세올라다가 오만한 태도로 항변했다.

"아마도 개들한테 느끼는 기분은 다른 것일 테지……" 크루사다가 그녀에게 눈을 흘기며 중얼거렸다.

"내가?" 란세올라다가 야유하듯 몸을 꼿꼿이 세우며 휘파람을 불었다. "네가 여기서 악역을 맡고 있다는 건 확실히 알겠네! 발만 빠른 그런 애벌레들을 변호하면서 말이야!"

"사냥꾼들이 네가 하는 말을 듣는다면……" 크루사다가 빈정거리는 투로 중얼거렸다.

하지만 이 이름, '사냥꾼'이란 이름을 듣자 모임 전체가 들썩였다.

"그런 말을 하면 안 되지!" 모두가 외쳤다. "그들은 구렁이야. 그 이상 아무것도 아니라고!"

"구렁이들은 자신을 사냥꾼이라 부릅니다!" 크루사다가 무똑똑하게 대꾸했다. “그리고 우리는 의회를 열고 있습니다.”

아주 오래전부터 독사들 사이에서 이 두 야라라 독사의 특별한 라이벌 의식은 유명했다. 란세올라다는 가장 북쪽 지방의 딸이었고, 크루사다는 그 서식지가 훨씬 더 남쪽에까지 퍼져 있었다. 구렁이들이 하는 말에 따르면, 미의 관점에서는 그냥 누가 더 교태를 잘 부리나 하는 문제였다.

“자, 자!” 테리피카가 끼어들었다. “왜 구렁이들의 도움을 원하는지 크루사다가 설명하게 합시다. 구렁이들이 우리처럼 사신의 역을 맡는 것도 아닌데 말이죠.”

“바로 이것을 위해서입니다!” 크루사다가 이제는 침착한 태도로 반론을 시작했다. “인간이 그 집에서 하는 일이 무엇인지 알기 위해 그들이 반드시 필요하다는 말씀입니다. 그리고 이를 위해서는 저기, 바로 그 집으로 꼭 가봐야 하는 것이지요. 그렇지만 그 일은 쉽지 않습니다. 왜냐하면 우리 종족 안에 사신이 있다면, 인간 안에도 역시 사신이 있습니다. 그리고 우리보다 꽤 빠릅니다! 독이 없는 뱀들은 민첩성의 측면에서 우리 편을 굉장히 유리하게 만들어 줄 겁니다. 우리 중에 누구든 거기 갈 수도 있고 인간들이 뭘 하는지 볼 수도 있겠죠. 하지만 돌아올 수 있을까요? 이 임무를 위해서는 냐카니나보다 더 좋은 이가 없을 겁니다. 이런 종류의 탐사는 그녀가 매일같이 하는 습관의 일부이며, 천장에 기어올라 보고 들을 수 있을 것이고, 날이 밝기 전에 돌아와 우리에게 보고할 수 있을 것입니다.”

제안이 상당히 합리적이었기 때문에 여전히 감정의 앙금은 남아 있었지만 이번에는 모임 전체가 수긍하였다.

"누가 그녀를 찾으러 가지?" 여러 목소리가 물었다.

크루사다가 통나무에서 꼬리를 떼고는 밖으로 미끄러져 나갔다.

"내가 가지요," 크루사다가 말했다. "금방 돌아오겠어요."

"저거네, 저거." 란세올라다가 뒤에서 쏘아붙였다. "네가 그녀 보호자니까 아주 바로 만날 수 있겠어!"

아직은 시간이 있었기에 크루사다는 그녀 쪽으로 고개를 돌리고는, 도발의 의미로 그녀에게 혀를 내밀고 한참을 노려보았다.

III

크루사다는 나무에 기어오르던 냐카니나를 발견했다.

"어이, 냐카니나!" 가볍게 휘파람 소리를 내며 불렀다.

냐카니나는 제 이름을 부르는 소리를 들었지만, 다시 부를 때까지 대답하지 않고 신중하게 기다렸다.

"냐카니나!" 크루사다가 휘파람 소리를 중간 크기로 올려 다시 불렀다.

"날 부르는 게 누구지?" 구렁이가 대답했다.

"나야 나, 크루사다!……"

"아, 내 사촌이로군…… 무엇을 원하시죠, 친애하는 사촌?"

"농담 말고, 냐카니나…… 그 집에서 무슨 일이 벌어지는지 알고 있지?"

"그럼 알지, 인간이 당도했다던데…… 무슨 일이 또 있어?"

"우리가 의회를 열고 있다는 것도 알아?"

"아! 아니, 그건 몰랐는데!" 냐카니나가 답하며 나무를 따라 머리를 아래로 미끄러뜨렸는데, 마치 수평면 위를 나아가는 것처럼 매우 안정적이었다. "틀림없이 그곳에서 뭔가 심각한 일이 일어나고 있는 거로군…… 무슨 일이야?"

"지금으로서는 아무 일도 없어. 하지만 우리가 의회에 모인 건 정확히 우리에게 어떤 일이라도 일어나는 걸 피하기 위해서야. 두 마디로 정리할게. 알려진 바와 같이 그 집에는 여러 명의 인간들이 있고, 그들은 확실히 거기 계속 머물 거야. 우리에게는 사신인 거지."

"나는 너희들이 사신이라고 생각했는데…… 두말하면 잔소리 아닌가!" 구렁이가 비꼬듯 중얼거렸다.

"그 얘긴 그만하자. 우리는 네 도움이 필요해, 냐카니나."

"왜? 여기서 나는 아무 상관도 없는데!"

"누가 알아? 불행하게도 너는 우리들 독이 있는 뱀이랑 너무 비슷하게 생겼잖아. 우리의 이익을 지키는 게 너도 지키는 길이야."

"알았어!" 냐카니나가 잠시 후 대답했다. 그 짧은 순간, 그런 닮은 모습이 자신에게 불리하게 작용하여 어떤 우발적인 사건이 일어날 가능성을 계산해본 것이다.

"좋아, 그럼 너도 우리랑 함께하는 거지?

"내가 뭘 하면 될까?"

"아주 작은 일이야. 즉시 집으로 간다, 적당한 곳에 잘 자리 잡고 거기서 일어나는 일을 보고 듣는다."

"큰일은 아니네, 아냐." 냐카니나는 나무줄기에 머리를 문지르며 심드렁하게 답했다.

"그런데 이게 문제야." 그녀가 덧붙였다. "저 위에 내 확실한 저녁 식사가 있단 말이지…… 야생 칠면조 한 마리가 그저께부터 저쪽 꼭대기에 둥지를 틀기 시작했거든……"

"아마 그곳에 가도 먹을 것이 있을 거야." 크루사다가 부드러운 말투로 위로했다. 그녀의 사촌이 눈을 흘겼다.

"자, 이제 출발하자고." 야라라 독사가 다시 말을 이어갔다. "먼저 의회로 가자."

"아, 싫어!" 냐카니나가 반박했다. "그건 싫어! 내가 너희들에게 호의를 베풀 수는 있지, 평화롭게 말이야! 정찰 나갔다 돌아와서 의회로 갈게…… 돌아온다면 말이야. 하지만 시작도 하기 전에 테리피카의 울퉁불퉁한 방울을 보긴 싫어. 란세올라다의 시비조의 눈깔도, 코랄리나의 멍청한 얼굴도 싫다고. 그건 싫어!"

"코랄리나는 안 왔어."

"아무튼! 나머지로도 충분히 싫어."

"좋아, 좋아!" 크루사다는 더 이상 우기고 싶지 않아서, 그렇게 답했다. "그런데 너, 속도를 좀 줄이지 않으면, 내가 못 따라가잖니."

실제로, 있는 힘을 다해 달리고 있는데도, 야라라 독사는 냐카니나의 미끄러져 가는 속도—그녀에겐 천천히 가는 거라고 할 수 있었지만—에 맞출 수 없었다.

"그냥 거기 있어, 어차피 동굴은 가깝잖아." 구렁이가 대답했다. 그러고는 순식간에 독 있는 사촌만 뒤에 남겨둔 채 전속력으로 뛰어나갔다.

IV

15분 후 사냥꾼이 목적지에 도착했다. 그들은 아직 집에서 밤을 새우고 있었다. 활짝 열린 문을 통해서 빛줄기가 새어 나오고 있었고, 멀리서도 냐카니나는 탁자 주위에 둘러앉은 네 명의 남자를 볼 수 있었다.

들키지 않고 집에 들어가기 위해서는 딱 한 가지 문제가 되는 장애물, 즉 개를 피하기만 하면 되었다. 개들이 있으려나? 냐카니나는 개를 아주 무서워했다. 그래서 굉장히 조심스럽게 앞으로 미끄러져 나아갔고, 무엇보다도 회랑 앞에 다다랐을 때 더욱 주의를 기울였다.

이제 회랑 안에서, 주의 깊게 주변을 관찰했다. 앞쪽에도, 오른쪽에도, 왼쪽에도 개는 없었다. 다만 저쪽, 반대편 회랑에, 구렁이가 인간들의 다리 사이로 볼 수 있는 방향으로 검은 개 한 마리가 옆으로 드러누워 자고 있었다.

집 앞마당은 비어 있었다. 그런데 처음 찾은 장소에서는 소리를 들을 수는 있었지만 남자들이 말하고 있는 장면 전체를 볼 수는 없었기 때문에 구렁이는 흘깃 위를 살펴보았고, 금세 원하는 장소를 발견했다. 그녀는 회랑 아래 벽에 기대어놓은 사다리를 기어 올라가 벽과 천장 사이의 빈 공간에 자리를 잡고는 대들보 위에 몸을 걸쳤다. 하지만 미끄러져 나아갈 때 훨씬 더 조심했어야 했다. 낡은 못 하나가 바닥에 떨어진 것이다. 한 남자가 눈을 치켜떴다.

"다 끝났어!" 냐카니나가 숨을 참으며 말했다.

다른 남자도 위를 올려다보았다.

"뭐 있어?" 그 남자가 물었다.

"아무것도." 첫번째 남자가 대답했다. "저쪽에서 뭔가 검은 걸 본 것 같긴 했는데."

"쥐야."

"인간이 잘못 알았군." 구렁이가 혼잣말로 중얼거렸다.

"아니면 냐카니나 구렁이일지도."

"다른 인간이 맞춰버렸네." 인간이 지칭한 그 '냐카니나'가 싸울 준비를 하면서 다시 한번 중얼거렸다.

하지만 남자들은 다시 아래로 시선을 거두었다. 그래서 냐카니나는 30분 동안 그들이 하는 얘기를 보고 들을 수 있었다.

V

밀림의 걱정거리인 그 집은 가장 중요한 과학 연구 기관으로 탈바꿈했다. 이미 전부터 국토의 이 구역에는 특히 독사들이 풍부하게 서식한다는 것이 알려져 있었으므로, 정부는 뱀 혈청 요법 연구소 창설을 결정했고, 거기서 독사의 독에 대한 항독소 혈청을 만들게 될 것이었다. 독사가 풍족하게 서식한다는 것이 중요한 점인데, 확실하고 광범위하게 혈청을 얻는 데 가장 주요한 난점이 독을 추출할 독사가 부족하다는 것임을 모르는 사람은 아무도 없기 때문이다.

새 기관은 바로 연구에 착수할 수 있었는데, 두 동물—말 한 마리와 노새 한 마리—이 이미 완벽한 면역성을 갖는 과정 중이었기 때문이다. 그들은 실험실과 뱀 사육장도 갖추고 있었다. 이 뱀 사육장은 놀라운 방법으로 뱀의 수를 늘릴 것으로 기대되었다. 아무리 연구소가 적지 않은 수의 독이 있는 뱀—앞서 언급한 동물을 면역시키는 데에 사용했던 그 뱀들—을 가지고 왔다고 하더라도, 면역성의 최종 단계에 와 있는 말의 경우 주사마다 6그램의 독(말 250마리를 죽이기에 충분한 양)이 필요하다는 사정을 생각하면, 종 연구소가 필요로 하는 가용 독사의 수가 엄청나다는 것을 이해할 수 있을 것이다.

밀림 속에 정착한다는 것은 처음에는 힘든 일이었으므로 연구소의 상급 연구원들은 실험실과 그 밖의 것들에 대한 계획을 세우느라 자정까지 잠도 자지 못하고 일해야 했다.

"말들은 오늘 상태가 어떻지?" 한 사람이 물었다. 검은 테 안경을 쓰고 있었는데, 그가 연구소장인 것 같았다.

"아주 비실비실해." 다른 사람이 대답했다. "요 며칠 추출을 제대로 못 하기는 했지만……"

눈과 귀를 활짝 연 채로 대들보 위에서 꼼짝도 않고 있던 냐카니나는, 이제 긴장을 풀기 시작했다.

"내 생각에는" 냐카니나가 혼잣말로 말했다. "독을 가진 사촌들이 너무 지나치게 겁을 먹은 것 같은데. 이 남자들은 크게 무서워할 거리가 안 되겠어……"

그러고는 머리를 좀더 앞으로 내밀었는데, 너무 앞으로 내민 나머지 그녀의 코가 이미 대들보의 경계선을 넘었다. 그녀는 더 주의 깊게 관찰했다.

하지만 뜻밖의 일은 연달아 일어나기 마련이다.

"오늘은 정말 운이 없는 하루였어." 어떤 이가 덧붙여 말했다. "시험관이 다섯 개나 깨졌다고……"

냐카니나는 얘기를 들을 때마다 더욱 딱한 마음이 들었다.

"불쌍한 사람들!" 그녀가 중얼거렸다. "시험관이 다섯 개나 깨졌대……"

냐카니나가 그다지 해가 없을 것 같은 이 집의 염탐을 그만두고 떠나려던 찰나, 어떤 말이 들렸다.

"그런데 말이야, 독사들은 굉장해…… 나라를 세운 것 같다고."

"엥?" 구렁이는 흠칫 놀라 혀를 재게 날름거렸다. "저 흰옷 입은 대머리가 뭐라고 하는 거지?"

그 남자가 말을 계속했다.

"독사들에게는, 그래, 이곳이 이상적인 장소같단 말이야…… 우리는 독사들이 긴급하게 필요하고. 그러니까 말들도 우리도 말이야."

"운 좋게도 우리는 이 나라에서 그 유명한 독사 사냥에 나서게 되겠어. 여기가 독사들의 나라란 건 의심할 여지가 없고."

"음…… 음…… 음……" 냐카니나가 중얼거렸고, 할 수 있는 한 최대로 대들보를 칭칭 감았다. "일이 좀 분명해지기 시작했어…… 여기 이 사람들과 좀더 있어야겠어…… 궁금한 걸 더 알 수 있을 거야."

궁금한 일들이 하도 많아 듣고 있었더니 30분이나 지났고, 그녀는 이제 철수하려고 했다. 그런데 얻게 된 지식이 너무 많았는지 움직임이 서툴러져, 그녀 몸의 3분의 1이 떨어져 판자벽을 때리고 말았다. 머리가 떨어졌기 때문에 그녀는 순간 머리를 탁자 쪽으로 꼿꼿이 펴고 혀를 가늘게 떨었다.

냐카니나는 다 자라면 길이가 3미터에 이를 수도 있고, 용감하다. 확실히 우리 뱀들 중에서 가장 용감한 뱀이다. 그녀보다 훨씬 더 큰 인간의 제대로 된 공격에도 견딜 수 있고, 항상 당당히 맞선다. 그녀 특유의 용기가 자신을 굉장히 무서운 존재라고 믿게 했기 때문에, 우리의 그녀는 인간들의 반응을 보고 조금 놀랐다. 인간들은 벽을 때린 그 소리가 한낱 냐카니나 구렁이라는 것을 알아차리고는, 안심하여 갑자기 웃음을 터뜨렸다.

"냐카니나 구렁이로군…… 좋네. 재가 집에서 쥐를 말끔히 청소해줄 거야."

"쥐를……?" 다른 사람이 야유하듯 휘파람을 불었다. 그런데 그녀가 계속 도발적인 자세를 취하고 있자 결국 한 남자가 일어섰다.

"재가 유용할지는 몰라도, 빌어먹을 뱀이란 사실은 변하지 않아…… 어느 날 밤에 생쥐를 찾고 있는 저 녀석을 내 침대 안에서 만나게 될지도 모른다고……"

그리고는 옆에 있던 막대기를 집더니 냐카니나를 향해 있는 힘껏 던졌다. 막대기는 휙 소리를 내며 침입자의 머리 옆을 지나갔고 요란한 소리를 내며 벽에 부딪쳤다.

공격에 공격이 계속되었다. 밀림도 아닌 곳에서, 그리고 네 남자 사이에서, 냐카니나는 맘 편히 있을 수가 없었다. 서둘러 철수하기 위해 그녀는 모든 에너지를, 용기와 함께 그녀의 두 가지 주요 능력 중 다른 한 가지에 집중했다. 바로 빠르게 달릴 수 있는 스피드.

개가 짖으며 쫓아왔다. 어느 정도 간격을 두고 개—저들에게는 새로운 빛을 열어준 개—가 계속해서 뒤를 밟았지만, 구렁이는 결국 동굴에 도착했다. 란세올라다와 아트로스 위를 지나가더니, 극심한 피로에 지쳐 몸을 둘둘 말고 쉬었다.

VI

"드디어!" 모두가 정찰병의 주위를 둘러싸고 이렇게 외쳤다. "우리는 네가 네 친구 인간들과 거기 더 머무를 거라고 생각했었잖아……"

"음……!" 냐카니나가 웅얼거렸다.

"어떤 소식을 들고 왔지요?" 테리피카가 물었다.

"그들의 공격을 기다려야만 하나요, 아니면 인간들에 대해서는 신경 쓸 필요가 없는 건가요?"

"아마도 이렇게 하는 게 더 좋을 것 같은데요…… 강 반대편으로 넘어가는 거죠." 그녀가 대답했다.

"뭐라고……? 어떻게 그런……?" 모두가 펄쩍 뛰었다. "너 미쳤어?"

"들어봐요, 일단."

"자 그럼, 이야기해봐요."

그러자 냐카니나는 보고 들은 전부를 이야기했다. 혈청요법 연구소의 설립, 그들의 계획, 그들의 목적, 그리고 이 나라에 있을 모든 독사를 사냥하기로 한 인간들의 결정까지.

"우리를 사냥한다고!" 자존심의 가장 예민한 곳에 상처받은 우루투 도라도, 크루사다, 란세올라다가 펄쩍 뛰었다. "우리를 죽인다는 거지? 네가 말하고 싶었던 게."

"아냐! 사냥한다는 거야, 그 이상은 아냐! 잡아서 가두고, 먹을 것을 잘 줄 거고, 그러고는 20일마다 독을 뽑아낼 거야. 어때? 좀더 달콤한 인생을 원하지 않니?"

모임의 모두가 아연실색했다. 냐카니나는 처음에 독의 수집 목적에 대해서는 아주 잘 설명했다. 하지만 그녀가 설명하지 않았던 것은 혈청을 얻게 되기까지의 수단에 관해서였다.

항독소 혈청! 다시 말하면, 그것은 확실한 치료법이자, 인간과 동물들이 독사에게 물리더라도 독에 면역성을 갖게 된다는 뜻이다. 가족 전체가 고향인 밀림 한복판에서 굶주림으로 사망 선고를 받게 될 것이다!

"정확히!" 냐카니나가 독사들의 걱정에 맞장구를 쳤다. "문제는 그거죠."

냐카니나에게는, 예상되는 위험이 훨씬 작았다. 그녀와 그녀의 사냥꾼 자매들에게는—순수하게 이빨로만, 그리고 근육의 힘으로 사냥을 하는 구렁이들에게는—동물들이 면역성을 가진다는 것이 뭐 그리 중요한 일이겠는가? 그런데 그녀에게는 단 한 가지 불확실한 지점이 보였는데, 구렁이와 독사가 지나치게 닮았다는 점이고, 그것은 치명적인 혼동을 가져오기에 딱 좋았다. 바로 이 지점에서 구렁이의 이해관계가 연구소 철폐와 관련이 있게 되는 것이다.

"제가 전투 개시를 자청하겠습니다." 크루사다가 말했다.

"계획이 있습니까?" 항상 아이디어가 부족한 테리피카가 걱정스럽게 물었다.

"없지요. 그냥 단순하게 내일 오후에 가서 누구와든 부딪쳐 보려고요."

"조심해!" 냐카니나가 호소력이 있는 목소리로 그녀에게 말했다. "비어 있는 뱀 우리가 많아……"

"아, 깜빡했다!" 냐카니나가 크루사다를 향해 몸을 돌리면서 외쳤다. "조금 전에 말이야, 거기서 나올 때…… 털이 수북한 검은 개가 한 마리 있었어…… 독사의 흔적을 쫓을 줄 아는 것 같아…… 조심해!"

"거기 가면 알게 되겠지! 하여튼 내일 밤, 의원 총회 소집을 요청합니다. 제가 참석하지 못한다면, 그건 더더욱 나쁜 일……"

그런데 모임은 또다시 경악에 빠져 있었다.

"우리들의 흔적을 쫓는 개라고……? 확실해?"

"거의 확실해. 그 개를 조심해! 왜냐하면 인간 전부를 합친 것보다 그 개가 우리를 더 다치게 할 수 있으니까!"

"내가 그 개를 맡도록 하지요." 테리피카가 외쳤다. 그녀는 독샘을 가지고 운을 걸어볼 수 있다는 사실에 흡족—두뇌를 별로 굴려보지도 않고—해했다. 그녀의 독샘은 최소한의 신경

수축만으로 독니의 독관을 통해 독을 짜낼 수 있었다.

하지만 다른 각각의 독사들은 이미 자기 지구에 가서 경계경보를 알릴 준비가 되어 있었다. 나무를 잘 타는 냐카니나는, 특별히 구렁이 왕국인 나무들에다가 경보의 목소리를 전하는 임무를 맡았다.

새벽 3시에 모임은 해산되었다. 독사들은, 이제 일상으로 돌아가, 각지로 흩어졌고, 이 뱀 저 뱀 서로 알아보지 못하는 곳으로 조용히, 그리고 우울한 상태로 떠나갔다. 그러는 사이 동굴 안쪽에는 방울뱀만이 몸을 감고 꼼짝도 하지 않은 채로, 그녀의 단단한 유리 눈알을 멍하니 고정하고 숱한 개들을 마비시키는 몽상에 빠져 있었다.

VII

오후 1시였다. 불같이 뜨거운 초원을 따라 아프리카수염새* 풀포기의 비호 아래 크루사다는 집을 향해 기어갔다. 다른 생각은 떠오르지 않았고, 다른 생각을 할 필요도 없다고 생각했으며, 그녀가 마주칠 첫번째 인간을 죽여야 한다는 생각뿐이었다. 회랑에 다다르자 그곳에서 몸을 둘둘 말고, 기다리기 시작했다. 그런 자세로 반 시간이 지났다. 3일 전부터 위세를 떨치던 숨 막힐 듯한 더위는 야라라 독사의 눈꺼풀을 무겁게 짓누르기 시작했다. 그때 소리 없는 진동이 방으로부터 전진해 왔

* 아프리카수염새esparto: 30cm~150cm 길이로 무성하게 자라는 벼과 식물.

다. 문은 열려 있었다. 그리고 독사 앞에, 바로 눈앞 30센티미터 전방에, 그 개가 나타났다. 털이 수북한 검은 개가, 졸음에 겨워 눈을 반쯤 감고서.

"저주받을 짐승 같으니!" 크루사다가 말했다. "인간이었더라면 더 좋았을 텐데……"

그 순간 개가 냄새를 맡고 멈춰 섰다. 그리고 고개를 돌렸는데…… 이미 늦었다! 개는 놀라서 목이 막혀 낑낑대는 소리조차 낼 수 없었고, 물린 주둥이만 필사적으로 흔들어댔다.

"이제 이놈 소관이야……" 크루사다는 웅얼거리며 다시 몸을 제자리로 가지런히 되돌려놓았다. 하지만 개가 독사 위로 달려들려 할 때 개 주인의 발걸음이 느껴졌고, 개는 등을 활처럼 휘고는 야라라 독사를 향해 마구 짖었다. 검은 테 안경을 쓴 남자가 크루사다 옆으로 나타났다.

"뭐야?" 다른 편 회랑에 있던 사람들이 물었다.

"알테르나투스 독사야…… 좋은 표본이 되겠어." 그 남자가 대답했다. 미처 방어 태세를 갖추기도 전에, 독사는 막대기 끝에 달린 단단히 죄는 어떤 것에 목이 꽉 졸렸다.

야라라 독사는 자신이 그런 모습이 되자 자존심이 상해 이를 바드득 갈았다. 사방으로 몸부림치며, 몸을 거두어 막대기를 감으려 했으나 허사였다. 불가능한 일이었다. 꼬리를 받침점으로 만들 수가 없었다. 꼬리가 받침점이 되지 않으면 아무리 강력한 보아뱀이라도 수치스러운 항거 불능의 상태가 되어버리는 바로 그 받침점 말이다. 남자는 그런 방법으로 그녀를 매달고 갔고, 그녀는 뱀 사육장에 던져지고 말았다.

사육장은 땅 위에 평평한 아연 강판을 둘러친 단순한 공간이었다. 몇몇 개의 우리를 갖추고 있었는데, 거기에 30, 40마리의 독사를 수용하고 있었다. 크루사다는 땅에 떨어져 잠시 몸을 둘둘 말고 있었고 불 같은 태양 아래 곧 몸이 벌게졌다.

설치물은 분명 임시방편으로 만든 것이었다. 타르를 바른 크고 납작한 서랍은 독사들의 욕조로 쓰였고, 각양각색의 조그마한 집과 돌무더기는 이 급조된 천국의 숙박인들에게 엄폐물로 기능했다.

잠시 후 야라라 독사가 주변을 둘러보니 그 종을 알아볼 수 있을 대여섯 마리의 동료들이 위쪽으로 지나가는 것이 보였다.

크루사다는 그들 모두와 아는 사이였다. 하지만 철망으로 닫힌 우리에서 목욕을 하고 있는 커다란 독사 한 마리와는 그렇지가 않았다. 누구지? 야라라 독사는 그 독사를 전혀 알지 못했다. 그녀는 하도 궁금하여 천천히 다가갔다.

꽤 가까이 접근하자 상대 뱀이 몸을 꼿꼿이 세웠다. 크루사다는 기겁하여 불려던 휘파람이 쏙 들어갔고, 방어 태세를 갖추고 몸을 말았다. 그 커다란 독사는 목을 막 부풀렸고, 크게 부푼 목은 괴물 같았는데 그 어떤 독사도 그렇게 부풀리는 것을 본 적이 없었다. 그녀는 그렇게 정말 이상한 모습을 하고 있었다.

"넌 누구니?" 크루사다가 중얼거렸다. "우리랑 같은 족속 중 하나인가?"

다시 말해서 독사냐고 묻는 것이었다. 상대방은 야라라 독사의 접근에 공격 의도가 없었다는 걸 납득하고는, 두 거대한 귀를 다시 작게 만들었다.

"응" 그녀가 답했다. "그런데 여기 출신은 아냐…… 아주 멀리서 왔어…… 인도에서."

"이름이 뭐야?"

"아마드리아스…… 또는 킹코브라."

"나는 크루사다야."

"그래, 말할 필요 없어. 이미 네 자매들을 많이 봤거든…… 넌 언제 잡혀 왔어?"

"조금 전에…… 그들을 죽일 수가 없었어."

"그들이 널 죽이는 게 너한테는 더 좋았을걸……"

"하지만 내가 개를 죽였는걸."

"무슨 개? 여기 개?"

"응."

킹코브라가 별안간 웃기 시작했다. 때마침 들려오는 소리에 크루사다는 또 한 번 충격을 받았다. 죽었을 거로 생각했던 털이 복슬복슬한 그 개가, 짖고 있었다……

"놀랐구나, 엉?" 아마드리아스가 덧붙여 말했다. "많은 애들이 똑같은 걸 겪지."

"하지만 내가 머리를 문 게 분명한데……" 번번이 놀라 더욱 넋이 빠진 크루사다가 대답했다. "독을 한 방울도 안 남겼단 말이야!" 그리고 다음과 같이 말을 맺었다. "왜냐하면 야라라 독사들은 한 번 물었을 때 독샘을 거의 다 비워내는 것이 대대로 전해오는 우리 유산이거든."

"그 녀석한테는 네가 독을 다 비우건 말건 똑같아……"

"죽을 수가 없는 녀석이야?"

"아냐, 죽을 수 있어, 그런데 우리 힘으로는 안 돼…… 그 개는 면역이 되어 있어. 하지만 너는 그게 뭔지 모르겠지……"

"알아!" 크루사다가 격하게 대꾸했다. "냐카니나가 얘기해 줬어……"

킹코브라는 그 말을 듣고는 그녀를 유심히 살폈다.

"너는 똑똑해 보이는구나……"

"너만큼은 되지…… 최소한!" 크루사다가 답했다.

그 아시아 독사의 목이 사납게 다시 팽창했고, 야라라 독사도 다시 방어 태세를 갖추었다.

두 독사는 한참을 서로 노려보더니, 곧 코브라가 후드를 천천히 내렸다.

"똑똑한 데다가 용감하기까지 하군." 아마드리아스가 중얼거렸다. "너한테라면 말해도 되겠어…… 너는 내 종의 이름을 알고 있니?"

"아마드리아스, 겠지."

"또는 나하 붕가로…… 또는 킹코브라. 우리들은 말이야, 네가 그 코아티아리타 중 한 종과 관련된 것처럼, 속칭 인도 코브라와 관련돼 있어…… 그런데 너, 우리가 뭘 잡아먹고 사는지 알아?"

"아니."

"아메리카 독사들을 먹고 산단다…… 다른 것들도 먹기는 하지만 말이야." 크루사다 앞에서 머리를 좌우로 흔들며 그녀가 말을 맺었다.

이 야라라 독사는 뱀을 먹고 산다는 이 외국 독사의 크기를 재빨리 가늠해 보았다.

"2미터 50센티미터……?" 그녀가 질문했다.

"60…… 2미터 60이야, 꼬맹이 크루사다야." 그녀의 눈길을 쫓던 킹코브라가 대답했다.

"크기가 굉장하군…… 아나콘다 길이하고 엇비슷하겠어, 내 사촌 말이야. 아나콘다는 뭘 잡아먹고 사는지 아니?"

"아마도……"

"그래, 아시아 독사들을 먹고 산단다……" 이번에는 크루사다가 아마드리아스를 빤히 쳐다보았다.

"좋은 대답이로군!" 다시 한번 머리를 좌우로 흔들며 킹코브라가 대꾸했다. 그러더니 물에 머리를 식히고는, 느릿하게 한마디 덧붙였다.

"네 사촌이라고, 했지?

"응"

"독은 없고, 그럼?"

"그렇지…… 바로 그 이유로 독 있는 외국 애들이라면 사족을 못 쓰는 거야."

하지만 그 아시아 독사는 이미 혼자만의 생각에 푹 빠져, 그녀의 말을 듣지 않고 있었다.

"내 말 좀 들어봐!" 킹코브라가 느닷없이 말했다. "나는 인간들이나, 개나, 말이나, 이 모든 바보 같고 잔인하기만 한 지옥이 진절머리가 난단 말이야! 너는 이해할 거야, 그런 것들이 바로 저기 저것들이니까…… 나는 이 뱀 우리에 1년 반이나 생쥐처럼 갇혀 있었어, 주기적으로 학대당하고 고문당하면서. 게다가 더 나쁜 건, 비열한 인간들이 나를 걸레짝 취급하고 무시하는 거야…… 그런데 나는, 용기도 있고 힘도 있는 데다가 그들 모두를 끝장낼 수 있는 독을 충분히 가졌는데도, 항독소 혈청을 만드는 데 쓰일 독이나 억지로 빼주고 있는 신세라고. 너는 이게 내 자존심 문제라는 걸 이해할 수 없을 거야! 내 말 알아듣니?" 그녀는 야라라 독사의 눈을 똑바로 바라보며 말을 마쳤다.

"알아" 야라라 독사가 대답했다. "내가 뭘 하면 될까?"

"딱 한 가지야. 저 쓰레기들에게 우리가 복수할 방법이 딱 하나 있어…… 이리 가까이 와봐, 우리 얘기를 듣지 못하게…… 너도 알지, 우리가 힘을 발휘하려면 받침점이 절대적으로 필요하다는 걸. 우리 모두의 구원이 여기에 달렸어. 단지……"

"뭐라고?"

킹코브라는 다시 한번 크루사다를 똑바로 바라보았다.

"단지 네가 죽을 수도 있어서……"

"나 혼자?"

"아, 아냐! '그들', 인간들 몇몇 역시 죽게 될 거야……"

"그게 내가 바라는 유일한 거야! 계속해봐."

"하지만 좀더 가까이 와야 해…… 더 가까이!"

대화는 잠시 더 지속되었지만 목소리가 너무 작아서 야라라 독사는 철사로 된 그물코에 몸을 비벼야 했고 비늘이 벗겨질 정도였다. 별안간 코브라가 덤벼들었고 크루사다를 세 차례 물었다. 독사들이 멀리서 이 사건을 보고 있다가 고함을 질렀다.

"이제 당했어! 벌써 죽여버렸어! 그녀는 배신자야!"

크루사다는 목을 세 차례나 물리고는 잔디 위를 둔하게 기어갔다. 곧바로 움직임이 멈췄다. 그녀를 발견한 건 뱀 사육장에 세 시간 만에 돌아온 연구소 직원이었다. 그 남자는 야라라 독사를 보고 발로 툭 밀었는데 마치 밧줄처럼 벌러덩 뒤집어졌다. 그리고는 뱀의 흰 배를 바라보았다.

"죽었네, 제대로 죽어버렸어……" 혼잣말을 했다. "그런데 뭣 때문에?" 그러고는 몸을 웅크려 독사를 관찰했다. 조사는 오래 걸리지 않았다. 목덜미와 머리 바로 아래에 틀림없는 독니 자국이 나 있는 걸 알아차렸다.

"음!" 그 남자가 말했다. "이건 아마드리아스 말고는 불가능해…… 저기 있네, 몸을 말고 날 쳐다보고 있잖아, 내가 또 다른 알테르나투스 뱀인 것처럼 말이야…… 내가 소장님께 철망 그물코가 너무 크다고 스무 번은 말했을걸. 저기 증거가 있잖아…… 결국 이 꼴이라니." 크루사다의 꼬리를 붙잡으며 말을 마치고는 아연 담장 위로 던져버렸다. "지켜볼 가치도 없는 뱀 같으니!"

그는 소장을 만나러 갔다.

"아마드리아스가 조금 전에 우리에 집어넣은 야라라 독사를 물었더군요. 우리는 극소량의 독만 추출할 수 있을 겁니다."

"그것 참 아주 성가시게 됐군요." 소장이 대답했다. "하지만 오늘 꼭 독이 필요한데…… 우리 이제 혈청이 시험관 하나밖에 안 남았거든요…… 알테르나투스 뱀은 죽었소?"

"네, 밖에다 던져버렸어요…… 아마드리아스를 데려올까요?"

"달리 방도가 없잖소…… 어쨌든 그 두번째 추출은, 이곳에서 두어 시간 후에 하도록 합시다."

VIII

……………………………………………………………………

……………………………………몸이 부서질 듯 아팠고, 체력은 바닥이 난 상태였다. 입안이 흙과 피로 가득 차 있는 게 느껴졌다. 여기가 어디지?

눈을 덮고 있던 어두운 장막이 서서히 사라지기 시작하자 크루사다는 그제야 주위를 분간할 수 있었다. 아연 담벼락이 보였고—알아보았고—, 갑자기 모든 게 생각났다. 검은 개하며, 올가미, 거대한 아시아 뱀, 그리고 크루사다 그녀 자신이 목숨을 걸려고 했던 이곳에서의 전투 계획까지. 모두 다 생각이 났다. 이제는 독 때문에 왔던 마비도 풀리기 시작했다. 기억이 돌아오면서 자신이 해야만 하는 일에 대해서도 완전히 자각하게 되었다. 아직 시간이 있을까?

기어가려고 했으나, 허사였다. 그녀의 몸은 요동쳤지만 제자리였고, 한 발짝도 나아가지 못했다. 조금밖에 시간이 지나지 않았는데도 그녀의 초조함은 커져만갔다.

"30미터만 가면 되는데!" 혼잣말했다. "2분, 목숨을 다해 딱 1분이면, 제시간에 갈 수 있어!"

그리고 다시 힘을 내어 몸을 미끄러뜨리는 데에 성공했고,

실험실을 향해 필사적으로 기어갈 수 있었다.

안뜰을 가로질러 문에 다다랐을 때 고용인은 두 손에 아마드리아스를 걸쳐 공중에 떠받치고 있었고, 검은 테 안경을 쓴 남자가 유리 접시를 독사 입에다 집어넣으려던 순간이었다. 그의 손은 방향을 잡고 독샘을 단단히 죄고 있었는데, 크루사다는 아직 문 위쪽 틀에 있었다.

"시간이 없겠어!" 절망적으로 외쳤다. 그러고는 온 힘을 다해 몸을 질질 끌고 가, 희디흰 송곳니를 앞으로 펼쳤다. 인부는 자신의 맨발에 타는 듯한 고통이 느껴지자 비명을 지르며 펄쩍 펄쩍 뛰었다. 많이 뛴 것은 아니었지만 킹코브라가 공중에 걸쳐 있던 자신의 몸을 마구 흔들어 탁자 다리에 닿기에는 충분했다. 그녀는 재빨리 거기에 꼬리를 감았다. 그리고 바로 그 받침점을 이용해, 인부의 손에서 머리를 빼내어 검은 테 안경을 쓴 남자의 왼 손목에 송곳니를 뿌리까지 박아 넣었다—정확하게 혈관에다가.

이제 됐어! 비명들 속에서 그 둘, 아시아 코브라와 야라라 독사는 추적을 따돌리고 도망쳐 나왔다.

"받침점!" 코브라가 들판을 쏜살같이 질주하며 중얼거렸다. "다만 그게 필요했었다고. 그리고 결국 해냈어!"

"그래." 야라라 독사가 옆에서 달리고 있었는데, 아직은 통증이 심했다. "하지만 다시는 그런 도박을 하고 싶지는 않아……"

저기, 남자의 손목에서는 끈적한 검은 피가 두 줄을 이루어 매달려 있었다. 한 마리의 아마드리아스가 혈관에 독을 주입했다는 것은 매우 심각한 일이다. 한 인간이 눈을 부릅뜨고 버텨

봤자 그리 오래 버티지 못할 것이기 때문이다—결국 그 상처 입은 자의 두 눈은 4분 후 영원히 감기고 말았다.

IX

의회에는 전원이 참석하였다. 테리피카와 냐카니나, 그리고 야라라 독사인 우루투 도라도, 코아티아리타, 네우위에드, 아트로스, 란세올라다 이외에도 코랄리나—냐카니나 말에 따르면 머리가 나쁜—가 와 있었는데, 그녀가 물면 최고로 고통스러울 거라는 사실에는 이견이 없었다. 게다가 아름다웠다, 빨간색과 검은색 고리 무늬는 두말할 필요도 없이 아름다웠다.

알려진 바와 같이 아름다움의 문제에 있어서 독사들의 허세는 매우 강하기 때문에, 코랄리나는 언니 프론탈—자색 바탕에 흰색과 검은색의 삼중 고리 무늬는 이 산호뱀을 뱀의 미美의 가장 높은 단 위에 올려놓는다—이 참석하지 않아서 상당히 기뻤다.

사냥꾼들을 대표해서는 그날 밤 드리모비아가 왔다. 외모는 상당히 다르지만, 그녀의 목표는 숲의 야라라쿠수로 불리는 것이었다. 시포도 참석했다. 아름다운 녹색을 띠며 새를 잘 사냥하는 뱀이다. 라디네아는 조그맣고 거무튀튀한 뱀인데, 물웅덩이를 떠나는 법이 없다. 보이페바, 그녀는 성격상 조그마한 위협에도 땅바닥에 완전히 납작 엎드린다. 트리헤미나는 산호 구렁이로, 수목에 기생하는 그녀의 동료들처럼 몸이 매우 얇다. 그리고 마지막으로 에스쿨라피아가 왔는데, 역시 산호 구렁이다. 곧 알게 될 어떤 이유로, 그녀는 입장하면서부터 모두에게 불신의 시선을 한 몸에 받았다.

독이 있는 뱀이나 독이 없는 사냥꾼들이나 마찬가지로 몇몇 종이 빠졌는데, 불출석에는 분명한 이유가 있었다.

전원이 참석한 의회라고 말했을 때는 종의 대다수를 언급한 것이었고, 무엇보다도 중요성에 비추어볼 때 '진짜'라 부를 수 있는 종들을 두고 한 얘기다. 또한 독사들이 열었던 첫번째 의회에서, 다양한 종이 모여 과반수를 이루면 그들의 결정에 절대적인 힘을 부여할 수 있다고 의견 일치를 본 터였다. 바로 이 지점에서 현재 의회의 완전함을 말할 수 있을 것이다. 야라라 독사 수루쿠쿠—그 어디에서도 그녀를 찾을 수가 없었다—가 오지 않은 것은 유감스러운 일이지만. 이 독사는 길이가 3미터에 이르고, 동시에 아메리카 대륙을 지배하고 있으며, 독사 제국의 부副여제—크기에서나 독의 강도에서나 그녀를 능가하는 뱀이 딱 하나 있는데, 바로 아시아의 아마드리아스이다—인 만큼 그녀가 없다는 사실은 굉장히 아쉬운 일이다.

또 누군가—크루사다 말고—가 보이지 않았다. 그런데도 모든 독사들은 그녀의 부재를 모른 척하고 있었다.

그러나 양치식물 사이로 커다랗고 생기 있는 눈을 한 머리통 하나가 고개를 내밀자 다들 어쩔 수 없이 몸을 돌려 쳐다볼 수밖에 없었다.

"들어가도 괜찮겠습니까?" 방문객이 명랑하게 말했다.

독사들은 모두 온몸에 스파크가 일어난 것처럼, 저 목소리를 듣자마자 몸을 꼿꼿이 세웠다.

"너 여기서 뭘 원하는 거야?" 란세올라다가 깊은 짜증이 섞인 목소리로 외쳤다.

"여기는 네가 올 곳이 아니야!" 우루투 도라도가 소리쳤다. 이렇게 적극적인 기색을 보이는 건 처음이었다.

"나가라! 나가라!" 격렬한 동요 속에 여기저기서 외쳐댔다.

그런데 테리피카가, 떨리기는 했지만 선명한 휘파람 소리를 내어 모두를 귀 기울이게 만드는 데 성공했다.

"동지 여러분! 우리가 의회를 열고 있다는 사실을 잊지 맙시다. 우리 모두는 법률을 잘 알고 있습니다. 그 누구도, 회의를 지속하는 동안에는, 그 어떤 폭력적인 행위도 할 수 없다는 것을 말입니다. 들어오세요, 아나콘다!"

"말씀 한번 잘하셨습니다!" 속으로는 비아냥거리며 냐카니나가 부르짖었다. "우리 여왕님의 고귀하신 말씀이 우리를 안심시키는군요. 들어오세요, 아나콘다!"

그러자 아나콘다의 상냥하고 생기 넘치는 머리가 전진했고, 그 뒤로 2미터 50센티미터의 빛이 짙고 탄탄한 몸이 미끄러져 들어왔다. 아나콘다는 모두의 앞을 지나쳐, 냐카니나와 총명한 눈빛을 교환하더니, 만족스러운 마음에 가벼운 휘파람을 불며 테리피카 옆으로 가 제 몸을 감았다. 테리피카는 떨리지 않을 수가 없었다.

"제가 불편하십니까?" 아나콘다가 정중하게 물었다.

"아니요, 전혀 그렇지 않습니다!" 테리피카가 대답했다. "제가 불편한 건 저들의 독샘이지요, 저리 부풀어 있는……"

아나콘다와 냐카니나는 다시 한번 아이러니한 눈길을 교환하고는 주의를 집중했다.

이제 막 도착한 이에게 이 모임이 보여주는 명백한 적대감에는 분명한 근거가 있었기에, 아나콘다 종의 진가에 대해 좀 더 알아보자. 아나콘다는 존재하는 그리고 존재했던 모든 종류의 뱀—비단구렁이도 예외는 아니다—의 여왕이다. 그녀의 힘은 매우 비범하여, 뼈와 살을 가진 동물 중에서 그녀의 조임을 견딜 수 있는 자는 없다. 검은 벨벳 같은 커다란 반점이 박힌 10미터 길이의 그녀의 매끄러운 몸이 잎사귀를 떨구기 시작하면 밀림 전체가 움찔 놀라 몸을 웅크린다. 그러나 아나콘다는 그게 누구든 누군가를 미워하기에는 지나치게 강했고—단 하나 예외는 있다—, 이러한 자신의 힘과 능력에 대한 자각이 있기에 인간과는 언제나 우호적인 관계를 유지한다. 아나콘다가 누군가를 혐오한다면, 그것은 당연히 독을 가진 뱀들이다. 바로 이 점 때문에 아나콘다의 정중한 태도에 독사들이 충격을 받은 것이다.

그런데 아나콘다는 이 지역의 딸이 아니었다. 파라나강의 거품이 이는 물에서 방랑하다가 강물이 크게 불면서 이곳에 도착했고, 이 지역에 계속 살면서 이 나라에 아주 만족해했으며, 모두와 좋은 관계를 유지했고 특히 냐카니나와 친했는데, 둘은 강한 우정으로 묶여 있었다. 저 젊은 아나콘다는 행복한 할아버지들처럼 10미터 길이에 이르기에는 아직 멀었지만, 다른 이들에게는 아나콘다 종의 표본이었다. 길이는 2미터 50센티미터였지만, 이 보아뱀의 굉장한 힘을 고려한다면 그 가치는 두 배에 달한다. 이 보아뱀은 해 질 녘에 몸의 절반을 물 밖으로 세운 채 그 시간을 즐기면서 아마존강을 위엄있게 횡단하곤 한다.

아무튼 아트로스가 이미 산만해진 모임을 향해 이제 막 발언을 시작했다.

"이제 회의를 시작할 수 있다고 생각합니다만." 이렇게 말했다. "무엇보다도 크루사다가 알아낸 것이 뭐든 우리는 그것을 알 필요가 있습니다. 금방 여기로 다시 오겠다고 약속했으니까요."

"그녀가 약속한 것은" 냐카니나가 끼어들었다. "가능하다면 여기로 돌아오겠다는 것이었죠. 일단 우리는 그녀를 기다려야 합니다."

"왜요?" 구렁이 쪽으로는 고개조차 돌리지 않은 채 란세올라다가 반박했다.

"뭐라고요, 왜라뇨?" 구렁이가 몸을 세우며 소리쳤다. "란세올라다 한 마리의 완벽한 멍청함 때문에 이 말을 해야겠군요……! 이 의회에서 헛소리에 헛소리만 계속 지껄이는 데에 나는 이미 지쳤어요! 독뱀들이 가족 전체를 대표하는 것으로밖에 보이질 않는다고요! 그 누구도, 재만 빼고—꼬리로 란세올라다를 가리켰다—, 우리 계획이 크루사다가 가져올 정보에 달려 있다는 걸 모르지는 않겠죠…… 그런데 뭐, 왜 그녀를 기다려야 하냐니……? 이런 걸 질문이라고 하는 지성이 이 의회를 좌지우지한다면 우리는 참 뻔뻔한 거요!"

"모욕하지 마세요." 코아티아리타가 심각한 태도로 그녀를 책망하였다.

냐카니나는 그녀 쪽으로 몸을 돌렸다.

"그래 너, 누가 널 여기에 끌어들였지?"

"모욕하지 마세요." 꼬마가 당당하게 말을 반복했다.

냐카니나는 명예를 중요시하는 막내를 존중하여 목소리를 바꿨다.

"일리가 있군요, 우리 작은 사촌." 차분하게 말을 맺고는, "란세올라다, 나를 용서하세요."

"나는 아무것도 모르잖아요!" 화가 난 채로 야라라 독사가 대꾸했다.

"상관없어요! 그래도 다시 용서를 청하지요."

다행히도 코랄리나가 동굴 입구에서 망을 보고 있다가 쉭 하는 소리를 내며 들어왔다.

"저기 크루사다가 와!"

"드디어!" 의원들이 기쁨에 차 소리 질렀다. 하지만 그 야라라 독사의 뒤로 그들이 전혀 알지 못하는 거대한 독사 한 마리가 따라 들어오는 것을 보고는, 그 기쁨은 경악으로 변했다.

크루사다가 아트로스 옆에 드러눕는 동안, 그 불청객은 동굴 중앙에서 조금씩 조금씩 천천히 몸을 말고는 부동자세를 취했다.

"테리피카!" 크루사다가 말했다. "환영해주세요. 그녀도 우리 일원입니다."

"우리는 자매입니다!" 방울뱀이 서둘러 말했다. 하지만 동시에 불안한 눈으로 그녀를 관찰하고 있었다.

모두 궁금해 죽을 지경이었으므로, 방금 들어온 그 뱀을 향해 기어갔다.

"독이 없는 우리 사촌처럼 보이는데." 한 독사가 아주 냉담하게 말했다.

"그래." 다른 독사가 맞장구쳤다. "둥그런 눈을 가졌어."

"그리고 꼬리도 길잖아."

"그리고 또……"

그러다 갑자기 모두 벙어리가 되었는데 그 낯선 뱀이 목덜미를 괴물처럼 부풀렸기 때문이다. 그 상태가 1초 이상 지속된 건 아니었다. 이곳에서 신참인 그녀는 곧바로 부풀렸던 후드를 접으며 친구 쪽으로 몸을 돌렸고 흥분된 목소리로 말했다.

"크루사다, 저들에게 그렇게 가까이 다가오지 말라고 말해줘…… 나 자신을 억제할 수가 없어."

"그래요, 편하게 있게 놔두세요!" 크루사다가 외쳤다. "더 잘 해주세요" 말을 덧붙였다. "내 목숨을 막 구해주었고, 어쩌면 우리 모두의 목숨을 구할 수도 있으니까요."

더 이상의 말은 필요 없었다. 의회는 잠시 크루사다의 이야기에 귀를 기울였다. 그녀는 모든 것을 이야기해야만 했다. 개와의 마주침, 짙은 안경을 쓴 남자의 올가미, 굉장했던 아마드리아스의 계획, 그리고 재앙을 내려주고 온 대단원과 그 후 여기에 도착하기까지 한 시간 동안 야라라 독사의 가슴에 깊이 벅차오르던 희망까지.

"결론은." 이야기를 마쳤다. "두 남자가 전투 대상에서 제외되었지요, 가장 위험한 인간 둘이요. 이제 남은 놈들을 제거하는 일만 남았습니다."

"말을 죽여야 합니다!" 아마드리아스가 말했다.

"개를 죽여야지요!" 냐카니나가 덧붙였다.

"저는 말을 죽여야 한다고 생각합니다." 킹코브라가 고집했다. "제 주장은 다음과 같은 사실에 근거합니다. 말이 살아남게 된다면, 단 한 명의 인간이라 해도 혈청을 수없이 만들어낼 수 있고, 그 혈청은 우리들로부터 면역성을 갖게 해주겠죠. 얼마 안 되잖아요—여러분들도 잘 아시겠지만—, 혈관을 물 기회는요…… 어제처럼. 그래서 주장합니다, 우리는 우리 모든 공격을 말에게 향해야 합니다. 그러고 나서 두고 봅시다! 개에 관해 말하자면—냐카니나를 흘겨보며 말을 마쳤다—, 무시해도 될 만하다고 생각합니다."

처음 마주친 순간부터 아시아 뱀 아마드리아스와 토착 뱀 냐카니나는 서로 싫어하는 것이 뻔히 보였다. 독이 있는 동물의 특성상 아시아 독사가 독이 없는 사냥꾼에 비해 신체적으로는 열등한 유형을 대표한다면, 사냥꾼 냐카니나는 힘과 민첩성을 가진 유형을 대표한다. 이런 이유로 냐카니나는 독사 아마드리아스로부터 시기와 미움을 샀다. 그리하여 독이 있는 뱀과 없는 뱀 사이의 오래되고 끈질긴 라이벌 의식이 저 마지막 의회에서 한층 더 서로 화를 돋우게 만든 것이다.

"제 의견은" 냐카니나가 반박했다. "말과 인간은 이 싸움에서 부차적이라는 겁니다. 그들을 몇몇을 해치우는 것은 우리에게 아주 쉬운 일로 여겨지겠지만, 그들이 제대로 우리를 사냥하려 든다면, 사냥 첫날 그 개가 손쉽게 할 수 있는 일에 비해 우리 일은 전혀 쉬운 게 아닙니다. 그리고 그들은, 여러분도 확신하듯, 24시간 이내에 우리를 사냥할 겁니다. 어떤 뱀에 물려도 면역이 되어 있는 개라면, 목에 모자를 쓰고 있는 저 숙녀분이 문다 해도—옆의 킹코브라를 가리키며 덧붙였다—소용없을 것이고, 그렇다면 그 개는 우리가 맞닥뜨릴 가장 무서운 적이 되는 것입니다. 무엇보다도 그 적이 우리 흔적을 쫓는 훈련을 받았다는 것을 상기한다면 말이지요. 어떻게 생각해, 크루사다?"

의회도 독사와 구렁이 사이의 유일한 친구 관계를 모르지 않았다. 아마도 저들은 우정 이상으로, 서로의 지성에 대해 상호 존경하는 사이일 것이다.

"저는 냐카니나와 같은 의견입니다." 그녀가 대답했다. "개가 나서기 시작하면 우리는 패할 겁니다."

"하지만 우리는 전진할 겁니다!" 아마드리아스가 항변했다.

"그리 많이 전진하지는 못할 것 같은데요……! 결론적으로 나는 사촌 편으로 기우는군요."

"그러리라 확신하고 있었어." 냐카니나가 조용히 말했다.

이 말은, 킹코브라가 화가 치밀어 송곳니를 독으로 적시지 않고 잠자코 들을 수 있는 말이 아니었다.

"이 말 많은 아가씨의 의견이 어느 지점까지 유효한지 모르겠군요—다시 냐카니나를 흘겨보며 말했다—. 이 상황에서 진짜 위험은 우리를 향하고 있습니다, 독사들 말이에요. 우리는 사신을 지니고 있잖아요. 구렁이들은 인간이 자기들을 무서워하지 않는다는 걸 잘 알고 있어요, 왜냐하면 무섭게 만들 능력이 전혀 없기 때문이죠!"

"말 한번 잘했군!" 한 번도 들은 적 없는 목소리가 말했다.

아마드리아스는 홱 돌아보았다. 왜냐하면, 조용한 어조의 목소리에 아주 게으른 어떤 빈정거림이 묻어 있음을 알아챘기 때문이었는데, 돌아본 곳에서는 평온하게 자신을 바라보는 커다란 두 눈망울이 빛나고 있었다.

"나한테 말한 거요?" 냉담한 투로 물었다.

"그래요, 당신한테." 끼어든 그 뱀이 부드럽게 대꾸했다. "당신이 한 말은 심오한 진실로 흠뻑 젖어 있군요."

킹코브라는 다시 아까 느꼈던 빈정거림을 느꼈고, 어떤 예감에 그늘 속에서 몸을 감고 자신과 대화하고 있는 이의 몸을 눈으로 어림잡아 헤아려보았다.

"네가 아나콘다구나!"

"네 말이 맞아!" 그 뱀이 몸을 기울이며 대꾸했다.

이때 냐카니나가 한 번에 모든 것을 분명하게 하고 싶어 했다.

"잠깐만요!" 냐카니나가 외쳤다.

"아니오!" 아나콘다가 제지했다. "내게 말할 기회를 주시오, 냐카니나. 한 존재가 모양이 잘 빠졌고 민첩하며 힘이 세고 날쌔다면, 그는 자신의 명예를 이루는 근육과 신경의 활력으로 적을 제압하지요. 창조된 모든 전사가 그런 것처럼 말입니다. 새매가, 재규어가, 호랑이가, 그리고 우리가, 고귀한 구조를 가진 모든 존재가 그렇게 사냥을 합니다. 그러나 동작이 굼뜨고 무거우며 머리가 나쁘면, 그래서 살기 위해 정직하게 싸울 능력이 없으면, 그럴 때 한 쌍의 송곳니를 가지고 비열하게 살해하는 것입니다, 마치 저 수입 품종 숙녀분께서 저 큰 모자로 우리를 현혹하려는 것처럼!"

실제로 킹코브라는 이성을 잃고, 이 오만한 뱀을 덮치려고 괴물 같은 목을 부풀려놓고 있었다. 하지만 또한 의회 전체도 그 광경을 보고는 위협적으로 몸을 일으켰다.

"주의하시오!" 동시에 여럿이 외쳤다. "의회는 불가침의 영역이오!"

"후드를 내리시오!" 이글거리는 눈을 하고 아트로스가 솟아올랐다.

아마드리아스는 그녀 쪽으로 몸을 돌리고는 격노하여 쉭 소리를 냈다.

"후드를 내리시오!" 우루투 도라도와 란세올라다가 다가왔다.

아마드리아스는 순간 머리가 돌아 반란을 일으킬 마음에, 대전 상대를 한 마리씩 상대한다면 하나씩 하나씩 손쉽게 토막낼 수도 있을 거라 생각했다. 그러나 의회 전체가 전투태세를 취하자, 그녀는 천천히 후드를 내렸다.

"좋소!" 쉭 소리를 냈다. "의회를 존중하지요. 하지만 부탁하겠소, 의회를 마칠 때엔…… 나를 자극하지 마시오!"

"아무도 널 자극하지 않을 거야." 아나콘다가 말했다.

코브라는 증오가 북받쳐 올라 그녀 쪽으로 몸을 돌렸다.

"너는 아무것도 아니야, 왜냐하면 너는 나한테 겁을 먹었거든!"

"내가 겁먹었다고!" 아나콘다가 앞으로 나서며 받아쳤다.

"진정하세요, 진정!" 다시금 모든 뱀이 애원했다. "우리는 지금 최악의 선례를 남기고 있는 거요! 우리가 해야 할 일을 한 번에 좀 결정하자고요!"

"그래요, 이제 그럴 시간이 왔군요." 테리피카가 말했다. "우리가 따를 수 있는 두 가지 계획이 있습니다. 냐카니나의 제안과 우리 동맹군의 제안입니다. 개부터 공격할 것인가, 아니면 모든 힘을 다해 말을 덮칠 것인가?"

과반수가 이성적으로는 구렁이의 계획을 채택하는 쪽으로 기울었는지도 모르지만, 저 아시아 뱀의 외관, 크기, 지성이, 의회를 그녀의 편으로 만들 만큼 호의적이고 강한 인상을 주었다. 게다가 연구소 사람에 대항했던 굉장한 공동 작전의 여운이 아직 가시지 않았다. 그녀의 새로운 작전이 무엇이든 간에, 확실한 것은 어쨌든 두 남자를 끝장낸 건 그녀 덕이었다. 덧붙이자면, 냐카니나와 크루사다를 제외하고는—둘은 이미 전투를 치렀다—그 누구도 면역성을 가진 개, 독사를 쫓는 개가 지독히 무서운 적이라는 것을 정확히 깨닫지 못했다. 이런 사정으로, 킹코브라의 계획이 결국 선택된다는 걸 이해할 수 있을 것이다.

벌써 매우 늦은 시간이 되었지만, 지체 없이 공격을 감행하는 일은 죽느냐 사느냐 하는 문제였으므로 곧바로 떠나기로 했다.

"자, 전진 앞으로!" 방울뱀이 결론을 내렸다. "더 할 말 있는 사람 없지요?"

"없습니다!" 냐카니나가 외쳤다. "다만 우리는 후회하게 될 것이오!"

종의 대표자들이 동굴을 나오자 종의 개체들이 모여들어 수가 엄청나게 불어났다. 독사들과 구렁이들은 실험실을 향해 돌진했다.

"한마디만 더 하지요!" 테리피카가 주의를 주었다. "작전이 계속되는 동안에는 우리는 의회 안에 있는 것이니 서로가 서로에게 침범할 수는 없습니다. 알겠어요?"

"네, 네, 이제 그만해요!" 모두가 휘파람을 불어댔다.

킹코브라는, 그녀의 옆으로 아나콘다가 지나가자 그녀를 음침하게 쳐다보며 말했다.

"두고 봐……"

"나도 이미 벼르고 있다고!" 아나콘다가 유쾌한 말투로 그녀의 말을 끊었고, 전위를 향해 쏜살같이 튀어 나갔다.

X

연구소 사람은 야라라 독사에게 물린 인부의 침대 발치에서 밤을 새웠다. 곧 날이 밝을 것이었다. 직원 하나가 밤의 열기가 들어오는 창문으로 머리를 내밀었을 때 그는 창고 건물 하나에서 무슨 소리가 났다고 생각했다. 잠시 귀를 기울이다 말했다.

"내가 보기엔 마구간에서 나는 거 같은데…… 가서 좀 봐요, 프라고소 씨."

지시를 받은 그 사람이 휴대용 방풍등을 켜고 밖으로 나갔다. 그동안 나머지 사람들은 귀를 쫑긋 세우고 주의 깊게 기다렸다.

30초 동안은 아무 일도 일어나지 않다가 갑자기 안뜰로 뛰어드는 발소리가 들렸고, 놀라서 얼굴이 하얗게 질린 프라고소가 나타났다.

"마구간이 독사들로 가득 차 있어요!" 그가 말했다.

"가득하다고?" 새 연구소장이 물었다. "그게 무슨 소리야? 무슨 일인데……?"

"몰라요……"

"가봅시다."

그리고 다 같이 밖으로 뛰어나갔다.

"다보이! 다보이!" 소장이 환자의 침대 아래서 잠들어 신음하던 개를 불렀다. 그리고는 모두가 마구간으로 뛰어 들어갔다.

거기에서 그들은 휴대용 방풍등 불빛으로 말과 노새를 볼 수 있었는데, 짐승들은 마구간에 넘쳐 나는 예순 내지 여든 마리의 독사들에 맞서 발길질을 하며 전투를 벌이고 있었다. 짐승들은 울부짖었고 여물통을 걷어찼다. 그러나 독사들은 마치 똑똑한 상관의 지휘를 받는 것처럼 공격을 피하면서 맹렬히 물어댔다.

인간들은 들어오던 힘 때문에 뱀들 사이로 넘어졌다. 돌연한 빛의 습격에 침략군들은 순간 움직임을 멈추었으나, 곧바로 쉭쉭 하는 소리를 내며 다시 돌격하자, 말들은 혼비백산했고 인간들은 누구를 향해 공격을 해야 하는지도 알지 못했다.

연구소 사람은 그렇게 사방으로 독사들에 둘러싸였다. 프라고소는 장화 테두리에 독니의 공격을 느꼈는데, 무릎에서 딱 5밀리미터 떨어진 곳이었다. 그는 공격하는 뱀에게 작대기—숲속에 있는 집이라면 결코 없어서는 안 될, 휘어지기 쉬우면서도 단단한 작대기—를 내리쳤다. 새 소장은 또 다른 뱀을 두 동강을 냈고 다른 직원이 개의 목 위에 있는 뱀의 머리를 내리누를 시간을 벌어주었다. 그 뱀의 머리는 개의 목 바로 위에 있었는데, 커다란 독사가 놀랄 만한 속도로 그 동물의 목덜미를 막 칭칭 감은 참이었다.

이 일은 10초도 채 안 되어 일어났다. 인간들은 계속해서 전진해오는, 장화를 물어대고 다리를 타고 기어오르려는 독사들을 향해 맹렬하게 작대기를 내리쳤다. 말들의 울부짖는 소리와 인간들의 비명, 개 짖는 소리, 그리고 독사들이 내는 쉭쉭 하는 소리가 한데 뒤엉킨 복판에서, 뱀들의 공격은 방어하는 자들을 매번 더욱 거세게 압박했고 바로 그때, 프라고소는 한 거대한 독사—그는 그 독사가 누군지 알 것 같다고 생각했다—를 향해 전속력으로 돌진하다가 어떤 뱀의 몸통을 밟고 넘어졌고, 방풍등은 산산조각으로 부서져 불이 꺼졌다.

"후퇴하라!" 새 소장이 소리쳤다. "다보이, 여기야!"

모두가 뒤쪽으로 껑충 뛰어 안뜰로 나왔다. 다행히 개도 실타래처럼 엉킨 독사들로부터 벗어나, 사람들을 뒤따라 나왔다.

숨을 헐떡이며 하얗게 질린 얼굴로 서로를 바라보았다.

"악마의 짓 같아……" 소장이 중얼거렸다. "이런 건 한 번도 본 적이 없어…… 이 나라 독사들한테 뭐가 있는 거지? 어제도 그래, 두 마리가 무는 것이, 마치 계산된 2인 1조 같았어…… 오늘은…… 운 좋게도 뱀들이 말을 물어대는 바람에 우리 모두

살 수 있었다는 걸 그것들이 모르고 있기에 망정이지…… 곧 동이 틀 거니까 그럼 좀 상황이 달라지겠지."

"거기에 킹코브라가 있었던 것 같은데." 프라고소가 툭 하고 내뱉었다. 그는 근육이 아파 손목을 묶고 있었다.

"맞아." 다른 직원이 한마디 보탰다. "내가 확실히 봤어…… 다보이는? 괜찮아?"

"괜찮아, 그런데 엄청나게 물렸어…… 다행히도 얘는 얼마든지 견딜 수가 있으니."

인간들은 다시 환자에게로 돌아갔는데, 그의 호흡은 좀 나아져 있었다. 그리고 지금은 땀에 흠뻑 젖어 있었다.

"날이 밝기 시작하는군." 새 소장이 창문으로 고개를 내밀며 말했다. "안토니오, 당신은 여기 있는 게 좋겠어요. 프라고소와 내가 나가 볼 겁니다."

"올가미를 가져가야죠?" 프라고소가 질문했다.

"아, 아니!" 소장이 머리를 흔들며 말했다. "다른 독사들이었다면 우리는 순식간에 모두를 사냥했을 거야. 그런데 이 뱀들은 너무 별나…… 작대기랑 그리고 모든 경우를 대비해서, 마체테가 좋겠어."

XI

별난 게 아니라 거대한 위험 앞에서 종들의 지성이 모여 합쳐진 것이었고, 먼저 쳐들어온 적敵은 뱀이 아니라 혈청요법 연구소였다.

등불이 망가지면서 돌연 찾아온 어둠은 전투원들에게 더 센 빛과 더 강한 저항의 위험을 일깨웠다. 더구나 습한 대기 속에서 이미 낮이 임박했음이 느껴지기 시작했다.

"우리가 조금이라도 더 여기 머물다가는" 크루사다가 외쳤다. "그들이 퇴로를 끊을 거야." 후퇴하라!

"후퇴하라, 후퇴하라!" 모두가 소리쳤다. 그리고는 허둥지둥 서로 등을 타고 넘으며 들판으로 튀어 나갔다. 겁에 질려서는 패잔병처럼, 오합지졸이 되어 나아갔고, 먼동이 트기 시작하는 것을 보며 망연자실하였다.

도주한 지 20분이 지났을 때, 날카롭고도 분명한 개 짖는 소리가 들려—아직은 멀리서였지만,—숨을 헐떡거리던 한 부대가 멈춰 섰다.

"잠깐만!" 우루투 도라도가 외쳤다. "우리가 몇인지 확인하고, 뭘 해야 할지 봅시다!"

아직은 희미한 새벽빛 아래 뱀들은 전력을 점검했다. 말들의 다리 사이에 열여덟 마리의 뱀이 죽은 채로 남겨졌는데, 그들 중에는 두 마리의 산호 구렁이도 있었다. 아트로스는 프라고소에 의해 두 동강이 났고 드리모비아는 개의 목을 조르다 두개골이 부서진 채로 그곳에 누워 있었다. 또한 코아티아리타, 라디네아, 보이페바도 없었다. 전부 합해 스물셋의 전투원이 궤멸되었다. 하지만 나머지들도, 단 한 마리의 예외도 없이, 모두가 타박상을 입거나 밟히고 걷어채여, 찢어진 비늘 사이로 피와 먼지가 뒤범벅되어 있었다.

"여기 이게 우리 작전의 성공적인 결과로군." 냐카니나가 씁

쓸하게 말하며 잠시 멈춰 바위에다가 머리를 문질렀다. "축하하오, 아마드리아스!"

그런데 그녀 혼자서만 닫힌 마구간 문 뒤에서 들렸던 이야기를 알고 있었다. 왜냐하면 그녀가 마지막으로 나왔기 때문이다. 말들을 죽인 것이 아니라 말들의 목숨을 살려준 것이라니! 말들은 정확히 독이 부족해서 비실비실했던 것이다!

알려진 바에 따르면 면역성을 갖는 과정의 말에게는 독이 물과 같이 생명을 위해 매일매일 꼭 필요한 것이었으니, 그들은 독이 부족하면 죽는 것이다.

금세 흔적을 좇아온 개 짖는 소리가 등 뒤에서 들려왔다.

"우리 지금 위험해, 급박하다고!" 테리피카가 소리쳤다. "어떡하지?"

"동굴로!" 전속력으로 미끄러져 나아가며, 모두가 그렇게 외쳤다.

"아니 다들 미쳤어!" 냐카니나가 소리를 지르며 뛰어갔다. "그들이 모두를 박살 낼 거야! 너희들 다 죽는다고! 내 말 좀 들어봐, 우리 뿔뿔이 흩어집시다!"

도망자들은 결정을 못 내리고 어물어물 멈춰 섰다. 공황 상태에 빠졌음에도 불구하고, 무언가가 그들에게 산개散開하는 것만이 유일한 대책이라고 말했던 것이다. 도망자들은 정신이 나간 것처럼 이쪽저쪽을 마구 둘러보았다. 단 하나의 지지의 목소리만 더 있었다면, 오직 한마디만 누가 더 거들었다면, 뱀들은 결단을 내릴 수 있었을 것이다.

하지만 치욕을 겪은, 군림하고자 하는 노력에도 불구하고 두

번이나 패배한 킹코브라는, 이후에 분명히 자신에게 적의를 갖게 될 이 나라에 대한 증오로 가득 찬 나머지 다 같이 죽는 쪽을 선택하고 말았고, 다른 모든 종들을 끌어들이고자 했다.

"미쳤어? 냐카니나!" 킹코브라가 부르짖었다. "우리가 여기서 찢어진다면 우리는 자신을 스스로 방어하지도 못한 채 그들에게 하나씩 하나씩 죽임을 당할 거요…… 저기서는 달라요. 동굴로 갑시다!"

"그래요, 동굴로 갑시다!" 공포에 질린 부대원들이 마구 달아나며 그녀의 말에 동조했다. 동굴로!

냐카니나는 그걸 보고 모두 죽음을 향해 가고 있음을 직감했다. 얼빠진, 패배한, 공황에 빠져 정신이 나가버린 독사들은 이러든 저러든 희생당하게 될 것이다! 속도가 빨라 무사히 몸을 피해 살아남을 수 있을 그녀는 좀 우쭐한 기분에 혀를 날름거리며, 죽음을 향해 똑바로 나아가고 있는 다른 뱀들에게로 향했다.

옆에서 누군가의 몸의 기척이 느껴졌고, 그녀는 아나콘다를 알아보고는 기뻐했다.

"봤지?" 미소를 띤 채 아나콘다에게 말했다. "저 아시아 뱀이 우리에게 뭘 끌어들인 건지."

"응, 사악한 벌레 같은 뱀이야……" 아나콘다가 중얼거렸고, 둘은 나란히 함께 달렸다.

"재는 이제 저들을 데려가 다 같이 학살당하게 만들고 말 거야……!"

"그녀만큼은, 최소한" 음침한 목소리로 아나콘다가 경고의 말을 했다. "그런 기쁨을 누리게 두지 않을 거야."

그리고 둘은 속도를 올려 부대를 따라잡았다.

모두가 도착해 있었다.

"잠시만요!" 아나콘다가 앞으로 나섰고, 그녀의 눈은 빛났다. "여러분들은 모르시겠지만 저는 확실히 알고 있습니다, 10분 안에 우리 중 누구도 살아남지 못할 거라는 것을요. 의회와 그에 따른 법은 이제, 그러니까, 끝이 난 거죠? 그렇지 않습니까, 테리피카?"

긴 침묵이 흘렀다.

"그렇습니다." 테리피카가 압도되어 우물거렸다. "폐회되었습니다……"

"그렇다면" 아나콘다가 말을 이으며 이리저리로 고개를 돌렸다. "죽기 전에 하고 싶은 일이…… 아! 이게 좋겠군요!" 그녀를 향해 천천히 다가오는 킹코브라를 보고는 흡족해하며 말을 마쳤다.

아무래도 결투를 하기에 이상적인 순간은 아니었다. 하지만 세계가 무無의 세계였을 때부터, 뱀들에게 인간이 나타나지도 않았을 때부터 독사와 사냥꾼이 서로에게 가졌던 그 특별한 원한을 푸는 것을 더 이상 피할 수만은 없지 않을까.

첫번째 대결은 킹코브라에게 유리했다. 그녀의 독니가 아나콘다의 목에 잇몸까지 파고들었다. 그러자 아나콘다가 보아뱀이 가진 굉장한 기술인, 상대에게는 거의 치명적인 조이기 기술로 역공을 펼쳤다. 채찍처럼 몸을 앞으로 날려 아마드리아스를 감쌌고, 킹코브라는 순식간에 숨이 턱 막혔다. 보아뱀은 목숨을 다 바쳐 그렇게 꽉 안더니, 한 바퀴 한 바퀴 단계적으로 강철같은 고리를 만들어 단단하게 몸을 감았다. 하지만 킹코브라도 사냥감을 놓지 않았다. 한순간 아나콘다는 아마드리아스의 이빨 사이에서 머리가 빠개지는 것 같았다. 하지만 결국 최고의 힘을 발휘하였고, 이 최후의 번개 같은 의지가 힘의 균형을 그녀 쪽으로 가져오게 했다. 코브라의 입이 반쯤 질식한 상태로 침을 흘리며 떨어져 나왔고, 그 사이 머리가 자유로이 풀려난 아나콘다가 아마드리아스의 몸을 완전히 포획했다.

조금씩 조금씩, 적수敵手를 꼼짝 못 하게 만드는 굉장한 조이기가 먹혀들었다. 아나콘다의 입이 깊지는 않지만 거칠게 물어뜯으며 코브라의 목을 타고 올랐고, 그러는 사이에 코브라는 절망적으로 머리를 흔들었다. 아나콘다의 96개의 예리한 이빨은 계속 치솟아 코브라의 후드에 도달했고, 다시 기어올라가 목구멍에 닿았고, 더 올라가 결국엔 적의 대가리에 이빨을 박으니, 뼈를 씹는 빠드득 빠드득 하는 소리가 아주 길게, 소리 없이 울렸다.

이제 끝이 났다. 보아뱀이 감았던 고리를 풀자 킹코브라의 몸뚱어리가 땅바닥으로 미끄러져 무겁게 툭 하고 떨어졌다. 죽은 것이다.

“최소한 이걸로 나는 만족한다……” 아나콘다가 중얼거리다가 이번에는 그녀가 의식을 잃고 아시아 독사의 몸 위로 쓰러졌다.

그때였다. 독사들의 귀에 100미터도 채 안 되는 거리에서 날카로운 개 짖는 소리가 들려온 것은.

그러자 뱀들은 10분 전까지만 해도 공포에 질려 동굴 입구에서 허둥지둥하였으나, 이제는 전 밀림의 운명을 건 사생결단의 전투 앞에서 야생의 화염이 두 눈에 올라오는 것을 느꼈다.

"들어갑시다!" 그럼에도, 몇몇은 그렇게 외쳤다.

"아닙니다, 여기에요! 여기서 벽을 칩시다!" 쉭쉭 소리를 내며 모두가 숨을 죽였다. 그리고는 퇴로 없이 암벽을 등진 채 둘둘 만 몸 위로 목과 머리를 꼿꼿이 세웠으며, 이글거리는 눈을 하고 기다렸다.

기다림은 길지 않았다. 아직은 보라색으로 물든 햇빛 아래 저 깊은 검은 숲 앞으로 새 소장과 프라고소의 두 실루엣이 뱀들 앞에 모습을 드러냈다. 그들은 개를 묶은 가죽끈을 틀어쥐고 있었고, 개는 분노에 미쳐 앞으로 돌진하고 있었다.

"다 끝났어! 이번에야말로 최후의 결전이로군!" 냐카니나가 혼잣말을 했다. 자신도 희생하기로 방금 마음먹은 그녀는, 그다섯 낱말을 남기고는 꽤 행복했던 인생과 작별을 고했다. 그러고는 개와 맞닥뜨리러 맹렬한 기세로 뛰어나갔고, 줄 풀린 개는 입에 허옇게 거품을 물고 뱀들 위로 뛰어들었다. 뛰어드는 짐승을 향한 뱀의 공격은 빗나갔고 그 짐승이 격노하여 테리피카를 덮치자, 테리피카는 독니를 개의 주둥이에 박아 넣었다. 다보이는 미친 듯이 머리를 흔들어댔고, 방울뱀을 공중에다 마구 휘둘렀다. 하지만 방울뱀은 떨어지지 않았다.

네우위에드는 이 순간을 이용해 짐승의 배에다가 독니를 쑤셔 넣었으나, 그 순간 뱀들 위로 인간들이 도착했다. 순식간에 테리피카와 네우위에드가 허리가 깨져 죽어 나자빠졌다.

우루투 도라도는 두 동강이 났고, 시포도 똑같이 당했다. 란세올라다는 개의 혀를 붙잡는 데에 성공했으나, 2초 만에 마체테를 두 번 맞고 세 동강이 나서 에스쿨라피아 옆에 떨어졌다.

전투는, 몰살이라고 말하는 것이 낫겠지만, 광포하게 계속됐고, 쉭쉭 소리와 다보이의 걸걸한 짖는 소리가 도처에 울려 퍼졌다. 용서 없이—용서를 구한 적도 없지만—하나씩 하나씩 나가떨어졌고, 개의 턱뼈 사이에서 두개골이 으깨어지거나 인간들에 의해 납작하게 뭉개졌다. 학살은 마지막 의회를 열었던 동굴 앞에서 벌어졌다. 그리고 마지막으로, 크루사다와 냐카니나가 쓰러졌다.

하나도 남아나지 못했다. 인간들은 그날의 승리에 취해 앉아서 완전한 종족 학살의 현장을 바라보았다. 다보이는 그들의 발치에서 숨을 헐떡거리고 있었는데, 강력한 면역성을 가지고 있음에도 불구하고 뱀독에 의해 중독 증세가 완연했다. 64차례나 물렸던 것이다.

인간들이 돌아가려고 일어섰을 때 처음으로 아나콘다가 눈에 들어왔다. 아나콘다는 다시 살아나기 시작했는지 꿈틀했다.

"이 보아뱀이 여기서 뭘 하는 거지?" 새 소장이 말했다. "여기 사는 애가 아닌데…… 보아하니 킹코브라랑 관계가 얽혔나 본데…… 자기 방식대로 우리의 복수를 했어. 얘를 살려낼 수 있다면 우리는 큰일 하는 거야. 지독하게 독이 퍼진 것처럼 보이거든. 얘를 데려갑시다. 어쩌면 언젠가 또 이 천한 독사들로부터 우리를 구해줄지도 모르지."

그리고 두 남자가 막대기에 아나콘다를 걸쳐 매고 돌아갔다.

상처 입고 힘이 바닥난 아나콘다는 가면서 냐카니나를, 냐카니나의 운명에 대해 생각했다. 냐카니나가 조금만 덜 오만했어도, 지금 자신의 운명과 닮을 수 있었을 거라고.

아나콘다는 죽지 않았다. 인간들과 1년을 더 살았다. 살면서 그녀는 호기심에 여기저기 둘러보고 모든 것을 지켜보았고, 어느 날 밤 그곳을 떠났다. 하지만 파라나강을 따라 몇 달을 거슬러 저 멀리 과이라 지방까지 올라간 이 여정, 더 멀리 파라나강이 죽음의 강이란 이름을 얻게 된 죽음의 만灣까지 간 이 이야기, 아나콘다가 겪은 기이한 삶과 마침내 강물이 크게 범람했을 때 형제들과 함께 더러운 물 위로 떠난 두번째 여정, 그리고 수생 식물군群들의 습격과 반란에 관한 이 모든 이야기는, 또 다른 이야기에서 말하게 될 것이다.

책 출간 전 신문이나 잡지에 먼저 실리지 않은,
작가의 몇 안 되는 작품 중 하나.
1921년 발행된 『아나콘다*Anaconda*』에 수록.

사막

카누는 수풀—또는 이런 어둠 속에서는 수풀처럼 보일 수도 있는 것—과 잇닿은 연안을 따라 미끄러져 갔다. 몇몇 단서들로 미루어 쉬베르카소는 본능적으로 자신의 주변을 어렴풋이 느끼고는 있었으나, 칠흑같은 어둠은 노를 젓는 손에서부터 하늘 꼭대기까지 한 덩어리로 되어 있어 뚫고 지나갈 수 없을 것만 같았다. 남자는 여기가 지금 어디쯤인지를 모르지는 않을 정도로, 이 강에 대해 꽤 잘 알고 있었다. 하지만 비라도 막 쏟아져 내릴 것 같은 이런 밤중에, 그만의 아주 작은 나루터로, 저지대 썩은 풀숲과 날카로운 타콰라 대나무들을 헤치고 배를 접근시키는 일은 평소와는 매우 다른 일이었다. 게다가 쉬베르카소는 카누에 혼자 타고 있는 것도 아니었다.

대기는 질식할 정도로 습기를 잔뜩 머금고 있었다. 얼굴을 어느 쪽으로든 돌려야만, 숨 쉴 공기를 조금이나마 찾을 수 있었다. 그리고 그 순간, 카누 위로 빗방울이 몇 방울 떨어지는 소리가 아주 또렷하게 들렸다.

쉬베르카소는 눈을 들어 하늘을 보았고, 빛의 번쩍임이나 번

개가 쳐 갈라진 틈을 찾았으나 허사였다. 오후 내내 그랬던 것처럼, 지금도 역시 천둥소리는 단 한 번도 들리지 않았다.

"밤새 내릴 비로군." 그는 생각했다. 그러고는 배에 같이 타고 있는, 선미에 말없이 앉아 있는 이들 쪽으로 몸을 돌렸다.

"망토를 걸치거라." 그가 짧게 말했다. "잘 여미고."

카누는 이제 나뭇가지들을 휘며 앞으로 나아가고 있었고, 좌현 쪽의 노가 물에 잠긴 나뭇가지 위를 두세 차례 미끄러져 넘어갔다. 하지만 노가 부러지는 한이 있어도 쉬베르카소는 빽빽한 이파리들을 계속 스치며 가는 상태를 유지했는데, 왜냐하면 기슭에서 5미터 이상 떨어지게 되면 그의 나루터를 앞에 두고도 보지 못한 채, 밤새도록 이리 갔다 저리 갔다만을 반복하게 될 수 있기 때문이다.

수면을 타고 숲 옆 가장자리를 따라가면서, 노를 젓고 있는 그는 조금 더 앞으로 나아갔다. 빗줄기는 이제 좀더 굵어졌고 간간이 멈췄다 내리기를 반복했다. 빗방울은 자기가 어디로 떨어져야 할지 모르는 것처럼 갑자기 그치더니 다시 굵고 더운 빗방울이 되어, 바로 그 어둠과 바로 그 저기압 속에 모든 것을 가둬버릴 것처럼 내리기 시작하곤 했다.

"잘 여미도록 해라." 쉬베르카소가 두 명의 동행인에게 같은 말을 반복했다. "우리 이제 다 왔어."

실제로 그의 나루터가 시야가 열린 틈으로 살짝 보인 참이었다. 두 차례의 힘찬 노질 끝에 카누는 강가 점토질의 땅 위로 올랐고, 그가 배를 말뚝에 단단히 고정하는 동안 침묵을 지키던 두 동행인은 땅 위로 뛰어내렸다. 땅은 어둠 속에서도 잘 구별되었는데, 붉은색과 녹색의 불을 켜고 꾸물거리는 무수히 많은 빛나는 벌레들로 뒤덮여 있었기 때문이다.

이제는 마침내 일정하게 내리는 세찬 빗줄기를 맞으며 세 명의 여행자는 벼랑 위로 기어올랐고, 그곳까지 흠뻑 젖은 점토가 인광을 발하고 있었다. 하지만 그 다음에는 다시 칠흑 같은 어둠이 그들을 고립시켰다. 그들은 그런 어둠 속에서 말을 묶는 긴 막대 부분을 땅바닥에 기대어놓았던 이륜마차를 찾아야 했다.

두 눈 바로 밑에 둔 손도 보지를 못한다*라는 표현이 꼭 맞는 상황이었다. 그런 밤에는, 순간적으로 빛을 내는 성냥불은 현기증 나는 어둠을 잠깐 줄여주는 것 말고는 별 소용이 없는 데다가 오히려 평형감각만 잃게 만든다.

그런 상황에서도 이륜마차는 찾았으나, 말은 찾을 수 없었다. 그는 두 동행인을 바퀴 옆에 붙어 지키게 했다. 둘은 후드를 뒤집어쓰고 탁탁 튀는 빗속에서 꼼짝도 않고 서 있었고, 쉬베르카소는 가시에 찔리면서도 밀림 주 통행로 안쪽까지 들어갔다. 그는 거기서 말을 발견했는데, 말은 당연히 고삐에 묶여 있었다.

쉬베르카소가 말을 찾아 데려오는 데 걸린 시간은 20분을 넘지 않았다. 그런데 이륜마차 근처까지 왔다는 생각에 방향을 짐작하여 몸을 틀면서,

"거기 있니, 꼬마들?"하고 부르자, 대답이 들렸다.

---

* 우리나라 속담 "등잔 밑이 어둡다."에 해당하는 스페인어권의 관용적 표현.

"네, 아빠."

쉬베르카소는 그날 밤에 처음으로 분명하게 깨달았다. 자기가 어둠 속에, 그리고 빗속에 버려둔 두 동행인이 자기의 두 자식이라는 것을. 다섯 살과 여섯 살 먹은, 머리가 아직 바퀴축에도 닿지 않는, 그래서 뒤집어쓴 후드에서 물을 줄줄 흘리며 꼭 붙은 채, 조용하게 아빠가 돌아오길 기다리고 있는 자신의 아이들이라는 것을 말이다.

이윽고 그들은 즐겁게 잡담을 나누며 집으로 돌아왔다. 초조하고 위험했던 순간들이 지나가니 쉬베르카소의 목소리는 아주 딴판이 되었다. 지금 아이들과 이야기하는 목소리와 아이들을 그저 사람이라 생각하고 말을 할 때의 목소리는 아주 달랐다. 지금 그의 목소리는 상냥하게 두 톤쯤 내려가 있었다. 누구라도 지금 그의 목소리, 아이들과 함께 웃고 있는 그 목소리를 듣는다면 30분 전의 딱딱하고 무뚝뚝한 억양을 가진 그 남자와 지금 이 남자가 같은 사람이라고 믿지 못할 것이다. 그리고 이제 실제로 대화를 나누고 있는 사람은 쉬베르카소와 그의 소녀다. 왜냐하면 꼬마 신사—막내—는 아빠의 무릎에서 잠이 들었기 때문이다.

쉬베르카소는 보통 날이 밝으면 일어났다. 그는 늘 조용히 자리에서 일어나긴 하지만, 그와 마찬가지로 일찍 잘 일어나는 옆방의 남자아이가, 그가 일어나기 조금 전부터 아빠가 자리에서 일어나나 보려고 두 눈을 말똥거리며 기다린다는 것을 그는 잘 알고 있었다. 그때 자리에서 일어나, 이 방에서 저 방으로 아침 인사를 주고받는 것이 그들의 변함없는 공식 같은 것이었다.

"좋은 아침, 아빠!"

"좋은 아침, 사랑하는 내 새끼."

"좋은 아침, 존경하는 아빠빠."

"좋은 아침, 얼룩 없는 조그만 새끼 양."

"좋은 아침, 꼬리 없는 작은 생쥐."

"나의 작은 긴코너구리!"

"작은 아르마딜로 아빠!"

"조막만 한 고양이 얼굴!"

"쪼그마한 독사 꼬리!"

이런 그림같이 아름다운 운율 맞추기 놀이로, 행복한 순간을 잠시 더 함께했다. 그러고 나서는 옷을 갈아입고 야자나무 아래로 커피를 마시러 갔다. 그러는 사이 꼬마 숙녀는 해가 얼굴에 비쳐 깰 때까지 바위처럼 계속해서 잠을 잤다.

쉬베르카소는 사랑으로 빚어내고 교육으로 완성한 자신의 작품인 두 아이만 생각하면, 자신이 이 땅에서 가장 행복한 아빠로 여겨지곤 했다. 하지만 이 모든 것은 보통 결혼한 남자들이 겪어서 알 수 있는 그 모든 일 중 가장 힘든 고통을 대가로 치르고서야 얻은 것이었다.

돌연히, 놀랍도록 불공평하게도 생각지 못한 일들은 늘 불시에 일어나듯, 쉬베르카소는 아내를 잃었다. 곧장 그는 홀로 남게 되었고, 그의 옆에는 이제 겨우 아빠를 알아보는 두 생명체가 함께 남겨졌다. 그는 그가 직접 짓고 그녀가 가꾼 그 집에,

벽의 못 하나하나 칠 자국 하나하나가 그녀와 나누었던 행복한 시절의 날카로운 추억인 바로 그 집에 홀로 남았다.

다음 날 그는 알게 되었다. 우연히 옷장을 열었을 때 이제는 땅 속에 묻힌 아내의 흰옷이 훅 하고 눈에 들어오는 일이, 또 그녀가 아직 입어볼 시간도 없었던 새 원피스가 걸려 있는 것을 보게 되는 일이 어떤 일인지 말이다.

그는 깨달았다. 계속 살아가기를 바란다면 과거의 흔적을 마지막까지 없애버리는 일은 피할 수도 없고 미룰 수도 없는 일이라는 것을. 그때 그는 그가 아내에게 썼던 편지들을 멍하니 강마른 눈을 하고 태워버렸는데, 그 편지들은 그녀가 연애 시절부터 도시에서 입던 정장들보다 더 큰 애정을 가지고 보관해오던 것이었다. 그리고 같은 날 오후에 결국 또 알게 되었다. 오열 끝에 무너진 가슴으로, 가정부의 아들과 놀기 위해 품에서 벗어나려고 애쓰는 한 생명체를 두 팔로 꼭 끌어안고 놓아주지 않는 기분이 어떤 것인지를.

힘들었다. 정말이지 지독하게 힘들었다…… 하지만 지금 그는 자신의 두 강아지와 함께 웃고 있었다. 그들은 셋이 함께 있어야 하나가 되는 것이었다. 이런 그간의 사정이 쉬베르카소가 그의 아이들을 교육하는 유별난 방식을 만들었다.

아이들은 실제로 어둠을 두려워하지 않았고 외로움도 두려워하지 않았으며, 엄마의 치마폭에 싸여 자란 아기들이 가지는 공포 중 그 어느 것도 두려워하지 않았다. 쉬베르카소가 강에서 돌아오지 않은 채 밤이 찾아온 것이 여러 번이었는데, 그때마다 아이들은 방풍등을 켜고는 별 동요 없이 그를 기다렸다.

또 어떤 날은 유리창을 두드리는, 이성을 잃게 할 정도로 성난 폭풍우가 치는 한밤중에 아이들 홀로 깨어나곤 했는데, 아이들은 아빠가 돌아올 거란 믿음으로 확신에 차 곧바로 다시 잠을 청하곤 했다.

그들이 아무것도 무서워하지 않았던 것은 아니고, 아버지가 그들에게 두려워해야 한다고 경고했던 것들—첫번째 목록에는 당연히, 독사가 있었다—에만 두려움을 느꼈다. 물론 그들은 자유로웠고 건강하게 살아 숨 쉬고 있었으며 종종 멈춰서서 기쁜 강아지 같은 커다란 눈을 하고 모든 것을 신기한 듯 바라보곤 했지만, 아버지와 같이 있지 않으면 한순간도 무엇을 해야 할지 몰랐을 수도 있다. 그러나 그렇지 않았다. 아버지는 외출할 때 자기가 얼마만큼 집을 비울지 알려주었고, 그러면 아이들은 자기들끼리 놀며 그 시간을 즐겁게 잘 보내곤 했다. 마찬가지로, 아버지와 아이들이 함께 숲이나 강으로 일정을 길게 잡고 갈 때가 있었는데, 도중에 쉬베르카소가 몇십 분, 길게는 몇 시간 아이들과 떨어져 있어야만 하는 경우에도, 아이들은 금방 즉흥적으로 놀이를 지어내어 같은 자리에서 그가 오기를 기다리곤 했다. 아이들은 그렇게, 맹목적이고 기쁜 마음으로 고분고분하게 순종하며, 아버지가 그들에게 걸고 있는 신뢰를 저버리지 않았다.

아이들은 혼자 힘으로 말을 타고 달리곤 했는데, 이것은 꼬마 신사가 네 살 때부터였다. 그들은 완벽하게 자신의 힘이 미치는 범위를 잘 알고 있었고—모든 자유로운 생명체들이 그렇듯—, 결코 한계를 넘는 법이 없었다. 아이들은 아버지 없이

도, 가끔 야베비리 천川 가의 장밋빛 사암 절벽까지 가곤 했다.

"항상 땅을 잘 살펴보고 나서, 그다음에 자리를 잡고 앉거라." 아버지는 아이들에게 그렇게 말해두었다.

절벽은 아래 지반의 갈라진 틈을 시원하게 만드는 깊고 짙은 물 위로 20미터를 수직으로 솟아올라 있다. 거기 위로, 아주 작게 보이는 쉬베르카소의 아이들이 발로 바위를 살살 더듬으며 끝 쪽으로 접근하곤 했다. 그러고는 결국 안전하게 자리 잡고서, 벼랑 끝에 앉아 헤아릴 수 없이 깊은 허공 위에서 샌들을 덜렁거리는 것이었다.

당연하게도 이 모든 것은 일련의 단계를 거치면서 또 그만큼의 걱정을 하며 쉬베르카소가 습득시킨 것이다.

"언젠가 이 애들 걱정에 내가 죽겠어." 혼잣말하곤 했다. "그리고 나는 아이들을 그렇게 가르친 것이 옳은 일이었는지 끝없이 자문하면서 내 남은 일생을 보내게 될 거야."

그렇다. 옳은 일이었다. 엄마를 여읜 자식들과 함께 홀로 남겨진 아버지에게 위안거리라고는 별로 없으니, 그나마 그에게는 아이들을 하나의 노선에 맞추어 교육할 수 있다는 것이 가장 큰 위안을 주었다.

쉬베르카소는 그래서, 행복했다. 그리고 그의 아이들은, 그들과 몇 시간이고 계속해서 놀아주는, 산화납 때문에 무겁고 붉은 모래로 된 바닥 위에 크게 글자를 써서 읽는 법을 가르쳐주는, 굳은 살이 박힌 커다란 손으로 등산용 바지의 터진 곳을 꿰매주는 저 커다란 남자와 아주 친밀하게 맺어져 있다고 느꼈다.

차코 지방에 있을 때부터 가방도 꿰매주곤 했던 쉬베르카소는 그곳에서 면화 농장주로 있을 때 바느질하는 습관을 들여놓았는데, 그것은 그의 취미이기도 했다. 그는 자신의 옷, 아이들의 옷, 권총집, 카누의 돛 등 모든 것을, 왁스 먹인 굵은 실로 매듭을 짓고 한 땀 한 땀 바느질하여 만들곤 했다. 그래서 그의 셔츠는 튼튼했다. 본래 옷의 꿰맨 자리는 어디든 터질 수도 있지만 그가 왁스사絲로 짠 곳은 그렇지가 않았다.

놀이에서도, 아이들은 아버지를 자연스럽게 선생님으로 여겼다. 특히 그가 아이들 앞에서 네 발로 달릴 때는 그 모습이 너무도 유별나서 아이들은 곧바로 커다란 웃음을 터뜨리곤 했다.

쉬베르카소는 고정적인 일 이외에도, 새로운 경험에 대한 호기심이 많아 석 달마다 관심사가 달라졌고 아이들은 항상 그의 옆에서, 또래들은 보통 알지 못하는 것을 상당 부분 알게 되었다. 그들은 보았다—가끔은 돕기도 했다. 동물을 박제하는 것을, 소독약 크레올리나를 제조하는 것을, 비옷에 덧대기 위해 숲속의 고무나무에서 고무를 채취하는 것을. 또 아버지의 셔츠를 온갖 색깔로 염색하는 것과 시멘트를 연구하기 위해 8천 킬로그램짜리 거대한 지렛대를 제작하는 것을 보았다. 과산화인산, 오렌지주, 마이파르트 형形 건조기를 만드는 것을 보았으며, 숲에서 방갈로까지 땅으로부터 10미터 높이에 공중 케이블을 다는 것을 보았다. 아이들은 그 케이블에 매달린 소형 케이블카를 타고 집까지 날아서 내려오곤 했다.

그 시기에 쉬베르카소의 관심을 끌었던 것은, 야베비리 천의 수량이 마지막으로 크게 감소했을 때 드러난 백색 점토층이었다. 이 점토에 관한 연구는 그 나라의 다른 사람들의 몫으로 넘어갔지만, 그는 그것으로 가마—물론 그가 직접 만든—에서 도자기를 구웠다. 그는 도자기 굽기와 유리화 작용과 그 밖의 것들에 대한 지침을 찾기 위해, 점토 덩어리로 질그릇이나 가면 또는 상상의 동물을 시험 삼아 만들기를 좋아했다. 이 모든 것은 아이들이 도와주었기에 매우 성공적이었다.

밤이 되면, 또 악천후로 어두워진 오후에도 그는 성큼성큼 도자기 공방으로 들어갔다. 쉬베르카소는 일찌감치 가마에 불을 지폈고, 문하생인 그의 아이들은 추위에 몸을 움츠리고 손을 비비며 점토를 빚기 위해 그 불 앞에 앉았다.

쉬베르카소의 작은 가마는 두 시간이면 쉽게 천 도까지 올랐고, 딱 그 온도가 되어 불을 더 때기 위해 문을 열 때마다 번번이, 허연빛의 아궁이에서 화염이 밀려 나와 속눈썹을 그슬리곤 했다. 그래서 이 옹기장이들은 작업장의 반대쪽 끝으로 물러났다가, 찬 바람이 타콰라 대나무로 둘러친 벽 사이사이로 휘잉 휘잉 소리를 내며 새어 들어오면 다시 탁자로 가서 모두가 가마의 열기에 등을 쬐었다.

아이들이 지금 확 이는 불길 앞에 맨발로 있다는 것만 빼면 모든 일은 순조롭게 진행되고 있었다. 쉬베르카소는 선사시대의 토기를 유독 좋아했다. 어린 소녀는 자기가 좋아하는 환상의 세계에 나올 법한 모자를 빚곤 했고, 꼬마 신사는 언제나 예외 없이 독사를 만들었다.

그러다 가끔, 단조롭게 그르렁거리기만 하는 가마가 그들의 기운을 충분히 돋우지 못할 때면, 축음기를 틀곤 했다. 레코드판은 쉬베르카소가 결혼할 때부터 가지고 있던 것에서 달라진 것이 없었다. 그 레코드판들은 아이들이 직접 날을 갈았던 온갖 종류의 바늘, 못, 대나무, 가시 등에 긁힌 자국투성이였다. 한 명씩 차례로 기기의 조작을 맡았는데, 그 일은 레코드판이 다 돌 때마다 알아서 판을 바꿔 끼우는 일이었다. 그럴 때에도 점토에서는 눈을 떼지 않았다. 그 일을 하고 나서는 즉시 하던 작업을 계속했다. 모든 레코드판이 한 바퀴 다 돌고 나면 다른 사람 차례가 되었고 정확히 같은 일을 반복하였다. 음악은 다 외울 정도로 잘 알고 있었기 때문에 그들이 딱히 음악을 듣고 있었던 건 아니었다. 하지만 소리 자체가 그들을 즐겁게 해주었다.

10시에 이 옹기장이들은 과제를 마쳤고 이제 그들의 예술작품을 처음으로 검토하고 비평하기 위해 자리에서 일어났다. 모든 것이 마무리되기 전에는 그 어떤 언급도 허용되지 않았다. 꼬마 숙녀가 장식품으로 만든 환상의 세계 앞에서 짓는 환희의 표정과, 어린 소년이 끈기로 완성한 독사 컬렉션 앞에서 취하는 감격에 겨운 몸짓은 참으로 볼 만한 광경이었다. 그 모든 과정이 다 끝나면 쉬베르카소는 가마의 불을 끄고는, 다 함께 손을 잡고 차디찬 밤공기를 가로질러 집으로 뛰어갔다.

앞서 이야기했던 밤 산책이 있은 지 3일 후, 쉬베르카소의 집에서 하녀가 떠났다. 그리고 이 가벼운 사건은 다른 어떤 부분에도 영향을 끼치지는 않았지만, 세 유배자들의 삶을 극단적으로 바꿔놓았다.

쉬베르카소가 혼자가 되고 한동안은 아이들을 키우는 데 한 훌륭한 여자의 도움을 받았는데, 그녀는 여주인의 죽음으로 지나치게 고독해진 그 집에서 목놓아 울어주던 바로 그 가정부였다.

그다음 달에 그녀는 떠나버렸다. 그리고 쉬베르카소는 온 힘을 쏟아 그녀를 대신할 사람을 찾았고, 숲에서 서넛의 무뚝뚝한 여인네들을 데려왔으나 주인의 고약한 성격을 참지 못하고 3일만에 다들 떠나버렸다.

실제로 쉬베르카소의 탓이었고, 그도 그것을 알고 있었다. 그는 여자들에게 그의 말을 이해시키는 데 딱 필요한 정도의 말만 했는데, 그의 말은 정확했고 논리적이었으나 지나치게 남성적이었다. 예를 들어 식당 바닥을 쓸고 있으면, 그는 그녀들에게 탁자의 네 다리 주변까지 쓸어야 한다고 주의를 주곤 했다. 그리고 이런 것이 너무 간결하게 표현되어, 여자들을 피곤하게 했고 화나게 했다.

석 달의 공백기 동안에 그는 접시를 닦아줄 여자 하나 구하지 못했다. 그리고 이 석 달 동안 쉬베르카소는 아이들을 씻기는 것 이상의 몇몇 일들을 배웠다.

그는 찬 바람을 맞으며 쪼그리고 앉아 두 손이 벌게지도록 안뜰의 모래로 솥을 문질러 닦는 법—요리하는 법을 배우지는 않았다, 이미 할 줄 알았으니까—을 겨우 배웠다. 그는 매 순간 일을 하다 말고 달려가 불 위에 얹어둔 우유를 물리거나 연기가 가득한 화덕의 문을 여는 법을 배웠고, 식기를 닦기 위해 밤에 우물가에 가서 물 세 양동이—하나도 모자라서는 안 된다—를 길어 오는 법도 역시 배우게 되었다.

세 양동이의 물을 길어야 한다는, 이 피해 갈 수 없었던 문제는 그의 악몽 중의 하나였고, 결국은 그 일이 그가 꼭 해야만 하는 필수 불가결한 일이라는 것을 깨닫게 되는 데에 한 달이 걸렸다. 처음에는 당연히 솥과 접시의 설거지를 미뤄두었고, 바닥에 둔 그릇 옆에 또 그릇을 놓아 식기들을 산처럼 쌓아두었다. 한꺼번에 설거지할 심산이었다. 하지만 쪼그리고 앉아서 탄 냄비—그는 냄비를 전부 다 태우곤 했다—를 벅벅 문질러 닦느라 오전 한나절을 다 보내고 나서는, 요리-식사-설거지로 이어지는 세 가지 일을 한 번에 하는 것을 선택하게 되었다. 이 연속된 세 가지 일이 주는 흐뭇함은 역시나 결혼한 남자들이 잘 모르는 것이었다.

그래서 그에게는 정말로, 결코, 남는 시간이 없었다. 특히 낮이 짧은 겨울에는 더욱 그랬다. 쉬베르카소는 두 방을 정돈하는 일에서는 아이들을 신뢰했고, 아이들은 그럭저럭 그 일을 잘 수행했다. 하지만 정작 자신이 맡은 안마당을 쓰는 일에는 의욕이 충분히 생기지가 않았다. 비질은 매우 과학적인 일로, 방사상으로 원을 그리며 해야 하는, 여성만이 할 수 있는 일이었는데, 쉬베르카소는 그 일이 숲의 오두막집에서의 행복한 삶의 기본이라는 것을 알고 있었음에도 인내심의 한계에 도달하고 말았다.

그렇게 치우지 못하고 손 놓아버린 모래밭은 장맛비와 불볕더위를 번갈아 거치면서 배양 실험실로 변해버렸고, 모래벼룩이 마구 번식하여 이제는 아이들의 맨발에 기어오르는 게 훤히 보였다. 쉬베르카소는 늘 스톰 부츠를 신고 있기는 했어도, 모래벼룩의 공격의 대가를 톡톡히 치렀다. 그래서 그는 거의 항상 발을 절룩거렸고, 점심 식사 후에는 튀기는 빗방울을 맞으며 회랑에서, 또는 눈부신 햇살을 받으며 안마당에서, 두 손으로 아들의 발과 씨름하느라 꼬박 한 시간을 보내야 했다. 꼬마 신사의 차례가 끝나고 나면 이제 자기 자신의 차례였다. 그리고 마침내 등이 굽은 채 몸을 일으키려고 하면, 어린 소년이 그를 불렀다. 왜냐하면 세 마리의 새로운 모래벼룩이 또다시 그의 발 살갗에 절반쯤 구멍을 뚫었기 때문이었다.

꼬마 숙녀는 아마도 면역성을 가진 것처럼 보였다. 어쨌든 아이들의 작은 손톱으로는 모래벼룩을 더듬어 잡을 방법이 없었으므로, 열 마리 중 일곱은 당연히 어린 소년의 발에서 들끓었고 셋 정도만 아버지의 몫이었다. 하지만 숲속 생활에서 단련된 발을 가진 남자에게도 결과적으로는 이 셋이 큰 문제가 되었다.

모래벼룩은 일반적으로는 독사나 모래파리, 또는 그 모래파리의 유충보다는 덜 해롭다. 살갗 위를 몸을 쳐들고 걷다가 갑자기 굉장히 빠른 속도로 살갗에 구멍을 뚫고 생살 속에 도달하여 알로 꽉찬 알주머니를 심는다. 모래벼룩을 떼어내거나 한 배의 알을 뽑아내는 일은 보통 그다지 불편한 일은 아닐뿐더러, 상처 또한 필요 이상으로 곪거나 하지는 않는다. 하지만 깨끗한 백 마리의 모래벼룩 중에는 감염을 일으키는 한 마리가 있는 법이라, 그런 경우에 감염을 조심해야 한다.

쉬베르카소는 그의 발가락 하나, 대수롭지 않게 여겼던 오른발 새끼발가락 위에 있던 그 한 마리를 제압하지 못하고 만 것이 문제였다. 불그스름한 작은 구멍으로부터 틈이 갈라져 발톱의 가장자리가 부어올랐고, 심하게 아팠다. 요오드나 이염화물, 과산화수소나 포르말린, 그 어떤 것이든 닥치는 대로 다 써보았다. 그는 신발을 신고는 있었지만, 외출하지는 않았다. 지칠 줄도 모르고 숲을 돌아다니던 그는 이제 비가 내리는 오후에 천천히 그리고 입을 꾹 다문 채 안뜰 주변을 산책하는 정도로 활동 범위가 줄어들었다. 비가 그치고 해가 나서 하늘이 갤 때면, 숲은 역광을 받아 그림자극 배경처럼 윤곽이 뚜렷해져서는, 아주 청정한 공기 속에서 바로 눈앞에 닿을 듯이 가까워지곤 했다.

쉬베르카소는 삶의 조건이 지금과 달랐다면, 조금만 휴식을 취할 수만 있었다면 감염을 이겨냈으리라는 걸 잘 인지하고 있었다. 상처 입은 그는 오한과 야심한 시각이면 더욱 심해지는 통증 탓에 잠을 잘 자지 못했다. 햇살이 비칠 때가 되어서야 비로소 깊디깊은 잠에 빠져들었는데, 그 순간만큼은, 하다못해 8시까지만이라도 침대에 머무를 수만 있다면 그 어떤 것도 내줄 수 있었을 것이다. 하지만 어린 소년은 겨울에도 여름과 마찬가지로 새벽잠이 없었고, 쉬베르카소는 열병을 앓는 채로 일어나 프리머스 사社의 휴대용 알코올 버너에 불을 붙이고 커피를 준비했다. 그다음엔 점심 식사, 그다음엔 솥을 벅벅 문질러 닦기. 정오의 여흥으로는, 어린 아들의 모래벼룩과의 끝나지 않을 이야기.

"이대로 계속할 수는 없어." 쉬베르카소가 마침내 혼잣말했다. "무슨 일이 있어도 여자 하나를 구해야겠어."

하지만 무슨 수로? 그가 결혼 생활을 하던 몇 해 동안 하녀에 대한 이런 끔찍한 걱정은 그의 주기적인 고민거리 중 하나였다. 앞서 말했던 것처럼, 여자들은 왔다가 가버리곤 했다. 이유도 말하지 않았다. 심지어 집에 안주인이 있을 때였는데도 그랬다. 쉬베르카소는 기저귀만이라도 빨아주었으면 싶어 가장 무능한 여자라도 찾을 생각으로, 일손을 다 놓고 밀림으로 난 길을 따라 3일을 쉬지 않고 말을 달려 아파리시오쿠에에서 산이그나시오까지 간 적이 있었다. 그 어느 날 정오에 결국 숲에서 나와 강에 다다랐는데, 머리엔 등에 떼를 후광처럼 달고 있었고 말의 목덜미에서는 실 같은 핏줄기가 흐르고 있었다. 하지만 성공이었다. 일할 여자가 제 아버지가 탄 말의 궁둥이에 타고 앉아서 다음날 도착했다. 보따리 하나를 들고 있었다. 그러나 꼭 한 달 만에, 바로 그 보따리를 들고, 걸어서 돌아가버렸다. 그리하여 쉬베르카소는 다시 한번 마체테를, 쟁기를 놓아야 했고, 미동도 없이 뙤약볕 아래 땀을 흘리고 있는 그의 말을 찾아가야 했다.

쓰디쓴 뒷맛만을 남겼던 그 좋지 않았던 날들의 모험을 그는 또다시 시작해야만 했다. 하지만 어디로 간단 말인가?

쉬베르카소는 잠 못 이루던 밤에, 저 멀리 비가 내리치는 숲에서 들려오는 천둥소리를 들었다. 미시오네스 지방은 봄에는 보통 건조하고 겨울에는 비가 아주 많이 내린다. 유량이 급변할 때—이는 미시오네스 지방의 기후에서는 늘 예상할 수 있는 일이다—는, 구름이 1년 동안 내려야 할 1,500밀리미터의 강수량 중에서 천 밀리미터 만큼의 물을 석 달 만에 뿌린다.

그들은 이미 거의 고립된 상태였다. 엘오르케타에서는 파라나강의 연안으로 통하는 길이 끊겼고 그 당시에는 그 어떤 다리도 없었으며, 다만 마차가 지날 만한 얕은 여울이 있어 그곳으로 길이 통했다. 그곳 여울에서는 물이 거품을 내며 흔들리는 둥근 바위 위로 급류가 되어 넘어가며 흘렀고, 말들은 덜덜 떨며 그곳을 밟고 지나가곤 했다. 그런데 이것도 보통 날씨일 때나 그런 것이었다. 왜냐하면 일주일 이상 계속되는 악천후에 개천이 그 물을 받기 시작하면, 얕았던 여울의 바닥은 빠르게 흐르는 물 4미터 아래로 잠겨버렸다. 깊은 물줄기들은 끊어지고 감겨 곧 소용돌이를 만들곤 했다. 그러면 야베비리 천 가에 사는 사람들은 말을 탄 채 침수된 저지대 풀숲 앞에 멈춰 서서, 빙글빙글 돌며 떠내려가는 죽은 사슴들이나 바라볼 수밖에 없었다. 그러고는 열흘이나 보름을 더 기다려야 했다.

쉬베르카소가 집을 나서기로 했을 때 엘오르케타는 아직 통행이 가능했다. 하지만 그의 상태로 보아 감히 그렇게 멀리까지 말을 타고 돌아다닐 수는 없었다. 그렇다고 안쪽 까사도르천 방향으로 가자니, 거기 뭐가 있기는 한가?

그때 그는 한 번 부린 적이 있었던 덩치 큰 청년을 기억해냈다. 다른 이들 같지 않게 영리하고 부지런했던 그 청년은, 그의 집에 도착하던 바로 그날 바닥에 앉아 프라이팬을 닦으며 그에게 웃음을 지어 보였었다. 쉬베르카소가 일꾼을 필요로 했었기에 그 청년은 한 달 정도 머무를 예정이었다. 하지만 하루도 더 있지를 못했는데, 왜냐하면 쉬베르카소는 프라이팬을 닦는 일이 남자가 할 일은 아니라고 생각했었기 때문이었다. 그 청년은 야베비리 천 어귀, 토로 섬 맞은편에 살고 있었다. 거기까지 가는 길은 쉽지 않은 여정이 될 것 같았다. 왜냐하면 야베비리 천의 수위가 내려갔다 올라갔다 장난을 치면 여덟 시간을 계속해서 노를 저어야 하고 그렇다면 누구든—기차를 타고 가는 게 아니니—손가락이 남아나지 않을 것이다.

그럼에도 쉬베르카소는 결심했다. 언제 큰비가 내릴지 모르게 먹구름이 잔뜩 낀 날씨였음에도 그는 아이들과 함께 강으로 갔다. 다행히 하늘이 조금 개어 기분 좋게 공기를 들이마셨다. 그의 작은 생명체들은 아주 행복할 때 하는 습관대로 매 순간 아버지의 손에 입을 맞추었다. 그의 불편한 발과 나머지 상황에도 불구하고 쉬베르카소는 자식들을 위해 그의 모든 기운을 모았다. 그러나 이 아이들에게, 아빠와 함께 언제 어디서 놀랄지 모를 일이 벌집처럼 담겨 있는 밀림을 가로지르는 일과 또 강가를 따라 멀리까지 야베비리 천의 뜨겁고 푹신푹신한 진흙 위를 맨발로 밟으며 여행해야 하는 일은, 전에 없는 굉장히 특별한 모험이었다.

그곳에서 이미 예상했던 일이 그들을 기다리고 있었다. 카누에 물이 가득 차 있었던 것이다. 평소처럼 물 푸는 주걱으로, 또 아이들이 숲에 갈 때 메고 가는 크로스백에 늘 가지고 다니는 벌레 보관용 마테 통으로 카누의 물을 퍼내야 했다.

쉬베르카소는 기대가 너무 컸던 나머지, 보통 때 같으면 2미터 깊이 바닥까지 눈에 보이던 강물이 지금은 흐려져 수상한 모습을 띠고 있었음에도, 응당 해야만 할 걱정을 하지 않았다.

“비가” 그는 생각했다. “남동쪽 길까지는 아직 망쳐놓지 않았어…… 물이 불어나려면 하루나 이틀쯤 걸릴 거야.”

그들은 일을 계속했다. 카누 양쪽에서 몸을 물에 담근 채 물을 퍼내기에 여념이 없었다. 쉬베르카소는 처음에는 감히 장화를 벗을 생각을 하지 못했으나, 깊은 진창에서 발을 뺄 때마다 진흙탕이 장화를 붙들어 즉각적으로 꽤 큰 통증을 일으키곤 했다. 그리하여 결국 신발을 벗었다. 이제 자유로워진 발을 악취가 심한 진흙에 쐐기처럼 박고서, 마침내 카누의 물을 다 퍼냈고 카누를 돌려 바닥을 깨끗이 닦았다. 열심히 한 덕에 이 모든 일은 두 시간 안에 끝이 났다.

드디어 준비되었고, 그들은 떠났다. 한 시간 동안은 카누가 노를 젓고 있는 그가 원했던 것보다 더 빠른 속도로 미끄러져 나아갔다. 한쪽 발로만 지탱한 채여서, 또 받치고 있는 모서리에 맨발 뒤꿈치를 다쳐서, 그의 노질은 영 서툴렀다. 더구나 배가 너무 급히 나아가고 있었다. 야베비리 천의 물이 이미 빠르게 흐르고 있었기 때문이었다. 거품이 이는 퉁퉁 불은 막대들이 고인 물 주위를 둘러치기 시작하고 밀짚의 수염 같은 이파리들이 강 연안에 닿아 수북해지는 걸 보던 쉬베르카소는 결국, 나루터 쪽으로 뱃머리를 돌려야 한다는 걸 납득할 수밖에 없었다. 1초라도 더 머뭇거렸다가는 어떤 일이 벌어질지 몰랐다.

하녀, 청년,—드디어 쉴 수 있어……!—이 새로운 희망은 이제 좌절되었다. 그리하여, 노를 저었다. 한 번의 노질도 거르지 못했다. 한 시간을 타고 내려왔던 강을 다시 거슬러 오르는 네 시간은 피로와 초조로 인해 고문과도 같았다. 대기는 아주 희박해져서 필사적으로 숨을 쉬었으나 쉽지 않았고, 그는 단지 숨을 쉴 수 있다는 것만으로 깊이 감사할 수밖에 없었다. 나루터에 도달했을 때에는, 거품이 이는 미지근한 물이 불어나 이미 그 수위가 강변 위로 2미터쯤 올라가 있었다. 그리고 그들은 수로를 통해 마른 나뭇가지를 밟고 배에서 내렸다. 나뭇가지는 물에 반쯤 잠겨 아래위로 흔들리며 가지 끝이 물 위로 올라왔다 잠겼다 했다.

이 여행자들이 방갈로에 도착했을 때는 겨우 네 시였는데도, 벌써 거의 캄캄해져 있었다. 그리고 딱 그 시각에 하늘 꼭대기로부터 강으로 번개가 내리쳤고, 하늘은 결국, 그간 머금고 있던 거대한 양의 물을 쏟아냈다. 그들은 곧바로 저녁을 먹고 녹초가 되어 잠자리에 들었다. 요란한 소리를 내는 함석지붕 아래에서. 호우는 밤새도록 무자비하고 격렬하게 함석지붕을 망치질하듯 두들겼다.

햇살이 비치자 깊은 오한이 그를 깨웠다. 그 순간까지 그는 납덩이처럼 무거운 잠을 잤다. 발가락에 감염이 시작된 이후부터 계속 아팠던 발은 이제 거의 아프지 않았으나, 그렇다고 해도 전날의 피로가 너무 심했다. 침대 등받이에 던져둔 비옷을 몸 위에 걸치고 다시 잠을 청했다.

불가능했다. 추위가 그를 꿰뚫고 지나갔다. 몸속의 얼음이 몸 밖으로 냉기를 발하여, 피부의 모든 모공이 고슴도치 같은 얼음 바늘로 변해버렸다. 옷에 아주 조금만 피부가 쓸려도, 계속해서 그런 수많은 얼음 바늘들이 안에서부터 나를 찌른다는 생각이 들었다. 리드미컬하고 깊은 한기가 척수를 따라 길게 무리 지어 돌아다녔고, 아픈 그는 몸을 덥히지 못한 채 몇 시간이고 시간의 흐름만 멍하니 지켜보고 있었다. 아이들은 아직 행복하게 잠을 자고 있었다.

"지금 내 상태로 보건대, 어제 일 같은 바보짓은 역시 하는 게 아니야." 그가 되풀이해서 말했다. "이게 내 업보로군……"

마치 아득한 꿈처럼, 언젠가 한번 가져보았던 가치를 매길 수 없을 귀한 행복처럼, 그는 하루 종일 침대에 누워 따뜻하게 휴식을 취하는 상상을 했다. 그리고 마침내, 탁자에서 커피잔 달그락거리는 소리가 들려왔다. 하녀가 아이들에게 커피와 우유를—드디어 처음으로 훌륭한 하녀가 왔군!—내주고 있었다……

최소한 10시까지만이라도 침대에 있을 수 있다면……! 네 시간이면 열도 내리게 될 거고, 또 이놈의 허리도 그리 아프지는 않게 될 테고…… 그러니까 요약해보자면, 낫기 위해서 뭐가 필요하지? 약간의 휴식, 그거 말고는 없어. 스스로 열 번은 되풀이했던 생각이다……

날은 더욱 밝아왔다. 환자 쉬베르카소의 납덩이 같은 관자놀이에서 핏줄이 불끈불끈 뛰는 사이, 그는 찻잔 달그락거리는 행복한 소리를 듣고 있다고 생각했다. 저 소리를 듣고 있다는 건 얼마나 행복한 일인가……! 조금 더 쉴 수 있을 거야, 결국은……

....

"아빠!"

"사랑하는 내 아들!"

"좋은 아침, 존경하는 아빠빠! 아직 안 일어났어요? 늦은 시간이에요, 아빠."

"그래, 내 사랑, 벌써 일어나는 중이란다……"

쉬베르카소는 아이들에게 줄 커피를 잊고 있었던 자신의 게으름을 책망하며 서둘러 옷을 입었다.

비는 마침내 그쳤으나, 습한 대기를 날려줄 바람은 미약하게라도 한 점 불지 않았다. 정오에는 비가 다시 내리기 시작했다. 비는 미적지근했고, 고요하고 단조롭게 엘오르케타 계곡을 적셨으며, 안개 자욱하고 깊은 슬픔이 서린 물의 층으로 파종된 땅과 강가 저지대 풀숲이 녹아들고 있었다.

점심을 먹고 나서, 아이들은 전날 오후에 다 써버린 종이배를 다시 만들어 모아두느라고 즐거운 시간을 보냈다. 아이들은 수백 개의 종이배를 만들었는데, 하나씩 하나씩 겹쳐 놓아 꼭 탄약통 모양같이 되었고, 그러면 다음 여행 때 카누 뒤편의 물살에다 종이배를 날릴 준비가 다 된 것이었다. 쉬베르카소는 아이들이 노는 사이를 이용해 침대에 잠시 몸을 눕혔고, 그는 곧바로 무릎을 가슴께까지 끌어올려 새우잠 자는 자세를 취하고는 꼼짝도 하지 않고 가만히 있었다.

다시 한번 관자놀이에 엄청난 무게가 느껴졌고, 그 무게는 관자놀이를 베개에 딱 붙여놓았다. 순간 이 모습은 마치 베개가 머리의 일부분을 구성하는 것처럼 보였다. 그러면 얼마나 좋을까! 꼼짝도 안 하고 하루, 아니 열흘, 아니 백 일을 그렇게 보낸다면! 함석지붕의 나지막하고 단조로운 빗소리는 그의 귀를 어루만지며 잠들게 했다. 그 소리 사이로 똑똑히 들리는 다른 소리가 있었으니, 하녀가 부엌에서 바쁘게 일하느라 나는 스푼과 나이프의 쨍그랑거리는 소리가 그를 미소짓게 했다. 여기에 딱 맞는 하녀야……! 그리고 접시 소리가, 수십 개의 접시와 찻잔 소리, 그리고 하녀들—이제는 하녀가 열 명이었다!—이 솥을 문지르고 비벼 닦는 소리가 빠르게, 그리고 어지럽게 들려왔다. 이렇게 따뜻한 침대 위에서, 마침내 아무런 걱정도 없이, 정말 눈곱만큼의 걱정도 없이 아프지 않고 잘 있다는 건 얼마나 기쁜 일인가……! 언제였지? 지나간 어느 계절에 그는, 몸져누워 있는 꿈을 꾸었었던가? 끔찍한 걱정에 시달리면서……? 얼마나 멍청했던가……! 그리고 이제 이렇게 있는 것이 얼마나 좋은가, 눈부시도록 깨끗한 수백 개의 찻잔 소리를 들으면서……

……………………………………………………………………

"아빠!"

"꼬마야……"

"벌써 배가 고파요, 아빠!"

"그래, 우리 딸, 내가 금방……"

그러고 나서 환자 쉬베르카소는 자식들을 위해 신속히 커피를 준비하러 빗속으로 갔다.

그날 오후 무엇을 했는지 정확히 깨닫지 못한 채로 쉬베르카소는 환희의 밤이 오는 것을 보았다. 기억이 났다, 그래, 그 청년은 그날 오후 우유를 가져오지 않았다는 것을, 그리고 그는 상처를 오래도록 바라보았지만 특별한 어떤 것도 감지하지 못했었다는 것을.

옷조차 벗지 못하고 그는 침대에 쓰러졌다. 그리고 짧은 시간이 지나자 다시 한번 열이 그를 사로잡았다. 그 청년이 우유를 가지고 오지 않았다니…… 미친 거 아냐……! 그는 이제 좀 좋아졌다, 아니 완벽하게 좋아졌다. 푹 쉬면서.

딱 며칠만 더 쉬면, 아니 더도 말고 몇 시간만 더 쉬면, 나을 것이다. 분명해! 분명해……! 어쨌든 세상에 정의는 있어…… 그리고 역시 아주 조금의 보상도…… 그처럼 자기 자식을 사랑한 사람을 위한 보상 말이야…… 아무튼 그는 건강하게 자리에서 일어날 것이다. 사람은 누구나 가끔 병에 걸릴 수 있고…… 그래서 휴식이 조금 필요할 수도 있다. 그리고 지금 얼마나 잘 쉬고 있는가! 함석지붕 빗소리의 자장가를 들으며……! 그런데 한 달이 벌써 지나가버린 건 아닐까……? 일어나야 했다.

환자 쉬베르카소가 눈을 떴다. 단지 암흑만이 보였고, 번쩍거리는 점들이 뚫린 구멍으로 번갈아 가며 부풀어 올랐다 줄어들었다 했으며, 그 빛의 구멍들은 굉장히 빠른 속도로 진자 운동을 하며 그의 눈 쪽으로 다가오고 있었다.

"열이 아주 높은 게 틀림없어." 환자가 혼잣말했다.

그는 침대 협탁 위에 놓인 방풍등에 불을 붙였다. 심지가 젖어 있어, 오랫동안 불꽃이 탁탁 튀었고, 쉬베르카소는 천장에서 눈을 떼지 않았다. 아득히, 아주 아득히 멀리서부터, 그가 많이, 아주 많이 아팠던, 오늘과 비슷한 어느 날 밤의 기억이 떠올랐다…… 바보 같아……! 그때 나는 건강한 상태였던 거야. 피곤에 지쳐 누워 있는 남자가 부엌일 하면서 나는 어지러운 쨍그랑거리는 소리를 침대에서 듣고 있다는 건 행복한 거잖아, 그 소리는 자식들을 위해 어머니가 밤을 지새우는 소리니까……

다시 잠에서 깨었다. 옆눈으로 흘깃 등불이 켜져 있는 것을 보았고, 그는 주의를 집중하는 데에 전력을 다하여 스스로 의식을 되찾았다.

오른팔의 팔꿈치에서부터 손가락 맨 끝까지, 이제 깊은 통증이 느껴졌다. 팔을 접고 싶었으나 되지 않았다. 비옷 아래로 그의 거무죽죽한 손이 보였는데, 보랏빛 선들이 그려진, 꽁꽁 언, 죽어 있는 손이었다. 눈을 감지 않은 채 저것이 의미하는 바에 대해 잠시 생각했다. 그의 오한과 야베비리 천의 진흙이 잔뜩 묻어 있는 상처 난 그의 벌어진 발톱의 긁힌 자국에 대해 생각했고, 그리하여 그때, 그의 모든 것이 죽어간다는—죽어가고 있다는—명확하고 절대적이며 결정적인 이해에 도달했다.

그의 내부에서 커다란 침묵이 그를 점령했다. 마치 비와 소음과 사물의 리듬 그 자체가 돌연 허공으로 다 철수해버린 것처럼. 그리고 마치 그가 이미 그 자신에게서 떨어져 나온 것처럼, 아주 멀리서 어느 지방의, 모든 인간의 도움으로부터 완전히 차단된 방갈로가 보였고, 가장 무섭고 가장 끔찍한 고립무원의 상태로, 인간에게서도 신에게서도 버려진, 우유도 없이 외톨이가 된 두 생명체가 보였다.

그의 작은 자식들……

그의 소중하고 사랑스러운 생명체들의 운명이 시간이 지나면서 어떻게 될지, 몇 날 며칠을 지나며 어떻게 될지 더듬어보게 만드는 것은 고문이었고, 그는 최고의 힘을 발휘해 그 고문으로부터 빠져나오려고 발버둥 쳤다. 헛된 생각만 계속했다. 인생은 우리를 구해줄 큰 힘을 가졌으며…… 신은 우리를 위해 준비해 주시며……

"그런데 아이들이 먹을 게 없잖아!" 그의 심장이 요란하게 소리를 질렀다. 그는 그 자리에서 그대로 죽은 채 남겨질 것이고, 그렇게 죽은 채로 유례없는 공포의 현장에 함께하게 될 것이다……

그러나 벽에 반사되는 낮의 창백한 빛에도 불구하고, 암흑이 다시 그를 빨아들였고 빙빙 도는 흰 점들이 바로 그의 두 눈 위에서 뒷걸음질 쳤다가 다시 소용돌이치고는 했다…… 그래! 분명해! 꿈을 꿨던 거야! 그런 일들을 꿈꾸게 놔두면 안 돼…… 좀 쉬고, 곧 일어날 거야.

……………………………………………………………………

"아빠……! 아빠……! 사랑하는 우리 아빠빠……!"

"내 아들……"

"오늘 안 일어날 거에요, 아빠? 많이 늦었는데. 우리 너무 배가 고파요, 아빠!"

"내 작은 꼬마야…… 아직은 내가 일어나지 못하겠구나…… 너희들 일어나서 비스킷을 먹도록 해라…… 깡통에 아직 두 개가 있을 거야…… 그러고 나서 이리로 오렴."

"이제 들어가도 돼요, 아빠?"

"아니, 내 사랑…… 이따 커피를 끓여줄게…… 내가 너희들을 부르마."

자리에서 일어난 아이들의 웃음소리와 잡담 소리가 아직은 들렸다. 뒤이어 점점 커지는 웅성웅성하는 소리와 어지러운 쨍그랑거리는 소리가 그의 뇌의 중심으로부터 퍼져 나왔고 리드미컬하게 물결치며 매우 고통스럽게 그의 두개골을 때렸다. 그리고 아무 소리도 들리지 않았다.

………………………………………………………………………

다시 눈을 떴다. 하지만 눈을 뜰 때 그의 머리가 왼쪽으로 쉽게 툭 하고 떨어져 그는 깜짝 놀랐다. 이미 어떤 소음도 느낄 수가 없었다. 단지, 뭔가 부족한 것 같지 않은데도 사물들의 거리를 가늠하는 데에 어려움만 늘었다…… 그리고 숨을 쉬느라 입이 크게 벌어져 있었다.

"꼬마들아…… 즉시 이리로 오너라……"

두 생명체는 황급히, 반쯤 열린 문으로 모습을 드러냈다. 하지만 켜져 있는 등불에 비친 아버지의 몰골을 보고는, 말없이 그리고 눈을 크게 뜬 채로 다가갔다.

환자는 아직 미소 지을 용기가 남아 있었지만, 아이들은 그 우스꽝스럽게 일그러진 표정을 보고는 눈을 더욱 크게 떴다.

"꼬마들아." 아이들이 그의 옆에 서자 쉬베르카소가 말했다. "잘 들어야 한다, 나의 작은 아이들아, 왜냐하면 너희들은 이미 컸고 다 이해할 수 있을 거야…… 나는 곧 죽을 거야, 얘들아…… 하지만 너무 슬퍼하지 말거라…… 곧 너희들은 어른이 될 거고, 또 착하고 정직한 사람이 될 거야…… 그리고 그때가 되면 너희 아빠를 기억하겠지…… 내 말을 잘 이해하거라, 나의 사랑하는 자식들아…… 조금 있으면 나는 죽게 될 거야, 그러면 너희들은 더 이상 아빠가 없는 거야…… 집에 둘이서만 외로이 남게 되겠지…… 그래도 놀라거나 두려워 말거라…… 그리고 이제, 안녕, 내 작은 자식들아…… 이제 내게 입 맞춰다오…… 한 명씩 뽀뽀…… 가볍게 쪽, 꼬마들아… 입맞춤을… 아빠에게.”

……………………………………………………………………………………

생명체들은 반쯤 열린 문을 건드리지 않고 밖으로 나가서 그들의 방으로 가서 가만히 있었다. 안뜰에는 이슬비가 내렸다. 아이들은 방에서 꼼짝도 하지 않았다. 단지 꼬마 숙녀만이, 방금 지나온 곳에서 비쳐 나오는 어슴푸레한 불빛 속에서, 팔을 얼굴에 대고 이따금씩 울상을 지었고, 그사이 어린 소년은 아무것도 이해하지 못한 채 주의가 산만해져 문틀을 벅벅 긁고만 있었다.

한 아이도 또 다른 아이도 감히 소리를 내지 못했다.

옆방에서도 마찬가지로 그 어떤 작은 소리도 들려오지 않았다. 그 방에서는 세 시간 전부터 그들의 아버지가, 옷을 입은 채로 그리고 신발도 신은 채로 또 비옷을 덮은 채로, 등불 불빛 아래 누워서 죽어 있었다.

주간지 『아틀란티다*Atlántida*』, 제6년, 통권 248호(1923. 1. 4.)

일꾼

미시오네스 지방의 어느 오후, 사립문의 방울 소리가 들렸을 때 나는 점심 식사를 막 끝낸 참이었다. 밖으로 나갔더니 한 젊은 남자가 한 손에는 모자를 다른 한 손에는 여행 가방을 들고 서 있었다.

기온은 40도를 쉽게 넘나들었는데, 그 남자의 고수머리 위에서는 60도처럼 느껴질 것이다. 그런데도 그는 눈곱만큼도 신경 쓰지 않는 것처럼 보였다. 나는 그를 안으로 들였고 그 남자는 미소를 띠고 들어오며 수관樹冠의 직경이 5미터에 이르는 나의 귤나무들—덧붙이자면 그 나무들은 이 지역의 자랑이자 나의 자랑이다—을 호기심 어린 눈으로 바라보았다.

그에게 무얼 원하는지 물었다. 그는 일자리를 찾고 있다고 대답했다. 그래서 나는 그를 좀더 주의 깊게 살펴보았다.

일꾼이라기에는 이상하게 차려입고 있었다. 일단 여행 가방은 분명 무두질한 소가죽으로 되어 있었고 호화로운 가죽띠를 두르고 있었다. 다음으로 그의 양복. 갈색 양가죽으로 되어 있었고 얼룩 하나 없었다. 마지막으로는 그의 장화. 그건 작업용 장화가 아니라 최고급 제품이었다. 그리고 무엇보다도 우아하게 미소 짓고 있는 얼굴과 그를 감싼 자신감을 가진 자의 공기. 그가 일꾼이라고……?

“무슨 일이든 할 수 있어요.” 그가 활기찬 표정으로 대답했다. “도끼질이나 쟁기질도 할 줄 압니다…… 지금까지는 포스두이구아수*에서 이-ㄹ했고요, 감자 농장에서도 이-ㄹ했었어요.”

청년은 브라질 사람이었고, 포르투갈어, 스페인어, 과라니어**가 혼합된 국경 지방 언어***로 말했는데, 강렬하고 맛깔스러운 말투였다.

---

* 포스두이구아수Foz-do-Iguassú: 파라나강과 이구아수강이 합류하는 지점에 있는 브라질 도시. 아르헨티나의 푸에르토 이구아수와 함께, 이구아수 폭포를 찾는 전 세계 여행자들이 모여드는 곳이다. 접경 지역에 있어, 아르헨티나와의 교통의 요지이다.

** 과라니어guaraní: 과라니 원주민들이 사용하던 언어. 스페인의 아메리카 정복 이전의 과라니어 문화권은 남미 전체에 광범위하게 퍼져 있었다. 오늘날에는 파라과이에서 스페인어와 함께 공용어로 쓰이며, 아르헨티나의 코리엔테스주를 비롯한 북동쪽 지방, 브라질 남부, 볼리비아 등지에서도 많이 쓰인다.

*** 국경 지방 언어: 여러 언어의 문법과 어휘가 뒤섞인 언어. 배경이 되는 미시오네스 지방은 아르헨티나의 주로, 공용어는 스페인어이지만 과라니어 문화권에 속해 있기 때문에 과라니어에서 온 단어들을 많이 사용한다. 또한 인접하고 있는 나라 브라질의 공용어는 포르투갈어인데, 스페인어와 포르투갈어는 인도유럽 어족의 로망스어 계통으로, 문법적으로나 어휘에 있어서 상당한 유사성을 가지고 있다. 그래서 국경 지방에서는 유사성이 있기는 있지만, 분명히 서로 다른 언어로 소통을 하다 보니, 스페인어를 바탕으로 포르투갈어의 어휘들이 들어오거나 포르투갈어를 바탕으로 스페인어의 어휘가 들어오거나, 또는 관사나 동사 변형에 있어서 두 언어가 뒤섞인 말들을 사용하곤 한다. 한쪽 언어만 하는 사람의 입장에서 보면, 알아들을 것 같으면서도 발음이나 소리가 낯설게 들리거나 낯선 단어들이 중간중간 섞여 있는 그런 말로 들릴 것이다.

"감자라고? 햇볕은 어떡하고?" 내가 말했다. "어찌 그걸 해낸 거요?"

"오!" 그가 어깨를 움츠리며 대답했다. "햇볕은 별 상관없는데요…… 당신도 넓은 땅에서 재-ㅇ기질을 할 땐, 조오심하잖아요…… 아, 그런데 잡초 뽑는 게, 와, 진짜 힘들죠! 잡초가 감자의 가장 나쁜 적이에요."

내가 어떻게 햇빛이 강한 지방에서 감자를 경작하는 법을 배웠는지 참조할 것. 그곳의 태양은 마치 다리미를 갖다 대 지진 것처럼 채소를 간단히 죽이는 것도 모자라, 3초면 붉은 개미를, 20초면 산호뱀도 불태워 죽여버리니까.

그 남자는 나를 바라보았고 또 이쪽저쪽을 살펴보기도 했다. 그가 나와 이 장소를 맘에 들어 한다는 게 눈에 보였다.

"좋소……" 그에게 말했다. "며칠 시험해봅시다…… 지금으로서는 크게 힘든 작업은 별로 없소."

"괜찮아요." 내게 대답했다. "이 집이 맘에 들어요. 매-애우 예쁜 곳이군요……"

그리고 그는 계곡 아래 잔잔히 흐르고 있는 파라나강 쪽으로 몸을 돌리고는, 만족스런 표정으로 한마디 덧붙였다.

"오, 이 노-ㅁ의 파라나강……! 나리가 낚시를 좋아하시면, 제가 같이 가드릴게요…… 폭스에 가-아서 커다아란 망구루유 메기를 잡는 건 아주 시-ㄴ나는 일이지요."

그렇다. 이곳에서, 신나게 즐기는 일이라. 그 남자는 보통 사람들답지 않게 이곳 생활을 즐길 줄 아는 것처럼 보였다. 실은 나 역시 이곳에서의 삶을 즐기고 있었으므로, 내가 치르게 될 부담이 있을지도 모르지만, 나의 의식은 이미 그 부담을 그냥 지고 가기로 한 것이다.

결론은 난 셈이어서 그는 회랑의 작은 탁자 위에 여행 가방을 올려놓았다. 그리고 내게 말했다.

"오늘은 일을 안 합니다…… 마을을 좀 둘러보려고요. 내일 일을 시작할게요."

일자리를 찾아 미시오네스 지방으로 오는 일꾼이 열이면 그중 단 한 명만이 그 자리에서 바로 일을 시작하는데, 그 한 명은 구두로 계약한 조건에 진짜로 만족한 사람이다. 일을 다음 날로 미루는 사람들은 아무리 굳게 약속한다고 한들, 보통은 다시 오지 않기 마련이다.

하지만 나의 일꾼은 일반적인 달품팔이 목록에 넣기에는 지나치리만치 특이한 성격이었다는 점에서 나는 희망을 품어보았다. 실제로 다음 날—아직 새벽이었는데—그는 대문에서부터 두 손을 연신 비벼대며 모습을 드러냈다.

"네, 지금부터, 일을 수행하겠습니다…… 할 이-ㄹ이 뭐죠?"

나는 그에게 사암砂巖에다 우물을 파는 일—내가 시작했으나 겨우 3미터밖에 못 팠다—을 이어서 하라고 시켰다. 그 남자는 주어진 일에 아주 만족해하며 우물 아래로 내려갔고, 긴 시간 동안 곡괭이를 내리치는 무딘 소리와 우물을 파는 그 남자의 휘파람 소리가 들렸다.

정오가 되자 비가 내렸다. 물에 흙이 조금 쓸려 와 우물 바닥으로 들어갔다. 그 후에도 이 남자의 휘파람 소리는 계속 들렸으나, 곡괭이질은 그다지 잘 진척되는 것 같지 않았다. 나는 무슨 일이 있는지 보려고 머리를 들이밀었는데, 올리베라—그의 이름이다—는 곡괭이질을 할 때마다 사방으로 튀기는 진흙이 그의 바지에 닿지 않게 하려고 매번 곡괭이의 궤도를 아주 공들여 연구하면서 곡괭이를 내리치고 있었다.

"뭐 하는 건가, 올리베라?" 그에게 말했다. "그렇게 해서는 일을 크게 진척시킬 수가 없을 텐데."

그 청년은 하던 일을 멈추고 고개를 들더니 내 얼굴 생김새에서 뭐라도 읽어내고 싶은 듯 잠시 나를 쳐다보았다. 그러다 갑자기 웃음을 터뜨리더니 다시 허리를 숙이고 곡괭이를 잡았다.

"괜찮아요!" 그가 중얼거렸다. "괘-ㄴ차-앖아요우!"

별다른 걸 본 것은 아니라서 나는 저 이상한 일꾼과의 관계를 깨지 않으려 그냥 뒤돌아 갔다. 그런데 겨우 열 걸음 정도 갔을 때 우물 아래에서 그의 목소리가 들렸다.

"하하……! 이건 진짜 괜찮은 거예요, 나리……! 그러-ㅁ 이 막힌 우물을 판답시고 제 옷을 더럽힐까요?"

일은 계속 진행되었고, 나는 그에게 호의를 베푼 셈 쳤다. 몇 시간 뒤 올리베라는 집으로 들어왔는데, 문 앞에서 헛기침—자기가 왔음을 알리는 행동이다—조차 하지 않았다. 어떤 달품팔이도 그리 행동한다는 걸 들어본 적이 없었다. 그런데도 그는 전에 없이 더 쾌활해 보였다.

"저기 저 우물 있잖아요" 우물이 저쪽에 있다는 걸 확실히 하려는 듯 손으로 가리키며 말을 걸었다. "막혔어요……! 저기서는 더 일하지 않습니다. 다-ㅇ신이 파-아던 우물에서는

요…… 당신, 우물 파는 법을 잘 모르시죠……? 너-어무 줍더라고요. 이제 뭘 할까요, 나리?" 그러더니 그는 탁자에 팔꿈치를 괴고 나를 바라보았다.

그런데도 나는 이상하게 그 남자에게는 계속 약하게 구는 것이었다. 나는 그에게 마을에 가서 마체테를 사오라고 시켰다.

"콜린스 사社 걸로." 그에게 알려주었다. "토로 사 것은 싫소."

그 청년은 좋아 죽을 것 같은 표정을 하며 자리에서 일어섰다.

"이거-ㄴ 정말 조-옿군요! 콜린-스 것이 예쁘지요! 이제야 나를 위한 훌륭한 마체테를 갖게 되겠군요!"

그러고는 마치 마체테가 진짜로 그를 위한 것인 듯 행복해하며 외출했다.

오후 2시 반, 뇌졸중을 일으키기에 더할 나위 없이 좋은 시간이었고, 목재가 볕에 10분이라도 버려져 있었다면 그 끝에 손을 대는 것조차 불가능한 시간이었다. 숲과 들판, 현무암과 붉은 사암, 그 모두가 빛을 반사하고 있었고 색이 씻겨 나간 듯 다 똑같은 노란 색조로 보였다. 풍광은 단조로운 윙윙거림으로 가득 찬 적막함 속에 죽어 있었다. 윙윙거리는 소리는 고막 바로 위에서 맴돌아, 시선을 어느 쪽으로 향하든지 늘 그 시선과 함께 하는 것처럼 느껴졌다.

그 타는 듯한 길을 따라, 한 손엔 모자를 들고 이쪽저쪽으로 고개를 돌려 나무들의 수관을 바라보면서, 또 휘파람을 불 듯 입술을 팽팽히 당긴 채로—휘파람을 불고 있지는 않았지만—나의 일꾼이 마체테를 구하러 가고 있었다. 집에서 마을까지는 2킬로미터 남짓 되었다. 예상보다 일찍, 멀리서부터 천천히 걸어오는 올리베라를 알아볼 수 있었는데, 그는 길에다 연장으로 선을 그리며 놀고 있는 것 같았다. 그런데 그가 오고 있는 모습에는 뭔가가 더 있었다. 그는 구체적으로 어떤 일을 하고 있는 것처럼 보였고, 정확하지는 않지만 모래에다가 도마뱀붙이의 흔적을 흉내 내어 그리는 것 같기도 했다. 대문으로 난 길로 나가자 올리베라가 하고 있는 일이 뭔지 보였다. 자신의 앞쪽으로 독사 한 마리인지 병아리를 잡아먹는 구렁이 한 마리인지를 데리고 오면서, 마체테의 날 끝으로 그것을 전진하게 하는 모습이 곧게 뻗은 길을 따라 어렴풋이 보이기 시작했다.

그날 아침 그는 내가 독사를 가지고 일하는 모습을 봤었다. 그에 따르면 '보아뱀 아이디어'였단다.

그는 집에 도착하기 천 미터쯤 전에 구렁이를 발견했고, 그 구렁이를 산 채로 데려오면 '나리의 연구를 위해서' 아주 유용할 것이라는 생각이 들었다고 했다. 그래서 그는 자신의 앞으로 구렁이를 몰고 오는 것이 지극히 당연한 일이었다고 했다. 마치 양 한 마리를 몰고 오듯이.

"망할 뱀 같으니!" 그가 땀을 닦으며 이제야 만족한 듯 외쳤다. "얘가 또-ㄱ바로 걸으려고 하질 않더라고요……"

하지만 내가 나의 일꾼에게 가장 놀란 것은 그다음에 일할 때였다. 나는 누구도 그 사람처럼 일하는 것을 본 적이 없다.

전부터 나는 우리 집 주위에서 원을 이루며 자라는 야자수 사이 비어 있는 자리에 언젠가는 다섯 그루의 야자나무를 채워 넣겠다는 희망을 품어왔었다. 안뜰의 그 부분에는 광석이 땅의 표면을 깨고 드러나 있는데 그을린 사암의 결을 가진 망간석과

철광석 덩어리가 너무 단단해서 쇠지레를 쓰려 해도 날카롭고 짧은 금속음을 내며 튕겨 나오곤 한다. 원래 그 자리에 있던 구덩이들을 처음 뚫기 시작했던 일꾼도 겨우 50센티미터 깊이밖에 파지 못했다. 지하 사암층에 닿으려면 최소한 1미터는 파야 했다.

나는 올리베라를 그 작업에 투입했다. 그곳은 그의 바지에 튈 진흙이 없었기 때문에, 그 일이 그의 맘에 들어 그가 일을 받아들여주기를 바랐다.

그는 실제로 그랬다. 구덩이들을 한참 살펴보고는, 그 둥글지 않은 형태에 고개를 갸웃거리더니, 재킷을 벗어 옆에 있는 야자나무 가시에 걸었다. 잠시 파라나강을 바라보더니, 강에 '오, 서-ㅇ난 파라나여!' 하고 인사를 하고는 구덩이 입구 위에 다리를 벌리고 섰다.

일을 시작한 건 아침 8시였다. 11시에도 똑같이, 내 일꾼의 단호한 쇠 지레질 소리가 울리고 있었다. 처음 판 사람이 잘못 해놓은 것에 대한 분노의 효과인지 아니면 병 따는 칼처럼 날이 선 부스러기들이 떨어져 나오는 검푸른 금속판을 꼭 이겨내고 말겠다는 열망 때문인지는 몰랐으나, 확실한 것은 나는 결코 쇠 지레질 한 번 한 번에 혼을 담는 그런 불굴의 인내심을 본 적이 없었다. 고원 전체에 먹먹한 타격음—왜냐하면 쇠지레 작업은 1미터 깊이에서 이루어지고 있었으니까—이 울려 퍼졌다.

이따금 나는 그의 작업을 보러 갔으나 그 남자는 한마디도 하지 않았다. 그러다 가끔씩, 이제는 좀더 진지한 눈으로 파라나강을 바라보곤 하다, 다시 다리를 벌리고 서는 것이었다.

나는 그가 낮잠 시간이 되면 이 지옥 같은 태양 아래 일을 계속하려고 하지는 않으리라 생각했다. 그런 일은 없었다. 2시에도 그는 구덩이로 가 다시 한번 모자와 재킷을 야자나무 가시에 걸어놓고, 다시 일을 시작했다.

나는 그날 낮잠 시간에 상태가 별로 좋지 않았다. 대낮에, 회랑을 날아다니는 말벌이 바로 옆에서 내는 윙윙거리는 소리와 빛에 질식할 것 같은 풍경이 단조롭게 진동하며 내는 소음 말고는 아무것도 느낄 수가 없는 것이, 평소 같지 않았다. 그러나 분명 지금 고원은 잇따른 타격음에 먹먹히 공명하고 있었다. 내가 겪고 있었던 바로 그 우울한 상태 탓에 나는 그 울림에 허약하나마 내 청력을 집중했다. 쇠지레가 내리칠 때 들리는 소리는 매번 더 세지는 것 같았고, 그 남자가 몸을 숙일 때 내는 앙! 하는 소리까지 느껴진다고 생각했다. 타격음은 아주 분명한 리듬을 가지고 있었으나, 하나와 다른 하나 사이에 한 세기의 시간은 걸리는 것 같았다. 그리고 새로 내리치는 소리는 매번 이전보다 더욱 세졌다.

"이제 온다" 나는 혼잣말을 했다. "지금이야, 지금…… 이번 것은 더 크게 울려 퍼질 거야, 다른 것들보다……"

그리고 실제로, 마치 튼튼한 노동자가 연장을 저주하며 내던질 때 내는 마지막 소리처럼 타격음이 굉장히 크게 울렸다.

곧바로 다시 다음 소리를 걱정하기 시작했다.

"이번 것은 훨씬 더 세질 거야…… 이제 소리가 나겠지."

그리고 실제로 소리가 났다.

아마 나는 열이 조금 있는 것 같았다. 4시가 되자 더 이상 참을 수 없어, 구덩이로 갔다.

"왜 잠시 쉬지도 않는 거요, 올리베라?" 그에게 말했다. "그렇게 일하다가는 미쳐버리고 말 거라고……"

그 남자는 고개를 들어 아이러니하다는 눈빛으로 나를 한참 바라보았다.

"그러-ㅁ…… 다-ㅇ신은 내가 당신의 구덩이를 파는 일을 하지 않길 바라나요……?"

그러고는 계속해서 나를 바라보았다. 두 손으로 들고 있는 쇠 지레의 모습은 마치 내려뜨려 들고 있는 소총 같았다.

나는 거기서 나와버렸다. 그러고는 아무런 의욕이 나질 않을 때 늘 그랬듯이, 마체테를 쥐고 숲으로 들어갔다.

나는 한 시간 후에 돌아왔다. 이제 몸도 마음도 건강해진 상태였다. 집 뒤 깊숙한 안쪽 숲에서 집으로 돌아오는 사이에 올리베라는 양철 순가락으로 구덩이를 청소하면서 일을 마무리하고 있었다. 잠시 후 그는 나를 찾아서 식당으로 왔다.

나는 그 끔찍했던 날에 나의 일꾼이 일을 마치고 돌아와 내게 무슨 말을 하게 될지 몰랐다. 그는 나를 정면으로 보고 똑바로 서서 야자나무들을 가리키면서 자랑스럽게, 하지만 일에 대한 약간의 경멸을 덧붙여 내게 말했다.

"이제 저기 다-ㅇ신의 야자수가 있어요…… 이렇게 이-ㄹ을 하-아는 거군요……!"

그렇게 말을 마치고는 내 앞에 앉아 다리를 쭉 펴 의자에 얹고 땀을 닦았다.

"아-ㄱ마 같은 바윗덩어리……! 이제 다 조-오가-ㄱ이 났어요……"

이것이 미시오네스 지방에서는 결코 만날 리 없는 가장 이상한 일꾼과의 인연의 시작이었다. 그는 나와 3개월을 지냈다. 급료를 지불받는 일에 있어서 그는 매우 철저했다. 그는 항상 주말에 정산이 되기를 원했다. 일요일엔 마을에 갔는데, 나의 부러움을 살 만큼 맵시 있게 차려입고—마을에 가기 위해서는 사실 차려입는 것 말고 별다른 게 필요하진 않다—나갔다. 그는 선술집들을 전부 다 돌아다녔으나 결코 술을 마시지는 않았다. 그는 다른 일꾼들이 이야기하는 것을 들으면서 두 시간쯤 한 선술집에 머무르곤 했다. 분위기에 따라 한 무리에서 다른 무리로 옮겨 다녔는데, 소리 없이 미소 지으며 모든 이들의 말을 들었으나 결코 자기가 말을 하는 법은 없었다. 그러고 나서 그는 다른 선술집으로 자리를 옮겼고, 그 후엔 또 다른 술집으로, 그렇게 그는 한밤중까지 시간을 보냈다. 월요일 새벽 1시가 되면 어김없이 집으로 돌아왔다. 오는 길에는 멀리서부터 나를 보고 두 손을 연신 비벼대곤 했다.

우리는 또한 몇몇 일들을 함께했다. 예를 들어 거대한 바나나밭의 잡초를 깨끗이 정리하는 일을 같이했는데, 딱 사흘이 걸렸어야 할 일을 둘이서 꼬박 엿새 걸려서 했다. 그 일은 그해 여름의 더위 때문에 내 인생에서 가장 힘들었던—그리고 아마도 그에게도 가장 힘들었을—일이었다. 잡목 숲처럼 너저분하게 우거진 바나나밭의 한낮의 대기, 장화를 뚫고 발을 불

태우는 모래로 된 움푹 팬 땅 안의 그 대기는, 인간이 더위에 얼마나 저항할 수 있는지 알아보려는 유별난 시험 같았다. 위쪽으로는 집이 보이는 높이에서, 북풍에 야자수 잎이 미친 여자처럼 산발하고 흔들리고 있었다. 그런 날에는 화덕 같은 바람이라도 쐬고 싶어질 것이다. 바람이 땀을 증발시키며 시원함을 느끼게 해줄지도 모르니까. 그러나 우리가 일하고 있던 땅바닥에서는, 2미터짜리 밀짚들 사이에서는, 숨 막힐 듯한 대기와 번쩍이는 질산염 증기 속에서는, 몸이 둘로 나뉠 만큼 허리를 숙인 채 땅에 닿을 듯이 마체테를 휘두르면서는, 더위를 버텨내기 위해서 정말이지 굳건한 의지를 갖춰야만 하는 것이다.

올리베라는 이따금 몸을 똑바로 세우고 손을 허리에—셔츠와 바지는 흠뻑 젖은 채—얹었다. 마체테 손잡이를 닦으며, 저기 저 아래 흐르는 강이 주는 희망에 스스로 만족해했다.

"오, 나 저기에서 멱을 감을 것이오……! 아, 파라나여!"

그 제초 작업이 끝날 때쯤, 나의 일꾼이 빌미가 된 한 가지 불쾌한 일이 있었다.

우리 집에는 넉 달 전부터 아주 훌륭한 하녀가 한 명 와 있었다. 누구든 미시오네스 지방이나 추부트 지방, 아니 그 어디든 숲이나 시골에서 살아온 사람이라면, 그런 여자에 대한 우리의 흠모를 이해할 수 있을 것이다.

그녀의 이름은 시릴라였다. 젊어서부터 독실한 가톨릭 신자였던 한 파라과이 일꾼의 열세번째 딸이었는데, 그녀의 아버지는 예순이 넘어서 읽고 쓰는 법을 배웠다. 모든 장례 행렬에는 빠짐없이 그가 동행하여 기도를 관장했다.

그 여자는 우리 집 사람들의 신뢰를 한 몸에 받았다. 하물며 우리는 일요일마다 완전히 멋진 청년이 되는 올리베라에게 그녀가 눈에 띄게 약한 모습을 보인다는 것을 결코 눈치채지도 못했다. 그녀는 창고 건물에서 잠을 잤는데, 그 창고 건물의 절반은 그녀가 쓰고 있었고 나머지 절반은 내가 작업실로 쓰고 있었다.

아, 맞다, 하루는 올리베라가 쟁기에 몸을 기댄 채 우물에 물을 길으러 가는 그 여자를 눈으로 좇고 있는 모습을 보았었다. 나는 거기를 지나치던 참이었다.

"저기 다-ㅇ신의" 그가 입술을 내밀며 내게 말했다. "훌륭한 여자 일꾼이 있군요…… 참 좋은 여자예요! 어리지만 예쁘고요……"

그런 말을 하고서 그는 만족스러운 표정으로 계속 김을 맸다.

어느 날 밤에 우리는 시릴라를 밤 11시에 깨워야 했다. 그녀는 방에서 바로 나왔는데 옷을 입은 채—마치 모든 여자가 으레 그렇게 옷을 입고 잔다는 듯이—였으나, 온통 먼지투성이였다.

그 여자가 잠을 자는데 웬 빌어먹을 먼지가 필요했을까? 야릇하고 음탕한 짓으로 밤을 지새운 거라고 추측할 수밖에 없었다.

그런데 여기 일화가 하나 더 있다. 어느 날 밤, 아주 늦은 밤이었다. 그 시기에는 굶주린 개들이 많았고 안으로 들어오려고 이빨로 철망을 물어뜯어 망가뜨리곤 했다. 그날 밤 나는 그런 개들을 막으려고 자다가 일어났다. 작업실 옆을 지나는 길에 나는 어떤 소리를 들었고 바로 그 순간, 그림자 하나가 안에서 뛰쳐나와 대문 쪽으로 달려갔다.

나는 연장을 많이 가지고 있었다. 그것은 일꾼들에게는 늘 유혹이었다. 더 나쁜 것은, 그날 밤 내 손에는 권총이 쥐어져 있었다는 것인데, 고백하자면 매일 아침 철망에 뚫린 서너 개의 구멍을 보다 보니 결국 나는 이성을 잃고 말았다.

나는 사립문을 향해 뛰었으나 그 남자는 이미 길을 향해 전속력으로 비탈면을 내려가고 있었다. 그 질주하는 발에 돌멩이들이 마구 끌렸다. 벌써 그의 모습은 조그마한 혹 덩어리처럼 보였다. 나는 다섯 발을 쏘았다. 첫발은 아마도 아주 순수한 의도였다고 할 수는 없었지만, 나머지는 공중에 대고 쏘았다. 나는 이 모습을 아주 분명하게 기억하고 있다. 총을 쏠 때마다 그의 달리기는 필사적으로 빨라졌다는 것을.

더는 별일 없었다. 하지만 어떤 것이 내 주의를 끌었다. 그리고 그 어떤 것이란, 발을 끌 때 돌멩이들이 구르는 것으로 미루어 보아 그 밤도둑이 신발을 신고 있었다는 사실이다. 그리고 그곳의 일꾼들이 장화나 반장화를 신는 것은, 일요일을 제외한다면 매우 드문 일이다.

다음날 새벽, 우리의 하녀는 저 스스로 죄가 있음이 분명한 분위기를 풍기고 있었다. 올리베라가 도착했을 때 나는 안뜰에 있었다. 그는 사립문을 열고 마치 아무 일도 눈치채지 못하고 있다는 듯이 휘파람을 불며 파라나강과 귤나무를 번갈아 바라보며 다가왔다.

나는 기꺼이 그에게 내가 먼저 말을 꺼내겠노라 했다.

"이보게, 올리베라" 그에게 말했다. "자네가 내 연장들에 관심이 많다면 낮에 내게 부탁하면 될 걸세, 밤에 와서 찾아보고 그러면 안 된다네……"

그는 제대로 한 방 먹은 것 같았다. 나의 일꾼은 눈을 크게 뜨고 나를 바라보면서 손으로 포도 넝쿨을 붙잡았다.

"아! 아니에요!" 그는 고개를 저으며 화가 나서 소리쳤다.

"당신도 아주 자-ㄹ 알고 있잖아요, 내가 다-ㅇ신 걸 훔칠 리 없다는 것을요! 아! 아니라고요! 다-ㅇ신이 그렇게 말하면 아-ㄴ되죠!"

"하지만 경우가 그렇잖아" 나는 굽히지 않았다. "자네가 어젯밤 작업실에 들어와 있었고."

"그래, 그래요……! 그런데 당신이 어디서 날 보든지 말이에요…… 다-ㅇ신 지-ㄴ짜 남자니까…… 다-ㅇ신이 잘 알 거 아니에요, 내가 당신 걸 도둑질하려고 몰래 기어들어 올 사람이 아니라는 걸!"

그러고는 포도 넝쿨을 흔들면서 중얼거렸다.

"자-ㄴ인해……!"

"좋소, 그만둡시다." 나는 말을 끝냈다. "하지만 나는 어떤 종류의 밤 손님도 원하지 않아. 자네의 집에서는 마음대로 행동해도 되지만, 여기선 아니라네."

올리베라는 여전히 고개를 저으며 가만히 서 있었다. 그리고 그는 어깨를 한 번 으쓱하더니 손수레를 가지러 갔다. 그 당시에 우리는 흙을 나르는 일을 하고 있었기 때문이다.

5분도 지나지 않아 그가 나를 불렀다. 그는 흙을 실은 손수레 손잡이에 앉아 있었다. 내가 그의 옆으로 가자 그는 흙 위에다 주먹을 크게 내리쳤는데, 반쯤은 장난이었다.

"그럼 제가 저 여자를 만나러 왔다는 즈-ㅇ거를 대-애실 수는 있겠어요? 까놓고 얘기해봅시다!"

"증명할 건 하나도 없다네." 그에게 말했다. "내가 아는 건, 어젯밤 그렇게 날쌔게 뛰어간 게 자네가 아니라면, 이렇게 말을 많이 하는 대신 자네는 지금 손수레 옆에서 잠이나 청하고 있었을걸세."

나는 내 자리로 돌아왔다. 왜인지 올리베라는 벌써 여느 때와 같은 좋은 기분을 되찾은 것 같았다.

"아, 그건 그렇군요!" 그가 너털웃음을 터뜨리며 외쳤다. 그러면서 일을 하려고 자리에서 일어났다. "아-ㄱ마가 주인님과……! 핑! 빵야! 피융……! 권총은 야마-ㄴ적이야……!"

그러고는 흙을 실은 손수레를 끌고 멀어졌다.

"훌륭합니다, 다-ㅇ신은!"

이 이야기의 결론을 내자면 이렇다. 같은 날 오후에 그는 돌아가는 길에 내 옆에 와서 섰다.

"다-ㅇ신, 그러-ㅁ요……" 나에게 윙크를 했다. "당신을 위해서 제가 말할게요, 당신은 올리베라의 후-ㄹ륭한 주인니-임이니까요…… 시릴라를 위해…… 그냥 모른 척해주세요, 제발, 단지 그뿐이에요……! 그녀는 너-어무나 예-에쁘거든요!"

그 청년은 보이는 것과 달리 이기적인 사람은 아니었다.

하지만 시릴라는 이미 이 집에 있는 것이 맘이 편치 않은 모양이었다. 그 사건만 뺀다면, 그렇게 믿을 만한 하녀를 두는 것은 그곳에서는 전례가 없는 어려운 일이었다. 하지만 이렇게 되었건 저렇게 되었건, 어떤 특별한 이유도 없이, 누구나 어느 날 갑자기 정든 곳을 떠나고 싶은 생각이 들기도 하는 법이다. 그것은 갑작스레 터져 나오는 소망이며 저항할 수 없는 것이다. 어느 노부인이 말했듯이. '오줌이 마려운 것처럼 찾아오는 거야. 그런 걸 참는 건 가능한 일이 아니지.'

우리의 여자 시릴라도 역시 떠나버렸다. 그런데 마음먹은 다음 날—그녀가 바랐던 것처럼—떠난 것은 아니었다. 왜냐하면 그날 밤 그녀는 독사에 물렸기 때문이다.

이 독사는 예전에 보았던 한 독사의 새끼였다. 그 뱀의 허물을 내가 우리 집 바나나밭의 두 그루의 나무줄기 사이에서 발견했었다. 그곳에 처음 도착했던 4년 전의 일이다. 그 야라라 독사는 분명히 지나가는 길이었을 것이다. 왜냐하면 그 후로는 아직 한 번도 본 적이 없었으니까. 하지만 주변에 그 녀석이 남겨놓은 몇몇 새끼 개체들은 지나치게 자주 보였다. 그렇게 나는 집에서 하나같이 불안정한 상황에 놓여 있던 일곱 마리의 작은 독사들을 죽였다.

뒤이어 세 차례의 여름이 지나갈 동안 뱀 잡기는 지속되었다. 첫해에 그 녀석들은 35센티미터였는데, 셋째 해에는 70에 달했다. 어미는 그 껍질로 미루어 보아 굉장한 크기의 개체임이 틀림없었다.

산이그나시오에 자주 다니러 가곤 했던 하녀는 어느 날 샛길에서 십자 독사를 본 적이 있었다. 몸은 굉장히 굵었고—그녀가 그렇게 말했다—머리는 작았다.

그날로부터 이틀 뒤에 나의 폭스테리어 암캐가 야생 자고새를 쫓다가 바로 그 자리에서 독사에게 주둥이를 물리고 말았다. 개는 죽었다. 17분 만이었다.

시릴라가 당했던 그날 밤에 나는 산이그나시오—내가 종종 가는 곳—에 있었다. 올리베라는 독사 한 마리가 시릴라를 물었다고 내게 말하기 위해 전속력으로 달려 산이그나시오로 왔다. 우리는 말을 타고 바람처럼 집으로 날아갔고, 나는 식당 계단에 앉아 발을 손으로 붙잡고 신음하는 그 여자를 발견했다.

집에 있던 사람들이 이미 그녀의 발목을 묶어놓고는, 그 즉시 과망가니즈산염을 주사하려고 애쓰고 있었다. 수종 때문에 발뒤꿈치가 돌처럼 변해버려서 주삿바늘을 꽂아 넣기가 쉽지 않았다. 살갗의 저항력이 너무 강하다는 걸 이해하기란 쉬운 일은 아닌 것이다. 나는 아킬레스건 밑부분의 물린 상처를 자세히 살펴보았다. 나는 독니 자국 특유의 작은 두 점이 아주 가까이 붙어 있는 모습을 예상했다. 그런데 여전히 두 줄기의 피를 흘리고 있는 두 개의 구멍은 하나와 다른 하나 사이가 4센티미터는 되었고, 그 간격에 손가락 두 개는 들어갔다. 그렇다면, 이 독사는 엄청나게 큰 뱀임이 틀림없었다.

시릴라는 발에서 손을 떼더니 머리에 손을 얹으며 기분이 좋지 않다고 말했다. 나는 할 수 있는 건 다 했다. 상처 부위를 확장하기, 상처 부위에 대한 압박, 과망가니즈산염으로 하는 광범위한 세척, 그리고 많은 양의 알코올 주입.

그때는 혈청을 가지고 있지 않았다. 그래도 나는 독사에 물린 환자에게 사탕수수주酒를 잔뜩 써본 적이 두 번이나 있었으므로, 그 효능을 무척 신뢰하고 있었다.

우리들은 그 여자를 눕혔고, 올리베라가 알코올을 맡았다. 30분 후에 다리는 이미 괴이하게 변한 모습이었다. 그리고 시릴라는—나는 그녀가 치료가 불만족스러웠던 건 아니라고 믿고 싶다—스스로 고통도 취기도 감당해내지 못했다. 쉬지 않고 소리를 질러댔다.

"나 물렸어……! 검은 독사! 저주받을 독사……! 아야……! 나 안 좋아……! 독사한테 물렸어…! 이런 물린 상처를 하고 있을 수는 없다고!"

올리베라는 주머니에 손을 넣고 선 채 아픈 그녀를 바라보았고 머리로는 이 모든 것을 받아들였지만, 이따금 그는 내게로 몸을 돌리고 중얼거렸다.

"자-ㄴ인해요……!"

다음 날 아침 5시에 시릴라는, 부어오르는 증세가 계속되고는 있었지만 급박한 위험으로부터는 벗어난 상태였다. 새벽부터 올리베라는 지나가는 누구에게라도 간밤의 사투에서 우리가 승리했음을 알리고 싶은 마음에 내내 사립문 쪽으로 시선을 고정하고 있었다.

"나리…… 여기 보세요! 맞아요, 여기가 그……! 사탕수수주랑 야자수 잎줄기만 줘보세요! 제가 다 배워두었답니다!"

그 와중에도 내가 걱정하고 있었던 것은, 그놈의 독사였다. 왜냐하면 내 아이들이 샛길을 자주 다니곤 했기 때문이다.

점심을 먹은 뒤 나는 독사를 찾으러 갔다. 그 녀석의 은신처—이렇게 부르자—는 움푹 팬 땅과 그 주위를 둘러친 바위로 구성되었는데, 바위틈에 수북이 난 풀포기가 허리 높이까지 올라와 있었다. 결코 말라 죽지 않는 풀이었다.

잘 찾아보기만 한다면 독사를 만나기는 어렵지 않겠지만 자칫하면 독사를 밟기 쉬웠다. 게다가 스톰 부츠를 신는다고 해도 2센티미터 길이의 독니 앞에서라면 무사할 거라 장담할 수는 없었다.

더위가 강하고 북풍이 불 때 그렇듯 한낮에는 아무 일도 일어나지 않았다. 나는 독사가 있을 만한 장소에 도착하여 아프리카수염새 풀포기를 하나하나 마체테로 가르며 뱀을 찾기 시작했다. 아프리카수염새의 풀포기와 풀포기 사이 바닥으로 그늘지고 건조한 땅뙈기가 보였다. 아무것도 없었다. 다시 한 걸음, 마체테로 또 한 번 조심스레 풀을 가르며 검사한다. 그럼 다시 또 나타나는 아주 단단하게 굳은 땅뙈기. 그렇게 조금씩 조금씩, 전진했다.

하지만 매 순간 긴장의 연속이었다. 마체테로 풀을 들출 때마다 매번 이번에 뱀이 나타날 것이라는 확신이 들었다. 한 걸음 내디딜 때마다 나는 뱀과 마주칠 그 순간에 더 가까이 다가가고 있는 셈이었다. 왜냐하면 나는 그 동물이 그 근방에 살고 있다는 것은 추호도 의심하지 않았기 때문이다. 더구나 그런 뜨거운 태양 아래에서 풀숲 밖으로 나와 햇빛을 받고 있을 야라라 독사는 한 마리도 없을 것이다.

풀포기를 가르는데 갑자기, 장화의 신발코 앞에 그 독사가 보였다. 접시 크기만 한 어둑한 땅바닥 위로, 나를 스치며 독사가 지나가고 있는 것이었다.

그런데! 이보다 더 긴 독사는 없을 것 같았다. 이렇게 계속 끝없이 이어지는 긴 녀석은 적어도 내 인생에는 없었다. 1미터 80센티미터의 독사 한 마리가 조각조각으로—조각이라고 말하자, 왜냐하면 내가 볼 수 있었던 것은 단지 마체테로 열어젖혀진 분명한 틈으로만 보이는 모습이었기 때문이다—지나가고 있었다.

그리고 그 크기가 매우 큰 것이, 야릇한 느낌을 주었다. 야라라쿠수 독사였다. 내가 지금껏 본 중에 가장 건장한 녀석이었고, 이론의 여지 없이 가장 아름다운 야라라 독사—야라라 독사로 말할 것 같으면, 산호뱀만 제외하고는 독사 중에서 가장 아름다운 독사다—였다. 그의 몸은 시커먼 색, 더구나 벨벳처럼 윤이 나는 검은빛이고, 그 몸 위로 넓은 마름모꼴의 황금빛 띠를 두르고 있다. 검은빛과 황금빛. 이제 제대로 보인다. 더욱이 야라라쿠수는 모든 야라라 독사 중에서 가장 독이 강하다.

나의 사냥감 야라라쿠수가 지나가고, 지나가고, 또 지나갔다. 그 녀석이 멈췄을 때도 아직도 꼬리 끝이 보이지 않았다. 뱀의 머리가 있을 만한 방향으로 시선을 돌리니 내 옆쪽으로 그 녀석이 보였다. 몸을 높이 세우고 나를 똑바로 쳐다보고 있었다. 몸으로 곡선을 만들어놓은 채 꼼짝도 하지 않고 나의 태도를 관찰하고 있었다.

이건 확실했다. 그 독사는 전투 의사가 없었다. 독사들은 결코 인간과는 싸울 마음을 갖지 않으니까. 하지만 내가 그런 의사가 있었고, 그 의지는 매우 강했다. 나는 마체테를 내리쳐 오직 척추만을 탈골시키고자 했는데, 독사의 표본을 보존할 목적이었다.

나는 그래서 마체테의 옆면으로 내리쳤다. 가벼운 공격은 전혀 아니었다. 마치 아무것도 지나가지 않은 것처럼 재빠른 일격이었다. 그 동물은 격렬하게 몸을 펴더니 깜짝 놀란 자세로 0.5미터 물러섰다. 그러다 다시 꼼짝도 안 하고 멍하니 기다리는 것이었다. 이번에는 머리를 더 높게 쳐들고 있었다. 가능한 모든 경우를 상상하는 듯이 나를 똑바로 쳐다보면서.

아무것도 없는 탁 트인 초원에서라면 그 결투에서,—내 심리가 그걸 원했다는 것이 아니라 '만약' 실제로 그런 초원이었다면,—나는 좀더 그 순간을 즐겼을 것이다. 하지만 저런 무성한 잡초에 푹 파묻힌 채로는 그럴 수 없었다. 따라서 나는 두 번째 마체테를 날렸다. 이번에는 칼날로 경추를 노렸다. 빛처럼 빠른 속도로. 야라라쿠수는 머리가 땅에 처박히고 꼼짝 못한 채 머리 위로 몸을 말더니, 자개처럼 번쩍이는 배를 드러내며 와인 따개의 나선 모양처럼 계속 말려 올라가다, 몸이 천천히 느슨하게 풀리면서 다시 땅으로 떨어져, 죽었다.

나는 그 녀석을 집으로 가지고 갔다. 잘 계산해보니 길이가 1미터 85센티미터였다. 미시오네스 지방 남부에는 많이 서식하지 않는 종種이었지만 올리베라는 단번에 그 뱀을 알아보았다.

"아, 아……! 야라라쿠수……! 이미 새-ㅇ각했었어…… 포스두이구아수에서 나는 이 자-ㄴ인한 녀석들을 몇 죽였었지요……! 아르-ㅁ답도다, 사형수여……! 내 컬렉션을 위하여!

당신도 좋아할걸요, 나리!"

병상에 누워 있던 그녀의 상태를 말하자면, 나흘이 지나고 나자 잘은 아니지만 어떻게든 걷기는 했다. 이렇게 고립되어 있고 물자가 풍족하지 않은 지방에서 독사에 물렸다는 사실을 감안한다면, 그리고 독사가 이틀 전에 폭스테리어에게 독샘을 일부 비웠었다는 것을 생각하면, 이번 케이스는 복 받은 거라 하고 싶다. 그런데 그 동물의 독을 뽑아냈을 때 나는 조금 놀랐다. 각각의 독니에서 여전히 스물한 방울의 독액이 흘러나왔으니까. 그것은 거의 2그램의 독이다.

올리베라는 겉으로는 그 여자가 떠나는 것에 조금의 서운함도 내비치지 않았다. 작은 옷 보따리를 들고, 아직은 절뚝거리며 목장을 지나 멀어지는 그녀를 그냥 바라보았다.

"좋은 여자예요." 턱짓으로 그녀를 가리키며 그가 말했다. "언젠가는 그녀랑 결혼할 거예요."

"잘 된 거야." 그에게 말했다.

"이제 그러-ㅁ…… 다-ㅇ신은 권총을 더 쏠 필요는 없을 거예요, 피융! 빵야!"

올리베라가 돈도 받지 않고 몇몇 동료들을 위해 힘써줬음에도 불구하고 나의 일꾼은 그들 사이에서 호감을 얻지 못했다. 하루는 내가 그에게 마을에 가서 오크 통을 하나 구해 오라고 시켰는데, 그 일을 하려면 최소한 말이 필요하고 그것도 아니라면 손수레라도 필요했다. 올리베라는 수레를 살피며 어깨를 한 번 으쓱하더니 그냥 빈손으로 걸어서 갔다. 상점은 4킬로미터 남짓 떨어져 있었고 유적지를 가로질러 가야만 했다. 바로 그 유적지가 있는 마을에서 사람들은 올리베라가 오크 통과 함께 돌아가는 모습을 보았다. 오크 통 옆구리에는 두 개의 못이 박혀 있었는데, 그는 거기에 철사를 이중으로 단단히 고정해 짐수레 손잡이처럼 썼다. 그는 침착하게 그 손잡이를 당기며 가고 있었고, 오크 통은 바닥에 끌렸다.

이런 방식의 임기응변과 말이 있으면서도 걸어가는 그의 이상한 고집이 그에 대한 평판을 좋지 않게 만드는 것이었다.

2월 말에 나는 올리베라에게, 마테차 나무를 심어놓았던 숲 전체의 개간을 맡겼다. 일을 시작한 지 며칠 되지 않았을 때, 프랑크푸르트에서 온 한 독일 석공이 나를 보러 왔다. 그는 암에 걸린 듯한 안색을 하고 있었고, 시선을 한번 주면 거두어야 할 때조차 느릿하게 돌렸는데, 말을 할 때도 그처럼 매우 느렸다. 그는 내게 수은을 부탁했다. 묻힌 보물을 찾기 위해서였다.

보물을 찾는 방법은 매우 간단했다. 추정되는 장소의 땅을 조금 파고 바닥에 손수건으로 싼 수은을 놓아두었다. 그러고 나서 구멍을 다시 메우고는 그 위 땅의 표면에다 금 조각을 놓아두었다—이런 조건을 갖추면 그곳이 석공의 보물찾기 사업의 체인점이 되는 셈이다.

만약 그곳에 실제로 무언가 묻혀있다면, 보물의 힘이 금을 끌어당길 것이고, 그때 수은이 금을 먹어치우는 것이다. 수은이 없다면 아무것도 할 수가 없다.

나는 그에게 수은을 주었고, 그 남자는 내게서 시선을 떼는 데 꽤 시간이 들었지만, 어쨌든 갔다.

미시오네스 지방에서는, 또 옛날에 예수회가 점령하고 있었던 북쪽 지방 전역에서는, 신부들이 도망가기 전에 화폐와 값나가는 물건들을 땅에 묻었다는 믿음이 신앙의 한 조목이라도 되는 것 같았다. 그 지방 사람치고 보물을, '묻힌 것'—그곳에서는 이렇게 말한다—을, 한번 파내어볼 유혹을 느끼지 못한 사람은 드물다. 묻힌 것의 위치를 알 수 있다는 명확한 지시 사항과 같은 말들도 많이 돌았다. 그럴 만한 곳이 아닌데 돌무더기가 있는 곳이라든가, 그리 일반적이지 않게 놓인 오래된 개오동나무의 목재라든가, 숲에 버려진 사암 기둥, 기타 등등, 기타 등등.

마체테의 날을 갈기 위한 줄칼을 찾으러 개간지에서 돌아오던 올리베라는 그날의 사건을 옆에서 지켜보았다. 우리 얘기를 엷은 미소를 띠고 듣더니 별다른 말은 하지 않았다. 다만 마테차밭으로 되돌아가면서 고개를 돌리고 내게 말했다.

"도-ㄱ일 사람이 미쳤군요…… 여기 보무-ㄹ이 있다라! 아이고, 맥박도 안 뛰는 소리네요!" 그러고 그는 손목을 꽉 쥐어 보였다.

그가 이런 반응을 보였기 때문에 나는 조금 놀랄 일을 훨씬 크게 놀라고 말았다. 밤에 올리베라가 갑작스레 작업실로 들어와 숲으로 같이 가자고 했던 것이다.

"오늘 밤" 그가 낮은 목소리로 내게 말했다. "묻힌 것을 꺼내러 갈 거예요…… 그 주-ㅇ 하나를 내가 발견했어요."

나는 그때 지금은 무슨 일인지 기억도 안 나는 어떤 일로 바빴다. 그럼에도 나는, 어떤 신비로운 행운이 그를 들쑤셨기에 저런 덩치의 회의론자를 묻힌 것에 대한 신봉자로 바꾸어놓았는지 흥미가 당겼다. 하지만 나는 나의 올리베라에 대해 잘 알지 못했나 보다. 그는 미소를 띠며 나를 바라보았고, 크게 뜬 그의 눈은 조명을 받아 매우 도전적인 빛을 내고 있었으며, 그가 나에게 느끼는 애정을 그의 방식대로 드러내고 있었다.

"쉿……! 우리 두-ㄹ을 위한 거예요…… 그건 흰 바위에요, 그건, 마테차밭이 아니고…… 우리 나눠 가져요."

저런 사람과 뭘 하란 말이지? 나는 보물에는 별로 끌리지가 않았다. 하지만 잡동사니 같은 그릇들만이라도 발견할 수 있다면, 그게 꽤 흔한 것이라 해도 좋을 것 같았다. 그래서 나는 그가 운이 좋기를 바랐고, 그에게 다만 한 가지를 청해두었다. 예쁜 항아리라도 하나 발견한다면 깨뜨리지 말고 내게 가져오라고. 그는 내게 내 콜린스 사 마체테를 청했고, 나는 그것을 내주었다. 그는 그 마체테를 챙겨 길을 나섰다.

그런데 갑자기, 밤 산책이 나에게 굉장히 매혹적으로 느껴졌다. 미시오네스 지방의 달빛은 숲의 어둠을 뚫고 들어와 눈에 보이는 가장 아름다운 장관을 연출하기 때문이다. 게다가 나는 하던 일 때문에 피곤하던 차여서 잠시 그와 동행하기로 했다.

올리베라가 '일하던 곳'은 집에서 1,500미터 떨어진, 숲의 남쪽 구석에 있었다. 우리는 나란히 걸었다. 나는 휘파람을 불며 걸었고, 그는 평소처럼 입술을 나무의 수관을 향해 내밀고 있기는 했지만, 조용히 걸었다.

그가 일하던 구역에 도착하자 올리베라는 걸음을 멈추고 귀를 기울였다.

손전등 빛을 받은 마테차밭은—숲속의 암흑이 갑작스레 흘러든 저리 밝은 전등 불빛에 잠기니—꼭 황무지 같은 인상을 주었다. 금방 베어놓은 통나무들은 옆구리에 강렬한 빛을 받으니 바닥의 검은색이 두 배로 진해 보였다. 작은 차나무들은 제일 가까운 서로의 그림자 안에서 굳건한 모습으로, 탁 트인 황무지 위에서 벨벳같이 매끄러운 잿빛을 띠고 있었고, 제 이슬방울들을 반짝이며 움직임 없이 서 있었다.

"그러-ㅁ……" 올리베라가 내게 말했다. "이제 혼자 갈게요."

그가 유일하게 걱정한 것은 어떤 정체 모를 소리였다. 그러나 그것 외에는, 그는 명백히 혼자 있고 싶어 했다. 그는 '내일 봐요, 나리'란 인사를 남기고는 마테차밭을 건너 숲 깊숙이 들어갔다. 그렇게 나는 그가 쓰러진 나무들 위를 껑충껑충 뛰어넘는 모습을 한참 바라보았다.

나는 돌아섰다. 밀림 통행로에 접어들자 걸음을 늦추었다. 여름의 농밀한 낮—불과 여섯 시간 전만 해도 눈멀 것 같은 강한 빛에 광光공포증이 생길 만큼 괴로워했고, 또 머리가 닿는 부분보다 귀퉁이가 더 뜨거운 베개를 느껴야만 했던—이 지나고 난 밤 10시, 미시오네스 지방의 밤의 상쾌함 앞에서는 그 모든 영광도 한낱 부질없는 것이었다.

그리고 그날 밤은 무엇보다도, 지대가 높은 숲길 아래로 펼쳐진 원시림이 굉장했다. 길을 따라 길게 뻗은 땅바닥으로 시야가 닿는 한계까지 차갑고 하얀색 빛줄기가 비스듬히 가로지르고 있었고, 그 빛이 너무나 생생하여 대지는 어두운 부분조차도 그 까만색의 깊이가 좀 옅어 보였다. 위를 올려다보니, 좌우에 건축물 같은 수풀의 실루엣 위로 기다란 삼각형 모양의 빛이 내려오다 나무줄기에 걸려, 은빛 흐름을 남기면서 아래로 번지고 있었다. 매우 높고 신비로운 숲은 마치 고딕 성당처럼 사선의 빛이 스며들어와, 환상적인 깊이를 제 안에 품고 있었다. 그런 세계의 저 깊은 곳에서, 유령새 우루타우의 구슬픈 울음이 마치 종소리와도 같이 가끔 숲의 고요를 흔들어 깨곤 했다.

아직은 집으로 돌아가고 싶지 않아 한참을 걸었다. 올리베라는 그 사이 분명히 바위를 파내느라 손톱을 망가뜨리고 있을 것이었다. 행복하기를—나는 혼잣말을 했다.

자, 이것이 내가 올리베라를 본 마지막 모습이다. 그는 다음 날 아침에 나타나지 않았다. 그다음 날에도 나타나지 않았고, 다시는 한 번도 나타나지 않았다. 그래서 나는 그가 쓰는 말투를 다시 듣지 못했다. 마을에도 물어보았다. 아무도 그를 본 적이 없었고, 아무도 내 일꾼이 어떻게 되었는지 몰랐다. 나는 포스두이구아수에 편지를 썼고, 결과는 같았다.

이야기할 게 아직 더 남았다. 올리베라는 내가 말했던 것처럼 돈 문제에서는 누구보다 철저했다. 나는 그에게 일주일 치 급료를 지불해야 했다. 그가 바로 그날 밤 갑작스레 이곳을 떠나 다른 곳으로 가야겠다는 마음이 들었다면, 그는 제일 먼저 계산부터 했겠지 계산도 안 하고 갔을 리는 결코 없었다.

그럼, 대체 무슨 일이 일어난 거지? 어떤 보물을 찾은 걸까? 푸에르토 비에호, 이타쿠루비, 라 발사, 그 어디에서든 배를 탔을 텐데 어떻게 아무런 흔적도 남기지 않았지?

나는 아직도 모른다. 그리고 결코 알 수 없을 거라는 생각이 든다. 그런데 3년 전에 나는 올리베라가 벌목 작업을 끝마치지 못했던 바로 그 마테차밭에서 아주 찜찜하고 기분 나쁜 일을 겪고 말았다.

그 놀라운 일은 다음과 같다. 여기서 얘기하는 것과는 관계없는 이유로 1년을 통째로 농장을 버려두었었기 때문에, 숲에서 새로 난 식물들이 어린 찻잎들을 뒤덮어 질식시키고 있었다. 내가 그곳으로 보냈던 일꾼이 합의했던 금액으로는 아무 일도 진행할 수 없겠다며 그냥 돌아왔다. 보통 오가는 것보다도 더 적다고, 하마터면 나리는 자신을 마체테가 뭔지도 모르는 사람으로 만들 뻔한 거라고 했다.

나는 금액을 올려주었고, 그것은 정당한 것이기도 했다. 그러자 일꾼들은 일을 시작했다. 그들은 짝을 지어 일했다. 한 명이 나무를 베어 쓰러뜨리면, 다른 사람이 가지를 쳐냈다. 3일 동안 남풍은 수풀에서 메아리쳐 두 배로 커진, 그치지 않고 계속되는 구슬픈 도끼질 소리를 내게 실어 왔다. 정오에조차 소리는 멈추지 않았다. 아마도 서로 교대했을 것이다. 교대한 것이 아니라면 저 도끼를 다루는 팔과 골반은 분명 일류 전사의 것이다.

그런데 3일째 일이 끝날 때쯤, 전에 품삯 문제를 제기했던 마체테를 맡은 일꾼이 와서 개간지 일을 나보고 받아서 해달라고 말했다. 자기는 더 이상 동료와 함께 일하기 싫다는 것이었다.

"왜?" 나는 이상한 생각이 들어 그에게 물었다.

구체적인 말은 하나도 듣지를 못했다. 마침내 그는 내게 그의 동료가 '혼자' 일하는 것이 아니라고 털어놓았다.

그때 나는 그 일과 관련된 전설이 떠올랐기에 그의 말을 알아들었다. 악마와 한 쌍이 되어 일하고 있다는 것을. 그래서 절대 지치지 않는다는 것을.

나는 아무 반박도 하지 않고 일을 받아서 하러 갔다. 멀리서부터 이른바 '지옥의 노동조합'의 모습이 보이자마자 나는 그를 알아보았다. 그는 여러 번이나 말을 타고 우리 집 앞을 지나갔었는데, 단순한 일꾼으로 보기에는 그의 의상과 말의 복식이 호화로워서 항상 감탄하며 바라봤었다. 더구나 그는 매우 잘생긴 청년이었고, 기름칠한 갈깃머리를 늘어뜨리며 남부의 화려함을 뽐내고 있었다. 그가 지나는 길에는 늘 말이 함께였다. 그러나 지나가면서 나를 바라봐준 적은 한 번도 없었다.

그날 처음으로 나는 그를 가까이에서 본 것이었다. 그는 셔츠를 벗고 일을 하고 있었다. 탄탄한 상체를 가진, 저런 절도 있고 진지하며 훌륭하게 단련된 젊은이의 능력이라면 불가사의한 일도 할 수 있겠다는 것을 나는 쉽게 납득했다. 단정하게 자른 적이 없을 것 같은 그의 갈깃머리나, 집 앞을 지나칠 때의 도발적인 말의 걸음걸이나 또 그 밖의 모든 것이, 숲속에서 아이 같은 미소를 띠고 땀 흘리며 일하고 있는 저 훌륭한 젊은이의 모습을 보니 다 사라져버렸다.

그가 풍기는 그런 분위기가 그를 악마와 함께 일하는 남자로 만든 것이었다.

그는 이제 셔츠를 입었고, 나는 그와 일터를 둘러보았다. '오직 그'만이 마테차밭의 벌채를 앞당겨 끝낼 수 있을 것이기에, 우리는 일터를 전체적으로 꼼꼼히 둘러보았다. 해는 막 넘어갔고, 꽤 추웠다. 미시오네스 지방의 추위는 오후가 지나 수은주가 떨어지면서 찾아온다. 숲의 남서쪽 가장자리, 초원과 경계를 접한 곳에서 우리는 잠시 멈췄다. 왜냐하면 거의 모든 차나무가 죽어버린 그쪽 0.5헥타르의 땅은 어디까지 제초하는 것이 해볼 만한 가치가 있을지 잘 몰랐기 때문이다.

나는 나무줄기들의 부피를 대강 살펴보다가 더 위쪽으로, 나뭇가지에 무심코 시선을 던졌다. 그때 저 위, 인시엔소 나무* 맨 꼭대기 가지가 갈라져 나온 곳에서 어떤 이상한 것—두 개의 기다랗고 검은 물체—을 보았다. 보예로 새의 둥지처럼 생긴 그것은 하늘이 바탕이 되어 아주 도드라져 보였다.

"저건……?" 나는 청년에게 신호를 보냈다.

그 남자는 잠시 바라보더니 시선을 유지한 채 나무줄기 주위를 한 바퀴 돌았다.

"장화네요." 내게 말했다.

나는 충격을 받았다. 순간적으로 올리베라가 떠올랐다. 장화라고……? 맞았다. 장화는 거꾸로 매달려 있어 발 쪽이 위를 향한 채 밑창이 가지 사이에 끼워져 있었다. 아래쪽으로는 장화의 목이 열려 있는 상태였고, 사람만 없었다. 그것뿐이었다.

---

* 인시엔소 나무incienso: 높이가 30m에 이르는, 미시오네스의 밀림 등 남미 일부 지역에서만 자라는 콩과의 교목. 학명은 Myrocarpus frondosus. 고급 목재로 쓰이며, 줄기를 잘라 향유를 얻기도 하고 잎과 나무 껍질, 열매는 약재로도 쓰인다.

나는 그 장화가 온전한 빛을 받으면 어떤 색일지는 모른다. 하지만 그 시간에, 숲 깊숙한 곳에서 보기에는, 자줏빛 하늘을 바탕으로 움직이지 않고 있는 채로는, 검은색이었다.

우리는 나무를 위에서 아래로 아래에서 위로 충분한 시간을 두고 살펴보았다.

"올라갈 수 있을까?" 나는 청년에게 다시 한번 물었다.

잠시 시간이 흘렀다.

"닿지 않을 것 같은데……" 일꾼이 대답했다.

잠시 멈칫했으나 그럼에도 올라갔다. 정당한 이유 없이 장화를 저기 위에 매달려 있도록 그냥 둘 수는 없는 일이었다. 논리적으로 그 일을 설명할 수 있는 유일한 것은 이것이다. 한 남자가 '장화를 신고' 숲을 관찰하러 올라갔고, 아니면 벌집을 찾으러 올라갔고, 아니 그 어떤 것이든 찾으러 올라갔다. 그러고는 미처 신경 쓰지 못한 채 가지를 밟고 있던 발에 무게를 지나치게 실었다. 그래서 갑자기—그래서 지금껏 아무도 모르고 있던 거지만—그는 뒤로 넘어졌고, 뒤통수를 나무줄기에 부딪혔다. 그 남자는 그 즉시 죽었거나, 다시 정신을 차렸더라도 가지를 붙잡을 힘도 장화를 벗을 힘도 없었다. 결국—아마도 생각하는 것보다 더 오랜 시간이 지나서—그는 움직이지 않고 조용해져, 고이 죽게 된 것이다. 그 남자는 그 후에 부패하여, 조금씩 조금씩 장화는 비어갔을 것이고, 결국에 장화는 속이 텅 빈 채로 남았으리라.

장화 두 짝은 그곳에서 언제나, 사이좋게 함께, 겨울 해 질 녘의 내 모습처럼, 꽁꽁 언 채로 있었다.

우리는 그 나무 아래에서 그 남자의 최소한의 어떤 흔적도 찾지 못했다. 그냥 그렇게 끝이 난 이야기다.

그럼에도 나는 믿을 수가 없었다. 저것이 내 오랜 일꾼의 일부를 구성하고 있었다는 것을. 그는 나무를 잘 기어오르는 사람이 아니었다. 밤에는 더욱 아니었다. 그럼, 누가 기어 올라간 거지?

모르겠다. 하지만 가끔, 여기 부에노스아이레스에서, 북풍이 불어닥치는 어떤 날에 마체테를 손에 쥐고 싶어 손가락이 근질거릴 때면, 나는 어느 날이나 또 다른 어느 날에 예기치 않게 올리베라를 만날 거라는 생각이 든다. 그를 여기에서 우연히 마주치게 되고, 그는 미소를 지으며 내 어깨에 손을 올리고는 이렇게 말할 것이다.

"오, 나리, 아이고 여-ㅇ감님……! 우리 멋진 일을 하-ㅁ께 했지요, 다-ㅇ신과! 미시오네스 지바-ㅇ에서!"

주간지 『주간 소설*La Novela Semanal*』, 제2년, 통권 9호(1918. 1. 14.)

아나콘다의 귀환

아나콘다가 고심 끝에 열대 지방의 토착 구성원들과 공모하여 강의 수복 계획을 세운 것은 그녀가 막 서른 살이 되었을 때였다.

당시 그녀는 길이 10미터의 젊은 뱀이었고 힘의 절정기를 누리고 있었다. 그녀의 광대한 사냥터에서는 숨이 붙어 있는 채로 그녀가 조이는 힘을 견딜 만한 사슴도, 재규어도 없었다. 그녀의 근육 수축이 사냥감을 죽음에 이를 때까지 조여 모든 생명의 기운을 쥐어 짜내는 것이다. 거대한 굶주린 보아뱀이 지나가느라 밀짚이 흔들리면, 그 골풀 밭과 그 주위의 모두가 놀란 귀를 쫑긋 세워 마치 깃털 장식을 쓴 듯 곤두섰다. 황혼이 저물어갈 무렵의 평온한 시간에 아나콘다가 불타는 듯한 강에서 10미터 길이의 진한색 벨벳 같은 몸을 물에 담그고 목욕할 때면, 고요가 후광처럼 그녀를 감쌌다.

하지만 아나콘다의 출현이 항상 살상가스마냥 제 앞의 생명을 몰아내기만 하는 것은 아니었다. 평화로울 때 그녀의 표정과 몸짓을 인간은 느끼지 못하지만 동물들은 멀리서부터 알아차렸다. 그럴 때면 다음과 같이 아침 인사를 주고받곤 했다.

"좋은 아침" 아나콘다가 늪지대를 지나는 길에 악어들에게 말했다.

"좋은 아침" 진흙이 들러붙어 있던 공처럼 둥근 눈꺼풀을 쩍 하고 떼며, 일광욕을 하던 악어들이 온화한 목소리로 대답했다.

"오늘은 무척 더울 것 같아!" 나무를 기어오르다가 관목들이 휘었다 펴지는 걸 보고 거대한 뱀이 미끄러져 간다는 걸 알아본 원숭이들이 그녀에게 인사했다.

"그래, 아주 덥네……" 아나콘다가 몇 마디 잡담을 더 늘어놓으며 대답했는데, 고개를 외로 꼬고 있는 원숭이들은 사실 절반 정도만 안심하는 상태였다.

왜냐하면 원숭이와 뱀, 새와 구렁이, 쥐와 독사는, 오직 거대한 허리케인에 대한 공포에 사로잡힌 상태이거나 끝없는 가뭄에 기진맥진한 상태에서만 간신히 그 관계가 완화될 수 있는, 원래는 숙명적인 천적 관계이기 때문이다. 다만 아주 먼 옛날부터 번식하고 살아오며 겪은 같은 환경에 공동으로 적응해야 한다는 당위가, 거대한 천변지변의 시기에는 굶주림보다 위에 놓이는 것이다. 그렇게 큰 가뭄 앞에서는 홍학의 근심이, 거북이의 근심이, 쥐와 아나콘다의 근심이 모여 하나가 되어, 한 방울의 물을 갈구하는 밀림의 비통한 슬픔을 이루는 것이다.

우리의 아나콘다를 만났을 때, 밀림은 비참함 속에서 이러한 우울한 형제애로의 길을 재촉하고 있던 참이었다.

두 달 전부터 먼지투성이의 잎사귀들 위에는 비를 예고하는 천둥조차 울리지 않았다. 말라비틀어진 식물에는 생명이자 위로가 될 이슬조차도 이미 사라지고 없었다. 밤이면 밤마다, 해 질 녘부터 다음 해 질 녘까지, 온 영토가 화덕인 듯 계속해서 바짝 말라붙기만 했다. 하천은 바닥을 드러내어 한때 물이 지나던 곳에는 달궈진 매끄러운 자갈들만 남아 있었다. 그리고 검은 물과 수생 식물들로 빽빽하던 습지는, 한때는 선단船團처럼 거대한 수생 군집이었지만 이제는 삼실 부스러기처럼 올이 풀어진 섬유의 망으로 반쯤 덮인 것처럼 보였고, 물결의 흔적대로 단단하게 주름진 점토질의 황무지로 변해버린 상태였다. 숲의 온 가장자리에는, 삼봉 촛대처럼 꼿꼿하던 선인장이 지금은 대지를 향해 절을 하는 것처럼 고개를 숙이고 있었고, 선인장의 두 팔은 아래로 떨어져 극도로 건조한 바닥을 향했는데 바닥은 어찌나 딱딱하던지 아주 작은 충격에도 소리가 울리곤 했다.

몇 날 며칠을 거듭하여, 멀리서 타는 연기에 주변이 자욱해지듯 뜨거운 김이 대지 위에 흘렀고, 눈이 멀 것 같은 새하얀 하늘에는 불덩이가 솟았으며, 한낮을 지나 오후가 되면 마치 숨이 막힐 듯한 거대한 숯불처럼 빛줄기도 없는 노란 태양이 증기에 싸인 채 떨어지기 시작하곤 했다.

아나콘다가 사랑해 마지않았던 그녀의 방랑하는 삶을 생각해본다면, 그녀는 가뭄의 영향을 덜 느낄지도 몰랐다. 바짝 말라가는 연못과 늪지대 저 너머 태양이 떠오르는 쪽에 그녀의 고향인 거대한 강, 시원한 파라나이바강이 반나절이면 닿을 거리에 있었기 때문이다.

그러나 이 보아뱀은 이제 자신의 강으로 가지 않았다. 전에는 조상의 기억이 닿는 모든 곳까지, 강은 그녀의 것이었다. 물, 폭포, 늑대들, 폭풍우와 고독까지도 모든 것이 그녀에게 속해 있었다.

지금은 아니다. 처음에는 한 인간이 무엇이든 보고 만지고 베고자 하는 보잘것없는 갈망을 품은 채 긴 통나무 배를 타고 강가 모래톱 너머에서 모습을 드러냈다. 다음에는 다른 인간들이, 그다음에는 더 많은 인간들이 나타났다. 인간들의 발길은 번번이 더 잦아졌다. 그들은 모두 냄새가 나고 지저분했으며, 마체테를 휘두르며 끊임없는 방화를 일삼는 더러운 놈들이었다. 그리고 그들은 항상 남쪽으로부터 강을 거슬러 올라왔다……

그곳으로부터 여러 날 걸리는 곳에서 파라나이바강은 다른 이름—파라나강—으로 불렸고, 그녀도 그것을 잘 알고 있었다. 하지만 저 너머로, 언제까지나 흘러내려 가는 물의 불가해한 심연 쪽으로 그 끝이 있을 수도 있지 않을까? 영원히 내려가기만 하는 물길을 가로질러 저지할 수 있는 거대한 바윗덩어리가 있을 수도 있지 않을까?

분명히 그곳으로부터 인간들이 왔고, 목재 운반용 마차가 왔으며, 밀림을 오염시키는 줄 풀린 노새들이 왔다. 그녀가 파라나이바강의 물길을 닫아버릴 수만 있다면! 야생의 고요를 되돌려줄 수만 있다면! 그렇다면 과거의 쾌락을, 어두운 밤에 수증기가 올라오는 물 위로 고개를 3미터쯤 쳐들고 휘파람을 불며 강을 건널 때의 기쁨을 되찾을 수 있으련만……!

그렇다. 강물을 막을 수 있는 장벽 만들기……

돌연 그는 수생 식물군群에 생각이 미쳤다.

아나콘다가 살아온 생애가 그리 긴 것은 아니었다. 하지만 그녀는 두세 번 물이 크게 불어나 수백만의 뿌리 뽑힌 통나무와 수생 식물군들과 거품과 진창이 파라나강으로 밀려들었던 때를 알고 있었다. 그 모든 것들이 다 어디로 가서 썩어갔을까? 식물들의 거대한 무덤이라면 배수를 막을 수 있을까? 전례 없는 범람이 모든 수생 식물들을 저 미지의 심연의 구덩이에다 쏟아낸다면 강물을 막을 수 있을까?

그녀는 또렷이 기억하고 있었다. 1883년의 증수增水, 1894년의 홍수…… 그리고 11년을 큰비 없이 지나갔다면, 열대 지방은 그녀가 목구멍 속에서부터 느끼는 것처럼 대홍수에의 갈증을 느끼고 있음이 분명하였다.

대기를 느낄 수 있는 뱀 특유의 감각이 그녀의 비늘에 희망의 잔물결을 일으켰다. 그녀는 임박한 대홍수를 예감했다. 그리하여 또 다른 페드로 엘 에르미타뇨*처럼, 아나콘다는 개울들을 따라, 강의 수원水原들을 따라 돌며 재빠르게 십자군 전쟁을 공표했다.

그녀의 서식지에서 보통 가뭄은 드넓은 강 유역에 전체적으로 오는 것은 아니었다—쉽게 이해할 수 있는 일이다. 그래서 그녀의 코는 아마존 빅토리아 수련 위나 습지의 높은 습도 안에서도, 제 몸 위로 흙을 뭉쳐 굴을 파는 작은 개미들이 멀리

---

* Pedro el Ermitaño: 은자隱者 페드로. 프랑스어로는 피에르 레르미트 또는 피에르 드 아미앵(1050~1115). 프랑스 수도사로, 십자군 사상의 창시자로 불릴 만큼 전설적인 인물이다.

서 내뿜는 포름산 증기까지도 재빨리 맡을 수 있을 만큼 넓어져 있었다.

아나콘다가 동물들을 설득하는 데에는 큰 힘이 들지 않았다. 인간은 예전에도 그랬고, 지금도 그러하며 앞으로도 그러하듯 밀림의 가장 잔인한 적이다.

"…… 막는 거지요, 그러니까, 강의 물줄기를." 계획을 길게 밝히고 난 후 아나콘다가 결론을 내렸다. "인간들은 더 이상 여기까지 도달하지 못할 거에요."

"하지만 비가 와야만 하는 거죠?" 물쥐들이 반론을 제기했고, 의심의 눈초리를 숨기지 않았다. "비가 올지 안 올지 우리는 알 수 없잖아요!"

"올 겁니다! 상상하는 것보다 더 빨리요. 저는 압니다!"

"그녀는 알죠." 독사들이 확신을 심어주었다. "그녀는 인간들 사이에서 살아왔어요. 그녀는 인간들에 대해 잘 알고 있습니다."

"그래요, 전 그들을 잘 알죠. 그리고 하나의 수생 식물군은, 단 한 무리라고 해도, 강물이 크게 불면 표류하게 된다는 것도 압니다. 불어난 물과 함께 인간들이 사는 곳을 덮친다면 바로 그 수생 식물군 위가 한 인간의 무덤이 되는 셈이죠."

"저도 벌써 그렇게 생각하고 있었습니다!" 독사들이 부드럽게 미소 지었다. "어쩌면 인간 둘의……"

"어쩌면 다섯의……" 그들 옆 안쪽에 있던 늙은 재규어 한 마리가 하품을 하며 말했다. "하지만 말해주시오." 기지개를 켜며 아나콘다를 향해 직접적으로 물었다. "수생 식물군들이 강물을 막을 정도에 이를 수 있다는 확신이 있소? 정말 궁금해서 질문하는 거요."

"당연히 여기 있는 수생 식물군들로는 어림없지요, 사방 8백 킬로미터가 넘는 지역에서 모두 벗겨낸다고 해도 안 될 겁니다…… 하지만 솔직하게 말하지요, 당신은 방금 내가 유일하게 걱정하고 있는 것을 질문하신 거예요. 그렇지요! 안됩니다, 형제들이여! 파라나이바강과 리오그란데강 유역과 그 모든 지류의 모든 수생 식물군들을 모아도, 강줄기 저 아래에 40여 킬로미터의 긴 벽을 만들지는 못할 것입니다. 그 이상을 계산에 넣지 않을 정도로 멍청하다면, 저는 진작에 마체테를 든 농부의 발밑에 늘어져 있었을 것입니다…… 하지만 저는 비가 전 지역에 내려 파라과이강 유역도 범람할 것이라는 큰 희망을 품고 있습니다. 여러분들은 그곳을 잘 모르시겠지요…… 아주 거대한 강입니다. 그곳에 비가 온다면, 여기에 내릴 비처럼 멈춤 없이 세차게 내린다면, 우리의 승리는 확실한 것입니다. 형제들이여. 그곳에는 우리가 일생을 다 바쳐 누벼도 결코 다 돌아보지 못할 만큼의 수생 식물군 습지가 있습니다!"

"아주 좋은 얘기네요……" 심한 졸음을 무겁게 이고 있는 악어들이 수긍했다. "그곳은 아름다운 나라죠…… 하지만 그곳에도 역시 비가 내렸는지 우리가 어떻게 알 수 있을까요? 우리네 발은 이렇게나 미약한데……"

"아니죠, 가엾은……" 아나콘다가 미소 지었다. 카르핀초*

* 설치류 중에서 몸집이 가장 큰 동물. 남미 열대지방의 초원에 주로 서식한다.

들—신중하게도 아나콘다로부터 10미터쯤 떨어져 앉아 있던—에게로 아이러니하다는 듯 시선을 옮기던 아나콘다가 계속해서 말했다. "우리가 그렇게 멀리까지 가지는 않을 거예요…… 아무 새나 한 마리가 그곳에 가 있다가 좋은 소식이 있으면 가지고 오는 거죠. 세 번의 비행을 하면 여기 올 수 있을 거라 생각합니다만……"

"우리는 아무 새가 아닙니다." 투칸*들이 말했다. "그리고 우리는 백 번을 비행해서 오게 될 겁니다. 왜냐하면 우리는 잘 날지 못하니까요. 그런데 우리는 그 누구도 두려워하지 않습니다. 우리가 날아서 올게요, 아무도 우리보고 하라고 하지 않으니, 우리가 그렇게 하고 싶군요. 그 누구도 우리는 두려워하지 않으니까요."

그러고는 숨을 가다듬고 나서, 투칸들은 푸른색 테두리가 쳐진 황금색의 커다란 눈으로 침착하게 모두를 바라보았다.

"나머지 새들은 두려움을 가졌다는 거군요……" 납빛을 띤 남미수리가 졸음에 몸을 부풀리며 살그머니 끽끽거렸다.

"당신들한테 하는 말도 아니고, 그 누구한테 하는 말도 아니에요. 우리들의 비행 거리는 짧지요. 하지만 두려움은, 없어요." 다시 한번 모두에게 증인이 되어달라는 듯 투칸들이 고집했다.

"좋아요, 좋아……" 답답하게 이어지는 토론을 보다 못한 아나콘다가 끼어들었다. 밀림에서 자질에 대해 장황하게 늘어놓

---

* 남미에 사는 부리가 커다란 새.

는 말을 듣는 것은 언제나 신물 나는 일이었으니까. "아무도 두려워하지 않아요, 누구든지요. 그건 우리가 이미 다 알고 있잖아요…… 그리고 존경스러운 투칸들은! 돌아올 거에요, 와서 우리에게 동맹 유역의 날씨를 알려줄 것입니다."

"우리가 하겠습니다. 우리가 좋아서 하는 일이니까요. 하지만 아무도 우리보고 하라고 하지는 않는군요." 투칸들이 이야기를 원점으로 돌렸다.

이렇게 계속하다가는 투쟁 계획은 너무 금방 잊힐 것이었다. 아나콘다는 그 점을 잘 알고 있었다.

"형제들이여!" 그녀가 쉭 하는 진동음과 함께 몸을 꼿꼿이 세웠다. "우리는 쓸데없이 시간을 허비하고 있어요. 우리는 모두가 동등합니다, 하지만 함께여야만 하지요. 우리 각자는 따로따로 있으면 큰일을 하지 못해요. 뭉치면 우리는 열대지방 전체가 됩니다. 인간을 향해 우리를 내던집시다, 형제들이여! 인간은 모든 것을 파괴합니다! 잘려야 할 것들, 더럽혀져야 할 것들은 아무것도 없습니다! 우리의 터전 전부를 강에다 던집시다! 비와 함께, 동물과 함께, 수생 식물군과 함께, 열병과 함께, 그리고 독사들과 함께! 강줄기를 막게 될 때까지 수풀을 강에 내던집시다! 우리의 모든 것을 뽑아내어, 필요하다면 사생결단의 각오로 우리의 뿌리까지 뽑아내어 저 아래 물길에 열대를 내던집시다!"

뱀의 어조는 언제나 유혹적이었다. 밀림은 열광의 도가니가 되어 한목소리로 들고 일어났다.

"맞습니다, 아나콘다! 옳소! 우리 모두 다 같이 강으로 뛰어

듭시다! 내려가요, 내려갑시다!"

아나콘다는 마침내 안도의 한숨을 쉬었다. 전투는 승리할 것이다. 한 지역 전체의 영혼—이렇게 부르자—이, 그 지역의 기후와 동식물과 함께 한마음이 되는 것은 원래 어려운 일이다. 하지만 지독한 가뭄의 시험에 들어 모두의 신경이 팽팽하게 긴장되었을 때에는, 대홍수라는 자비로운 해결책만큼 확실한 동기 부여가 되는 것은 없다.

* * *

하지만 그 거대한 보아뱀이 그녀의 서식지로 돌아갔을 때 가뭄은 이미 극한에 달해 있었다.

"그래서 잘되고 있는 건가요?" 근심 어린 짐승들이 질문했다. "그곳에서도 우리 생각에 동의한대요? 또다시 비가 올까요? 말해주세요. 확신하나요, 아나콘다?"

"확신합니다. 이 달이 이지러져 그믐달이 되기 전에 우리는 숲으로부터 물을 머금은 천둥소리를 듣게 될 겁니다. 물입니다, 형제들이여, 그리고 그 물은 그리 금방 그치지 않을 겁니다!"

이 마법적인 목소리. 물! 밀림 전체가 외쳤다. 비통한 메아리처럼.

"물! 물!"

"그렇습니다, 굉장히 큰 물입니다! 하지만 바람이 윙윙 소리를 낸다고 해서 성급히 뛰어들지는 맙시다. 우리는 매우 귀중

한 동맹 지역과 함께해야 합니다. 그리고 때가 오면 그들은 우리에게 전령을 보낼 것입니다. 끊임없이 하늘을 철저하게 확인하십시오, 북서쪽을요. 그곳에서 분명히 투칸들이 옵니다. 그들이 오면, 승리는 우리 것이죠. 그때까지만 참읍시다."

하지만 피부가 건조해져 갈라 터진 존재들에게, 결막염으로 눈이 벌게진 존재들에게, 전에는 생기 넘치게 종종걸음을 쳤으나 이제는 네 발을 질질 끌고 다니는 존재들에게 어떻게 계속 참으라고 요구할 수 있을까? 길을 알려줄 그 어떤 나침반도 없이?

연일 태양은 진흙 위에 견디기 힘든 광채를 뿌리며 솟아올랐고, 핏빛 증기 속에 질식한 채 가라앉았다. 한 줄기 희망도 없었다. 밤이 내리면, 아나콘다는 무정한 북쪽으로부터 비 소식은 없는지, 먼 곳에 떨어지는 빗줄기의 미세한 진동이라도 수면에 느껴지는지 보려고 파라나이바강의 그늘로 미끄러져 갔다. 나머지 동물들, 그나마 덜 지친 동물들은 강변에까지 기어나와 있었다. 그리고 모두 함께, 잠도 잊고 배고픔도 잊은 채, 젖은 땅의 가장 미약한 냄새라도 미풍 속에 실려 오지 않을까 열망하면서—인생 그 자체가 그런 것처럼—밤을 보냈다.

드디어 어느 날 밤, 마침내 기적이 일어났다. 다른 무엇과도 혼동할 수 없이 분명하게, 바람이 비보다 먼저 불어와 저 가엾은 이들에게 흠뻑 젖은 이파리에서 옮게 피어난 김을 실어 날랐다.

"물이다! 물이야!" 비탄에 잠겼던 지역으로부터 다시 외침이 들렸다. 다섯 시간이 지나 동틀 무렵의 고요 속에서 어떤 소리가 들렸을 때 행복은 이제 분명해졌다. 그 소리는 아직은 아주 멀리서 들려오는 것이었지만, 마침내 큰비가 쏟아져 내리는 밀림의 먹먹한 천둥소리였다.

그날 아침에도 해는 빛났지만 노란색이 아니라 오렌지색을 띠고 있었고, 정오가 되자 더 이상 해는 보이지 않았다. 그리고 비가 왔다. 마치 산화은처럼 아주 진하고 불투명하고 허연 비가 목마른 대지를 적셨다.

열흘 밤낮을 계속해서 수증기가 아른거리는 밀림 위로 장맛비가 가늘게 내렸다. 그리고 견딜 수 없이 빛나던 황무지였던 곳에 이제는 지평선까지 액체로 된 하얀 무명천이 곱게 드리워졌다. 수생 식물이 다시 싹이 터 합해지니 아주 평평한 녹색 뗏목들이 강 위에 군데군데 떠 있는 것 같았고 그 뗏목들이 다시 자매들과 서로 손을 잡으려는 듯 물 위에서 팽창하는 모습이 육안으로 보일 정도였다. 그런데 며칠이 지나도 북서쪽에서 특사는 오지 않았고, 불안은 다시금 미래 십자군들의 마음에 근심을 불러일으켰다.

"오지 않을 거야, 절대로!" 모두가 외쳤다. "돌진합시다, 아나콘다! 얼마 안 가 때를 놓치게 될 겁니다. 비가 그치고 있어요."

"비는 다시 올 겁니다. 참읍시다, 형제들이여! 그곳에 비가 오지 않는다는 건 있을 수 없는 일입니다! 투칸은 잘 날지 못해요. 그들이 스스로 그렇게 말했잖아요. 아마 오고 있을 겁니다. 이틀만 더 기다려봅시다!"

짐짓 그렇게 믿음을 내비치기는 했지만, 아나콘다도 못 미덥

긴 마찬가지였다. 만약 투칸들이 수증기를 가득 머금은 밀림의 안개 속에서 길을 잃은 거라면? 그리고 만약 생각지도 못한 불운으로, 북쪽 지방에만 대홍수가 오고 북서쪽 지방에는 대홍수가 오지 않았다면? 어쨌든 반나절 거리의 파라나이바강에서는 지금 비가 폭포수처럼 쏟아져 강의 지류들에 물을 들이붓고 있었다.

마치 노아의 방주에서 날린 비둘기가 물고 올 희망을 기다리듯, 근심 어린 짐승들의 눈은 한눈팔 새도 없이 북서쪽만을, 그들의 원대한 과업을 알려줄 하늘만을 바라보았다. 아무 소식도 없었다. 그러다 마침내 희뿌연 소나기 사이에서, 젖은 채로 또 추위에 몸이 굳은 채로, 투칸들이 까악까악 울면서 모습을 드러냈다.

“큰비가 옵니다! 유역 전체에 비가 골고루 내리고 있어요! 모든 곳이 물 때문에 허옇다고요!”

그리고 거친 함성이 전 지역을 휩쓸었다.

“내려갑시다! 승리는 우리 것이오! 즉각 돌진!”

그리고 이제 때가 왔다—이제는 그렇게 말할 수 있을 것이다. 왜냐하면 이제 그들이 있는 곳에서도 파라나이바강이 강의 원래 경로를 벗어나 흘러넘치고 있었기 때문이다. 강으로부터 거대한 늪으로 물이 흘러 들어갔고, 소택지는 이제 고요한 바다가 되어 수생 식물군이 연한 잎을 살랑거리고 있었다. 북쪽에서는 범람의 압력을 받아 녹색 뗏목의 바다가 우아하게 강을 따라 흘렀고, 수풀을 훑으며 커다란 곡선을 그리더니 천천히 남쪽을 향해 표류하다 강류의 빠른 흐름에 빨려 들어갔다.

이제 그 시간이 왔다. 아나콘다의 두 눈 앞에서, 온 지역이 습격을 위해 행군하고 있었다. 어제 태어난 아마존 빅토리아 수련이, 불그스레한 늙은 악어가, 개미와 재규어가, 수생 식물 군과 독사들이, 거북이와 끓는 거품과 뜨거운 열기가, 그리고 다시 쏟아져 내리는 대홍수의 기후 그 자체가 행군하고 있는 것이다—보아뱀에게 갈채를 보내며 밀림이 이동하고 있다! 거대하게 불어난 물의 심연을 향해.

그리고 아나콘다는 밀림이 차례차례 행군에 나서는 모습을 끝까지 지켜보고 나서, 자신의 차례가 되자 파라나이바강으로 미끄러져 가 물 위에 몸을 띄웠고, 거기에서 뿌리째 뽑힌 삼나무에 몸을 둘둘 말았다. 강류를 만날 때마다 빙글빙글 돌면서 강을 타고 내려갔고, 그녀는 마침내 미소를 지으며 안도의 한숨을 내쉬었다. 황혼의 빛에 유리알 같은 두 눈을 천천히 감으며.

만족스러웠다.

* * *

그리하여 미지의 땅을 향한 기적적인 여행이 시작되었다. 과이라 지방으로부터 저 멀리 거대한 분홍빛 사암 절벽 뒤로 강을 반쯤 막고 있는 곳이 있을 수도 있고 없을 수도 있으나, 그녀는 그것을 알 수는 없었다. 우리가 앞에서 보았듯이, 그녀는 타쿠아리강을 따라서는 파라과이강 유역에 한 번 가본 적이 있었다. 그러나 파라나강 중간부터 그 아래로는 전혀 모르는 곳이었다.

그럼에도, 평온했다. 지역의 풍경은 좁은 곳으로 흘러 들어가는 물 위에서 승리의 기운에 취해 춤추듯 내려가고 있었다. 정신도 맑았고 비에 상쾌해져, 거대한 뱀은 그녀를 잠재우는 허연 장맛비 아래에서 해먹에 누운 듯 흔들림에 몸을 맡겼다.

이런 상태로 고향의 젖줄 파라나이바강을 타고 내려가, 죽음의 강을 통과할 때쯤엔 소용돌이들이 좀 잦아드는 것이 언뜻 보였고, 겨우 졸음을 깨고 의식을 차렸을 때는, 둥둥 뜬 밀림 전체와 삼나무와 그녀 자신이 연무를 뚫고 과이라 지방의 비탈로 밀려들고 있었다. 과이라 지방의 폭포는 계단을 이루어 최종적으로는 깊이를 알 수 없는 경사면으로 내려앉았다. 긴 시간 동안 좁아져왔던 강은 다시 붉은 물과 깊게 뒤섞였다. 하지만 이틀을 더 앞으로 나아가니 높은 강둑이 다시 물을 갈랐고, 강물은 이제 기름이 퍼지는 모양으로, 소용돌이도 없고 아무 소리도 없이 수로를 따라 시속 9마일의 속도로 천천히 미끄러져 나아갔다.

새로운 나라였고, 새로운 기후였다. 이제 하늘은 쾌청했으며 해가 빛났으나 아침 안개가 피어올라 간신히 빛을 가렸다. 아나콘다는 아주 젊은 뱀이었기에 호기심 어린 두 눈을 떠 미시오네스 지방의 낮 풍경을 바라보았는데, 이제는 거의 흩어져버린 혼란스러운 첫번째 청춘 시절의 기억이 떠올랐다.

햇살이 처음 비칠 때 조금씩 흩어지는 우윳빛 안개 위로 떠오르는 강변을 다시 바라보았다. 통나무 배의 젖은 선미에 매달린 긴 솔과도 같은 그늘진 강어귀에 시선이 한참 머물렀다.

여울이 모여 큰 웅덩이를 이루는 곳에 닿자 눈의 표면에 물기가 어리더니 다시 한번 현기증이 왔다. 아나콘다가 탄 통나무는 매끄러운 곡선을 따라 멀미가 나게 빙글 돌더니, 강류에 걸려 다시 물거품이 일 때 피라냐의 피로 붉게 물든 물이 부글부글 끓어올랐다. 무엇이든 주조해내는 태양이 자신의 일을 다시 시작하자 그제야 오후의 풍경이 보였다. 태양은 하늘에 불을 질러 부채꼴의 노을을 만들어냈고, 그 중심에서 스스로 허옇고도 새빨갛게 달아올라 이글거렸다. 저 위 높은 하늘에는 하얀 뭉게구름이 고독하게 항해하고 있었는데, 구름의 모든 윤곽선을 불똥이 베어 물고 있었다.

모든 것이 그녀가 알고 있는 풍경이었지만 마치 꿈속의 안개에 싸여 있는 것 같았다. 특히 밤에는, 범람하여 내려가는 강물의 뜨거운 맥박을 느끼면서 흐르는 물에 몸을 맡기고 표류하다가, 갑작스레 어떤 불안에 몸서리치며 몸을 말았다.

삼나무는 예기치 못한 어떤 것, 최소한 강에서는 흔치 않은 어떤 것에 부딪혔다.

수면을 따라, 또는 반쯤 잠긴 채로, 크게 불어난 물에 쓸려가는 것이 무엇인지는 다들 알고 있다. 이미 여러 차례 아나콘다의 시야에 지나쳐 갔듯, 저기 북쪽 끝에서 익사한, 그녀도 잘 알지 못하는 동물의 사체가 까마귀의 날갯짓 아래 부리에 쪼이며 조금씩 가라앉곤 했다. 강류 때문에 그네처럼 흔들리던 높은 나뭇가지를 타고 기어오르던 수백 마리의 달팽이들을 보았고, 그런 달팽이들을 부리로 쪼아 깨뜨리는 뻐꾸기들도 보았다. 그리고 휘영청 밝은 달빛 아래, 카람바타 메기들이 수면 위로 등지느러미를 드러내고 열을 지어 강을 거슬러 오르다, 대포알에 맞은 것처럼 물을 튀기며 곧장 물속으로 풍덩 뛰어드는 모습도 목격했다.

크게 물이 불어났을 때 볼 수 있는 광경들이다.

하지만 그녀의 삼나무와 방금 맞닿은 것은 물속에 뜬 움막이었는데, 땅에 떨어진 오두막집의 지붕처럼 생긴 것이었다. 강류가 그 움막을 뗏목 같은 수생 식물군 위로 끌고 온 것이었다.

습지 위에 말뚝을 박아 지은 수상가옥인가? 물 때문에 말뚝이 무너진 건가? 저기에 가보면 혹시 저기 살던 조난된 사람이 있을까?

아나콘다는 한없이 주의를 기울이며, 비늘 하나하나 신중하게 움직여 물에 둥둥 뜬 그 섬을 한 바퀴 돌았다. 실제로 누군가 살고 있었다. 밀짚으로 된 움막 아래 한 남자가 누워 있었다. 그런데 목에 긴 상처가 드러나 보였고, 죽어가고 있었다.

긴 시간 동안 아나콘다는 꼬리 끝 1밀리미터조차 움직이지 않고 그녀의 적을 뚫어지게 바라보기만 했다.

분홍빛 사암 절벽으로 막혀 있는 그 강의 거대한 만灣에서, 보아뱀은 예전에 그 남자와 알고 지냈던 적이 있었다. 그 시절 이야기를 간직하고 있는 것은 아니라서 기억은 정확하지 않았다. 다만 그녀가 겪었던 모험의 비어 있던 부분이 우연한 계기로 세세하게 기억 속에서 깨어날 때마다, 불쾌한 감정이나 스스로에 대한 커다란 반감이 느껴질 뿐이었다.

다시 친구가 되는 일은, 결코 없을 것이다. 분명히 적이었다.

왜냐하면 인간들에 대항하여 이 싸움을 일으킨 것이었기 때문이다.

그런데도 아나콘다는 움직이지 않았다. 시간이 흘렀다. 그런데 그때, 아직은 어둠이 짙게 깔려 있었던 그때, 이 커다란 뱀은 부랴부랴 말았던 몸을 풀고서 뗏목 같은 섬의 가장자리까지 나아가 머리를 검은 물 쪽을 향해 쭉 내밀었다.

비린내가 났고, 독사들이 가까이 와 있다는 걸 느꼈다.

실제로, 독사들이 우르르 몰려왔다.

"무슨 일이지?" 아나콘다가 물었다. "범람 시에는 각자의 수생 식물군을 벗어나선 안 된다는 걸 잘 알고 있을 텐데."

"알지." 갑작스레 끼어든 독사들이 대답했다. "하지만 여기 인간이 있는걸. 그는 밀림의 적이야. 그에게서 떨어져, 아나콘다."

"뭣 하러? 그는 괜찮아. 저 남자는 다쳤어…… 죽었다고."

"그래 그게 너랑 상관있어? 그가 아직 죽은 게 아니라면, 곧 우리한테 죽을 목숨이야…… 길을 비켜주게, 아나콘다!"

거대한 보아뱀이 몸을 꼿꼿이 세우고는 목을 활처럼 깊게 구부렸다.

"괜찮다고 말했잖아! 뒤로 물러서! 저 아픈 남자는 내 보호 아래 두기로 했다! 가까이 다가오는 녀석은 조심하는 게 좋을 거야!"

"너나 조심해!" 독사들이 날카롭게 쉭 소리를 내며 외쳤고, 살기를 띠고 귀밑샘을 부풀렸다.

"뭘 조심하라고?"

"네가 하는 일을 조심하라고. 너는 인간들에게 팔렸구나……! 꼬리만 긴 이구아나 같으니!"

방울뱀이 쉭 소리를 내며 마지막 말을 막 내뱉었을 때, 보아뱀의 머리는 마치 성벽을 부수는 충차처럼 굉장한 힘으로 그 방울뱀의 턱뼈를 들이받아 아주 작살을 냈고, 방울뱀은 즉사하여 축 늘어진 배를 공기 중에 드러낸 채 둥둥 떠 갔다.

"조심하랬잖아!" 보아뱀의 목소리는 굉장히 날카로워졌다. "단 한 마리라도 여기 접근한다면, 미시오네스 지방 전체에 독사는 하나도 남지 않게 될 거야! 그래, 나 팔렸다, 비열한 녀석들아……! 물 쪽으로 물러서! 그리고 명심해! 낮이든 밤이든 그 어떤 시간이든 독사들은 인간 주위에 얼씬도 하지 말라고! 알았어?"

"알아들었어!" 어둠 속에서 커다란 야라라쿠수 독사가 침울한 목소리로 대꾸했다. "하지만 언젠가는 우리에게 이 빚을 갚아야 할 거야, 아나콘다."

"다른 시대에서나 가능하겠지." 아나콘다가 대답했다. "그리고 나는 이미 너희 중 누군가에게 그 값을 치른 것 같은데…… 맘에 들지는 않은 모양이지만. 너도 조심해, 아름다운 야라라! 이제부터는 두 눈 똑바로 뜨고 있으라고…… 잘 가게나!"

그런데 이번에도 역시 아나콘다는 만족스러운 느낌이 들지 않았다. 왜 그렇게 처신한 걸까? 목구멍이 벌어진 채 숨이 끊어져가는 저 남자—아무리 봐도 그냥 불행한 달품팔이일 뿐인데—랑 뭐가 엮여 있단 말인가? 아니 결코 엮일 일조차 없는데.

이미 날이 밝았다.

"아, 몰라!" 마지막으로 그 부상자를 멍하니 바라보던 거대한 보아뱀이 마침내 중얼거렸다. "이놈 때문에 쓸데없이 애먹을 게 뭐람…… 그냥 불쌍한 놈일 뿐이야, 삶이 고작 한 시간 정도 남아 있는 그런 모든 이들처럼 말이야……"

경멸하듯 꼬리를 흔들더니, 물에 둥둥 뜬 그 섬의 중앙으로 가 몸을 말았다.

그러나 온종일 한순간도 그녀의 눈은 수생 식물군 감시를 멈추지 않았다.

막 밤이 찾아오자마자, 수백만 마리의 익사한 개미들이 밑단을 떠받치고 있는 채로 표류하던 높은 원뿔 모양의 개미집이 그 뗏목 같은 섬으로 접근했다.

"우리는 개미들이야, 아나콘다." 그들이 말했다. "우리는 너를 비난하고자 여기 왔어. 밀짚 위에 있는 저 남자는 우리들의 적이야. 우리가 그를 본 건 아니지만, 독사들이 그가 저기 있는 걸 알고 있더라. 그녀들이 그를 봤대. 지붕 아래 잠들어 있다던데. 아나콘다, 그를 죽여."

"안돼, 자매들. 조용히 갈 길 가게나."

"지금 잘못하는 거야, 아나콘다. 그럼 독사들이 그를 죽이게 두든가."

"그것도 안 돼. 너희들, 물이 불어났을 때의 규칙 알지? 이 뗏목 섬은 내 거야. 그리고 이 안에 있는 건 바로 나야. 그만하자, 개미들."

"하지만 독사들이 모두에게 다 얘기했는걸…… 네가 인간들에게 팔렸다고 말하더라고…… 화내지 마, 아나콘다.”

“누가 그 말을 믿는 거야?”

“아무도 안 믿어, 그건 확실해…… 다만 재규어들은 기분이 좀 나쁜 것 같아.”

“아……! 그런데 왜 그들은 나한테 따지러 오지 않는 거야?”

“그건 우리도 몰라, 아나콘다.”

“나는 왜 그러는지 알지. 자, 어쨌든, 작은 자매들. 조용히 물러가, 그리고 모두 익사하지 않도록 조심하고. 곧 많은 이들이 필요하게 될 테니까. 그리고 너희들의 아나콘다에 대해서는 전혀 무서워하지 않아도 돼. 오늘도 나는 밀림의 충실한 딸이고, 그리고 영원히 밀림의 충실한 딸이 될 거야. 모두에게 그렇게 말해줘. 잘 자, 동지들.”

“잘 자, 아나콘다.” 작은 개미들이 급히 대답했다. 그리고 곧 밤의 어둠이 개미들을 빨아들였다.

아나콘다에게는, 독사들의 모략으로 밀림의 존경과 사랑이 자신을 떠나지 않도록 지성과 충절을 증명해 보일 일이 남아 있었다. 그녀가 모든 종種들 중에서 유독 방울뱀이나 야라라 독사에게 인색하게 군다는 걸 그 누구에게도 숨길 수 없었지만, 독사들이 이 범람에서 더할 나위 없이 중요한 역할을 맡고 있었으므로 보아뱀은 직접 한참을 헤엄쳐 독사들의 기분을 풀어주러 갔다.

“나는 전쟁을 하고자 하는 게 아니야.” 독사들에게 말했다. “어제도 마찬가지였지만, 작전이 계속되는 동안 나는 영혼과 육체 모두 이 불어난 물과 함께야. 단지 그 뗏목 섬은 내 것이란 거고, 거기서는 내가 하고 싶은 대로 하겠다는 거야. 그것뿐이야."

독사들은 대답 한마디 없었다. 마치 한마디 말도 듣지 못한 것처럼 상대에게 차가운 눈길조차 돌려주질 않았다.

"나쁜 징조야!" 멀리서 이 만남을 지켜보던 홍학들이 다 같이 꽥 하고 울었다.

"아이고!" 통나무에 기어오르던 악어들이 물을 뿜으며 탄식했다. "아나콘다를 가만히 내버려두자…… 그녀의 일이야. 그리고 그 인간은 틀림없이 이미 죽었을 거야."

하지만 그 남자는 죽지 않았다. 아나콘다가 이상하다고 여기는 사이, 사흘이 지났다. 임종의 순간에 찾아오는 숨이 꼴깍하고 넘어가는 소리는 들리지 않았다. 그래서 그녀는 경비를 서는 일을 그만둘 수가 없었다. 그런데 독사들이 더 이상 접근하지 못하도록 하는 일 말고도, 다른 생각들 때문에 아나콘다는 걱정이 되었다.

그녀의 계산에 따르면—물에서 사는 뱀이라면 누구나 그 어떤 인간보다도 수리水利에 대해 더 많이 알고 있다—, 이미 파라과이강이 가까이에 있어야 했다. 파라과이 강물이 엄청나게 불어나 끌고 들어올 수생 식물들의 환상적인 퇴적물이 없다면, 싸움은 시작하자마자 끝난 것이나 다름없다. 파라나이바강을 따라 내려오는 녹색 덤불이, 사라예스*의 거대한 늪지대에서 온 18만 제곱킬로미터 넓이의 수생 식물군을 옆에 두는 것이,

* 세계에서 가장 큰 습지인 브라질 판타나우 지역을 스페인어권에서 이르는 말.

파라나강을 가득 채워 물길을 막는 데에 있어서 얼마나 중요한 일이던가? 십자군 출정식에서 했던 아나콘다의 이야기 때문에 그 순간 함께 표류하고 있던 밀림의 구성원들도 모두 그 중요성을 알고 있었다. 그리하여 밀짚 움막이라든가 부상당한 인간이라든가 그로 인한 원한은 이 여행자들의 근심 속에 잊히고 말았고, 모두가 동맹 식물군이 오는지 알아보려고 몇 시간이고 물만 살피고 있었다.

그런데 만약 투칸들이—아나콘다는 생각했다—잘못 안 거라면? 하찮은 보슬비일 뿐이었는데 우리에게 알려야 한다는 생각에 너무 서두른 것은 아닐까?

"아나콘다!" 어둠 속 곳곳에서 목소리가 들렸다. "아직 물 소식을 알아보지 못하겠어? 우리 속은 걸까, 아나콘다?"

"그럴 리가 없어." 보아뱀이 대답했다. 침울한 표정이었다. "하루만 더 있으면 만나게 될 거야."

"하루만 더? 우리는 이 넓어진 강에서 기운을 잃어가고 있어. 또 하루 더 기다리라니……! 너는 늘 같은 말만 하잖아, 아나콘다!"

"좀 참읍시다, 형제들이여! 내가 너희들보다 훨씬 더 괴로워하고 있으니까 말이야."

다음 날은 몹시 건조한 대기까지 더해져 무척 힘든 하루였다. 하지만 거대한 보아뱀은 둥둥 뜬 섬 위에서 꼼짝도 하지 않은 채 망보는 일을 묵묵히 견디었고, 해 질 녘엔 물 위에 반사되어 마치 눈부시게 번쩍거리는 금속 막대기처럼 펼쳐진 햇빛이 그녀가 타고 있는 둥둥 뜬 섬을 환하게 비추었다.

그날 밤 어둠 속에서 아나콘다는 벌써 몇 시간 동안이나 뗏목 같은 섬들 사이를 헤엄쳐 다니며 조마조마하게 물만 들이마시다가, 갑자기 승리의 함성을 내질렀다.

표류해 오고 있는 광대한 뗏목 군단에서 전해져 온 것이 분명한, 올리덴의 수생 식물군에게서 나는 짠맛을 지금 막 알아본 것이었다.

"살았습니다, 형제들이여!" 그녀가 외쳤다. "이제 파라과이강이 우리와 함께 내려갑니다! 그곳에도 큰비가 왔어요!"

그러자 밀림의 사기는 기쁨에 하늘을 찌를 듯했고, 인접 지역의 범람을 박수로 맞이하였다. 아주 빽빽하여 마치 단단한 땅 같은 수생 식물군이 마침내 파라나강으로 입성하고 있었다.

* * *

다음 날 태양은 서사시와도 같은 위업을 이룰, 한 강물 위에 흘러넘치는 두 거대한 유역의 연합군 위에 빛을 비추었다.

식물들의 거대한 수상 군단이 흘러내려 가고 있었고, 섬들은 서로 붙어 굉장히 넓게 확장되어 강을 덮을 정도가 되었다. 열광적인 한목소리가 밀림 위를 떠내려가고 있었을 때, 강변에서 가까운 수생 식물군이 흐르던 물이 고인 곳에 빨려들어 방향을 잡지 못하고 빙글 돌았다.

"길을 내자! 길을!" 장애물 앞에서 불어난 물의 군단 전체가 요동치는 소리가 들렸다. 수생 식물군과 습격자들을 태운 통나무들이 마침내 강가 굴곡의 접선 방향으로 풀려나 그 흡인력으로부터 벗어났다.

"계속 갑시다! 길을 내요! 길을!" 한쪽 강가에서 반대쪽 강가에까지 소리가 울려 퍼졌다. "승리는 우리 것이다!"

아나콘다도 역시 그렇게 믿었다. 그녀의 꿈은 이제 막 실현될 찰나에 있었다. 자랑스러운 마음에 우쭐하여, 움막의 그늘 쪽으로 승리감에 찬 시선을 던졌다.

그 인간은 죽어 있었다. 상처의 위치도 변한 것이 없었고 손가락 하나 오그라들지 않았으며, 입도 다물지 않은 채였다. 하지만 확실히 죽어 있었고, 아마도 죽은 지 몇 시간은 된 것 같았다.

그러한 상황, 더없이 자연스럽고 기다려왔던 그 상황 앞에서 아나콘다는 뭔가 의아한 기분에 꼼짝도 할 수 없었다. 그것은 마치, 그의 인종과도 상관없고 상처와도 상관없이, 또 비참한 존재임에도 불구하고, 그 가무잡잡한 달품팔이가 그녀를 위해 보존되어야 했던 것처럼 보였다.

저 남자가 그녀에게 뭐가 중요했던 걸까? 그녀는 분명히 그를 방어해주었다. 그녀는 밤을 새우며 독사들로부터 그를 비호했고, 그늘 속에서 밀림의 적이 여생을 다할 수 있도록 지켜주었다.

어째서? 그러나 이유를 아는 것이 그녀에겐 그다지 중요하지 않았다. 죽은 자는 저기 움막 아래 그냥 머물러 있을 것이다. 그녀는 더 이상 그를 떠올리지도 않을 것이다. 오히려 다른 일들이 그녀를 불안하게 만들었다.

실제로 대범람의 운명 위에 아나콘다도 미처 예견하지 못한 위협이 닥쳐왔다. 더운물에 담겨 오랜 나날을 떠내려온 나머지, 물풀이 발효된 것이다. 물풀 틈 사이로 굵은 물거품이 표면으로 솟아올랐고, 씨앗들은 물컹해져 물풀에 온통 들러붙었다. 잠시 지대가 높은 강변이 물이 넘치는 것을 막았기 때문에 수상의 밀림이 강을 완전히 덮을 수 있었고, 강의 수로 전체에서 물은 보이지 않고 녹색의 바다만이 보이는 순간을 눈앞에 두고 있었다. 하지만 지금은 지대가 낮은 강변을 만나면서 불어났던 물은 처음의 기세가 꺾였고, 범람하기 쉬운 내륙 방향으로 힘없이 흘러나갔다. 마치 덫에 걸린 것처럼 물길이 땅 쪽으로 펴져 나간 것이다.

그리고 더 아래쪽에서는, 거대한 뗏목 같던 수생 식물군들이 흐르던 물이 고이는 곳의 힘을 이기지 못하고 여기저기서 찢어지고 있었다. 그리고 깊은 강어귀 곳곳에서 번식의 꿈이 샘솟기 시작했다. 대기의 달콤함과 살랑거림에 취한 수생 식물들이 강변의 역류에 유순하게 길을 비켜주었고, 거대한 쌍곡선을 그리며 파라나강을 부드럽게 타고 올라가 마침내 강변을 따라 길게 늘어서더니 꽃을 피우기 위해 움직임을 멈추고 말았다.

거대한 보아뱀도 그간의 홍수를 다 겪고 찾아온 이 번식에의 안락한 꿈에서 벗어날 수 없었다. 둥둥 뜬 그 섬의 이쪽저쪽으로 가보았으나, 어느 곳에서도 평온을 찾지 못했다. 그녀 가까이에, 거의 그녀 바로 옆에, 죽은 그 남자가 썩어가고 있었다. 아나콘다가 매 순간 그에게 접근할 때마다, 밀림의 어느 한 구석에서처럼 부패의 열기가 들숨에 느껴졌다. 그녀는 그냥 뜨거운 배를 안고 물 위를 미끄러져 가려고 했다. 고향에서의 봄의 나날들처럼.

그런데 물은 이미 너무 시원해져서 적당한 장소가 아니었다. 지붕 밑 그늘엔 죽은 달품팔이가 고이 잠들어 있었다. 저 죽음이 최종적인 결말일까? 그 이상 무언가가 있지 않을까? 그녀가 지샌 밤들은 정말 쓸데없는 것일까? 아무것도, 그에게는 아무것도 남은 게 없을까?

조금씩 조금씩, 그리고 천천히 아나콘다는 그 자연이 만든 신전 앞에 자리를 잡았다. 이내 그녀의 몸을 말기 시작했다. 그리고 그녀가 마치 자신의 목숨인 것처럼 지켜왔던 그 남자의 옆에서, 그가 썩어가며 발하는 번식을 자극하는 열기—어쩌면 밀림은 이미 이해하고 있었겠지만, 그가 감사하는 마음으로 사후死後에 공헌을 한 것이다—에, 아나콘다는 알을 낳기 시작했다.

* * *

사실상 범람은 패배했다. 연합한 두 유역이 얼마나 광대했든, 대홍수가 얼마나 맹위를 떨쳤든, 식물군의 정열이 불타올라 크게 불어났던 물의 기운은 그 힘을 잃고 말았다. 여전히 수생 식물군들은 떠내려가곤 했다. 그것은 분명했다. 하지만 살아 숨 쉬던 목소리, "길을 내자! 길을!" 하고 외치던 목소리는 완전히 사라지고 없었다.

아나콘다는 더 이상 꿈꾸지 않았다. 처참히 실패했다는 것을 받아들였다. 그러고 나자 느낌이 왔다. 저 무한한 곳으로 가면서, 강줄기를 닫기는커녕 범람은 점차 약해지다 사라질 것임을. 아나콘다는 그 남자의 열기를 온전히 받으며 계속해서 생명을 품은 알을 낳았다. 종을 번식시킬 희망의 알들이었으나, 그녀 자신에 대해서는 어떤 희망도 품지 않았다.

끝이 없는 차가운 물 속에서 이제 수생 식물군들은 서로 분리되었고, 수면을 따라 끝없이 사방으로 흩어졌다. 둥글고 긴 강의 물결이 찢겨버린 밀림을, 화합을 이루지 못하도록 넘실넘실 흔들었고, 육지 동물들은 소리 없이 방향도 상실한 채 거대한 라플라타강 어귀의 냉기 속에서 얼어붙어 점점 가라앉고 마는 것이었다.

거대한 선박들—승리자들—이 멀리서 깨끗한 하늘에 연기를 피워 올리고 있었고, 깃털 장식처럼 하얀 증기를 내뿜는 작은 증기선 하나가 부서진 섬들을 보며 호기심을 가졌다. 아직은 멀리 있었지만 아득하게 먼 하늘의 선명한 색 위로, 뗏목 같은 섬 위에서 몸을 꼿꼿이 세운 아나콘다가 뚜렷하게 보였다. 거리 때문에 작아 보였을 뿐, 그녀의 10미터 길이의 다부진 몸은 호기심을 가진 사람들의 주의를 끌기에 충분했다.

"저기 봐!" 작은 증기선에서 다급한 목소리가 높이 울렸다. "저기 저 뗏목 같은 섬에! 거대한 독사가 있어!"

"와, 엄청난 괴물이다!" 다시 한번 외쳤다. "잘 봐! 쓰러진 움막이 있어! 분명히 저기 살던 사람을 죽였을 거야!"

"아니면 산 채로 집어삼켰겠지! 이런 괴물들에게 자비란 없어. 총알 한 방 제대로 먹여 저 불행한 사람의 복수를 하자."

"제발, 더 가까이 가면 안 돼!" 처음으로 말했던 사람이 소리

질렀다. "괴물이 잔뜩 성이 난 게 틀림없어. 우리가 보이는 즉시 우리에게 달려들 수 있다고. 여기서 겨냥할 수 있는 게 확실해?"

"보자…… 첫 발을 쏴보는 거야 어렵지 않지……"

그곳, 이제 막 떠오르는 태양이 녹색이 점점이 박힌 거대한 강어귀를 금빛으로 물들이고 있는 곳에서, 아나콘다는 하얀 증기를 깃털처럼 내뿜는 배를 보았다. 그녀는 그 배를 별생각 없이 바라보다, 그 작은 증기선의 뱃머리에서 조그마한 눈송이 모양의 연기가 눈에 또렷이 들어왔다—그리고 그 순간 그녀의 머리는 그 뗏목 같은 섬의 나무 기둥에 부딪혔다.

보아뱀은 다시 몸을 세우며 이상한 생각이 들었다. 그녀의 몸 어딘가에 건조하게 툭 하는 작은 타격이 느껴졌는데, 아마도 머리인 것 같았다. 그게 어떤 건지 그녀는 설명할 길이 없었다. 그럼에도 어떤 것이 그녀를 뚫고 지나갔다는 인상을 받았다. 처음에는 몸에 힘이 풀리며 졸음이 느껴졌다. 그리고 다음에는 목이 흔들리는 것 같은 느낌이었다. 마치 사물들이—그녀의 머리가 아니라—춤추기 시작하는 것 같았고, 시야가 흐려졌다.

곧이어 그녀의 눈앞에 고향 밀림의 풍경이 파노라마처럼 생생하게 펼쳐졌다. 하지만 시간의 역순이었다. 그리고 그녀 위로 달품팔이의 미소 짓는 얼굴이 투명하게 떠올랐다.

"너무 졸려……" 아직은 눈을 뜨려고 애쓰며 아나콘다는 생각했다. 거대하고 푸르스름한 그녀의 알들은 움막에서 굴러 나와 뗏목 전체를 덮었다.

"잘 시간이 된 거야……" 아나콘다가 중얼거렸다. 그리고 그녀의 알이 늘어서 있는 옆으로 길게, 머리를 부드럽게 내려놓아야지 하고 생각하면서, 최후의 꿈의 바다에서 바닥으로 픽 쓰러졌다.

「귀환」이라는 제목으로 『국민*La Nación*』에 수록(1925. 2. 1.)

유배자들

미시오네스 지방은 모든 국경 지방이 그런 것처럼 그림처럼 아름다운 인물이 넘쳐난다. 그 인물들이 대개 그렇게 특별해지는 것은 그들이 당구공과 닮아 있기 때문이다. 그들은 온갖 종류의 회전을 품고 태어난다. 그리고 보통 쿠션에 먼저 맞는다. 그러면 공들은 정말 예기치 못한 방향으로 움직이게 된다. 그렇게 후안 브라운은 몇 시간 정도 유적을 둘러보러 왔다가 그곳에서 25년을 머무르게 되었고, 엘세 박사는 오렌지주를 증류하다 그의 딸을 쥐와 혼동하였으며, 화학자 리벳은 연료용 알코올을 과음한 나머지 마치 램프의 불이 꺼지듯 그의 생명의 불꽃도 꺼지고 말았다. 그리고 다른 많은 인물들도 그런 회전이 걸린 당구공처럼 주어진 상황에 가장 의외의 방식으로 반응했다.*

---

* 이 단편소설의 시작 부분에 간략하게 소개하는 인물들은 다른 작품에서 주인공으로 등장한다. 후안 브라운과 리벳은 「타콰라 대나무 저택」, 엘세 박사는 「오렌지주를 증류하는 사람들」의 등장인물이다. 키로가의 작품 속 인물들은 키로가가 자주 들렀던 산이그나시오의 술집에서 만난 실제 모델들에게서 나왔다.

벌목을 하고 마테차밭을 일구던 모험의 시대에 알토 파라나 지방은 색이 아주 풍부한 인물들의 활동 무대였다. 30년이 흐른 지금 우리는 그들 중 두셋의 이야기를 알게 되었다.

그들 중 두각을 나타내는 한 노상강도가 있었는데 그는 인간의 생명조차 너무 가벼이 여겨, 길을 지나는 사람을 향해 스스럼없이 윈체스터 라이플총을 쏘아대곤 했다. 코리엔테스 사람인 그는 조국의 관습과 말이 뼛속 깊이 박혀 있었다. 그의 이름은 시드니 피츠 패트릭이었고, 옥스퍼드 졸업생보다도 더 높은 문화적 소양을 지니고 있었다.

같은 시기에 속하는 인물로 족장 페드리토가 있었다. 그가 이끄는 인디오 부족은 작업장에서 초창기 작업용 바지를 사 입었다. 족장은 인디오 같지 않은 얼굴이었지만 아무도 그가 기독교도의 언어를 한 마디라도 쓰는 것을 들은 적이 없었다. 그런데 그의 옆에서 한 남자가 라트라비아타의 아리아를 휘파람으로 불던 날, 족장은 잠시 주의를 기울이더니 잠시 후 완벽한 스페인어로 이렇게 말했다.

"라트라비아타…… 나는 몬테비데오에서의 초연에 갔었다네, 59년도에……"

당연히도, 더구나 금광 지대나 고무나무 채취 지역에서라면 이런 낭만적인 색채를 지닌 인물이 많지는 않겠지만, 이구아수강 북쪽으로 문명이 전진해 들어가던 초창기에는, 이야기할 만한 가치가 있는 몇몇 인물들이 활동했었다. 때는 과이라 지방의 벌목장과 마테차밭을 일구기 위한 야영지에 커다란 거룻배들이 보급품을 조달하던 때였다. 그 배들은 몇 달 동안이나 지옥 같은 강류를 거슬러 버티며 밧줄로 끌어 올려진 배들이었다. 그런데 망가진 상품들과 육포, 노새와 사람들의 무게 때문에 뱃전에서부터 가라앉아, 어쩔 수 없이 사람들은 화물을 던져버리곤 했고, 어떤 경우에는 배를 가장 고요한 침묵 속에 버려둔 채 열 줄기의 타콰라 대나무 위에서 표류하면서 사람들만 홀로 되돌아가기도 했다.

흑인 주앙 페드로도 이런 초창기 달품팔이들의 일원이었고, 우리에게까지 인연이 닿게 된 그 시대 인물들 중의 하나다.

주앙 페드로는 바지를 무릎까지 걷어 올린 채 어느 날 정오에 숲에서 나와 강에 다다랐다. 장군 계급으로서, 여덟에서 열 명 정도의 그와 같은 차림의 브라질 사람들을 이끌고 있었다.

그 시기에는—지금도 그렇지만—브라질 사람들은 미시오네스 지방으로 넘어오곤 했다. 혁명이 일어날 때마다 패하여 도주하는 무리의 사연이 항상 외국 땅에서 마체테의 핏자국을 닦는 것으로 끝나는 것은 아니었다. 보잘것없는 병사 주앙 페드로가 장군으로 진급한 것은 숲을 아주 잘 알고 있다는 사실 때문이었다. 쫓기는 상황에서 도망자들은 조그마한 생쥐들처럼 원시림 속을 쥐구멍 드나들 듯 몇 주일을 헤매고 다녔다. 그 후 그 브라질 사람들은 드디어 파라나강에 다다라, 눈을 아프게 할 정도로 희게 빛나는 물빛에 눈이 멀 것 같아 눈을 찡그렸다. 숲길은 거기서 결국 끊겨 있었다.

이제 모여 있어야 할 동기가 없었으므로, 사람들은 뿔뿔이 흩어졌다. 주앙 페드로는 파라나강을 거슬러 벌목장까지 갔다. 거기서 짧은 기간 일을 했는데, 그 기간은 그에게 있어 큰 부침이 있었던 때는 아니었다. 그런데 우리는 그가 별 탈 없이 지내던 시기는 그게 마지막이었다는 것을 알게 된다. 왜냐하면 그때로부터 얼마 후 주앙 페드로는 측량 기사를 따라 밀림 안으로 깊숙이 들어갔었는데, 그 여행 이야기는 아래와 같은 표현으로, 아래와 같은 국경 지방 언어로 끝이 났기 때문이다.

"그러고 나서 우리느-ㄴ 대리-입이 좀 있었어…… 그리고 둘 중에서, 하나만 돌아온 거지."

그 후 몇 해가 지나는 동안, 그는 한 외국인의 가축을 돌보는 일을 했다. 일하는 곳은 그곳 산맥의 목초지였는데, 그의 목표는 오직 소금을 공짜로 얻은 뒤 그것으로 사냥터로 쓸 땅의 염분 함량을 높여서 재규어를 유인하는 것이었다. 지주가 결국 그의 송아지들이 재규어 사냥을 위한 전략의 희생양이 되어 염분이 부족해 병들어 죽어간다는 것을 눈치채고는, 농장 관리인 주앙 페드로에게 심한 말을 퍼부었다. 이 남자는 그 순간에는 아무 대답도 하지 않았다. 하지만 다음 날에 주민들이 밀림 통행로에서 그 외국인을 만났고, 말린 마테찻잎 더미를 털듯 마체테의 넓은 면으로 그를 흠씬 두들겨 팼다.

이번에도 역시 우리의 그 남자 주앙 페드로가 털어놓은 말은 간결했다.

"여기-ㄴ 우리 땅이라는 걸 그가 잊은 거지…… 그 프랑스인은 털어내야 할 잔가지인 거야……

지주는 이탈리아인이었다. 하지만 별 차이는 없었다. 주앙 페드로에게 국적이란 모든 외국인을 지칭하는 포괄적인 말이었으니까.

몇 해가 지났다—그 사이 나라가 바뀌었는데, 따로 설명할 필요는 없을 것이다. 이제 이베라 지방의 농장으로 향하는 그 전직 장군 주앙 페드로를 만나보자. 그 농장의 주인은 급료를 요구하는 막일꾼들에게 이상한 방법으로 돈을 지불하는 것으로 명성이 자자했다.

주앙 페드로는 자신의 노동력을 제공하기로 했고 농장주는 그를 받아들였는데, 농장주의 말투는 다음과 같았다.

"어이 자네, 깜둥이, 고수머리, 자네에게 2페소와 당밀 덩어리를 급료로 지불하도록 하지. 월말에 급료 받으러 오는 걸 잊지 말게나."

주앙 페드로는 나오며 살짝 눈을 흘겼다. 월말이 되어 그가 급료를 받으러 가자 농장주는 그에게 이렇게 말했다.

"손을 펼치게, 깜둥이. 그리고 꽉 쥐라고."

그러고는 탁자 위의 큰 상자를 열더니, 주앙 페드로의 머리 위로 권총을 쏘았다.

주앙 페드로는 그에게 총질을 해대는 고용주를 뒤로하고 달음박질을 쳐 밖으로 나가, 썩은 물이 고인 늪에 몸을 담가 숨는 데에 성공했다. 거기서 그는 수생 식물과 밀짚 아래로 기어가, 한가운데 원뿔 모양으로 솟아 있는 탑처럼 생긴 개미집에 닿을 수 있었다.

그 탑 뒤에 몸을 숨긴 채, 브라질 사람 주앙 페드로는 한쪽 눈만 내놓고 고용주를 엿보며 기다렸다.

"꼼짝 말고 있으라고, 검둥아." 저쪽에서 탄약이 떨어진 고용주가 소리쳤다.

주앙 페드로는 움직이지 않았다. 왜냐하면 그의 뒤에서 이베라 천川이 끝을 모르고 부글부글 끓고 있었기 때문이다. 다시 망을 보려고 코를 내밀자, 그의 고용주가 한 손에 윈체스터 라이플총을 쥐고 말을 달려 돌아오는 모습이 보였다.

그리하여 브라질 사람에게는 번거로운 일이 지루하게 이어졌다. 저쪽에서는 흑인을 명중시키려 말을 달렸고, 주앙 페드로는 개미집 주위를 저쪽의 속도에 맞게 계속해서 빙글 돌며, 총격을 피해야 했다.

“거기 네 급료가 나간다, 원숭이 같은 흑인 놈아.”

농장주가 말을 달리며 외쳤다. 개미집의 꼭대기가 조각나며 날아가버렸다.

주앙 페드로가 더 이상 버티지 못하는 순간이 왔고, 그는 적당한 때를 보아 뒤로 누워 악취가 나는 물속으로 몸을 가라앉혔다. 모기가 가득한 수생 식물 사이로 입술만 삐죽 내밀었다. 숨은 쉬어야 했으니까. 한편 고용주는 이제 말을 타고 천천히 걸으며, 흑인을 찾아 늪 주위를 돌았다. 그러더니 결국에는 철수했다. 고삐는 말 등 위에 풀어놓은 채 여유 있게 낮은 소리로 휘파람이나 불며 천천히 집으로 돌아가는 것이었다.

깊은 밤이 되어서야 브라질 사람은 몸이 퉁퉁 불은 채 덜덜 떨며 늪의 강둑으로 기어올랐고, 농장으로부터 도망쳤다. 고용주의 급료 지불 방식은 당연히 불만스러웠다. 그래서 그는 숲 속에서 만난 다른 도망자 일꾼들과 이야기를 나누었다. 그들 역시 2페소와 당밀 덩어리를 빚지고 있었는데, 이 일꾼들은 어디에도 속하지 않은 채 낮에는 숲에서, 밤에는 길에서 지내고 있었다.

그들은 모두 전 고용주와의 일을 잊을 수가 없어서, 급료를 받아내는 일을 맡을 사람을 결정하기 위해 운을 걸고 내기를 했고 그 임무는 흑인 주앙 페드로에게 떨어졌다. 그는 이제 두 번째로 그 농장으로 향했는데, 이번에는 노새를 타고 갔다.

다행히도—이쪽이나 저쪽이나 이런 종류의 면담을 하찮게 여기지는 않았으므로—일꾼과 고용주는 서로 만났다. 이쪽은 허리띠에 연발식 권총을 차고서, 저쪽은 허리춤에 단총을 차고서.

양쪽은 20미터 거리에서 말과 노새를 멈춰 세웠다.

"잘 지내나, 검둥이." 고용주가 말했다. "급료를 받으러 왔나? 당장 주도록 하지."

"나는" 주앙 페드로가 대답했다. "너-ㄹ 날려버리러 와-ㅆ소. 먼저 쏘시오. 비-ㅅ나가지 않게 말이오."

"나야 좋지, 원숭이 같은 흑인 놈. 그렇다면 이제 네 고수머리를 잘 붙들고 있으라고……"

"쏴라."

"그럼, 쏜다?" 저쪽이 말했다.

"그럼, 쏘라고."* 흑인이 권총을 뽑으며 고개를 끄덕였다.

---

* 주앙 페드로는 스페인어와 포르투갈어가 뒤섞인 국경 지방 언어를 쓰고 고용주는 스페인어를 썼다. 그런데 여기에서는 고용주가 짧은 말이지만 포르투갈어를 쓰고, 주앙 페드로도 포르투갈어로 답한다. 이렇게 서로 다른 언어로 대화하거나 말을 하는 도중에 언어를 바꾸곤 하는 것도 국경 지방의 특징이다. 또한 뒤에 나오는 티라포고와 주앙 페드로의 대화는 이 작품의 끝까지 브라질의 공용어인 포르투갈어로 이루어진다. 배경은 미시오네스 지방이지만, 둘 다

농장주가 주앙 페드로를 겨냥하였으나 탄환은 빗나가고 말았다. 그래서 이번에도 역시, 두 사람 중에서 한 명만 돌아온 것이다.

* * *

우리가 알게 된 그림 같은 또 다른 인물이 있었으니, 미시오네스 지방의 초기 정착민들이 거의 그랬듯이 그 역시 브라질 사람이었다. 그는 언제나 티라포고라는 이름으로만 알려져 있었고, 아무도, 심지어 경찰조차도, 이름 말고는 그에 대해 아는 것이 없었으며 그의 집 현관문 안쪽 편에는 발을 디뎌본 적도 없었다.

이러한 세부사항을 언급할 만도 한 것이, 우리의 이 남자는 건장한 젊은이 셋이 버틸 수 있는 양보다 더 많은 술을 마시고도, 취했든 취하지 않았든 언제나 경찰관들의 팔을 뿌리칠 수 있었기 때문이다.

알토 파라나 지방의 댄스파티에서 사탕수수주로 인해 벌어진다는 소동들은 사실 농담 같은 것이 아니다. 밀림용 마체테는, 달품팔이가 손목의 힘으로 휘두르면 멧돼지의 두개골도 그 숨골이 있는 곳까지 단번에 빠갤 수 있다. 그리고 한번은, 술집의 바 너머로 우리는 보았다. 바로 그 마체테를, 그리고 바로 그 마체테를 쥔 손등을. 마체테가 날아올라 천장에 매달려 있

브라질 출신이기 때문에 이는 자연스러운 일이다.

던 강철 쥐덫을 깨끗이 자르고 나서 한 남자의 팔뚝을 마치 수숫대처럼 가르는 것을.

이런 종류의 농담이나 또 다른 가벼운 무용담들 속에서 티라포고가 가끔씩 주연 배우이기는 했지만, 지금은 경찰이 그를 모른 척하고 상대하지 않는다. 이제는 늙어버려, 이러한 사정이 단지 그를 웃음 짓게 하곤 할 뿐이었고 어떤 이유로든 그런 기억을 떠올릴 때면 그는 이렇게 말했다.

"나는 한 번도 경찰서에 간 적이 없다오!"

그의 여러 가지 활약상 중에서도 특히 주목할 만한 것은, 그가 조련사였다는 것이다. 벌목 작업의 초창기에 그곳 사람들은 야생 노새들을 데리고 다녔는데, 티라포고도 노새들과 함께 다녔다. 당시에는 강변의 개간지 말고는 노새를 길들일 만한 공간이 없었고, 티라포고의 노새들은 재빠르게 흩어져 나무에 부딪히거나 조련사를 밑에 깔고 절벽에서 굴러떨어지곤 했다. 그의 갈비뼈는 부러지고 붙는 걸 무수히 반복했으나, 노새의 소유주가 그런 일로 노새들을 원망하는 일은 전혀 없었다.

"내가 좋아해," 이렇게 말하곤 했다. "노새들과 씨름하는 걸 말이야!"

낙천성은 그의 고유한 특성이었다. 기회만 있으면 그는 늘 오래 산 것에 대해 만족감을 드러냈다. 그의 자부심 중의 하나는 자신이 지역의 오랜 정착자들—우리는 애정 어린 마음으로 그 시절을 회상하곤 한다—에 속한다는 것이었다.

"나는 옛날 사람이라오!" 목을 앞으로 지나치리만치 길게 뽑고는 껄껄 웃으며 이렇게 외치곤 했다. "옛날 사람!"

농장에서 일하던 시절에는 만디오카밭의 김을 매는 그의 습관 때문에 사람들은 멀리서도 그를 알아보았다. 이 일은 보통 한여름에는, 그리고 더군다나 바람 한 점 들지 않는 움푹 팬 땅에서는, 아침 몇 시간과 오후가 가기 전 몇 시간 동안만 하는 일이다. 11시에서 오후 2시까지의 풍경은 불 같은 증기 속에서 연소하고 남는 석회처럼 황량할 뿐이다.

그런데 티라포고가 맨발로 만디오카밭의 김을 매기 위해 선택한 시간대는 바로 이 한낮이다. 그는 셔츠를 벗고 바지를 무릎 위까지 걷어 올린 채, 햇볕을 막을 보호책이라고는 옥수수 잎으로 감싼 꽁초 담배를 가장자리를 두르는 띠에 끼워둔 챙 넓은 모자를 쓰고 있는 것밖에 없으면서, 허리를 숙여 정성껏 만디오카밭의 김을 맸고, 그럴 땐 그의 등은 땀으로 번들거렸다.

이제 대기가 좀 숨 쉴 만해져 일꾼들이 다시 일하러 돌아올 때는, 티라포고는 이미 그의 일을 끝마친 상태였다. 그는 곡괭이를 집어 들고 모자에서 꽁초 담배 하나를 꺼낸 다음, 만족스러운 얼굴로 담배를 피우며 일터에서 철수하곤 했다.

"나는 좋아해." 이렇게 말하곤 했다. "저 위에는 태양을, 발 아래에는 잡초를 두는 걸 말이야!"

내가 그곳에 도착했던 시기에 우리는, 지나는 길에 곧잘 아주 늙고 깡마른 흑인을 만나곤 했는데, 그는 항상 걸음걸이가 불편해 보였고 누구를 만나든 겸손하게 모자를 벗고서 떨리는 음성으로 '안녕하십니까, 나리' 하며 인사하곤 했다.

그는 주앙 페드로였다.

그는 한 오두막집에 살았는데, 벌목장이 있는 지역에 있다고는 해도 그 집은 그런 종류의 집 중에서도 가장 작고 허름했으며, 남의 사유지 경계에 있는 범람하기 쉬운 조그만 땅뙈기에 있었다. 해마다 봄이면 약간의 벼를 심었으나 여름이면 물에 잠겨 다 날려버렸고, 그나마 남아 있는, 그에게는 없어서는 안 될 네 뿌리의 만디오카를 다리를 질질 끌며 돌보느라 한 해를 몽땅 바쳤다.

그의 기력은 그 이상의 일을 하는 데에 미치지는 못했다.

같은 시기에 티라포고는 더 이상 이웃집들을 위해 김을 매지 않았다. 아직은 돈을 받는 데에 몇 달씩 걸리는 약간의 가죽 공방 일을 맡아 하기는 했으나, 완전히 변해버린 이 나라에서 이제는 옛날 사람이라는 것에 자부심을 갖지도 않았다.

실제로 관습이, 주민이, 그리고 나라의 외양 자체가 미개척의 초창기 시절과는 거리가 있었다. 마치 꿈과 현실 간의 거리만큼이나. 그때는 개간지의 확장에 한계는 없었고, 또 이러한 개척은 모두를 위해 모두 함께 행해졌다. 모든 것이 협동 시스템에 의해 돌아갔다. 그 당시에는 돈도 몰랐고, 시골 법전에 대해서도 몰랐으며, 사립문에 걸린 자물쇠도, 승마복도 몰랐다. 페키리강에서부터 파라나강까지, 모든 곳이 브라질이었고 브라질의 모국어를 썼으며, 포사다스의 프랑스인들까지도 그랬다.

이제 나라는 이전과는 달랐고, 새로워졌으며, 이상하고 어려웠다. 그리고 그들, 티라포고와 주앙 페드로는 그런 것을 다 받아들이기에는 이미 너무 늙었다.

티라포고는 여든 살이었고, 주앙 페드로는 여든이 넘었다.

이곳으로 유배되던 그 흐리던 첫날 불에 손과 무릎을 데었던 티라포고가 지금 느끼고 있는 한기와, 주앙 페드로의 딱딱하게 굳어버린 관절이, 결국 두 사람에게 이 적대적인 환경 속에서 모국의 달콤한 열기를 떠올리게 만든 것이다.

"그러니까" 주앙 페드로가 그의 동향 친구에게 말했다. 둘은 연기를 피하려 손을 내젓고 있었다. "우린 우리 땅으로부터 너무 멀리 온 거요, 티라…… 그리고 언젠가 우린 죽게 되겠지."

"그러니까" 티라포고가 고개를 주억거리며 동의했다. "죽게 되겠지, 주앙…… 머니까요, 고향 땅은……"

그들은 이제 자주 서로를 방문했다. 그리고 말없이 마테차를 마셨다. 조국에 대한 때늦은 갈망에 그들은 입을 다물었다. 아궁이의 온기는 가끔 어떤 추억을 불러일으켰다. 보통은 하찮고 사소한 것이었지만, 그런 추억이 이따금 그들 중 한 사람의 입술에 오르곤 했다.

"집에 암소가 두 마리 있었다오……" 한 사람이 아주 천천히 입을 열었다. "그리고 나는 아버지의 강아지들과 놀았지요."

"왜 아니겠소, 주앙……" 상대방에게 몸을 기대며 두 눈은 불꽃에 고정한 채, 순진한 아이처럼 상냥한 미소를 지었다.

"나는 다 기억하오…… 그리고 엄마도…… 아주 젊은 엄마를……"

오후 시간은 늘 이런 식으로 흘러갔다. 휘황찬란하게 변한 미시오네스 지방의 낯선 모습 속에서 그들 둘은 길을 잃은 기분이었다.

그 지방에서 그들의 예상을 빗나간 일이 더 있었는데 그것은 그 당시에 노동자 운동이 시작되었다는 것이다. 예수회 시절의 과거를 지키는 것이 아니라 두 개의 교리—노예 상태의 원주민 노동과 지주에 대한 신성불가침—만을 지키고 있는 이 지역에서 말이다. 그들은 포사다스의 한 인물을 보이콧하기 위한 일꾼들의 파업을 보았고, 붉은 깃발을 들고 있는 말을 탄 술꾼이 이끄는 시위들을 보았다. 글자를 읽을 줄 아는 일꾼들은 한 사람이 높이 들고 있는 종이에 적힌 인터내셔널가의 가사를 읽을 수 있었고, 그를 둘러싸고 모두가 빽빽하게 모여 다 함께 노래를 부르곤 했다. 또 그들은 술 아닌 다른 이유로 사람들이 체포되는 일들을 보았고, 마침내 외국인 지주의 죽음까지도 보게 된 것이다.

민중들의 이웃 주앙 페드로는, 붉은 넝마를 걸친 술꾼보다야 못해도 나름대로 이 모든 것을 이해하고는 있었다. 그러나 어느새 성큼 다가온 가을의 추위에 파라나강 변으로 길을 나섰다.

티라포고 역시 새로운 사건들 앞에서 고개를 절래절래 흔들었다. 그리고 그런 영향과 훈기를 날리는 찬 바람의 영향으로, 그 두 명의 실향민은 마침내 그들의 머릿속에 되살아나는 고향의 기억들이 갓난아기의 머릿속에서처럼 쉽고 투명하게 구체화되는 걸 느꼈다.

그렇다. 아득한 조국, 80년 동안이나 잊힌 조국. 그리고 어쩌면 결코, 다시는 결코……

“티라!” 주앙 페드로가 느닷없이 그를 불렀다. 늙어 움푹 패인 두 뺨에서는 눈물이 그칠 줄 모르고 주르륵 흘러내리고 있었다. "나는 고향 땅을 보기 전에는 죽고 싶지 않아……! 내가 살아온 세월만큼이나 아득한 곳이지만……"

그에게 티라포고가 응답했다.

"지금 막 나도 생각 중이었다오, 자네에게 그걸 제안하려고 말이오…… 지금 막, 주앙 페드로…… 나는 잿더미가 된 작은 집을 바라보곤 했었소…… 또 내가 돌보던 병아리도……"

그리고 울상을 짓더니, 그의 동향 친구처럼 눈물을 흘리면서, 더듬거리듯 말을 이었다.

"나 거기 가고 싶소……! 우리의 땅이 거기라오, 주앙 페드로……! 나, 티라포고의 늙은 엄마에게로……"

그 여행은 이렇게, 결의에 차서 결정된 것이다. 거의 죽음을 앞둔 노쇠한 저 두 유배자들보다 고향 땅으로 향하는 여행에 더 큰 믿음과 열정을 가진 자는 십자군에도 없을 것이다.

준비물은 간소했다. 사실 두고 가는 것도 간소했고 가지고 갈 수 있는 것도 간소했으니까. 계획이란 것은, 사실상 둘 중 누구도 가지고 있지 않았고, 계획이 없으니 그들은 끈질기게 앞으로 행군할 뿐이었다. 그것은 마치 몽유병 환자의 걸음처럼 눈이 먼 행군이기도 했고 동시에 눈이 밝은 행군이기도 했다. 그리고 그렇게 그들은 날마다 그들이 간절히 바라던 조국에 가까워지고 있었다. 행군하는 그 순간의 심각한 상황은 뒷전이었고 어릴 적의 좋은 추억들만 머릿속에 떠오르곤 했다. 그리고 걸으면서나, 특히 밤에 야영할 때는, 그들은 한 명씩 각자의 추억을 세세하게 나누었다. 그들의 목소리가 가늘게 떨리는 것으로 미루어 보건대 그들이 나누고 있는 것은 새로 떠오른 아주 달콤한 추억 같았다.

"내가 자네에게는 한 번도 말하지 않았는데, 티라…… 내 막내 여동생이 한번은 아주 아팠었다오!"

또는 불 옆에 앉아, 말을 꺼내기 한참 전부터 이미 입술에 미소가 번진 채로 이야기를 하는 것이다.

"한번은 아버지의 마테차가 나 때문에 엎어졌는데…… 그래서 나는 매를 맞았다오, 주앙!"

그렇게 그들은, 부드럽고 온화한 기운이 가득했지만 동시에 극심한 피로 또한 가득 안고 나아갔다. 왜냐하면 미시오네스 지방의 중앙 산맥은 늙은 유배자들이 걷기에는 호락호락하지 않았기 때문이다. 숲에 대한 지식과 본능으로 그들은 버텼고 덜 험준한 샛길들로 진로를 잡았다.

그럼에도 그들은 서둘러 고립된 산속으로 깊숙이 들어가야만 했다. 큰비가 내리는 계절이 시작되었기 때문이다. 그런 우기에는 내리다 그치기를 반복하는 소나기로 인해 밀림은 수증기에 잠겨버리고 오솔길들은 소리를 내며 흐르는 붉은 물의 작은 계곡들로 변해버리고 만다.

원시림 안에서는, 홍수가 제아무리 맹렬하다고 해도 물은 결코 부식토 층 위로 올라오지 못하기는 하지만, 습한 대기와 처절한 고통으로 가득한 숲속을 전진하는 것은 그들에게는 녹록지 않은 일이었다. 그리하여 어느 날 아침에 그 두 늙은 실향민은, 쇠약해진 데다가 열병까지 덮쳐 도저히 서 있지 못하고 결국 쓰러지고 말았다.

그들이 있는 산 정상에서 안개가 아주 더디게 걷히더니 아침 첫 햇살이 비쳤고, 동료보다 조금 더 삶이 남은 티라포고가 눈을 들었다. 그는 고향의 소나무 숲을 알아보았다. 저기 저 멀리 골짜기에는 키가 큰 소나무들, 그늘을 만들고 있는 아라우카리아 소나무들 사이로 빛으로 가득 찬 달콤한 초록색의 오래된 개간지가 보였다.

"주앙!" 주먹에 간신히 몸을 의지한 채 그가 웅얼거렸다. "저기 자네가 볼 수 있는 저곳이 고향 땅이야! 우리 결국 도착했다네, 주앙 페드로!"

이 말을 듣고 주앙 페드로는 눈을 떴고, 한참 동안 꼼짝 않고 허공만을 응시했다.

"나는 벌써 도착했다네, 나의 동향 친구여……" 주앙 페드로가 말했다.

티라포고는 개간지에서 눈을 떼지 않고 있었다.

"내가 봤다네, 고향 땅을…… 저기 저 아래에 있어……" 하고 티라포고가 웅얼거렸다.

"나는 도착했다고." 반죽음 상태의 주앙 페드로가 여전히 같은 대답을 했다. "자네가 고향 땅을 봤다며…… 그러면 나는 거기 있다네."

"그러니까 그건…… 주앙 페드로." 티라포고가 말했다. "그러니까 그건 말이야, 아! 자네 죽어가고 있구려…… 자네, 아직은 도착하지 못했다니까!"

주앙 페드로가 이번에는 대답이 없었다. 벌써 도착해버린 것이다.

오랜 시간 동안 티라포고는 젖은 땅에 얼굴을 늘어뜨리고 있었고, 아주 가끔 입술을 달싹거렸다. 마침내 눈을 뜨고는 어린아이 같은 환희의 표정을 짓더니 얼굴이 환해졌다.

"저 도착했어요, 엄마! 주앙 페드로 말이 맞았어요…… 저 그와 함께 가요……!"

「실향민들」이라는 제목으로 주간지
『얼굴과 가면들』에 수록. 통권 1396호(1925. 7. 4.)

타콰라 대나무 저택

미시오네스 지방 돈 후안 브라운의 오두막집 앞에는, 직경이 어마어마하고 수많은 가지가 아주 무성하게 얽혀 제 그늘을 훌륭한 휴식처로 내어주는 나무 한 그루가 서 있었다. 이 나무 아래에서, 집에 돌아갈 날만을 기다리던 산티아고 리벳이 죽었다. 그의 사정은 상당히 유별나서 이야기할 만한 가치가 있을 것이다.

미시오네스 지방은 그곳에서 시작해 아마존에서 끝나는 숲 지대의 가장자리에 있다. 일련의 인물들이 어떠한 일을 겪었든 논리적으로 따져본다면 모든 일이 제 탓이겠지만, 그들이 미시오네스 지방의 인물들이라는 점은 그들—따분한 존재들은 빼고—을 두둔할 만한 이유가 된다. 포사다스의 북쪽 지방에서는 아무리 시시한 인생이라고 해도, 일에 관한 것이든 성격에 관한 것이든 두셋의 작은 서사시와도 같은 이야기나, 그것도 아니면 유혈 모험담이라도 간직하고 있는 것이다. 자, 그러면, 첫 유아 세례를 받을 때이든 삶의 마지막 썰물이 빠져나갈 때이든 이 지방으로 흘러들어와 좌초하게 된 인물 유형들이라면,

그들이 문명 세계의 소심한 새끼 고양이들은 아니라는 걸 이해할 수 있을 것이다.

주앙 페드로 같은 사람의 그림 같은 인생의 굴곡까지 갈 것도 없다. 어차피 인물의 시절도 제각기 다르고 성격도 다르니, 위의 분위기를 가진 인물들 중에서도 여기서는 돈 후안 브라운을 특별히 언급할 만하겠다.

브라운은 아르헨티나 사람이었고, 영국적 유산을 많이 지녔음에도 불구하고 온전히 크리오요*였다. 부에노스아이레스 라플라타 지구의 대학교에서 2년이나 3년 동안은 훌륭한 공학도로서 학업을 이수했다. 그러나 어느 날 우리가 알 수 없는 어떤 이유로 공부를 그만두고 인생의 항로를 벗어나 미시오네스 지방으로 흘러들었다. 나는 그가 원래는 몇 시간 정도 유적지를 둘러볼 요량으로 이비라로미**에 왔다고 들은 적이 있는 것 같다. 그런데 그는 유적지에 온 얼마 후, 그곳에서 이틀을 더 머물기로 하고 그의 짐을 찾으러 포사다스로 사람을 보냈다. 그리고 15년 뒤에 그곳에서 나는 그를 만난 것이다. 그는 그동

* 크리오요criollo: 라틴아메리카에서 태어난 유럽계 백인.

** 이비라로미Iviraromí: 예수회 사람들이 17세기 초 30개의 원주민 보호구역(레둑시온 reducción)을 만들고 정착했었던 지역이 파라나강을 중심으로 세 나라에 걸쳐 있다. 파라과이에 8개, 아르헨티나에 15개, 브라질에 7개의 예수회 유적이 남아 있는데, 여기서 '이비라로미'는 유적지가 있는 마을 중 산이그나시오, 코르푸스, 로레토를 중심으로 하는 지역, 즉 키로가 자신이 살았던 지역을 가리키는 말이다. 브라운이 이 소설에서 그러는 것처럼 키로가 자신도 1903년 작가 레오폴도 루고네스와 함께 밀림 속 유적지 탐험에 나섰다가 이곳 밀림에 한눈에 반한다.

안 단 한 시간도 그곳을 벗어나지 않았다. 그는 이 지역에 큰 관심이 있었던 것은 아니었다. 그가 그곳에 머무른 것은, 단순히도, 다른 일 또한 할 만한 가치가 없어서였음이 틀림없다.

그는 여전히 젊은 남자였고 덩치가 컸으며, 아니 덩치만 큰 게 아니라 키도 커서 체중이 100킬로그램이 넘게 나갔다. 말을 타고 달릴 때면—드문 일이기는 했지만—말의 척추가 구부러지는 것이 눈에 보일 정도였고, 그래서 돈 후안이 땅에 발을 대고 말을 지탱하는 장면이 연출되곤 했기 때문에 그의 그런 모습을 모르는 사람은 없었다.

그의 중후하고 위엄 있는 외양과 관련이 있는 건지, 돈 후안은 말하는 것을 그다지 좋아하지 않았다. 그런데 긴 머리를 뒤로 넘긴 수염을 민 그의 넙데데한 얼굴을 보면, 1893년에 유명한 연설을 했던 웅변가가 연상되곤 했다. 그는 비대한 몸집 때문에 호흡하는 데 분명한 어려움을 겪었다. 오후 4시에는 항상 저녁 식사를 했고, 노을이 질 때면 어김없이 술집—날씨가 어떻든—에 들러, 역시나 어김없이 마지막 손님이 된 뒤에야 그의 씩씩한 말을 타고 집으로 돌아갔다. 그는 몸의 부피감만큼이나 성격 또한 존경심을 불러일으켰기에, 사람들은 그를 오직 돈 후안이라고만 불렀다. 여기 이 사람의 흔치 않은 성격을 보여주는 두 가지 예가 있다.

어느 날 밤 그 당시의 '평화의 법관'*과 함께 스페인식 트럼

---

* 평화의 법관Juez de Paz: 주로 시골 사람들의 재판을 맡아 하던 간이 재판소 '평화의 법정' 재판관. 키로가 자신이 이 직책과 함께 1911년에 산이그나시오 주민센터장을 맡았었다. 이 때의 경험은 「인시엔소 나무 지붕」에 잘 드러나 있다.

프 놀이를 하던 중, 그 판사는 자신이 위기에 몰리자 속임수를 쓰려고 했다. 돈 후안은 한마디 말도 하지 않고 상대방을 바라보더니, 게임을 계속하였다. 그 메스티소 판사는 고무되어, 게다가 행운은 계속해서 돈 후안의 편을 드는 것 같아, 다시 속임수를 써보았다. 후안 브라운은 카드에 슬쩍 눈길을 던지고는 판사에게 조용하게 말했다.

"또다시 속임수를 썼군요. 카드를 다시 주시오."

메스티소 판사는 도가 넘치도록 변명을 늘어놓고는, 또 속임수를 썼다. 여전히 침착한 어조로 돈 후안이 그에게 경고했다.

"또다시 속임수를 썼소. 카드를 다시 주시오."

또 어느 날 밤에는 체스 게임을 하는 도중에 돈 후안의 권총이 바닥에 떨어졌고, 탄환이 발사되었다. 브라운은 말 한마디 없이 권총을 줍고는 게임을 계속하였다. 모여 있던 사람들이 떠들썩하게 한마디씩을 했고, 그 사람들은 모두가, 최소한 누군가는 총알에 맞았을 거라고 각자 생각하고 있었다. 게임이 끝나고서야 사람들은 다리에 총을 맞은 사람이 바로 돈 후안 자신이었음을 알게 되었다.

브라운은 타콰라 대나무 저택(진짜로 타콰라 대나무 줄기로 지은 집이었기 때문에 그렇게 불렸는데, 저택이라기보다는 오두막집이었고 그냥 짓궂은 의미로 그렇게 불렸다)에 혼자 살고 있었다. 아주 강하고 솔직한 눈빛을 가진 헝가리 사람이 그곳에서 요리사로 일했는데, 말을 할 때면 이빨 사이로 말들을 폭탄 던지듯 내뱉었다. 그는 돈 후안을 숭배하고 있었고, 그와는 달리 돈 후안은 말로 일을 지시하는 일이 거의 없었다.

그의 성격을 보여주는 마지막 일화. 많은 세월이 흐르고 나서 이비라로미에 피아노가 처음 생겼을 때, 사람들은 그제야 돈 후안이 걸출한 연주자라는 걸 알게 되었다.

* * *

그럼에도 돈 후안 브라운의 가장 특별한 점은 므시외* 리벳—공식적으로는 산티아고 기도 루시아노 마리아 리벳으로 불렸다—과 키워나가던 친분 관계였다.

이 사람도 한때는 인간이었겠지만 지금은 완전히 폐인이었다. 그는 인생의 마지막 파도에 휩쓸려 이비라로미까지 오게 되었다. 이 나라에는 20년 전에 들어와 투쿠만 지방의 증류 공장에서 기술 감독으로 뛰어난 활약을 보였으나 조금씩 조금씩 지적 활동의 범위가 줄어들었고, 성격 탓에 사람들을 잃고 결국 이비라로미에 좌초되었다.

우리는 그가 그곳에 어떻게 왔는지는 모른다. 어느 해 질 녘에 우리는 술집 문 앞에 앉아 있다가 유적지가 있는 숲에서 나오는 그를 보았다. 외팔이 기계공 뤼세르와 동행하고 있었는데, 뤼세르는 몹시 가난했지만 그만큼이나 쾌활한 사람이어서 언제나 부족한 게 하나도 없다고 말하곤 했다. 팔이 하나 부족했음에도 불구하고 말이다.

그 당시에 그 낙관주의자는 오렌지를 증류하는 일에 여념이

---

* monsieur: '씨'나 '님'에 해당하는 프랑스어 경칭.

없었고, 그의 증류기는 그가 만들 수 있는 것 중에서도 가장 독창적인 것이었다. 그의 이 이야기는 나중에 다시 다룰 것이다. 어쨌든 그가 증류주 제조에의 열병을 앓던 그 순간에, 리벳이라는 능력 있는 공업 화학자의 도착은 불쌍한 외팔이의 환상을 자극하는 채찍이 되었다. 어느 토요일 밤 술집에서 그는 므시외 리벳을 우리에게 소개하면서 므시외 리벳이 어떤 사람인지 알려주었는데, 그때부터 이미 그는 리벳의 출현을 영광으로 생각하고 있었다.

므시외 리벳은 깡마르고 덩치가 아주 작은 남자였는데 일요일이면 기름기가 도는 곱슬거리는 머리를 이마 양쪽으로 빗어 넘기곤 했다. 면도는 하지 않지만 결코 길게 자라지도 않는 그의 턱수염 사이로는 언제나 입술이 앞으로 삐죽 튀어나와 있어, 모든 사람에 대한 깊은 경멸을 드러냈다. 특히 그의 경멸은 이비라로미의 '박사들'에 대해서는 더욱 심했다. 술집에서 오고 가는 대화 중 마테찻잎 로스터기와 건조기의 신중한 시험 운전에 관한 화제도 그 화학자로부터 침을 튀기며 내뱉는 경멸에 찬 말들이나 끊어질 듯 이어지는 몇 구절의 말 말고는 끌어내지 못했다.

"췟……! 제깟 박사놈들…… 그들은 아무것도 몰라…… 췟……! 쓰레기 같은 놈들……"

모든, 아니 거의 모든 면에서 볼 때, 우리의 이 남자는 무신경한 후안 브라운과는 상극이었다. 물론 우리는 두 사람의 몸집에 대해서 말하는 것은 아니다. 그렇지만 파라나강 상류 지역의 그 어떤 선술집에서도 므시외 리벳보다 더 좁은 어깨와 더 약하고 마른 존재를 본 적은 한 번도 없었다. 이것이 우리가 결국 그를 외형으로 판단하게 만들기는 했다. 그 화학자가 술집에 들어온 일요일 밤에 그는 새로 맞춘 청소년용 검은 정장을 입고 있었는데, 그 옷은 그에게도 등이 좁고 바지 기장이 짧았다. 하지만 리벳은 그 옷을 자랑스럽게 여기는 것처럼 보였고, 토요일 밤과 일요일 밤에는 그 옷만 입었다.

* * *

우리가 앞서 언급한 술집은 유명한 예수회 유적을 보러 오는 관광객들의 휴게소 역할을 하는 작은 호텔이었다. 관광객들은 이곳에서 점심을 먹고는 이구아수 폭포까지 여행을 계속하거나, 아니면 포사다스로 돌아갔다. 나머지 시간에 그 술집은 우리 것이었다. 그곳은 이비라로미에서 어떤 문화를 공유하고 있는 주민들의 확실한 모임 장소 역할을 했다. 그런 주민은 총 열일곱 명이었다. 그곳은 숲속의 국경 지방에서 느낄 수 있는, 여러 가지가 뒤섞인 혼합물의 가장 흥미로운 장면들을 볼 수 있는 곳 중 하나였고, 또한 그 열일곱 명이 체스를 둘 수 있는 그런 좋은 곳이었다. 그래서 그곳에서는 종종 모임이 열렸고, 대여섯 개의 체스판 위에 모두가 등을 구부린 채 침묵 속에서 게임에 열중했다. 고정 멤버 중에서 절반은 두세 번 만에 손을 털고 일어날 수 있는 사람이 아니었다.

밤 12시가 되면 술집에는 사람이 거의 없었으나, 돈 후안이 이비라로미의 모든 선술집에 들러 바를 등지고 앉아 새벽 내내 그리고 오후 내내 시간을 보내는 경우에는 예외였다. 돈 후안은 그럴 때 참 한결같았다. 하지만 그런 밤은 바텐더에게는 좋지 않은 밤이었다. 브라운은 그 나라에서 가장 목석같은 사람이었으므로. 그는 술을 서빙하는 곳에 몸을 기댄 채 몇 시간이고 시간이 흘러가는 것을 바라보고만 있었다. 꼼짝도 하지 않았고, 바텐더의 얘기에 귀를 기울이지도 않았다. 바텐더는 돈 후안에게 비가 오는지 오지 않는지를 알려주기 위해 누차 밖으로 나가 날씨를 확인하곤 했다.

므시외 리벳은 자신만의 방식으로 큰 반항심을 드러내고 다니곤 했었으므로, 머지않아 전前 공학도 후안과 전 화학자 리벳은 그곳에서 자주 마주치게 되었다. 둘이 술집에 오는 공통의 목적과 인생의 목표 때문에 그들 사이에 처음부터 최소한의 우정이 싹텄으리라는 생각은 하지 말 것. 돈 후안은 '좋은 밤'이란 인사—말로 하는 인사라기보다는 인사한다는 표시에 가까운—를 건넨 뒤에는 그의 술자리 동료 리벳의 존재를 잊어버렸다. 므시외 리벳은, 후안 브라운에게는 예의를 갖추면서도, 이비라로미의 박사들을 향한 경멸의 감정을 내뱉는 일을 덜 하거나 하지는 않았다. 그래서 그는 그들 중 몇몇에 관한 이야기를 자연스럽게 돈 후안에게 하곤 했다. 그렇게 그들의 함께이면서도 각자인 밤들이 지나갔고, 가끔 술자리는 새벽이 다 지나가고 첫 선술집이 문을 열 때까지 계속되기도 했다. 하지만 둘이 서로를 바라보는 일은 전혀 없는 채였다.

이런 유별난 만남은 겨울이 깊어가면서 더욱 잦아지게 되었다. 그 겨울에는 화학자 리벳의 동업자가 그의 감독 아래 오렌지주 제조를 시작했다. 이 사업이 참사로 막을 내리자—우리는 다른 이야기에서 이를 다룰 것이다—, 리벳은 그 호리호리한 검은 정장 차림으로 매일 밤 술집에 출석하게 되었다. 그리고 돈 후안도 그 당시에는 좋지 않은 일들을 많이 겪고 있었기에, 둘은 서로 마주 앉아 취기의 환상에 빠져 밤을 보낼 기회가 많았다. 결정적인 순간이 되어버린 그 마지막 순간까지.

* * *

앞서 말한 이유로 술집 주인은 명백한 이득을 얻고 있었기 때문에, 그는 두 단골에게 술잔들을 대접하거나 램프에 새로 알코올을 채워 넣는 일 말고는 다른 하는 일도 없으면서 함께 밤을 하얗게 지새우곤 했다. 추웠다. 유월의 매서운 밤을 상상하면 알 수 있을 것이다. 그러던 어느 날 밤 술집 주인은 항복하고 말았다. 그는 브라운의 신망을 믿었기에 남은 사탕수수주 항아리를 맡기고는 잠을 자러 가버렸다. 덧붙여 말하자면 이 듀오가 마시는 술 비용을 대는 것은 언제나 브라운의 몫이었다.

어쨌든 그러니까 돈 후안은, 그리고 므시외 리벳은, 새벽 2시의 술집에 둘만 남은 것이다. 돈 후안은 늘 앉던 그 자리에서, 언제나처럼 '무뚝뚝'하고 무신경했으며, 화학자 리벳은 이마에 땀이 맺힌 채 술집 안을 휘적휘적 돌아다녔다. 그러는 사이에 바깥에는 날카로운 얼음 같은 추위가 내려앉고 있었다.

한 시간 동안 별다른 일이 일어난 것은 아니다. 다만 3시가

다 되어 갈 무렵, 술 항아리가 동이 났다. 두 사람 다 그 사실을 깨달았다. 돈 후안의 죽어 있는 듯한 동그란 눈동자는 한참 정면의 허공에 박혀 있었다. 마침내 그가 몸을 반쯤 돌려 바닥난 술 항아리에 흘깃 눈길을 던지더니, 술 항아리를 향해 자세를 고쳐 앉았다. 다시 한참 시간이 지났고 또다시 몸을 돌려 그 항아리를 유심히 관찰하기 시작했다. 마침내 항아리를 집더니 항아리 입을 아래로 향하게 하여 함석잔 위에서 가만히 들고 있었다. 남아 있는 건 없었다. 단 한 방울도.

알코올 중독 발작은 간절한 욕구를 동반한다. 마약을 갑자기 끊었을 때보다야 덜하겠지만. 이따금씩 술집 문 바로 앞에서 째지는 수탉 울음소리가 정적을 깨뜨렸다. 그 소리는 후안 브라운의 숨을 헐떡이게 했고, 리벳의 걸음의 방향을 잃게 했다. 마침내 수탉 덕에 혀가 풀렸는지 리벳은 박사놈들에 대한 걸쭉한 욕설을 늘어놓았다. 돈 후안은 그의 그런 경련을 일으키듯 던지는 쓸데없는 말들에 조금의 주의도 기울이지 않았다. 하지만 전 화학자가 끊임없이 "쓰레기 같은 놈들……그들은 아무것도 몰라……"라고 뱉어대자, 후안 브라운은 무거운 눈꺼풀을 들어올려 그를 보고 말했다.

"그래서 당신은 뭘 아시오?"

그러자 리벳이 자신의 성질을 죽이지 못해 발을 구르고 침을 튀기면서 돈 후안을 향해 욕을 퍼부었고, 돈 후안은 두 눈으로 고집스럽게 그를 노려보았다. 그러다 마침내 숨을 헉헉 내쉬며 시선을 거두었다.

"악마 같은 프랑스놈……"

그런데 상황이 다시 걷잡을 수 없어졌다. 돈 후안의 시선이 조금 전부터 램프에 꽂히더니, 결국 옆에 있는 동료에게 시선을 던졌다.

"모든 걸 다 아는 당신, 공업용 물질에 대해서도 알겠지…… 연료용 알코올을 사람이 마실 수 있나?"

알코올! 단 한 마디 말이 그를 숨 막히게 했다. 바람에 확 불길이 인 것처럼 리벳은 부아가 치밀어 올랐다. 말을 더듬으며, 램프를 응시했다.

"연료용 알코올……? 쳇……! 쓰레기 같은 거지…… 석유 벤진이나…… 피리딘이나…… 쳇……! 마실 수 있어."

더는 말이 필요 없었다. 두 동료는 촛불을 켠 다음, 술 항아리에 냄새가 고약한 깔대기를 꽂고 알코올을 부었다. 둘의 활기가 되살아났다.

연료용 알코올은 사람을 위한 마실 거리가 아니다. 마지막 한 방울까지 술 항아리를 비웠을 때, 늘 무감각하던 돈 후안은 인생에서 처음으로 정신을 놓았고, 쓰러졌다. 그의 몸은 코끼리처럼 의자 위에 무너져 내렸다. 리벳은 땀을 흘려 머리카락 끝까지 젖은 상태였고, 당구대 모서리에 걸터앉은 채 일어나지 못했다.

"갑시다." 돈 후안이 제자리에서 버티려는 리벳을 억지로 끌어 내리며 말했다. 브라운은 간신히 자신의 말에 안장을 단단히 고정했고, 그 화학자를 말 엉덩이 위로 밀어 올릴 수 있었다. 그들은 브라운의 날쌘 말을 타고 새벽 3시가 훌쩍 넘은 시각에 술집을 떠났다. 브라운의 말은 100킬로그램을 위에 얹고도 달릴 능력이 있었고, 140킬로그램을 지고도 잘 걸을 수 있었다.

맑고 아주 차디찬 밤이었다. 이미 유역의 비탈면에 옅은 안개가 덮여 있는 것이 분명했다. 실제로 야베비리 천의 계곡의 시야는 거의 가려져, 이른 시간부터 강을 따라 드리워진 물안개밖에는 보이지 않았다. 안개는 치맛자락에 덧댄 술 장식처럼 산자락을 따라 피어오르고 있었다. 깊은 곳에서 안개는 더욱 짙었고, 서늘한 수풀은 이미 수증기로 하얗게 변해버렸다.

이것이 그들한테 일어난 일이다. 두 여행자는 곧 숲과 마주쳤는데, 타콰라 대나무 저택이 있어야 할 자리였다. 말은 녹초가 되어 자리를 떠날 생각을 하지 않고 버텼다. 돈 후안은 말머리를 돌렸으나, 금세 또 숲을 다시 만났다.

"길을 잃었군……" 돈 후안은 생각했다. 그의 의지와는 다르게 이가 딱딱거렸다. 시야를 덮은 짙은 안개가 아직 얼어붙지는 않는다고 해도 살을 에는 추위가 어디 가는 건 아니었기 때문이다. 이번에는 말을 믿고 다른 방향으로 진로를 잡았다. 아스트라칸 가죽 재킷을 입고 있던 브라운은 얼음같이 차가운 땀방울로 몸이 흠뻑 젖는 게 느껴졌다. 상태가 더욱 좋지 않은 화학자는 말 궁둥짝 위에서 춤을 추듯 이리저리 흔들렸고, 아무것도 의식하지 못하고 있었다.

또다시 숲에 가로막혔다. 돈 후안은 집에 찾아가기 위해 할 수 있는 건 다 했다는 생각이 들었다. 그래서 그 자리에서 바로 앞에 있는 나무에 말을 묶었고, 리벳을 그의 옆에 눕히고는 그 나무 아래에서 잠을 청했다. 화학자는 몸을 잔뜩 움츠려 무릎을 가슴께로 끌어올렸고, 쉴 새 없이 몸을 떨었다. 그렇게 몸을 접으니 갓난아기만 했다—게다가 그는 깡마른 사람이었으니까. 돈 후안은 한참 그를 바라보았다. 그리고 가볍게 어깨를 으쓱하더니 자기가 걸치고 있던 겉옷을 벗어 리벳을 덮어주었고, 그러고 나서는 그도 얼어붙은 풀밭 위에 등을 대고 드러누웠다.

그가 정신을 차렸을 때 해는 이미 높이 솟아 있었다. 그리고 그들로부터 10미터 거리에, 자신의 집이 있었다.

간밤에 있었던 일은 간단했다. 전날 밤 그들은 단 한 순간도 길을 잘못 든 적이 없었다. 말이 처음으로 멈춰 섰던 곳은—그리고 매번 멈춰 섰던 곳도 역시—타콰라 대나무 저택 앞에 있는 커다란 나무 앞이었다. 램프용 알코올과 짙은 안개 때문에 집주인이 못 알아본 것뿐이다. 끝나지 않을 것처럼 보이던 전진과 후진이 단순히 친숙한 나무 주위를 빙빙 돈 것이었음이 드러났다.

어쨌든, 돈 후안의 헝가리 사람이 그들을 막 발견한 참이었다. 두 사람은 리벳을 들어 오두막집으로 옮겼다. 리벳은 추위에 웅크린 소년의 자세 그대로 죽어 있었다. 한편 후안 브라운은 뜨거운 물로 몸을 녹였음에도, 삼나무 칸막이벽을 멍하니 바라보며 그의 동료의 관을 짤 때 필요한 판자의 수를 계산하느라 긴 시간 잠을 이루지 못했다.

다음 날 아침 야베비리 천변의 자갈길에서부터 멀리 있는 이웃에게까지 수레바퀴 소리가 들렸고 수레가 통통 튀어 오르며 지나가는 모습이 보였다. 화학자의 주검을 싣고 가는 수레 뒤를 외팔이가 급히 따르고 있었다.

＊ ＊ ＊

기를 쓰고 견뎌내려 했음에도 불구하고 참혹한 기분에서 벗어나지 못한 돈 후안은 열흘 동안이나 타콰라 대나무 저택을 떠나지 않았다. 그 사이 고명하신 화학자의 타계에 할렐루야를 부르며 명복을 빌어주고, 돈 후안을 위로한다는 핑계로 도대체 무슨 일이 일어난 것인지 알아보려고 그 집을 찾아온 사람들이 없었던 것은 아니었다.

돈 후안은 그들이 무슨 말을 하든 내버려두었다. 그리고 마침내, 이제 막 죽음을 맞이한, 야생의 땅에 유배된 지식인의 새로운 단편 서사시 앞에서 돈 후안은 어깨를 한 번 으쓱하더니,

"쓰레기 같은 외국놈……" 이라고 중얼거리며 시선을 돌렸다.

그리고 이것이 고인이 된 므시외 리벳을 위한 기도의 전부였다.

주간지 『보금자리*El Hogar*』, 제16년, 통권 568호(1920. 8. 27.)

죽은 남자

남자는 마체테를 들고 바나나밭 다섯번째 줄의 제초를 막 끝낸 참이었다. 아직 두 줄은 더 해야 했다. 하지만 이 무렵엔 치르카 꽃이 많았고 야생 접시꽃도 많았으므로, 앞으로 해야 할 일은 이제 거의 남지 않은 거나 마찬가지였다. 그래서 그 남자는 베어낸 관목들에 만족스러운 눈길을 던졌고, 잔디밭에 잠시 드러누우려고 철조망 울타리를 넘었다.

그러나 가시 철조망을 내리고 몸을 넘기려 할 때, 그의 왼발이 기둥에서 떨어져 나온 나무껍질 조각을 밟고 미끄러지고 말았고, 때마침 손에서 마체테가 빠져나갔다. 그는 넘어지면서, 마체테가 바닥에 수직으로 서는 것이 보이지 않을 만큼 아득히 멀게 느껴졌다.

이제 그는 잔디밭에 드러누워 있었다. 오른쪽 옆으로 누운 자세였는데, 딱 그가 원했던 자세였다. 그의 입은 벌어질 수 있는 만큼 크게 벌어졌다가, 이제 막 다물어졌다. 그가 바라던 상태 그대로, 무릎을 접고 왼손을 가슴에 올려놓고 있었다. 다만 팔뚝 너머로, 허리띠 바로 아래에, 셔츠 사이로 마체테의 손잡이와 날의 절반이 솟아올라 있었다. 하지만 다른 절반은 보이지 않았다.

남자는 고개를 움직이려고 했지만, 헛수고였다. 곁눈으로 손의 땀이 아직 남아 젖어 있는 마체테의 칼자루에 시선을 던졌다. 그의 복부를 관통하고 있는 마체테의 궤적과 범위를 머릿속으로 따져보았고, 냉정하고 수학적이며 무정하게 가늠하여 그 결과를 얻었다. 그의 존재가 종말에 막 이르렀다는 게 확실했다.

죽음. 세월이 흘러가면서 사람들은 몇 년에 걸쳐, 혹은 몇 달, 몇 주, 며칠에 걸친 준비 끝에 어느 날엔가 우리 차례가 와 죽음의 문턱 앞에 서게 되는 것을 수없이 생각하곤 한다. 그것은 숙명적인 법칙이며 받아들여야만 하는 예정된 법칙이다. 우리는 얼마나 많이 그 순간을 즐거운 마음으로 상상하곤 하는가. 모든 순간 중에서도 최고의 순간을, 최후의 숨을 내쉬는 그 순간을.

현실의 삶을 사는 순간부터 마지막 날숨을 내쉴 순간 사이에, 우리는 우리 인생에 대해, 우리 인생의 꿈과 혼란, 희망과 드라마의 그 무엇을 자부할 수 있겠는가! 인간이라는 무대의 종료를 앞에 두고, 여전히 활기로 가득 찬 이 존재가 그 무엇을 간직할 수 있을까! 이것이 죽음에 관한 생각이 주는 위로이자 기쁨이며, 우리가 삶에서 옆길로 새어 죽음에 관한 생각에 빠지는 이유이다. 죽음은 너무나 머니까! 그리고 여전히 살아가야만 하는 우리 삶은 너무나 예측 불가능하니까.

아직……? 2초도 지나지 않았다. 태양은 정확하게 같은 고도에 있다. 그림자는 1밀리미터도 앞으로 나아가지 않았다. 그 순간 갑자기, 드러누워 있던 그 남자의 장황하리만치 옆길로 새고 있었던 생각이 막 사라졌다. 그는 죽어가고 있다.

죽는다. 편안한 자세로 죽는구나 하고 생각할 수도 있다.

하지만 그 남자는 눈을 뜨고 바라본다. 시간이 얼마나 지났지? 이 세계에 어떤 격변이 일어난 걸까? 어떤 자연의 동요나 끔찍한 사건에의 예감에 식은땀이 나는 건가?

그는 죽을 것이다. 차갑게 식으며, 숙명적으로 그리고 피할 수 없이, 그는 죽을 것이다.

그 남자는 저항한다. "아니, 지금 느끼는 이 공포심은 너무 터무니없는 거 아닌가?" 그리고 생각한다. 악몽을 꾸고 있는 거야, 이건 말이야. 무엇이 바뀌었는가? 아무것도. 그리고 바라본다. 혹시 저 바나나밭이 그의 바나나밭이 아닌가? 그가 매일 아침 제초하러 오는 곳이 저곳이 아닌가? 누가 그 남자만큼 저 밭에 대해 알겠어? 바나나밭은 완벽하게 잘 보인다. 아주 듬성듬성하고, 숨김없이 드러난 넓은 잎이 햇빛을 받고 있다. 저기, 아주 가까이에, 바람 때문에 올이 풀어진 천 같은 이파리가 있다. 하지만 지금은 움직이지 않는다…… 정오의 고요다. 곧 12시가 될 것이 분명하다.

바나나나무 사이로, 저기 위쪽으로, 딱딱한 바닥에 누워 있는 그 남자의 눈에 그의 집의 빨간 지붕이 보인다. 왼쪽으로는 밀림과 계피나무 덤불이 언뜻 보인다. 더는 시선이 닿지 않는다. 하지만 그는 자신의 등 뒤로 새 항구로 가는 길이 있다는 것을 아주 잘 알고 있다. 그리고 그의 머리가 놓인 방향으로는,

저 아래 계곡의 바닥에 파라나강이 호수처럼 잠들어 있다는 것도 알고 있다. 모든 것이, 늘 그랬던 것처럼 모든 것이 제자리에 있다. 불같은 태양, 고독하게 진동하는 대기, 움직임 없는 바나나밭, 이제는 바꿔야 할 두껍고 높은 기둥에 엮여 있는 철조망 울타리……

죽는다! 그런데 그게 가능한가? 오늘은 동틀 무렵 손에 마체테를 쥐고 집을 나섰던 그 수많은 날 중 하루가 아닌가? 저기 똑같이 있지 않은가, 그로부터 4미터 거리에 그의 말이, 얼굴이 하얀 그의 말이 유유자적하며 가시 철조망의 냄새를 맡고 있지 않은가?

하지만, 그래! 누군가 휘파람을 분다…… 그는 길을 등지고 있기 때문에 그를 볼 수는 없다. 하지만 작은 다리를 건너는 말발굽 소리의 반향이 느껴진다…… 매일 아침 새 항구로 가면서 11시 반이면 이곳을 지나는 소년이다. 그리고 그는 언제나 휘파람을 불지…… 장화에 거의 닿을 듯한 그 껍질 벗겨진 기둥으로부터 바나나밭과 길을 나눠주는 자연 울타리인 수풀까지는 15미터 거리이다. 그는 그 사실을 확실하게 알고 있다. 왜냐하면 철조망 울타리를 세울 때 바로 자신이 직접 거리를 쟀었기 때문이다.

그래서 무슨 일이 일어나는가? 그날은 그냥 보통의 정오이지 않은가? 아닌가? 미시오네스 지방의 정오, 그 밀림의, 그의 목장의, 그의 듬성듬성한 바나나밭의, 그런 수많은 날 중 하루의 정오이지 않은가? 분명하다! 짧게 깎인 잔디, 원뿔 모양의 개미집, 고요, 수직으로 내리쬐는 태양……

아무것도, 아무것도 바뀌지 않았다. 오직 그만이 다르다. 2분 전부터 그의 자아는, 그의 살아 있는 인격은, 그가 직접 5개월 동안 쉬지 않고 곡괭이질을 해서 만든 목장과 더 이상 아무 관계가 없는 것이다. 그뿐 아니라 그가 혼자서 두 손으로 일군 바나나밭과도 아무 관계가 없다. 그의 가족과도 마찬가지다. 돌연 그는 그 모든 것으로부터 뽑혀 나왔다. 의심의 여지 없이 저 번쩍거리는 나무껍질 하나에 의해서, 그리고 배에 꽂힌 마체테에 의해서. 단 2분 전에. 이제 그는 죽는다.

그 남자는, 피로에 지쳐 오른쪽 옆구리를 베고 잔디밭에 드러누워 있는 그 남자는, 아무리 봐도 단조롭기만 하고 여느 때와 다름없는 풍경 앞에서, 통찰로 분명해진 이 상황을 계속해서 인정하려 들지 않는다. 그는 지금 시각도 잘 알고 있다. 11시 반이다…… 매일 지나가는 그 소년이 막 다리를 지나갔으니까.

하지만 발이 미끄러지다니 그게 가능한 일인가……! 마체테의 손잡이(곧 다른 것으로 교체해야만 할 것이다. 이미 두께가 좀 얇아져 있다)는 그의 왼손에 단단히 잡힌 채 가시 철조망을 완벽하게 잘 누르고 있었다. 숲에서 10년을 살아왔기에 그는 밀림용 마체테를 어떻게 다뤄야 하는지 아주 잘 안다. 단지 오전의 노동에 많이 지친 것이고, 평소처럼 잠시 휴식을 취하고 있는 것뿐이다.

그 증거……? 하지만 지금 벌어진 입 사이로 들어온 잔디, 이 잔디밭은 그가 1미터 간격으로 흙덩어리를 퍼 날라 직접 심었지! 그리고 저것은 그의 바나나밭이고! 그리고 저것은 그의 얼굴 하얀 말이야! 철조망의 가시 앞에서 조심스레 숨을 헐떡이고 있잖아! 그 모습이 완벽하게 잘 보인다. 말이 감히 철조망 울타리의 모퉁이를 돌지는 않을 거라는 걸 안다. 왜냐하면 그가 거의 울타리 기둥 발치에 던져져 있으니까. 그는 말의 모습을 아주 잘 구분할 수 있다. 그리고 말의 등과 궁둥짝에서 흘러내리는 시커먼 땀 줄기도 보인다. 태양은 수직으로 내리쬐고 있고, 정적은 너무 거대하다. 바나나 이파리 가장자리의 풀린 올 하나조차 움직이지 않으니까. '저것'과 같은 것들, 그는 매일매일 똑같은 것들을 보아왔다.

……너무 지쳐서, 그러니 그는 단지 휴식을 취하고 있는 것이다. 벌써 몇 분이 더 지났음이 분명하다. 그리고 12시 15분 전이 되면, 저기 저 위에서부터, 빨간 지붕의 주택으로부터, 그의 아내와 두 아이가 밖으로 나와 점심을 함께하기 위해 그를 찾을 것이다. 항상 그 시간이면 들려오는 목소리. 그중에서도 엄마의 손에서 벗어나고픈 막내아들의 목소리.

아빠! 아빠!

저거 아닌가……? 확실하다, 들린다! 이제 그 시간이 된 것이다. 실제로 그의 아들 목소리가 들린다.

악몽이야……! 하지만 오늘은 수많은 날 중 하루, 언제나처럼 평범한 하루일 뿐인걸. 그건 확실하다! 쏟아지는 빛, 누르스름한 그림자들, 살갗 위를 조용히 달구는 화덕 같은 열기, 그 열기에 땀 흘리고 있는, 말에겐 출입이 금지된 바나나밭 앞에서 꼼짝 않고 있는 얼굴이 하얀 그의 말.

……너무 피곤하다, 너무. 하지만 그뿐이다. 수도 없이 그는,

지금과 같은 정오에 저 목장을 가로질러 집으로 돌아갔지 않은가! 그가 이곳에 왔을 때는 잡목 숲이었고, 그 이전에는 그냥 원시림이었던 그의 목장을 가로질러서 말이다. 그 시절에도 그는 역시 매우 지친 상태로, 왼손으로 마체테를 덜렁거리며 느린 걸음으로 집으로 돌아가곤 했다.

그의 정신은 이제 좀더 멀리 갈 수 있다, 그가 원한다면. 그가 자기의 몸을 한순간 떠나기를 원한다면, 그가 직접 쌓은 제방 위에서 여느 때와 같은 평범한 풍경을 보기를 원한다면, 그는 그렇게 할 수 있다. 억센 잔디와 화산석 자갈을, 바나나밭과 그 붉은 모래를, 길 쪽을 향해 구부러지면서 비탈을 따라 작아지는 철조망 울타리를 볼 수 있다. 그리고 이제 더 멀리서 그가 손수 지은 목장을 볼 수 있다. 그리고 껍질이 벗겨진 기둥 발치에, 여느 때와 정확히 같은 모습으로 다리를 모으고 오른쪽 옆구리를 바닥에 대고 드러누운 사람, 바로 그 자신을 볼 수 있다. 그건 마치 잔디밭 위에서 햇볕을 쬐고 있는 조그마한 혹 덩어리처럼 보인다—휴식을 취하고 있는 것이다, 왜냐하면 너무 피곤하니까……

그런데 땀을 줄줄 흘리고 있는, 철조망 울타리 모퉁이 앞에서 신중하게도 꼼짝도 하지 않고 있는 말 역시 땅바닥의 그 남자를 보고 있다. 그리고 그 말은, 바나나밭을 둘러 가고 싶겠지만 감히 그러지 않는다. 이제 목소리—아빠!—는 바로 가까이에 있다. 말은 그 자리에서 꼼짝하지 못하고 그 혹 덩어리에 한참을, 한참 동안을 귀 기울인다. 그리고 결국 말은 마음을 가다듬고 기둥과 드러누운 그 남자 사이로 지나가기로 마음먹는

다. 그 남자는 이제 안식을 찾았으니까.

『국민』(1920. 7. 27.)

인시엔소 나무 지붕

예수회가 지배하던 시기의 주요 도시였던 산이그나시오 유적 안쪽과 그 주위에는, 현재 같은 이름의 마을—미시오네스 주州의 산이그나시오—이 들어서 있다. 마을은 일련의 오두막집들로 구성되어 있는데 수풀 안에 몇 채씩 숨어 있는 모양새를 하고 있다. 유적지 가장자리를 따라 드러나 있는 낮고 긴 언덕 위로는 하얀 석회 칠을 해 햇빛을 받으면 눈부시게 빛나는 자재 창고 건물 몇 채가 솟아 있다. 해 질 녘에 그 언덕에서 야베비리 천 유역을 내려다보는 전망은 굉장히 훌륭하다. 가게가 모여 있는 구역에는 사람들이 바라는 것보다 더 많은 가게가 있다. 구역 옆으로 길이 난다 싶어도 그 길이 트여 있는 모습을 볼 수가 없는데, 곧바로 독일인의 가게든 스페인 사람의 가게든 그것도 아니면 시리아인의 가게가 선술집과 함께 교차로에 새로 들어서기 때문이다. 거기서 두 블록만큼의 공간에 모든 관공서가 있다. 경찰서, 평화의 법정, 자치구 위원회, 그리고 남녀공학 학교 하나. 그리고 바로 그 유적지—알려진 바와 같이 수풀로 얼마간 뒤덮인—안에는 특색 있는 술집이 하나 존재한다. 그 술집은 마테차밭 열풍이 불던 시절에 만들어졌는데, 당시에는 십장들이 알토 파라나 지방에서 포사다스로 내려가는 길에 이곳 산이그나시오에 들러 위스키 한 병에 부드럽게 눈을 끔뻑이며 갈증을 풀곤 했다. 몇 번 그 술집의 특징을 이야기한 적이 있었으므로, 오늘은 그 술집 이야기로 돌아가지는 않겠다.

하지만 우리가 언급하는 시대에는 모든 관공서가 마을 안에 자리 잡고 있었던 것은 아니다. 서로 2킬로미터 남짓 떨어져 있는 유적지와 새 항구 사이에는 훌륭한 고원—거기 사는 사람만이 그 훌륭함을 누릴 수 있었다—이 있었는데, 거기에 주민센터장 오르가스가 살고 있었고, 그는 자기 집 안에 사무소를 두었다.

공무원 오르가스가 사는 작은 집은 목재로 지은 집이었고, 슬레이트를 얹듯이 인시엔소 나무로 된 작은 판자들을 얹은 지붕이 있었다. 이런 설비의 지붕은 사전에 구멍을 정확히 뚫은 잘 건조된 나무판자를 사용한다면 우수한 설비이다. 하지만 오르가스가 지붕을 올릴 때 목재는 이제 막 쪼갠 덜 마른 것이었고, 그 남자는 목재를 깨끗한 민짜못으로 고정했다. 그렇게 얹은 나무 기왓장들은 끝이 벌어지고 위쪽을 향해 휘어서, 방갈로의 지붕은 고슴도치처럼 뾰족뾰족 솟은 모양새가 되었다. 비가 올 때면 오르가스는 여덟 번, 아니 열 번이나 침대의 위치를 바꿔야 했고, 가구들에는 희뿌연 물 흐른 얼룩이 남았다.

우리가 오르가스 집의 세부사항에 집착하는 이유는, 그런 고슴도치 같은 지붕이 4년 동안 주민센터장의 기운을 쪽 빼앗았기 때문이다. 휴가 기간에도 시간이 거의 나지 않아, 대낮에 철조망 울타리를 치면서 땀을 흘리고 싶어도, 이틀 정도 밀림 속을 넋을 잃고 헤매고—결국에는 머리에 낙엽을 뒤집어쓴 채 빛이 비치는 곳으로 빠져나올 것이다—싶어도, 그럴 수가 없었다.

오르가스는 자연 친화적인 남자였다. 기분이 좋지 않을 때는 말수가 적었지만, 다소 오만해 보이기는 해도 사람들의 말은 주의 깊게 들었다. 마을에서는 그를 별로 좋아하지는 않았지만, 존경하기는 했다. 오르가스는 완벽히 민주주의적이었고, 또 마테차밭에서 일하는 인상 좋은 남자들이나 정부 당국 사람들—그들은 모두 예의 바른 승마바지 차림이었다—과 종종 잡담과 형제애를 나누곤 했음에도, 언제나 사람들과 그를 갈라놓는 차가운 장벽이 있었다. 오르가스가 하는 모든 행동에는 조금의 자긍심도 담겨 있지 않았다. 정확하게 말하자면 이랬다. 자긍심이 없다는 것, 사람들이 그를 탓하는 것은 바로 그 지점이었다.

사실, 사람들이 그에게 이런 인상을 받게 된 데에 빌미를 준 어떤 사건이 있었다.

그가 산이그나시오에 왔던 초창기에 오르가스는 아직 공무원이 아니었다. 그냥 그 고원에서 고슴도치 같은 지붕을 올리며 혼자 살고 있었던 그때, 그는 학교 설립 행사에 참석해달라는 교장의 초대를 받았다. 교장은 당연히 오르가스라는 교양인을 학교 행사에 초대 손님으로 불러 접대할 수 있다는 것에 우쭐한 기분을 느끼고 있었다.

오르가스는 다음 날 아침 그곳을 향해 길을 나섰다. 평소와 같이 파란색 바지에 장화, 그리고 리넨 셔츠 차림이었다. 하지만 그는 밀림을 가로질러 가다 커다란 크기의 도마뱀을 만났고, 산 채로 보존하고 싶었으므로 도마뱀의 배에 칡넝쿨을 묶었다. 그리고 마침내 밀림을 빠져나왔는데, 그 상태 그대로, 그를 맞이하러 나온 교장과 교사들이 서 있던 학교 현관으로 입장한 것이다. 소매는 찢어져 둘로 갈라진 채로, 그의 뒤로는 꼬리처럼 도마뱀을 끌고서.

또 그 시절 부익스의 당나귀들도 당시에 생겨난 오르가스에 관한 견해를 조장하는 데에 한몫했다.

부익스는 이 나라에 30년을 살면서 여기가 그의 나라라고 여기고 있는 프랑스 사람인데, 그의 가축들은 풀린 채로 여기저기 돌아다니며 이웃들의 불쌍한 농장들을 황폐하게 만들곤 했다. 부익스의 가축 무리 중에 가장 멍청한 송아지조차, 철사 울타리에 머리를 들이밀고 철삿줄 사이에서 한 시간을 꼬박 머리를 움직여 철사를 헐겁게 만들 정도로는 충분히 교활했다. 그 당시에 그곳에서는 아직 가시 철조망 울타리가 알려지지 않았다. 하지만 그곳에 가시 철조망이 알려지고 나서도, 부익스의 당나귀들은 맨 아래 철조망 밑으로 몸을 눕혀 옆구리를 땅에 대고 춤을 추듯 몸을 움직여 반대편으로 빠져나가는 데에 성공하곤 했다. 아무도 불평하지는 않았다. 부익스는 산이그나시오 평화의 법정 재판관이었다.

오르가스가 그곳에 도착했을 때, 부익스는 더 이상 판사는 아니었다. 하지만 그의 작은 당나귀들은 그 사실을 몰랐다. 그러니 계속해서 당나귀들은 해 질 녘이 되면 길들을 따라 총총거렸고, 두툼한 입술을 우물대며 귀를 쫑긋 세운 채 철사 너머를 두리번거리면서 연한 잎이 있는 농장을 찾으러 다녔다.

그의 농장이 황폐해질 차례가 되었을 때, 처음에는 오르가스도 참을성 있게 인내했다. 철사를 팽팽하게 폈고, 몇몇 밤에는 이슬을 피하려고 야영 천막에까지 들어오는 당나귀들을 내쫓으려 자다 일어나 벌거벗은 채로 뛰어나가기도 했다. 결국에는 불만을 얘기하러 부익스를 찾아갔다. 부익스는 애써 자기 자식들을 모두 불러 모으더니 '우리 가엾은 오르가스 씨'를 못살게 구는 당나귀들을 잘 돌보라고 일렀다. 그러나 당나귀들은 계속해서 풀려 있었다. 그래서 오르가스는 두어 번 더 그 꽉 막힌 프랑스인을 찾아갔으나, 그 사람은 안타까워하며 또다시 손뼉을 쳐 자식들을 불러 모았고, 오르가스는 이전과 같은 결과만 얻었을 뿐이었다.

오르가스는 그래서 대로변에 팻말을 세웠다. 그 팻말에는 이렇게 쓰여 있었다.

조심하시오! 이 목장의 풀에는 독이 들었소.

그리고 열흘 동안 그는 쉴 수 있었다. 그런데 뒤이은 밤에 다시 살금살금 고지로 오르는 당나귀들의 작은 발소리가 들렸다. 곧이어 뽑아놓은 그의 야자나무 잎을 갉아 먹는 사각사각 소리가 들렸다. 오르가스는 인내심을 잃었고, 벌거벗은 채로 뛰어나가 제일 앞에 있던 당나귀를 총으로 쏘았다.

다음 날 그는 부익스에게 한 소년을 보내, 날이 새니 자신의 집에 당나귀 한 마리가 죽어 있더라는 말을 전했다. 그 믿지 못할 사건을 확인하러 간 것은 부익스 자신이 아니라 그의 장남이었다. 그의 장남은 키가 아주 큰 건장한 사내였는데, 몸이 건장한 만큼 구릿빛 피부를 가지고 있었고 피부가 구릿빛인 만큼 그늘진 얼굴을 하고 있었다. 그 가무잡잡한 청년은 대문을 지나며 팻말을 읽었고, 좋지 않은 안색을 하고 고지로 올랐다. 그 위에서는 오르가스가 주머니에 손을 넣은 채 그를 기다리고 있었다. 그 부익스의 대리인은 인사도 하는 둥 마는 둥 하고서 죽어 있는 당나귀에게 다가갔다. 오르가스도 똑같이 당나귀에게 다가갔다. 그 덩치 큰 청년은 당나귀 주위를 두어 번 돌며 당나귀 이곳저곳을 살펴보았다.

"어젯밤에 죽은 건 확실하군요……" 마침내 입을 열고 중얼거렸다. "그런데 무엇 때문에 죽었을까요……"

목덜미 중간에 있는 커다란 총상이 밝은 대낮보다 더 명백하게, 태양을 향해 진실을 외치고 있었다.

"누가 알겠소…… 틀림없이 독풀을 먹은 거요." 오르가스가 주머니에서 손을 빼지도 않고 조용히 대꾸했다.

어쨌든 당나귀들은 오르가스의 농장에서 영원히 사라졌다.

＊ ＊ ＊

그가 주민센터장으로 직무를 수행하던 첫해 내내 모든 산이 그나시오 사람들이 오르가스에게 항의하였으나, 그는 현행 조항을 들어 그 항의들을 물리치고 사무소를 마을에서 2킬로미터 떨어진 곳에 설치했다. 그곳 방갈로 안에는, 입구를 거의 막고 서 있는 커다란 귤나무와 회랑 때문에 아주 어둑어둑한, 흙바닥으로 된 작은 방이 있었고, 거기서 손님들은 꼭 10분씩 기다리곤 했다. 왜냐하면 오르가스가 없었기—아니면 있었어도 손에 온통 타르를 묻히고 있었다—때문이다. 마침내 공무원 오르가스가 와 아무 종잇조각에나 서둘러 정보를 기재하고는, 손님보다 앞서 사무실을 나서더니 다시 지붕으로 기어 올라가는 것이었다.

정말로, 미시오네스에서의 처음 4년 동안 오르가스의 주된 볼일은 그것 말고 없었다. 미시오네스 지방에는 비가 많이 내린다. 믿을 수 있겠는가, 함석판 지붕 한 겹으로는 버티지 못해 두 장의 얇은 함석판을 포개어 놓아야만 할 만큼 비가 내린다. 그런데 오르가스는 가을 내내 내린 큰비에 흠뻑 젖은 나무판자로 나무 지붕을 만든 것이다. 오르가스가 심은 식물들이야 그런 큰비에 글자 그대로 쑥쑥 자랐다. 하지만 햇빛과 습기의 작용으로 지붕의 나무판자들은 모든 모서리가 훤히 일어나버렸고, 앞서 적은 것처럼 고슴도치 같은 모양새가 되었다.

볕이 잘 들지 않는 방들, 그 방에서 위를 올려다보면, 그 짙은 색의 나무 지붕이 오히려 특색 있게도 집 내부에서 가장 밝은 부분을 만든다는 것을 알 수 있다. 각각의 나무판자 모서리가 다 들어 올려져 채광창의 역할을 하기 때문이다. 게다가 천장은 수없이 많은 조그만 동그라미들로 장식되어 있었는데, 오르가스가 갈라진 틈—물방울이 뚝뚝 떨어진다기보다는 물이 침대 위로 쏟아지는 곳—에 사탕수숫대를 꽂아 표시해놓은 것이다. 그러나 가장 특별한 것은 새끼줄 쪼가리들이었다. 오르가스는 그것으로 지붕의 틈을 메웠는데, 지금은 타르의 무게 때문에 떨어져 나와 움직임 없이 매달려 있었고, 줄 모서리를 따라 빛을 반사하고 있어서 마치 독사 같았다.

오르가스는 지붕을 고치기 위해 할 수 있는 모든 것을 시도해 보았다. 나무쐐기, 석고, 포틀랜드 시멘트, 중크롬산염 아교, 타르를 입힌 톱밥을 시험했다. 두 해에 걸친 이런저런 탐색 끝에도, 밤에 내리는 비를 막아줄 보호물을 발견했다는 기쁨을 찾을 수는 없었다—아주 먼 그의 조상들처럼. 그러던 중 오르가스는 타르를 입힌 마포麻布에 주목했다. 이것은 진짜 발견이었다. 그 남자는 그래서 누더기 같았던, 시멘트와 톱밥 섞은 지점토로 덧댄 모든 자리를 그 검은색 접합제로 대체했다.

사무실을 찾아오거나 새 항구 쪽 방향으로 지나다니던 모든 사람은 으레 지붕 위에 그 공무원의 모습이 보이려니 했다. 매번 지붕을 수선하고 난 뒤, 오르가스는 새로 비가 내리기를 기다렸다. 큰 기대는 하지 않았어도 새 방책이 효력이 있는지 관찰하려는 것이다. 보통 예전의 채광창이었던 곳에는 그 방책이 잘 작동했지만 다른 어딘가에 새로운 틈이 벌어져 있었고, 거기서 물이 뚝뚝—당연히—떨어졌다. 오르가스가 침대를 옮겨 둔 새로운 장소로.

무슨 일이 있어도 인류의 가장 오래된 이상—비를 막아 그를 보호해줄 지붕—을 정복하고 말겠다는 한 남자가 자원 부족이라는 장애물과 벌이고 있는 이 끝없는 싸움 속에서, 오르가스는 자신이 너무 많은 실수를 저질러버린 곳, 바로 그 지붕 위에 그렇게 붙들리고 말았다.

* * *

오르가스 사무소의 업무 시간은 7시부터 11시까지였다. 이미 우리는 그가 보통 어떻게 손님을 맞고 업무를 처리하는지 보았다. 주민센터장이 숲에 가 있거나 만디오카밭에 나가 있을 때는, 그의 집에서 일하는 소년이 개미 살충기 터빈을 돌려 그를 부르곤 했다. 오르가스는 어깨에 쟁기를 지고 또는 손에 마체테를 들고 비탈을 오르면서, 11시에서 단 1분이라도 지나 있기를 진심으로 간절히 바랐다. 이 시각만 지나고 나면, 공무원 오르가스로 하여금 사무소 일을 보게 할 방법은 없었다.

이런 경우 중 한번은, 오르가스가 방갈로 지붕에서 내려오고 있는 사이 사립문의 방울이 울렸다. 오르가스는 흘깃 시계에 눈길을 던졌다. 11시 5분이었다. 따라서 그는 침착하게 숫돌 앞에서 손을 씻었고, 소년의 다음과 같은 말에 별다른 신경을 쓰지 않았다.

"사람이 있어요, 소장님."

"내일 오라고 하려무나."

"그렇게 말했죠, 그런데 자기가 사법부 감사관이라고 하던데요……"

"그렇다면 얘기가 달라지지. 잠시만 기다리시라고 해라." 오르가스가 고쳐 말했다. 그는 타르가 묻은 검은 팔뚝을 비누로 계속해서 문질러 닦았고, 그러는 동안에 그의 찌푸린 얼굴은 점점 더 우거지상이 되었다.

실제로, 그에게는 그럴 만한 이유가 있었다.

오르가스는 생계를 위해 주민센터장과 평화의 법관 임명 후보에 지원했었다. 업무에 관해서는 그 어떤 애정도 없었지만, 그래도 탁자 귀퉁이에 앉아 손에는 스패너를 든 채로도 사법 업무는 잘 처리할 수 있었다—완벽히 공명정대하게. 하지만 주민등록 업무는 그에게 악몽이었다. 그날그날 연체 없이 출생, 사망, 결혼 기록 장부를 복식 부기의 방식으로 기록해야 했다. 농장 일을 하다가도 터빈 소리에 도중에 불려 나가는 경우가 절반, 연구—지붕에 관한 연구, 즉 어떤 시멘트를 써야 비가 오는 날에도 마침내 마른 침대에서 잠을 잘 수 있을까에 대한 연구—에 몰두하고 있다가 중단되는 경우가 나머지 절반이었다. 그래서 그는 그렇게 인구 통계 정보를 황급히 눈에 보이는 아무 종이에나 손으로 적어놓고는 사무실에서 도망치는 것이었다.

그다음에는 기록에 서명을 받기 위해 입회인들을 불러야 하는 끝이 없는 업무가 있었다. 그런데 입회인인 일꾼들은 제각기 숲에서 거의 나오는 법이 없는 만나기 힘든 사람들이었기 때문에 그 일은 쉬운 게 아니었다. 첫해에는 오르가스가 그나마 가장 나은 방법으로 일들을 어찌어찌 해결했었지만, 곧 모든 업무에 넌더리를 내고 말았다. 그래서 그는 지금 매우 초조한 것이다.

"우린 망했어." 타르를 씻어내는 일을 끝내며 그가 말했다.

습관처럼 손날로 공기를 갈랐다. "내가 이 상황을 모면할 수만 있다면! 그러면 내가 운이 좋은 거겠지……"

그는 마침내 어두컴컴한 사무실로 갔다. 그곳에서는 감사관이 어질러진 탁자와 두 개뿐인 의자, 그리고 흙바닥과 천장에 매달린 끈들을 주의 깊게 살펴보고 있었는데, 끈 중간중간에는 쥐들이 오르락내리락하고 있었다.

그 남자는 오르가스가 누구인지 몰랐다. 그래서 얼마 동안 두 사람은 사무소와 무관한 일들에 관해 이야기를 나누었다. 하지만 주민등록 감사관이 냉정하게 업무 얘기로 들어가자, 사정은 아주 분명해졌다.

그 시절에 기록부는 지역 사무소 담당이었다. 그리고 각 지역으로 매년 감사가 나오게 되어 있었다. 최소한 그렇게 감사가 나왔어야 했다. 하지만 실제로는 감사가 행해지지 않은 채로 몇 년이 지나가곤 했다—4년 동안 감사가 없을 때도 있다, 오르가스의 경우처럼. 그 결과 감사관 앞에 스물네 권의 주민등록부가 놓였다. 열두 권은 서명 없이 기록만 있었고, 열두 권은 완전히 텅 비어 있었다.

감사관은 눈 한 번 들지 않고 한 권씩 차례로, 책장을 천천히 넘겼다. 오르가스 역시 한마디 말 없이 탁자 귀퉁이에 앉아만 있었다. 감사관은 단 한 페이지도 그냥 넘기는 법이 없었다. 한 페이지, 한 페이지, 빈 종잇장을 느리게 넘겼다. 방 안에는 실로 엮인 종이가 넘어갈 때 나는 무정한 바스락거리는 소리—의도가 과하게 담긴 것이기는 했지만—와, 지치지도 않고 다리를 떠는 오르가스의 부츠의 움직임 말고는 다른 어떤 생명의 기척도 느껴지지 않았다.

"좋아요." 마침내 감사관이 입을 뗐다. "그런데 이 기록에 상응해야 할 이 열두 권의 빈 장부들은 어떻게 된 거죠?"

오르가스가 엉거주춤 몸을 돌려 비스킷 깡통을 집어 들고는 아무 말 없이 그것을 탁자 위에 뒤집어엎자, 갖가지 모양을 한 온갖 종류의 종이 쪼가리들—특히 오르가스가 갈피에 끼워 말려두었던 잎자국이 잔뜩 남아 있는 누더기 같은 종잇조각도 있었다—이 쏟아져 나왔다. 그 종이 쪼가리들에는 숲에서 목재에 표시할 때 쓰는 굵은 색연필—노란색, 파란색, 빨간색—로 글씨가 쓰여 있었는데, 그것이 종이 더미를 예뻐 보이게 만드는 쓸데없는 효과가 있었다. 공무원 감사관은 한참을 생각에 잠겨 그것을 바라보았다. 그러고 나서 다시 오르가스를 물끄러미 바라보았다.

"아주 좋소." 그가 감탄한 듯 외쳤다. "이런 장부는 처음 봅니다. 서명도 안 된 꼬박 2년 치 기록이라니요. 그리고 나머지는 비스킷 깡통에서 나오고요. 좋아요, 선생. 여기서는 더 이상 내가 할 일이 없겠군요."

하지만 오르가스의 고된 노동에 지친 외양과 안쓰러워 보이는 손을 보더니 그가 좀더 말을 늘어놓았다.

"당신, 정말 대단하다고요!" 오르가스에게 말했다. "당신은 딱 두 명밖에 되지 않는 입회인들의 나이를 바꿔주는 일조차 매년 하지 않았군요. 4년 동안 스물네 권의 기록부가 늘 같은 나이에요. 한 명은 언제나 스물네 살이고 다른 한 명은 늘 서른여섯 살이네요. 그리고 이 종이 쪼가리들의 카니발이라니…… 당신은 주 정부의 공무원입니다. 주 정부에서는 임무를 수행하라고 당신에게 월급을 줍니다. 맞지요?"

"맞소." 오르가스가 대꾸했다.

"자, 이 상황의 100분의 1만으로도 당신은 사무소에서 하루도 더 있을 수 없을 겁니다. 하지만 나는 바로 조처를 하고 싶지는 않소. 당신에게 3일의 시간을 주겠습니다." 시계를 보며 덧붙였다. "지금부터 3일 동안 저는 포사다스에 있습니다. 그리고 11시에는 배에 올라 잠을 자고요. 당신에게 토요일 밤 10시까지 시간을 주겠습니다. 그때까지 제게 제대로 된 기록부를 가져오세요. 그러지 않을 경우에는 그에 맞는 조처를 하겠습니다. 아시겠어요?"

"그럼요, 아주 잘 알았습니다." 오르가스가 답했다.

그는 방문객을 대문까지 배웅했고, 말을 달리며 떠나는 그에게 무미건조한 인사를 보냈다.

오르가스는 발 밑에 화산석 자갈이 구르는 길을 어정어정 올랐다. 까맸다. 달궈진 지붕의 타르 입힌 판자들보다 그를 기다리고 있는 숙제가 더욱 까맸다. 머릿속으로 계산해보았다. 하나의 기록에 몇 분씩 걸릴지를, 그의 자리를 보전—그러면 그는 계속해서 방수 문제에 집중할 수 있는 자유를 얻을 것이다—하기 위해 내야 할 시간을. 오르가스에게는 주민등록부를 날짜에 맞춰 작성해두는 대가로 주 정부에서 지급하는 것 말고 다른 수입원은 없었다. 그러니, 해야만 한다. 주 정부의 선한 의지를 쟁취해야만 한다. 그의 일자리는 이제 아주 가느다란 실에 간신히 매달려 있는 것이나 마찬가지니까.

따라서 오르가스는 진흙과 함께 손에 묻은 타르의 흔적을 모두 털어내기로 결론짓고, 탁자 앞에 앉아 열두 권의 커다란 주민등록부를 채우기 시작했다. 지정된 시간에는 절대 수행하지 않았던 업무였다. 그래도 소년이 그가 받아쓸 수 있도록 불러주는 일을 맡아 그를 도와주었다.

이 아이는 열두 살 먹은 폴란드 소년이었는데, 빨강머리에 얼굴엔 온통 오렌지색 주근깨가 가득했다. 속눈썹은 너무나 금빛이어서 옆얼굴에서는 알아볼 수 없었고, 햇빛에 시력을 다칠까 봐 소년은 언제나 눈 위쪽으로 캡 모자를 눌러 쓰고 있었다. 그는 오르가스의 시중을 들었고, 항상 똑같은 요리를 해 오르가스와 함께 귤나무 아래에서 식사를 했다.

그러나 그 3일 동안에는, 폴란드 소년이 요리할 때 쓰곤 하던 오르가스의 시험용 화덕은 제 기능을 하지 않았다. 소년의 엄마가 매일 아침 그 고원으로 구운 만디오카를 가져다주는 일을 맡았다.

바비큐장처럼 후끈하고 어두컴컴한 그 사무실에서 이마를 맞댄 채로, 오르가스와 그의 소년 비서는 꼼짝도 하지 않은 채 일만 했다. 대장은 웃통을 벗은 채로 일했고, 조수는 조금 내려앉긴 했어도 코끝에 아직 캡 모자를 걸친 채로 일했다. 3일 동안은 폴란드 소년이 받아쓰기 선생님처럼 문장을 노래하듯 읊는 목소리와 문장의 마지막 단어들을 확인하곤 하는 오르가스의 저음 말고는 아무 소리도 들리지 않았다. 일을 중단하지 않은 채로 가끔 비스킷이나 만디오카를 먹었다. 그렇게 일은 해가 떨어질 때까지 이어졌다. 그리고 마침내 오르가스가 지친 몸을 끌고 대나무밭을 둘러 목욕을 하러 가는 길에, 두 손을 허리춤에 올려놓거나 두 팔을 위로 높이 뻗는 모습이 그의 피로를 분명하게 말해주고 있었다.

그 당시 북풍은 쉼 없이 불어, 사무실 지붕 바로 옆의 공기는 뜨겁게 물결치곤 했다. 그래도 흙바닥으로 된 그 방이 그나마 그 고원에서 유일하게 그늘진 곳이기는 했다. 그 안쪽 두 필사생에게는 귤나무 아래에서 사변형 모양으로 반사되는, 하얗게 진동하는 모래가 보였고, 한낮은 온통 윙윙거림으로 가득한 것 같았다.

오르가스가 목욕을 하고 나면, 밤의 일이 다시 시작되었다. 그들은 탁자를 밖으로 옮겼는데, 대기는 차분히 가라앉았으나 후덥지근했다. 암흑 속에서도 윤곽이 뚜렷이 드러날 만큼 곧고 검은 고원의 야자수들 사이에서, 방풍등 불빛에 의지한 채 필사생들은 주민등록부의 페이지를 채워나가는 일을 계속했다. 등불 주변으로 귀여운 나방들이 모여들어 같은 높이로 빙빙 돌며 날았기 때문에 여러 색깔을 가진 후광이 만들어졌는데, 한 떼가 등불 바닥으로 떨어졌다가 방사형으로 무질서하게 흩어져 빈 페이지 위를 어지럽게 날곤 했다. 그것 때문에 일은 더욱 힘들어졌다. 화려한 옷을 차려입고 춤을 추는 나방들은 미시오네스 지방의 질식할 것 같은 여름밤에 가장 아름다운 존재이기는 하지만 그 비단옷을 입은 조그마한 숙녀들이 한 남자의 펜을 향해 집요하게 달려들었으므로, 그 남자는 펜을 붙들고 있기가 힘들었다 —그렇다고 놓을 수도 없었다.

오르가스는 그 이틀 동안 네 시간씩 잤는데, 마지막 날 밤에는 아예 잠을 자지 않고, 홀로 그 고원에서 야자수와 방풍등과 예쁜 나방들과 함께 밤을 지새웠다. 하늘에는 짙은 구름이 머리 위에 닿을 듯이 낮게 드리워지기 시작했음을 오르가스는 느낄 수 있었다. 밤이 깊은 시간이었는데도, 정적 속에서 아득하고 깊은 어떤 우르릉거리는 소리—밀림에 내리는 비구름의 천둥소리—를 들은 것 같았다. 그날 오후에 실제로 그는, 남동쪽 지평선이 아주 어둡게 물든 것을 보았었다.

"만약 야베비리 천이 평소 같지 않다면……" 암흑을 건너다보며 혼잣말을 했다.

마침내 여명이 비쳤고, 해가 솟았다. 오르가스는 구석에 켜두고 잊고 있던 방풍등을 들고 바닥을 비추며 사무실로 돌아갔다. 필사를 계속했다. 혼자였다. 그리고 10시가 되자 피로에 지쳐 잠들었던 폴란드 소년이 마침내 깨어났다. 아직은 그의 주인을 도울 시간이 남아 있었으나, 오후 2시가 되자 기름기가 낀 흙빛 얼굴을 하고 펜을 떨어뜨리더니 문자 그대로 두 팔 위에 얼굴을 묻었다—소년은 그 자세로 한참을 꼼짝도 하지 않아 숨을 쉬고 있는지도 모를 지경이었다.

끝이 났다. 예순여섯 시간 만에, 하나씩 하나씩 해치운 끝에, 하얗게 달궈진 사변형 모래 앞에서든 음산한 고원에서든, 그의 스물네 권의 주민등록부가 제대로 정리되었다. 하지만 1시에 출발하는 포사다스행 보트를 놓쳤으므로, 이제 그가 거기까지 가려면 말을 타고 가는 수밖에 없었다.

* * *

오르가스는 말에 안장을 얹으며 날씨를 살폈다. 하늘은 하얬고, 태양은 수증기에 가려져 보이지 않았지만 불덩이처럼 타고 있었다. 파라과이의 겹겹이 늘어선 산맥으로부터, 또 남동쪽 강 유역으로부터 덥고 축축한 정글의 습기가 날아들고 있다는 느낌이 왔다. 하지만 지평선의 모든 경계에서 물이 쏟아지며 하늘에 거무죽죽한 빗줄기를 그리고 있는 동안 산이그나시오는 계속해서 하얗게 불탔고 질식하고 있었다.

그런 날씨 속에서, 그런 날씨니까, 오르가스는 포사다스 방향으로 할 수 있는 한 최대로 속보와 질주를 반복했다. 새 공동묘지가 있는 구릉을 내려가 야베비리 천 유역으로 접어들었고, 강 앞에서 뗏목을 기다리다 처음으로 놀랐다. 거품이 이는 조그마한 나뭇가지들이 술 장식처럼 강변에 달라붙어 있었다.

"물이 불어나고 있어요." 뱃사공이 과객 오르가스에게 말했다. "어젯밤이랑 오늘 저 위쪽에 비가 엄청나게 퍼부었거든요……"

"그럼 더 아래쪽은요?" 오르가스가 물었다.

"거기 역시 엄청나게 많은 비가 내렸죠……"

오르가스가 전날 밤 들은 아득한 수풀에 내리는 비구름의 천둥소리는 역시 잘못 들은 게 아니었다. 이제는 가루파로 넘어가는 길이 불안했다. 그곳의 갑작스러운 증수增水는 야베비리 천과 비교할 만했기에, 오르가스는 말을 달려 로레토 쪽 산자락으로 올랐다. 말발굽에 현무암 자갈이 마구 부서졌다. 그 고원에 오르니 그의 눈앞에 거대한 그 지역의 모습이 펼쳐졌다.

하늘의 모든 부분을 다 볼 수 있었고, 동쪽으로부터 남쪽까지 푸른 물이 불어나 있었으며, 숲은 비에 잠겨 희뿌연 수증기로 가득 차 희미하게만 보였다. 이미 태양은 없었다. 질식할 것 같은 무풍 상태에 순간순간 알아챌 수 없을 만큼의 미풍이 스며들었다. 물이 왔음—큰 가뭄에 뒤이은 홍수—을 느낄 수 있었다. 오르가스는 말을 달려 산타아나를 지나 칸델라리아에 도착했다.

거기서 그는 두번째 놀랐다. 예상하기는 했지만. 가루파는 4일 동안의 악천후에 못 이겨 가라앉아 있었고 길이 없었다. 여울도 뗏목도 없었다. 단지 오래 묵은 쓰레기만 지푸라기 사이에서 넘실대고 있었고, 물길을 따라 나뭇가지들을 실은 물이 빠른 속도로 퍼져 나가고 있었다.

어떡하지? 오후 5시였다. 다섯 시간이 더 지나면, 감사관은 잠을 청하러 배에 오를 것이다. 오르가스에게 다른 방법은 남아 있지 않았다. 파라나강으로 가 강변에 비스듬히 누워 있는 제일 먼저 보이는 통나무 배에 발을 집어넣는 것밖에는.

그래서 그는 그렇게 했다. 폭풍우—어느 하늘에선가는 이미 폭풍우가 내리고 있었을 것이다—가 더욱 임박해 오후의 하늘이 어둑해지기 시작했을 때, 오르가스는 3분의 1은 갈라져 양철판을 덧대어놓은, 그러나 어떻게 더 손쓸 도리가 없는 카누에 몸을 싣고 파라나강을 따라 내려가고 있었다. 카누 바닥에 여기저기 난 구멍에서 물이 콧수염처럼 솟아 들어왔다.

얼마 동안은 카누 주인이 강 한가운데로 느릿느릿 노를 저었다. 하지만 오르가스에게 선불로 사탕수수주를 받고 나서는,

중간에 앉아 강변 이쪽저쪽을 보며 독백이나 내뱉는 편을 택했다. 그렇게 오르가스는 직접 노를 저을 권리를 얻을 수 있었다. 때마침 시원한 바람이 불어닥쳤는데, 거의 겨울 바람 같아서 마치 강판처럼 강 전체에 물결의 가시가 돋았다. 드디어 비가 왔고, 이제 아르헨티나 쪽 강변은 보이지 않았다. 굵은 빗방울이 떨어지기 시작했을 때 오르가스는 고작 가방 천으로만 감싸고 있던 그의 기록부에 생각이 미쳤다. 그는 양복저고리와 셔츠를 벗어 기록부를 덮고 다시 뱃머리의 노를 꽉 쥐었다. 카누 주인 인디오 또한 일하긴 했으나, 폭풍 앞에서 굉장히 불안해했다. 체로 치듯 물을 두드리는 큰비 속에서, 두 사람은 힘을 다해 노를 저어 카누가 물길에서 벗어나지 않도록 버텼다. 수평선이 20미터 앞에 있는 것처럼 느껴졌지만 동시에 허연 원 속에 갇혀 있는 듯했다.

물길을 탄 항해는 앞으로 나아가는 데에 유리했기에, 오르가스는 가능한 한 물길을 따라 항로를 유지했다. 하지만 바람이 더욱 거세졌다. 그리고 파라나강은 칸델라리아와 포사다스 사이에서 그 폭이 바다처럼 넓어지기 때문에, 미친 듯이 성난 파도가 친다. 오르가스는 양철판을 망가뜨리며 들이쳐 카누를 흥건히 적시는 물로부터 기록부를 구하기 위해 그 위에 앉았지만, 더 이상 버틸 수가 없었다. 이러다 포사다스에 너무 늦게 도착할 것 같아 일단 강변으로 뱃머리를 돌렸다. 카누에 이렇게나 물이 찬 데다 파도에 배가 한쪽으로 기울었는데도 뭍에 닿을 때까지 배가 가라앉지 않은 것은, 어쩌다 가끔 그런 설명할 수 없는 일들이 일어나곤 한다는 것으로밖에 그 이유를 찾을 수 없을 것이다.

장대비가 계속해서 엄청나게 내렸다. 그 두 남자는 더욱 수척해진 모습으로 물을 줄줄 흘리며 카누에서 빠져나왔다. 언덕을 기어오르자 가까운 거리에 거무죽죽한 그늘이 보였다. 잔뜩 찌푸리고 있던 오르가스의 얼굴은 이제 조금 풀렸다. 오르가스는 그렇게 기적적으로 지켜낸 기록부를 가슴에 품은 채 비를 피하려고 그늘이 있는 쪽으로 내달렸다.

그곳에는 벽돌을 건조하는 낡은 창고 건물이 있었다. 오르가스는 잿더미 사이에 있는 바위 위에 앉았다. 바로 그 건물 입구에는 카누를 같이 타고 온 인디오가 웅크리고 앉아 두 손에 얼굴을 묻은 채로 조용히 비가 그치기를 기다리고 있었다. 비는 함석지붕을 요란하게 울리고 있었고, 점점 더 쏟아지더니 그 리듬이 더욱 빨라져 빗소리는 이제 짐승이 포효하는 소리 같아 현기증이 났다.

오르가스도 역시 밖을 바라보고 있었다. 끝이 없는 하루구나! 산이그나시오를 나선 것이 한 달 전인 것 같은 느낌이었다. 불어나던 야베비리 천…… 구운 만디오카…… 홀로 필사만 계속하며 지샌 밤…… 열두 시간 내내 하얗게 빛나던 그 사변형……

그 모든 것이 멀게만, 아득하게만 느껴졌다. 그는 흠뻑 젖어 있었고 지독하게 허리가 아팠다. 하지만 졸음과 비교한다면 이건 아무것도 아니었다. 잠을 잘 수만 있다면! 잠깐이라도 잘 수 있다면! 그런데 이것조차 허락되지 않았다. 잿더미에서 모래벼룩이 마구 뛰고 있었기 때문에 잘 수 있었다고 하더라도

무리였다. 그는 장화의 물을 쏟아버리고 나서 다시 신었고, 날씨를 살피러 나갔다.

갑자기 비가 멎었다. 해 질 녘의 잠잠해진 공기는 높은 습도로 인해 숨이 막혔으나, 밤이 깊어감에 따라 다시 큰비가 내릴 것이 뻔했기 때문에, 오르가스는 잠깐 사이 찾아온 비의 휴지기를 외면할 수 없었다. 그 기회를 이용하기로 하고 두 발로 행군을 시작했다.

계산해보니 포사다스까지의 거리는 6내지 7킬로미터쯤 되었다. 평상시 날씨 같으면 그 정도 거리는 놀이에 불과했겠지만 흠뻑 젖은 진흙탕 길에서 지친 남자의 장화는 앞으로 나아가지를 못하고 자꾸 미끄러지곤 했다. 그럼에도 오르가스는 허리 아래로 더 짙어지는 어둠을 달고, 저 위로는 포사다스의 전등 불빛의 광채를 바라보며 7킬로미터를 기어코 완주한 것이다.

갖은 고생과 고문과도 같은 수면 부족 탓에 머리 안이 윙윙거렸고, 여기저기 마구 갈라지고 터질 것만 같았다. 극심한 피로와 그 밖의 것들이 오르가스에게 덕지덕지 붙어 있었다. 하지만 지금 그를 지배하고 있는 것은 자신에 대한 충족감이었다. 명예를 회복했다는—사법부 감사관 앞에 가서야 그렇게 되겠지만—만족감이 그의 위에 내려앉았다. 오르가스는 공공기관 공무원이 되려고 태어난 것도 아니고, 우리가 이미 본 바에 따르면 거의 공무원 같지도 않았다. 하지만 가슴 속 깊이, 한 남자의 기운을 북돋아주는 달콤한 열기가 느껴졌다. 단순한 의무를 이행하기 위해 그토록 힘들게 일하고 또 계속해서 한 블록 한 블록 나아가 마침내 무지갯빛을 보게 되었을 때 느낄 수 있는 그런 열기였다. 무지개는 하늘에서 빛나고 있는 것이 아니라 바로 그 자신을 둘러싼 까만 밤을 비추고 있었다. 눈이 부셨다.

＊ ＊ ＊

호텔의 시계가 10시를 알리는 괘종을 울렸고, 그때 여행용 트렁크를 닫고 있던 사법부 감사관은 창백한 한 남자가, 얼굴에까지 진흙 범벅을 한 채로, 문틀을 붙든 손을 놓는다면 바로 쓰러질 듯한 기세로 들어오는 것을 보았다.

감사관은 잠깐 말문이 막혀 그 사람을 바라보았다. 하지만 이 사람이 간신히 더 앞으로 다가와 탁자 위에 기록부를 올려놓았을 때, 그제야 그는 오르가스를 알아보았다. 그가 왜 그런 시간에 그런 상태로 나타났는지 제대로, 아니 조금도 설명하지 않았지만 말이다.

"이건……?" 기록부들을 가리키며 그가 물었다.

"당신이 제게 요구한 것이죠." 오르가스가 말했다. "이제 다 제대로 정리됐습니다……"

감사관은 오르가스를 쳐다보았다. 그의 행색을 보며 잠시 생각에 잠기더니 그제야 그 남자의 사무실에서 있었던 사건이 떠올라, 손바닥으로 그의 어깨를 치며 진심으로 크게 웃음을 터뜨렸다.

"하지만 당신께 이걸 가져오라고 말했던 건 그냥 뭔가 말해야 했기 때문이었소, 그것뿐이오! 아이고 이 어리석은 양반아!

무엇을 위해서 이 많은 일을 다 했단 말이오!"

* * *

불같이 뜨겁던 어느 정오에 우리는 오르가스와 함께 그의 집에 있었다. 지붕 위의 오르가스는 무거운 인시엔소 나무판자 사이사이에 타르를 입힌 마포를 돌돌 말아 끼워 넣으며 이 이야기를 해주었다.

얘기를 끝내고 그가 별다른 말을 덧붙이지는 않았다. 그로부터 몇 년이 더 흐르고 난 지금, 나는 그때 그 순간에 주민등록부 페이지나 비스킷 깡통에 뭐가 있었는지는 모른다. 하지만 오르가스에게 만족감을 주었던 그 밤으로 돌아간대도, 나는 그런 기록부의 감사관 따위는 되고 싶지 않다.

『국민』(1922. 2. 5.)

오렌지주를 증류하는 사람들

그 남자는 어느 날 정오에 나타났으나 어디로 가야 하는지 어떻게 가야 하는지 알지 못하는 것 같았다. 그는 이비라로미의 모든 선술집에 모습을 드러냈고, 술을 마셨다. 어느 누구도—리벳과 후안 브라운을 예외로 한다면—그처럼 마시는 것을 본 적이 없었다. 파라과이 군복 반바지를 입고 있었고, 스타킹은 신지 않은 채 운동화를 신었으며 기름때가 전 흰 베레모를 눈 위로 비스듬히 걸쳐 쓰고 있었다. 술 마시는 일을 빼면 그 남자는 노래 부르듯 자기 지팡이—껍질을 깎아 만든, 옹이가 많아 울퉁불퉁한 막대기—자랑을 늘어놓는 일 말고는 아무것도 하지 않았고, 모든 막일꾼을 불러 모아 지팡이를 한 번 부러뜨려보라고 하곤 했다. 막일꾼들이 한 명 한 명 돌로 된 타일 바닥에 그 기적의 지팡이를 내리쳐보았으나, 실제로 지팡이는 끄떡도 없이 그 모든 충격을 다 이겨내는 것이었다. 지팡이 주인은 바에 등을 기댄 채 다리를 꼬고 앉아 그 광경을 보며 흐뭇하게 미소짓곤 했다.

다음 날에도 그 남자는 같은 시간, 같은 선술집에 그 유명한 지팡이를 들고 나타났다. 그 후 그는 사라졌다가, 한 달이 지난 후 유적지 사이로 비치는 노을이 술집을 물들일 때쯤 화학자 리벳과 함께 다시 나타났다. 하지만 이제 우리는 그가 누구인지 알고 있었다.

1900년경에 파라과이 정부는 적지 않은 수의 유럽 학자들을 고용했는데, 그중 소수는 대학교수들이었고 다수는 산업 연구원들이었다. 파라과이는 병원을 설립하기 위해서 젊고 유능한 스웨덴 생물학자 엘세 박사 연구팀을 영입했는데, 박사는 폭넓은 영역에서 넘치는 활동력을 펼칠 새로운 나라를 만난 셈이었다. 5년 동안 병원과 연구 기관—20년간 그렇게 많은 수의 다른 전문가를 영입하지는 못했던—실험실에서 그는 재능을 발휘했다. 그 뒤 그의 활력은 조금씩 잠들기 시작했다. 그 열대의 나라에서 많은 외국인의 활약이 알코올처럼 타올랐다 사그라졌던 것처럼, 저명한 학자였던 그 역시 그 나라에 깊은 공헌을 하고도 이미 시작된 몰락은 멈출 수가 없던 것이었다. 그 후 15년에서 20년의 시간 동안 그가 무엇을 하며 지냈는지 알려진 것은 아무것도 없었다. 그러던 중 우리는 마침내 미시오네스 지방에서 군복 반바지에 비스듬히 걸쳐 쓴 베레모 차림으로, 모든 사람에게 자기 지팡이의 단단함을 증명해 보이는 일이 마치 인생의 마지막이자 유일한 목표인 것처럼 지팡이를 자랑하고 다니는 그를 만나게 된 것이다.

이 남자가 바로 그 남자다. 그의 등장으로 외팔이는 자신이 지난 몇 달간 품어 왔던 꿈을 실현해보기로 마음먹은 것이다. 바로 오렌지주를 증류하겠다는 꿈을.

외팔이, 다른 이야기를 통해서 이미 우리가 알고 있는 그 외팔이는, 머릿속으로 늘 부자가 되기 위한 세 개의 프로젝트와 재미로 하는 한두 개의 프로젝트를 동시에 진행하고 있었다. 그는 결코 단 1센타보도 소유해본 적도 없고 이렇다 할 재산을 가져본 적도 없는 데다가, 부에노스아이레스에서는 자동차 크랭크 핸들에 끼어 팔을 잃었기 때문에 팔이 하나 없었다. 하지만 삶은 만디오카 두 뿌리와 용접기만 그의 잘린 팔 밑둥 아래 놓여 있으면 한쪽 팔로도 그는 자신을 세상에서 가장 행복한 사람으로 여겼다.

"내가 부족한 게 뭐가 있어?" 그는 하나밖에 없는 팔을 휘저으며 기쁜 표정으로 그렇게 말하곤 했다.

실제로 그의 자부심에는 근거가 있었다. 그는 미술과 공예의 전 영역에 걸쳐 어느 정도 깊은 지식이 있었다. 금욕적인 생활을 하였으며, 두 권짜리 '백과사전'도 소유하고 있었다. 이것 말고는, 불멸의 낙관주의와 용접기가 그가 소유한 전부였다. 그러나 반대로 가엾은 그의 머릿속은 환상으로 끓어 넘치는 금속 냄비와 같았고, 그 냄비 속에는 산업 발명품이 솥에서 끓는 만디오카보다 더욱 열렬히 끓고 있었다. 위대한 것을 열망하기에는 재력이 받쳐주지 못했기에, 그는 지역에서 소비할 수 있는 소소한 산업 기구나, 그도 아니면 엘오르케타의 소택지에서 그의 집까지 여과기를 통해 물을 거슬러 오르게 할 수 있는 놀라운 장치를 계획하곤 했다.

3년이라는 기간 동안 외팔이는 연달아서 다음과 같은 것들을 시험했다. 옥수수 빻는 기계—이 지역에서 빻은 옥수수는는 부족했다—만들기, 타르와 철분이 함유된 모래로 모자이크 만들기, 땅콩과 벌꿀로 만든 양과자, 건류로 얻는 인시엔소 나무 송진, 설탕을 입힌 야생 오렌지 껍질—샘플을 만들어 달품팔이들에게 돌렸더니 광적인 반응을 보이며 먹어치웠었다—만들기, 또 칼륨 화합물에 적셔 얻는 라파초 꽃물 염색과 오렌지 정유精油 제조까지. 알다시피 그가 그렇게 산업 발명품 연구에 전념하고 있었을 때, 엘세가 그의 시야에 등장한 것이다.

그가 시도한 산업 발명품 중 그 어느 것도 외팔이 발명가인 그를 부유하게 만들지 못했다는 사실을 지적할 필요가 있다. 이유는 단순히 그가 한번도 제조 설비를 제대로 갖춰본 적이 없기 때문이었다.

"내가 부족한 게 뭐가 있어?" 잘린 팔 밑둥을 휘저으며 행복한 표정으로 되풀이해서 말했다. "200페소가 부족하긴 하지. 그런데 내가 어디서 그걸 손에 넣는단 말인가?"

그의 발명은 확실히, 그놈의 돈이 부족한 탓에 사업으로 번창할 수는 없었다. 그리고 이비라로미에서는 10페소를 빌리는 것보다 여분의 팔 하나를 찾는 게 더 쉬울 거라는 사실을 모두가 잘 알고 있었다. 하지만 이 남자는 결코 낙관주의를 버리지 않았고, 그런 낙관과 대조적인 비관적인 상황에서도 산업 발명품에 대한 터무니없고 새로운 상상력이 여전히 싹트곤 했다.

오렌지 정유 제조시설은 그럼에도 현실화한 장치였다. 엘세의 출현을 예상하지 못했듯 그는 생각지도 못한 방법으로 그 시설을 갖추고야 말았다. 평소처럼 마테차밭 노동자들 작업장을 여기저기 들쑤시고 다닌 것은 아니었다. 외팔이는 용접기를 제외하면 대여섯 개의 기본적인 부품들 말고는 기계를 만들 재료를 갖고 있지 않았기에 기계 장치의 모든 부품은 누군가의 집이나 또 다른 누군가의 창고에서 나온 것들—그가 그 동네의 낡은 국자들을 모아서 조립했던 펠턴 수차 바퀴의 주걱처럼—이었다. 그래서 그는 1미터짜리 관이나 얇은 산화아연판—그는 그것으로 뭔가 만들기 위해 잘린 팔 밑둥의 도움을 받아 하나밖에 없는 팔로, 그리고 에너지 넘치는 낙관주의자의 신념으로 자르고, 구부리고, 비틀고, 용접하는 것이다—을 구하러 쉬지 않고 돌아다녀야만 했다. 그렇게 우리는 그의 보일러 펌프가 낡은 장난감 기관차에서 나온 것임을 알고 있었다. 외팔이는 그 장난감 주인 꼬마의 마음을 얻기 위해 자기가 팔을 잃게 된 이야기를 백 번도 넘게 들려주었다. 그리고 그 증류기에 사용된 접시는(그의 증류기는 일반적으로 사용하는 나선관 냉각기가 없었고, 대신 커다란 접시를 가진 스타일이었다) 한 동식물 연구가가 독사를 보관하기 위해 원통 모양의 뱀 우리를 만들 때 썼던 순수 아연판에서 나왔다.

그의 새로운 발명품의 가장 독창적인 부분은 오렌지즙을 추출하는 압착기였다. 그것은 3인치짜리 못을 안쪽으로 잔뜩 박아 넣은 나무통으로 수평 나무 축을 따라 빙글빙글 돌았다. 그 가시 박힌 통 안에서 오렌지가 굴렀고, 못에 마구 걸리고 부딪쳐 튀어 오르면서 분해되었으며, 결국 표면에 기름이 뜬 노란색 과육으로 변해 보일러로 들어갔다.

외팔이의 유일한 팔은 원통을 돌리는 데에 2분의 1마력—미시오네스 지방의 한낮의 태양 아래, 게다가 외팔이가 여름에

조차 벗지 않는 두껍디 두꺼운 선원용 검은 티셔츠를 입은 채였는데도—의 힘을 발휘했다. 하지만 장난감으로 만든 그 괴상한 펌프는 늘 사람이 옆에 붙어서 돌려야 했기에, 외팔이 증류기 기사는 초창기부터 나무에 몸을 반쯤 숨긴 채 외팔이의 공장을 멀리서 지켜보며 시간을 보내곤 했던 한 팬에게 도움을 청하게 되었다.

그 팬의 이름은 말라키아스 루비다르테이다. 스무 살짜리 청년으로 브라질 사람이었고 완전한 흑인이었는데, 우리 생각으로는 숫총각—실제 그랬었다—이었다. 그는 어느 날 아침 말을 타고 코르푸스에 결혼하러 갔다가, 3일째 되는 날 칠흑 같은 밤에 술에 잔뜩 취해서는, 말 궁둥이에 여자 두 명을 태운 채 집으로 돌아왔다.

그는 아주 이상하게 생긴 건물에서 할머니와 함께 살고 있었다. 건물은 석유 깡통으로 만든 작은 집을 한데 뭉친 덩어리 같았는데, 하프 연주도 할 줄 아는 그 흑인은 당시 건축 중이던 서너 채의 산장식 주택 공사 현장에서 듣고 온 새로운 건축술에 맞게 집을 변형하고 확장해나갔다. 말라키아스는 매번 새 건축술을 적용하여 건물에 차양을 덧대거나 세워 올렸는데, 물론 산장식 주택보다는 훨씬 작은 스케일이었다. 주택의 회랑에만 겨우 빛이 50센티미터 만큼 들었고, 문으로는 개 한 마리가 간신히 들어갈 정도였다. 하지만 그 흑인은 그에게 쏟아지는 조롱에도 아랑곳하지 않고 그렇게 자신의 예술에의 열망을 충족시켰다.

그런 예술가이니 그가 만디오카 두 뿌리에 외팔이가 원하는 조수가 될 리 만무했다. 말라키아스는 오전 내내 아무 말 없이 원통 주위를 맴돌기만 하더니, 오후에는 다시 돌아오지 않았다. 그리고 다음 날 아침에는 다시 나무 뒤에 자리 잡고 공장을 지켜보기만 했다.

이제 이후의 상황을 요약해 보자. 어쨌든 외팔이는 새콤달콤한 오렌지 정유 샘플을 얻었고, 그것을 부에노스아이레스로 발송할 수 있었다. 거기서는 그에게 그의 정유가 비슷한 수입품에 비해 경쟁력이 떨어진다고 알려왔다. 이유는 정유를 얻을 때 가해진 고온이었다. 압력을 가해 얻은 새로운 샘플이 있어야만 이야기를 진행하겠다는 것이었고, 지금은 증류 과정에서 너무 많은 결점이 눈에 보인다는 것이었다. 기타 등등, 기타 등등.

외팔이는 이 일로 낙담하지는 않았다.

"하지만 내가 말했던 게 바로 그거잖아!" 등 뒤로 잘린 팔 밑둥을 붙잡으며 마냥 기쁜 표정으로 우리 모두에게 이야기했다. "불을 직접 때서는 아무것도 얻을 수가 없지! 돈이 없는데 내가 뭘 할 수 있겠냐고!"

외팔이보다 더 많은 돈을 가진 다른 그 누구였더라도 그만큼 지적 융통성을 발휘하지는 못할 것이므로, 다른 이들은 그냥 증류기의 불을 끄고 말았을 것이다. 하지만 외팔이는 얼기설기 만들어진 그의 기계—각 부품을 효과적으로 대체한 대용품으로 만들어진 그 기계—를 우울하게 바라보다가, 곧이어 원통에서 흘러나오는 저 누르스름한 부식성의 질척한 물질이 오렌지주를 제조하는 데 쓰일 수 있겠다는 데 생각이 미쳤다. 그는 발효 분야에는 자신이 없었지만 인생의 더 큰 어려움도 이겨냈었다. 더구나 리벳이 그를 도와줄 것이었다.

정확히 이때였다. 엘세 박사가 이비라로미에 나타난 것이.

* * *

외팔이는 리벳에게 그랬던 것처럼, 새로 등장한 폐인 엘세를 존중했던 그 지역의 유일한 사람이었다. 리벳이나 엘세나 지금은 심연으로 굴러떨어지고 만 인생이었지만 이 '대백과사전' 신봉자는 한때는 인간이었을 그 두 폐인이 지금과는 달리 지식인이었다는 사실을 간과할 수가 없었다. 두 폐인을 우스개로 놀려대는 말(물어뜯기 좋아하는 저 무식자들 사이에서 그런 우스갯소리는 또 얼마나 잔인한가!)을 외팔이가 얼마나 많이 들었겠는가. 외팔이는 항상 그런 말이 오가는 곳에 서 있곤 했다.

"사탕수수주가 그들을 망쳐놓은 거야." 그는 고개를 가로저으며 진지하게 답했다. "하지만 그들은 아는 게 많잖아……"

여기 그 저명한 의사 엘세가 왜 이 지역의 존경을 받기가 어려웠는지 한 사건을 언급해야겠다.

그가 처음 이비라로미에 나타났던 초창기에 이웃 사람 하나가 선술집의 카운터로 달려 들어왔다. 여차여차한 병을 앓는 아내의 치료를 간청하러 온 것이었다. 엘세는 그의 말을 아주 귀 기울여 듣더니, 계산대 위의 갱지로 된 메모지 수첩 쪽으로 몸을 돌려 지독하게 힘이 들어간 손으로 처방전을 쓰기 시작했다. 펜이 부러졌다. 엘세는 웃음을 터뜨리더니, 여전히 힘이 잔뜩 들어간 손으로 종이에 글씨를 꾹꾹 눌러 쓰려고 했는데, 이래서는 한 단어도 쓸 수 없을 것 같았다.

"나는 이게 뭔지 모르겠소!" 그가 홀로 되뇌었다.

외팔이는 같은 날 한낮에 하얗게 부서지는 뜨거운 하늘 아래로 엘오르케타까지 그와 동행하게 된 것을 기쁘게 생각하면서, 사탕수수주의 효모가 오렌지 과즙에서도 살 수 있도록 적응시키는 문제에 대해 상담했다. 그는 효모의 적응에 얼마만큼의 시간이 걸릴지, 그리고 효모의 최소 비율이 얼마가 될지에 대해서 조언을 구했다.

"이건 나보다 리벳이 더 잘 알 거요." 엘세가 중얼거렸다.

"그래도요," 외팔이가 집요하게 이야기를 계속했다. "저는 효모균의 초깃값에 대해서는 잘 알고 있어요……"

사람 좋은 외팔이는 제 하고 싶은 대로 할 말을 다 했다.

엘세는 반사광을 막으려고 베레모를 콧잔등 위에 걸쳐 쓴 채로 마지못해서 간단한 소견을 말했다. 외팔이는 그 몇몇 얘기들로부터 사탕수수주의 효모를 적응시키는 데에 시간을 버리면 안 되겠다는 사실을 추론해냈다. 왜냐하면, 그렇게 해서는 예상한 양의 10만 분의 1조차 얻을 수 없을 것이기 때문이었다. 오히려 오렌지 과즙을 살균한 뒤 인산염 처리를 잘하여 부르고뉴 와인의 효모를 활성화해야 한다는 데 생각이 미치자, 부에노스아이레스에서 부르고뉴 와인을 주문했다. 시간을 버릴 작정을 한다면 효모를 오렌지에 적응시킬 수는 있을 것이다. 하지만 꼭 필요한 작업은 아니었다……

외팔이는 엘세 옆에서, 열정과 더위 때문에 티셔츠의 옷깃을 풀어헤친 채 걸음을 재촉했다.

"나는 행복합니다!" 그가 말했다. "부족한 게 하나 없어요!"

가엾은 외팔이! 오렌지를 발효시키기 위해 반드시 있어야 하는 것이 그에게는 없었다. 바로 225리터 들이 포도주 저장용 빈 오크 통 여덟 내지 열 개. 그런데 당시는 전쟁 시기여서, 새 오크 통은 그가 여섯 달 동안 밤낮으로 용접을 해서 벌 수 있는 돈보다 값이 더 나갔다.

그럼에도 그는 일을 시작했다. 비가 오는 몇 날 며칠을 종일 마테차밭의 창고에서 가솔린 깡통을 변형시켜 소기름 용기—막일꾼용 식품인, 냄새가 나거나 색이 변한 소기름을 담는—로 만드는 일을 했다. 그리고 여기저기 선술집들을 돌며 너무 오래되어 이제는 아무짝에도 쓰지 못하는 나무통들을 얻으러 다녔다. 나중에는 리벳과 엘세가—이건 90도짜리 알코올에 관한 일이었으니—확실히 도와줄 수 있을 것이다.

리벳은 실제로, 그의 힘이 닿는 범위 내에서 그를 도와주었다. 그런데 그 화학자는 못 하나 박을 줄 몰랐기 때문에 외팔이가 혼자서 하나씩 하나씩 낡은 오크 통을 열고, 해체하고, 긁어내고, 그을렸으며, 술통의 판자 하나하나에 엉겨 붙은 보랏빛 침전물을 가운뎃손가락으로 떼어냈다—그래도 이 일은 다시 오크 통을 조립하는 일과 비교하면 쉬운 편이었다. 그리고 외팔이는 마침내 그의 한 팔과 4분의 1짜리 팔로, 몇 시간을 한없이 땀을 흘린 끝에 그 조립을 끝마칠 수 있었다.

엘세는 현재까지 알려진 발효 효소 관련 지식을 바탕으로 이미 이 시설에 기여한 바 있었다. 하지만 외팔이가 그에게 발효

공정을 감독해주기를 부탁하자 이 전직 학자는 웃음을 터뜨리고는 자리에서 일어났다.

"나는 이게 뭔지 하나도 모르겠소!" 팔로 그의 지팡이를 짚으며 말했다. 그러고 그는 저만치 걸어가버렸다. 그 어느 때보다 금발은 더욱 빛났고, 기분은 더욱 좋아 보였으나, 그 어느 때보다 더러운 차림이었다.

이런저런 산책은 의사 엘세의 삶의 일부였다. 밀림의 어느 길에서든 스타킹을 신지 않은 운동화 차림의 그를 만날 수 있었고, 행복에 도취된 그의 모습을 볼 수 있었다. 매일같이 모든 선술집에 들러 술을 마시는 일 말고는, 오전 11시부터 오후 4시까지 그는 아무 일도 하지 않았다. 그 시간에는 바에도 들르지 않았는데, 이 점이 그의 동료 리벳과 다른 점이었다. 그런 반면 깊은 밤에는 말을 타고 있는 그를 마주치곤 했는데, 그는 말의 귀를 붙잡고서는 그 귀에다 대고 굵은 목소리로 웃으며 어머니 아버지를 부르곤 했다. 그렇게 그는 몇 시간이고 긴 거리를, 결국 말에서 떨어져 모두의 웃음거리가 될 때까지 말을 타고 밤 산책을 했다.

그의 이러한 경박한 인생에도 불구하고, 한때는 인간이었을 그 폐인을 알코올 중독의 지옥에서 끄집어낼 수 있는 무언가가 있었다. 그리고 어느 날, 우리는 그게 무엇인지 알게 되어 크게 놀랐다. 그날 엘세는 마을에 모습을 드러냈는데, 아무도 쳐다보지 않고 빠른 걸음으로 걸어가고 있었다. 그날 오후에 그의 딸이 도착한 것이다. 그녀는 산토 피포에 있는 학교 선생님으로, 1년에 두세 번 아버지를 찾아오곤 했다.

그녀는 검은 옷을 차려입은 날씬한 젊은 여자였는데, 병약해 보이는 외양에 잔뜩 찌푸린 눈빛을 하고 있었다. 이것이 그녀가 엘오르케타 쪽으로 그녀의 아버지와 함께 마을을 지나갈 때 우리가 받았던 인상이었다. 하지만 외팔이가 해준 얘기로부터 우리가 유추한 바에 따르면, 젊은 여선생의 그런 표정은 단지 우리를 향한 것이었다. 우리가 매일같이 모이는 술집, 그러니까 그녀의 아버지가 빠지고 만 타락의 구렁텅이가 바로 그런 술집이라고 생각했기 때문이었다.

후에 알게 된 일도 이러한 가설을 더욱 굳건히 했다. 그 여자의 피부는 매우 짙은 갈색을 띠고 있어서 그 스칸디나비아 출신 의사와는 어느 구석도 닮은 데가 없었다. 아마도 그의 딸이 아닐 것이다. 최소한 그는 결코 딸이라 믿지 않았다. 딸아이를 대하는 그의 태도를 보면 더욱 확실했다. 오직 신만이 학대받고 버려진 아기가 어떻게 선생님의 자격을 얻기에 이르렀는지, 어떻게 계속해서 아버지를 사랑할 수 있는지 알 것이다. 그녀는 아버지를 곁에 둘 수는 없었지만, 그가 어디에 있든지 그를 볼 수 있는 곳으로 이사를 했다. 그리고 엘세 박사가 술을 마시는 데 쓰는 돈은 바로 그 젊은 여선생의 월급에서 나왔다.

그 폐인은 그럼에도 최후의 자존심은 지키고 있었다. 딸이 보는 앞에서는 술을 마시지 않는 것이다. 딸이라고 생각하지 않으면서도 이 인디오 아가씨를 존중하는 그의 이러한 희생에는, 가엾은 외팔이가 굉장한 과학적 지식을 바탕으로 준비하고 있던 화학 반응들보다 오히려 숨겨진 효소를 더 많이 가지고 있었다.

어쨌든 이번 경우에는 나흘 동안, 그 어디에서도 의사는 보이지 않았다. 물론 그가 다시 선술집에 모습을 드러냈을 때는 전에 없이 더 취해 있기는 했다. 하지만 그가 입는 옷들의 기운 자리에서 딸의 공을 느낄 수 있었다.

그때부터 사람들은 정신이 맑고 진지해진 엘세가 밀가루와 버터를 구하러 빠른 걸음으로 길을 가로지를 때마다 입을 모아 다음과 같이 말했다.

"요즈음 그의 딸이 찾아온 게 틀림없군."

* * *

그러는 사이 외팔이는 부잣집 지붕에 걸터앉아 용접을 계속했고, 쉬는 날이면 술통의 판자를 긁어내고 그을리는 일을 계속했다.

이뿐만이 아니었다. 그해는 강추위에 오렌지가 너무 일찍 익어버린 데다가 여전히 기승을 부리는 시월 밤의 추위가 발효를 망치지 않도록 외팔이는 양조장 온도까지 생각해야만 했다. 그래서 그는 오두막집 안쪽에 엉킨 밀짚 다발을 덧대야 했는데, 덧댄 밀짚 다발은 마치 빳빳하게 날이 선 솔 같아 보였다. 난방 장치도 설치해야 했다. 소독제인 맨체스터액 드럼통에 불을 지펴놓은 것이 난방 장치의 아궁이였고, 대나무 줄기를 벽에 덧댄 밀짚 사이사이로 빙 둘러친 것이 난방 장치의 배관이었는데, 대나무 줄기 배관은 그 모습이 마치 누런 빛을 띤 굵은 뱀 같았다. 그리고 흑인 말라키아스의 단단한 바퀴가 달린 작은 수레를 빌려야만 했는데—그 하프 연주자 말라키아스나 다른 사람들 모두 미래의 알코올을 약속받고 일을 해주었다—, 말라키아스는 이렇게 다시 외팔이에게 서비스를 제공하게 된 것이다. 말라키아스는 언제나처럼 침묵을 지키면서 그의 두 여자에 대한 쓸쓸한 추억을 간직한 채 숲에서 양조장으로 오렌지를 나르는 일을 맡았다.

보통 사람 같았으면 도중에 항복하고 말았을 것이다. 하지만 외팔이는 땀을 뻘뻘 흘리면서도 늘 기쁨이 넘쳤고 한순간도 믿음을 잃지 않았다.

"하지만 이제 우리는 부족한 게 없다오!" 몇 번이고 되풀이하여 이렇게 말했다. 그러면서 이 낙관주의자는 춤을 추듯 온전한 팔 하나와 잘린 팔 밑둥을 일시에 흔들어대는 것이다. "이걸로 우리 운을 개척해보자고!"

부르고뉴 와인의 효모가 일단 오렌지에 적응하고 나자, 외팔이와 말라키아스는 나무통을 채우기 시작했다. 흑인 말라키아스는 마체테의 날로 오렌지를 쪼갰고, 외팔이는 강철 같은 그의 손가락으로 오렌지를 쥐어짰다. 모든 과정은 일정한 속도와 리듬을 가지고 이루어져 마체테와 손은 마치 하나의 크랭크로 연결된 것 같았다.

리벳이 가끔 그들을 도왔다. 그의 일은 감독의 자격으로 씨앗을 걸러내는 여과기와 술통 사이를 바쁘게 왔다 갔다 하는 일일 뿐이었지만 말이다. 의사 엘세에 관해 말하자면, 그는 호주머니에 두 손을 푹 찔러 넣고 겨드랑이에는 지팡이를 낀 채로 오렌지주 증류의 이러한 다양한 작동 과정을 아주 주의 깊게 감상하고만 있었다. 그리고 그들이 도움을 구하면서 작업에 동참하기를 청하면, 웃음을 터뜨리고는 늘 그랬던 것처럼 다음의 말만 되풀이했다.

"나는 이것들이 도대체 뭔지 하나도 모르겠소!"

그러고는 산책을 가버리더니 길 이쪽저쪽을 갈지자로 걷다 한쪽 끝에 다다르면 누가 지나가지는 않는지 보려고 멈추어 서곤 하는 것이었다.

증류하는 사람들은 불 같은 태양 아래 힘든 나날을 보내며 턱수염부터 발끝까지 시럽으로 코팅된 듯 과즙을 뒤집어쓴 채 오렌지를 자르고 또 자르고, 쥐어짜고 또 쥐어짜는 일 말고는 아무것도 하지 않았다. 하지만 첫번째 술통에서 발효가 진행되어 알코올화가 시작되고 그렇게 손가락 두 개 높이의 수위에서 보슬비처럼 황옥빛 술이 분출되자, 엘세 박사는 그제야 태도를 바꾸어 더운 양조장으로 향했다. 외팔이는 흥분하여 옷깃을 풀어헤쳤다.

"그래 이제 됐어!" 그가 말했다. "지금 우리에게 필요한 건? 얼마간의 돈이야, 이제 우리는 엄청난 부자가 될 거야!"

엘세는 솜으로 막은 술통의 마개를 하나씩 하나씩 빼더니, 구멍에다 코를 박고 익어가고 있는 오렌지 와인의 맛있는 향을 들이마셨다. 코를 꿰뚫는 그 신선한 향은 다른 어떤 과일의 과즙에서도 느낄 수 없는 것이었다. 그 의사는 잠시 후 눈을 들어 삐죽삐죽 튀어나온 누런 덮개로 뒤덮인 벽을 보았고, 진동하는 공기와 수증기 속 밀짚 사이에서 어둡게 펼쳐져 있는 독사 모양의 배관을 바라보았다—그리고 그는 잠시 쓴웃음을 지었다. 그러나 그때부터 그는 그 공장 주위를 떠나지 않았다.

아니 그는 아예 거기 남아서 잠을 잤다. 엘세는 엘오르케타 언저리에 있는 외팔이의 농장에서 살고 있었다. 우리는 외팔이의 이런 풍요에 대해서는 생략했는데, 그것은 당시 연방 정부가 원시림이나 저지대 풀숲의 땅을 농장지라고 멋대로 이름 붙이고 25헥타르의 넓이로 분할하여 각 분할지마다 6년 지불 기한으로 75페소의 가격에 팔고 있었기 때문이다.

그러니까 외팔이의 농장이란 잿더미로 둘러싸여 고립된 아주 작은 오두막집 말고는 아무것도 없는 황량한 소택지를 말하는 것이다. 가끔 밀짚 사이로 여우들이 지나가곤 할 뿐 정말 아무것도 없었다. 오두막집 문에는 문짝조차 없었다.

어쨌든 그 의사는 오렌지 와인에서 풍기는 향기에 붙들려 유적지 안의 그 공장에 자리 잡았다. 그리고 이제껏 그의 도움은 우리가 아는 그것 말고는 없었지만, 그가 공장에 온 이후에는, 매일 밤 외팔이가 난방이 잘 되는지 보려고 잠에서 깰 때마다 언제나 아궁이 불을 잘 유지하고 있는 엘세를 볼 수 있었다. 그 의사는 잠을 잘 이루지 못해서 잠을 조금밖에 못 잤다. 그래서 그는 맨체스터액 깡통 앞에서 웅크리고 앉아, 마테차를 마시며 그리고 아궁이의 장작불에 데운 오렌지를 먹으며 밤을 지새우곤 했다.

10만 개의 오렌지가 나누는 알코올에 관한 대화가 마침내 결론이 났고, 증류하는 사람들은 여덟 개의 오크 통 앞에 모였다. 오렌지주는 향도 풍부하지 않고 맛도 거칠었으나, 100리터 술의 알코올 도수는 50도였고 그들은 지역 입맛이 필요로 하는 최소한의 강도는 확보한 셈이었다.

외팔이의 열망 또한 이 지역 입맛을 사로잡는 것이었다. 하지만 이구아수에서 부에노스아이레스까지를 잇는 전선이 지나는 길에 생길 미래의 변전소 위치까지 걱정할 만큼 생각이 많은 그라면, 자신의 생산품이 나아가야 할 순수하고 이상적인 방향에 대한 생각을 떨칠 수는 없었을 것이다. 그래서 그는 부에노스아이레스에 샘플을 보내기 위해서 100그램 들이의 작은 병들을 구하려고 며칠을 여기저기 쏘다녔다. 몇 개의 샘플이 준비되자 그날 오후에 소포로 부치려고 벤치 위에 일렬로 세워두었다. 하지만 그가 그 샘플들을 가지러 다시 돌아왔을 때는 그것들을 찾을 수가 없었다. 대신 길옆 비탈에 앉아 최고로 만족스러운 표정으로 손에는 지팡이를 쥐고 있는 엘세 박사—그는 조금도 움직일 수 없는 상태였다—만을 찾을 수 있었다.

이런 사건이 여러 차례 반복되자, 가엾은 외팔이는 사실상 술의 분석을 의뢰하는 일을 단념하고 말았다. 그에게 남은 유일한 것은 붉은 얼굴에, 눈물이 많은, 그리고 취기로 인한 행복감에 빛나는 눈을 한 그 의사밖에 없었다.

외팔이는 그렇다고 이 일로 그 전직 학자에 대한 존경을 거두지는 않았다.

"하지만 그가 다 마셔버리고 마는걸!" 어느 날 밤 바에서 그는 우리에게 고백했다. "사람 참! 내게 샘플 한 병 남겨두지 않는다오!"

증류는 천천히 이루어져야 하는 것이 마땅하지만 외팔이에게는 그럴 만한 시간이 부족했고, 또한 그의 생산품에 포함된

점액질 성분을 없앨 만한 시간도 충분하지 않았다. 그래서 그가 만든 술은 오렌지 정유의 경우와 같은 문제를 안고 있었다. 똑같이 역한 냄새가 났으며, 마찬가지로 상한 것 같은 뒷맛이 느껴졌다. 그래서 그는 리벳의 조언에 따라 그 술을 쓴 독주로 변화시켰다. 사탕수수주로는 불가능한 일이었고, 오직 야생 오렌지 아페푸로만 만든 이 술로는 가능했다—그리고 거품을 내기 위한 목적으로는 감초를 썼다.

이러한 최종적인 모습을 하고 오렌지주는 시장에 풀리게 되었다. 화학자 리벳과 동료 엘세에 대해 말하자면, 그들은 증류기에서 한 방울씩 떨어지는 그 술, 뇌에 해로운 독을 품은 그 술을 끝도 없이 마시곤 했다.

* * *

불같이 뜨겁던 그 어느 한낮에, 의사 엘세는 구舊항구로 통하는 버려진 길 너머에서 땅바닥에 등을 대고 대자로 뻗은 채 수직으로 내리쬐는 태양을 보며 혼자 웃고 있었다.

"요 며칠 내로 그 여선생이 오지 않는다면" 우리가 말했다. "그녀는 제 아버지가 어디서 죽었는지 찾아다니느라 고생깨나 할 거야."

정확히 일주일 후에 우리는 엘세의 딸이 독감에서 회복 중인 몸을 이끌고 이곳에 도착했다는 걸 외팔이에게 들어서 알게 되었다.

"곧 비가 오기 시작할텐데," 우리는 또 그런 생각을 했다.

"그러면 그 여자, 엘오르케타에 있는 그 소택지에 있다가는 병이 잘 낫지 않을 거야."

그가 우리 눈에 띄었던 이래 처음으로, 딸의 방문이 눈앞에 닥치면 늘 열심히 걸음을 재촉하며 길을 가로지르던 의사 엘세의 모습이, 이번에는 보이지가 않았다. 배가 입항하기 한 시간 전에야 그는 말라키아스의 수레를 타고 유적지로 난 길을 따라 항구로 갔는데, 말라키아스의 암말은 가는 내내 양쪽 귀가 땀으로 범벅이 된 채 극도로 지쳐 숨을 헐떡거렸다.

한 달 반의 가뭄을 겪고 난 짙은 납빛 하늘은 무게에 짓눌려 마비된 것처럼 움직임이 없는 것이, 좋은 징조라곤 전혀 없어 보였다. 배가 도착하자, 아니나 다를까 비가 내리기 시작했다. 그 젊은 여선생은 비를 맞으며 떠밀리듯 배에서 내렸고 물이 줄줄 흐르는 강가에 발을 디뎠다. 그녀는 비를 맞으며 수레에 올랐고, 가는 길 내내 비를 맞으며 아버지와 함께했다. 밤이 되어 엘오르케타에 도착했을 때 그 고독한 강가 저지대 풀숲에서는 여우의 울음소리조차 들리지 않았고, 오두막 흙 마당에서 먹먹히 울리는 빗물 튀는 소리만 들렸다.

그 젊은 여선생은 이번에는 아버지의 옷을 빨러 연못까지 갈 필요가 없었다. 밤새 비가 내렸고 다음 날 낮에도, 해 질 녘에 물기를 머금고 잠깐 그쳤을 뿐, 쉼 없이 비가 내렸다. 그때 의사 엘세는 손등에 나타나는 이상한 짐승들을 보기 시작했다.

이미 햇볕 아래 등을 대고 누워 사물들과 대화했던 남자라면, 갑자기 삶의 버팀목을 앗아갈 뜻밖의 환상을 볼 수도 있는 법이다. 리벳도 1년 후 램프 연료용 알코올 1리터를 마시고 죽기 직전에 저런 순서로 눈앞에 선명히 박힌 환상을 보았음이 틀림없다. 단지 리벳은 자식이 없었을 뿐이다. 그리고 엘세의 과오는 명백히, 그의 딸 대신에 괴물 같은 쥐를 본 것이었다.

그가 처음 본 것은 벽을 따라 도는 커다란, 아주 커다란 지네였다. 엘세는 그 지네에 시선을 고정한 채 꼼짝도 안 하고 앉아 있을 수밖에 없었다. 지네는 곧 사라졌다. 하지만 이 남자가 시선을 아래로 내리자, 지네가 몸을 활처럼 휜 채 꾸물거리는 발과 배를 드러내고 그의 무릎 사이를 기어오르는 것이 보였다—점점 위로, 끝없이 위로 기어오르는 것이었다. 의사는 앞쪽으로 손을 뻗었으나 허공에 손가락을 움켜쥐고 말 뿐이었다.

쓴웃음을 지었다. 환각이야…… 환각일 뿐이야……

하지만 알코올 중독에 의한 진전 섬망이 만들어낸 동물은 한 전직 학자가 쓴웃음으로 지워버리기에는 훨씬 더 논리적인 현상이었기 때문에, 그의 군복 반바지를 타고 끈질기게 기어오르거나, 돌연 방구석에서 출현하곤 하는 것이었다.

한참 동안 불 앞에서 두 손으로 마테차만 무기력하게 들고 있던 그 의사는 자신의 상태에 대한 자각이 있었다. 사람들이 꿈속에서 밟을 수 있는 독사의 숫자보다 더 많은 독사를 그는 보았다. 그래서 그는 침착하게 얽힌 뱀을 풀고 몸에 붙은 뱀을 뿌리쳤다. 그러다 그는 다음과 같이 말하는 달콤한 음성을 듣기에 이르렀다.

"아빠, 나는 좀 상태가 안좋아요…… 잠깐 밖에 나갈게요."

엘세는 오두막집 한가운데에 난데없이 나타난 한 야수를 보고 웃음을 지어 보이려고도 했지만, 결국 소름 끼치는 비명을 질러댔다—그리고 공포에 질린 나머지 숨을 헐떡이며 마침내 몸을 일으켰다. 그는 알코올 중독이 만들어낸 동물의 손아귀에서 벗어날 수 없었다.

이제 어둠 속에서 셀 수 없이 많은 야수의 주둥이가 모습을 드러내기 시작했다. 천장에서도 역시 그가 보기 싫어하는 것들이 떨어져 내렸다. 손에 땀을 쥐는 모든 공포가 이제는 문 쪽에 집중되었는데, 뾰족한 주둥이들이 현기증이 날 만큼 빠른 속도로 나타났다가 어둠 속으로 모습을 숨기기를 반복하는 것이었다.

거대한 쥐의 살의에 찬 눈과 이빨 같은 어떤 것이 순간 문틀에 기대며 멈췄고, 의사는 그것으로부터 시선을 거두지 않은 채 무거운 통나무 하나를 집어 들었다. 야수는 위험을 감지하고 벌써 몸을 숨기고 말았다.

전직 학자의 옆구리로, 또 그의 뒤로도, 군복 반바지를 기어오르던 것들이 꽉 버티고 있었다. 하지만 남자는 지금 눈알이 튀어나와 오로지 문과 저 치명적인 주둥이만 보일 뿐이었다.

한순간, 남자는 빗물 튀는 소리 속에서 훨씬 더 먹먹하고 뚜렷한 어떤 소리를 구분해냈다는 생각이 들었다. 돌연 그 괴물 같은 쥐가 문 앞에 등장했다. 잠시 멈춰 서서 그를 바라보더니 마침내 그를 향해 앞으로 다가오는 것이었다. 엘세는 공포에 질려 머리가 돌아버렸고, 온 힘을 다해 쥐에게 통나무를 던졌다.

뒤이은 비명에 의사는 갑자기 정신이 번쩍 들었고, 그 느낌은 마치 괴물들을 감싸고 있던 현기증 나는 장막이 충격과 함께 완전히 파괴된 것 같은 느낌이었다. 지독한 정적이 그를 휘감았다. 그러나 완전히 파괴되어 그의 발밑에 드러누워 있는 것은 살인 쥐가 아니라, 그의 딸이었다.

찬물을 끼얹은 것처럼 오한이 그의 척수를 훑고 지나갔다. 자연계의 그 어떤 광경도 이와 비슷한 인상을 줄 수는 없을 것이다. 그녀의 아버지는 남은 힘을 짜내 두 팔로 그의 아이를 일으켜 간이침대에 뉘었다. 슬쩍 보아도 통나무에 맞은 배의 상처는 용서받을 수 없을 만큼 치명적이었다. 그 불행한 남자는 자신의 딸 앞에서 무릎 꿇고 무너지고 말았다.

그의 어린 딸! 버려지고, 학대받고, 그에게 무시당한 그의 어린 딸! 20년의 세월 저 밑바닥에서부터 그가 그녀에게 한 번도 표현한 적 없었던 사랑과 감사, 그리고 수치가 폭발하듯 솟아올랐다. 아, 인디오 아가씨, 그의 어린 딸!

의사는 이제 죽어가는 딸을 향해 얼굴을 들어 올렸다. 저 벼락 맞은 듯한 표정에서는 아무것도, 아무것도 기대할 게 없었다.

여자는 이제 막 눈을 떠 이미 죽음에 취해 퀭한 시선으로, 마침내 제 아버지를 알아보았다. 그녀의 얼굴에 고통스러운 미소가 떠올랐으나 그 미소엔 비난이 어려 있었다. 그런 상황에서는 오직 슬픔에 빠진 아버지만이 딸의 비난조차 감사히 여길 수 있을 것이다. 그녀가 달콤한 목소리로 중얼거렸다.

"무슨 짓을 저지른 거야, 아빠……!"

의사는 다시 한번 간이침대에 머리를 묻었다. 여선생은 손을 뻗어 아버지의 베레모를 더듬으며 또다시 중얼거렸다.

"가엾은 아빠…… 아무 일도 아녜요…… 벌써 기분이 훨씬 나아졌는걸요…… 내일이면 일어날 거고 모든 게 다 끝날 거예요…… 훨씬 좋아진 기분이에요, 아빠……"

비는 이미 그쳤다. 바깥에는 평온함이 감돌았다. 그러나 조금 후에 의사는 병상의 그녀가 몸을 일으키려고 부질없이 힘을 쓴다는 느낌이 들었다. 고개를 들자 딸이 눈을 부릅뜨고 그를 쳐다보며 갑작스러운 계시를 받은 듯 이렇게 말하는 것이었다.

"나는 이제 죽을 거예요, 아빠……!"

"우리 딸내미……" 남자는 다만 그렇게 중얼거렸다.

아이는 깊게 숨을 쉬려고 했으나, 그마저도 되지 않았다.

"아빠, 이제 나는 죽어요! 아빠, 내 말 좀 들어줘요…… 인생에서 단 한 번만이라도요. 더는 술 마시지 마세요, 아빠……! 아빠의 딸내미가……"

……………………………………………………………………

잠시 후—무한과 같은 시간이 흐른 뒤—의사는 몸을 일으켰고 비틀거리며 긴 의자에 다시 앉았는데, 아까부터 손등에 자리 잡은 한 짐승은 여전히 물러가지 않았다. 왜냐하면 이미 괴물들이 그물처럼 현기증을 일으키며 그를 옭아매고 있었기 때문이다.

여전히 저승에서 목소리가 들려왔다.

"더는 술 마시지 마세요, 아빠……!"

한때는 인간이었던 폐인 엘세는 양손을 두 다리 위에 내려놓을 수는 있었다. 더 이상 흐느낄 힘도 없을 만큼 깊게 절망하였으나, 그보다 더욱 깊은 체념 속에서 그는 이미 무너져 내리고 있었다. 그리고 딸의 시체 앞의 의사 엘세의 눈에는 또다시 문으로 고개를 내미는, 다시 돌아와 최후의 습격을 준비하는 야수들의 주둥이가 보였다.

주간지 『아틀란티다』, 제6년, 통권 293호(1923. 11. 15.)

파리 떼

—「죽은 남자」의 복제판

1년 전 숲을 개간하며 사람들이 나무 한 그루를 쓰러뜨렸는데, 그 이후로 이 나무는 줄기 한쪽 면 전체를 바닥에 납작 붙인 채 고이 누워 있다. 주변 나무들이 개간지의 화재로 나무껍질 대부분을 잃는 사이, 이 통나무는 나무껍질을 거의 본래 그대로 보존하고 있다. 단지 긴 방향으로 까맣게 탄 자리만이 불의 화학 작용을 분명하게 말해주고 있다.

이것은 지난겨울의 일로 그로부터 넉 달이 지났다. 가뭄으로 버려진 개간지 한가운데, 잿더미 속 황무지 위에 그 부러진 나무는 언제나 그렇게 고이 누워 있다. 그 통나무 앞에 앉은 자세로 등 쪽을 나무에 기댄 채, 나도 꼼짝도 않고 가만히 있다. 등의 어떤 지점에서 내 척추는 부러져 있다. 운도 없이 뿌리 등걸에 걸려, 나무와 똑같이 나는 거기서 넘어졌다. 넘어진 그대로, 나는 나무를 등에 대고 주저앉아 있다—부서져 있다고 말하는 것이 낫겠다.

조금 전부터 몸 전체를 잠기게 하는 윙윙거림—척수 손상 부위에서 오는 윙윙거리는 느낌—이 일정하게 느껴지는데, 그

윙윙거림과 함께 내 숨이 다 흘러나갈 것만 같다. 나는 이제 손도 움직일 수가 없고, 다만 손가락 하나로 다른 손가락에 묻은 재를 간신히 털 수 있을 정도이다.

너무도 분명하게 그리고 목숨과 관계되는 일로서, 나는 바로 이 순간부터 다음 일이 확실하다는 것을 받아들인다. 죽음의 바닥에 닿을 듯 말 듯한 내 삶은, 그저 한 번에 생명의 불꽃이 꺼지게 될 몇 초의 그 순간을 고대하고 있는 것이다.

이것은 진실이다. 이 진실만큼, 이보다 더 단호한 생각이 내 정신에 들어온 적은 결코 없었다. 다른 모든 것이 두둥실 떠올라 춤을 춘다. 그것은 마치 지금은 내 것이 아닌, 아득히 먼 과거에 존재하는 또 다른 나의 어지러운 잔상 같았다. 정적 속에서 발사된 거대한 포격처럼 선명한 인식이자 나의 존재에 대한 유일한 인식은, 나는 조금 후에 여기서 죽게 된다는 것뿐이다.

그런데 언제? 아직도 살아 있다는 고통스럽게 끓어오르는 이 자각이 정확히 몇 초 후에, 정확히 어느 순간에 사라져, 차분하게 가라앉은 평온한 시체에 자리를 내어줄 수 있을까?

아무도 이 개간지로는 오지 않는다. 그 어떤 사유지에도 여기까지 이르는 숲길은 없다. 거기 주저앉은 남자 위로, 마찬가지로 그를 떠받치고 있는 통나무 위로 곧이어 비가 내려 나무껍질과 옷을 적실 것이고, 태양은 이끼와 머리털을 말릴 것이고, 결국 숲에는 새순이 돋아나 나무와 칼륨 화합물이 하나가 되고 뼈와 신발 가죽이 하나가 될 것이다.

그리고 그 무엇도, 이 고요한 주변에는 이런 사건을 알려줄,

소리쳐 알려줄 그 무엇도 없다! 오히려 개간지의 검게 탄 나뭇가지들과 통나무들 너머로, 여기서 보든 저기서 보든, 관찰자의 시점이 그 어디에 있든, 누구나 잿더미 위에서 그 남자의 삶이, 거대한 중력에 의해 끌어당겨지는 진자와도 같은 삶이 곧 멈춰버릴 찰나에 있다는 것을 완벽하고 확실하게 예상할 수 있다. 개간지에서 그가 차지하고 있는 자리는 너무도 작지만 그가 처한 상황은 너무나 명백하다. 그는 죽는다.

이것이 진실이다. 그러나 저항하고자 하는 어두운 동물의 본성에, 죽음의 위협 속에 뛰는 맥박과 거친 호흡에, 진실이 무슨 소용이 있을까? 항상 앞으로만 향해 있는 얼굴을 가진, 한때는 인간이었던 그의 모든 것을 잔해로 만들면서 폭죽처럼 터져버릴 순간, 살기 위해 저항하려는 본능이 사라져 무시무시한 심리적 고문이 끝날 순간, 그 순간이 정확히 언제인지 잔인하고 초조하게 기다리는 그 사람에게 말이다.

윙윙거림은 매번 더욱 불어난다. 이제 내 눈 위로 짙은 암흑의 장막이 드리워지고 그 속에서 녹색 마름모꼴들이 빛난다. 그리고 곧바로 모로코 시장 앞의 성벽으로 에워싸인 문이 보인다. 한쪽 문짝에서는 흰 망아지 떼가 도망쳐 나오고, 그사이 다른 쪽 문짝으로는 목이 잘린 사람들의 행렬이 뛰어 들어간다.

눈을 감고 싶은데, 이제 그럴 수가 없다. 이제는 병원의 작은 방이 보인다. 네 명의 사이 좋은 의사들이 내가 죽지 않을 거라고 나를 설득하려 애쓰고 있다. 나는 말없이 그들을 관찰하고 그들은 웃음을 터뜨린다. 그들은 내 생각을 읽는 것이다.

"그렇다면" 저들 중 하나가 말한다. "당신에게 확신을 심어 줄 증거로는 파리 채집통밖에 남지 않았군요. 제가 하나 가지고 있지요."

"파리라고요……?"

"네." 그가 대답한다. "성가신 녹색 똥파리들이요. 당신도 모르지는 않을 텐데요. 똥파리는 육신의 주인이 사망에 이르기 훨씬 전부터 살이 썩는 냄새를 맡는다는 것을요. 환자가 아직 살아 있어도, 먹잇감임을 확신하고 파리 떼는 꼬입니다. 환자 위를 서두르지 않고 날아다니지요. 하지만 시선을 놓지는 않습니다. 왜냐하면 이미 죽음의 냄새를 맡았기 때문이지요. 알려진 것 중에서는 죽음을 예측하기 위한 가장 효과적인 수단입니다. 그래서 저는 선별을 거쳐 아주 예리한 후각을 가진 파리 몇 마리를 손에 넣게 되었습니다. 그것도 저렴한 가격에 빌렸지요. 파리가 들어가는 곳에는 확실히 먹잇감이 있어요. 나는 복도에 파리들을 놓아두었다가, 당신이 혼자 있을 때 채집통의 문을 열 겁니다. 채집통에 관해 덧붙이자면, 그것은 작은 관棺이지요. 당신이 할 일은 눈으로 자물쇠를 잘 보고 있는 것 말고는 없어요. 당신이 파리 한 마리가 들어와 윙윙거리는 소리를 듣게 된다면, 곧 다른 파리들도 당신에게 가는 길일 겁니다, 확실해요. 저는 그 파리들을 저렴한 가격에 빌렸답니다."

병원……? 별안간 그 하얀 빛의 작은 방과 구급상자와 의사들과 그들의 웃음이 윙윙거림 속으로 사라진다……

그리고 갑자기, 내 안에 퍼뜩 깨달음이 온다. 파리 떼!

윙윙거리는 건 파리 떼다. 내가 넘어졌을 때부터 파리 떼는 바로 몰려왔다. 파리 떼들은 불타던 그 구역에서 꾸벅꾸벅 졸다가, 근처에 확실한 먹잇감이 있다는 사실을 알게 된 것이다. 나야 어떻게 알 수 있는지는 모르지만. 우리들은 감지해낼 수 없는 어떤 성질—아마도 절단된 척수가 살을 통해 발산하는 어떤 것—덕에, 주저앉은 남자의 임박한 부패의 냄새를 이미 맡고 있었다. 파리 떼는 바로 몰려와서는 유유히 훨훨 날아다니며, 눈으로는 자신의 알들에게 행운을 가져다준 저 둥지의 규모를 가늠하고 있다.

의사가 옳았다. 의사 일이란 참 돈을 많이 벌 수 있는 일이다.

하여튼 여기 이제껏 절망적으로 견뎌왔던 번민이 누그러져 경중을 따질 수 없는 행복함에 길을 내준다. 극심한 고문과도 같이 땅에 뿌리박혀 있던 나는 이미 대지 위에 고정된 지점이 느껴지지 않는다. 나에게서 생명이 흘러나가듯 주위의 수증기의 가벼움이, 햇빛이, 이 시각의 풍요가 나에게서 흘러나가는 것을 느낀다. 시간과 공간으로부터 자유로워져 나는 여기든 저기든, 이 나무로든 저 칡넝쿨로든 마음껏 갈 수 있다. 나는 볼 수 있다, 이미 아주 아득한 곳에서 마치 먼 옛날 존재했었다는 기억처럼, 나는 아직도 볼 수 있다. 통나무 발치에 있는 눈을 깜빡이지 않는 헝겊 인형을, 유리알 같은 눈에 굳은 다리를 가진 허수아비를. 이렇게 넓어진 품속에서 태양이 팽창하여 나의 의식을 수십억 개의 입자로 잘게 부수었고, 나는 높이 오를 수 있다, 날 수 있다, 날아오른다……

나는 날아서, 새롭게 태어난 우리들의 생명의 현장에 불을 지피는 햇살 속에서, 그 쓰러진 통나무 위에 나의 동료들과 함께 사뿐히 내려앉는다.

주간지 『보금자리』, 제29년(1933. 7. 7.)

아들

미시오네스 지방의 어느 쨍한 여름날이다. 그 계절이 보여줄 수 있는 모든 것인 태양과 더위와 고요가 가득한 날이다. 활짝 열린 대자연은 저 스스로 만족을 느낀다.

태양과 더위와 주위의 고요처럼 아버지 역시 대자연을 향해 가슴을 연다.

"조심하거라, 얘야." 아들에게 말한다. 일에 대해 할 말은 많았지만 저 한마디로 짧게 줄였고, 아들은 완벽하게 알아듣는다.

"네, 아빠." 아이가 대답하며 엽총을 집어 들고 탄약통을 셔츠 윗주머니에 넣고는 조심스레 주머니 덮개를 닫는다.

"점심 먹을 시간에는 돌아오너라." 아버지는 아들을 좀더 지켜본다.

"네 아빠." 소년이 다시 대답한다.

엽총을 손에 균형 잡히게 들고서 아버지에게 미소 지어 보이고는, 아버지 머리에 키스를 하고 떠난다.

아버지는 잠시 눈으로 그를 쫓다 그날의 할 일로 돌아간다.

자신의 작은 아이로 인한 기쁨에 그는 행복해 보인다.

그의 아들은 아주 어린 유년기 때부터 위험에 대한 주의사항을 습관적으로 교육받았으므로, 그는 아들이 소총을 잘 다룰 수 있고 무엇이든 사냥할 수 있다는 것을 잘 알고 있다. 나이에 비해 키가 무척 크기는 하지만 고작 열세 살이다. 게다가 아직 어린아이의 놀라운 순수함을 간직하고 있는 생기가 도는 푸른 눈 덕분에 나이보다 어려 보일 것이다.

아버지는 아들 생각 때문에 일에서 눈을 뗄 필요는 없었다. 일하면서 아들이 가는 길을 머릿속으로 따라가본다. 아들은 붉은 흙길을 건너 아프리카수염새 풀포기가 덮인 개활지를 지나 숲으로 곧장 나아가고 있다.

숲에서 사냥—털 난 짐승의 사냥—을 하기 위해서는 참을성 강한 그의 강아지보다도 더 큰 인내심이 요구된다. 그래서 그의 아들은 섬처럼 숲이 우거진 곳을 가로지른 다음, 비둘기나 투칸, 아니면 어쩌다 백로 한 쌍—친구 후안이 며칠 전에 봐두었다—을 잡기 위해 소택지까지 선인장이 늘어선 길을 따라 나아갈 것이다.

지금 아버지는 혼자서, 두 아이가 수렵술에 열정을 가졌던 때의 추억을 떠올리며 미소 짓는다. 아이들은 가끔 야쿠토로 새 한 마리나 수루쿠아 새 한 마리—아직은 어리니까—만을 사냥하고도 의기양양하여 돌아오곤 한다. 후안은 그가 선물한 9밀리미터 구경의 소총을 들고 그의 목장으로, 그의 아들은 16구경에 4중 잠금장치와 하얀 화약을 쓰는 커다란 생에티엔 엽총을 들고서 고원으로 돌아오는 것이다.

그 역시 똑같았다. 엽총을 소유한 삶이 시작된 것은 열세 살이었다. 그의 아들도 같은 나이에, 그러니까 열세 살인 지금 엽총을 소유하고 있다. 그래서 아버지는 미소 짓는다.

하지만 쉽지 않은 일이었다. 아들의 삶 말고는 다른 희망도 믿음도 없는 홀아비는 아이가 제 좁은 행동반경 안에서는 최대한 자유롭도록, 네 살부터 아이 스스로 제 작은 손발에 자신을 가지도록 가르쳤다. 그와 동시에 또 어떤 위험은 매우 큰데 반해 자기 자신의 힘은 모자랄 수 있음을 의식하도록 가르치는 교육 방식을 고수하는 것은 정말 쉽지 않은 일이었다.

아버지는 늘 자신의 이기심이라고 여기는 것과 격렬히 싸워야 했다. 아기가 자칫 잘못하여 한쪽 발을 허공에 디디는 것은, 그리하여 그렇게 아들을 잃고 마는 것은 얼마나 쉬운 일인가!

물론 그런 위험은 아들이 어떤 나이가 되더라도 항상 존재한다. 하지만 어릴 적부터 어떤 상황에서든 자신의 힘에 대해서만큼은 제대로 알고 행동하는 버릇을 들이기만 한다면 그 위험을 줄일 수는 있을 것이다.

이런 방식으로 아버지는 아들을 교육해왔다. 그리고 그런 교육을 하기 위해서 그는 약해지려는 마음을 억눌러야 했을 뿐만 아니라 정신적 고통도 견뎌야 했다. 왜냐하면 이 아버지는 속도 워낙 안 좋고 시력도 약하여 얼마 전부터 환각에 시달리고 있기 때문이다.

그는 보았다. 유폐되어 있던 무의식의 세계에서 솟아 나온 것이 틀림없는, 행복한 기억이 매우 고통스러운 환상으로 구체화하는 것을 보았다. 아들에 대한 환상 역시 이 고문에서 예외는 아니었다. 한번은 아들이 작업실의 조임쇠 앞에서 파라벨룸 총알을 맞고 피투성이가 되어 구르는 것을 보았다. 그가 그런 환상을 보고 있을 때 실제 아들이 하고 있던 일은 그냥 사냥용 허리띠의 버클을 줄로 다듬는 일이었다.

끔찍한 일이다…… 하지만 오늘은 여름날의 불타는 열기와 생명력이 가득하고, 그런 사랑의 기운을 아들이 잘 받은 것 같아서 아버지는 행복과 평온과 미래에 대한 확신을 느낀다.

그 순간, 그리 멀지 않은 곳에서 총성이 울린다.

"생에티엔이로군……" 폭발음을 식별한 아버지가 속으로 생각한다. "숲의 비둘기 수가 두 마리 줄었군……"

하지만 남자는 그런 사소한 사건에는 더 이상 주의를 기울이지 않고 다시 자기 일에 몰두한다.

태양은 이제 높이 솟았고, 계속 높이 오르고 있다. 어느 곳—바위, 흙, 나무—을 둘러보더라도 공기는 화덕 안처럼 엷어져 열기와 함께 진동한다. 그 시간에는 깊은 윙윙거림이 온몸을 가득 채우고 시야가 미치는 곳까지 깊이 스며들어 열대의 모든 생명이 그에 집중한다.

아버지는 손목을 흘깃 쳐다본다. 12시다. 그리고 눈을 들어 숲 쪽을 본다.

그의 아들은 이미 돌아와 있어야 했다. 인간 대 인간—귀밑머리가 하얗게 센 아버지와 열세 살짜리 그의 아이—으로서 서로가 서로에게 걸고 있는 신뢰가 있었고, 그들은 결코 그 신뢰를 깨지 않는다. 아들이 "네, 아빠."라고 대답할 때 그것은 말한 대로 하겠다는 것이다. 아이는 12시 전까지 돌아오겠다고 말했고, 아버지는 아이가 떠나는 걸 보며 미소 지었다.

그런데 아이가 돌아오지 않았다.

그 남자는 자기 작업에 주의를 집중하려고 안간힘을 쓰며 하던 일로 다시 돌아간다. 숲속에서 시간관념을 잃어버리기는 얼마나 쉬운가, 얼마나 쉬운 일인가! 꼼짝 않고 쉬면서 잠시 바닥에 앉아 있다 보면……

이런 생각을 따라가다가 갑자기, 정오의 빛과 열대의 윙윙거림과 함께 아버지의 심장이 턱 하고 멈춘다. 아들이 꼼짝 않고 쉰다는 것은……

시간이 흘렀다. 12시 반이다. 아버지가 작업실을 나와 기계 작업대 위에 손을 짚자 기억의 밑바닥에서 파라벨룸 총알의 파열음이 떠오른다. 그리고 순간적으로, 생에티엔의 총성이 처음 울리고 나서 세 시간이 경과하는 동안 총소리가 더 이상 울리지 않았다는 데 생각이 미친다. 그가 잘 아는 걸음걸이에 자갈이 차이며 구르는 친숙한 소리도 듣지 못했다. 그의 아들은 아직 돌아오지 않았고, 대자연은 멈춘 채로 숲의 기슭에서 가만히 아이를 기다리고 있다……

오! 온화한 성품이나 아들의 교육에 대한 맹목적인 신뢰만으로는 한 아버지의 병약한 눈에 보이는, 숲의 경계선으로부터 떠오르는 죽음의 유령을 떨쳐버리기에 충분하지가 않다. 한눈을 팔았거나, 깜빡 잊었거나, 뜻밖에 지체되는 일이 생겼거나. 아들의 도착이 늦어질 수 있는 이 사소한 이유 중 그 어느 것도 가슴에 와닿지 않았다.

한 발의 총격, 단 한 발의 총소리만 들렸고, 그것도 한참 전이다. 그 총성 이후 아버지는 다른 소리는 듣지 못했고 새 한 마리 본 적 없으며, 단 한 사람도 그에게 '철조망 울타리를 넘을 때, 굉장히 불행히도……'와 같은 소식을 알리러 개활지를 건너오지 않았다.

고개를 허공에 쳐들고 마체테도 들지 않은 채, 아버지는 길을 나선다. 아프리카수염새 풀포기가 덮인 개활지를 횡단하여 숲속으로 들어가 선인장이 늘어선 길을 따라 돌아보지만, 아들의 흔적은 아주 작은 것도 발견하지 못한다.

대자연은 계속해서 가만히 멈춰 있다. 사냥용 샛길들을 다 돌아보고 소택지도 샅샅이 뒤져보았는데도 아무 소용이 없자 그는 확신에 사로잡힌다. 한 발짝 앞으로 내디딜 때마다 그 한 걸음 한 걸음이, 숙명적으로 피할 수 없이 그를 아들의 시체로 이끌고 있다는 확신.

비난할 대상조차 없다는 것이 더욱 안타까운 일이다. 오직 차가운 현실, 끔찍하지만 기정사실과도 같은 현실만이 존재하는 것이다. 그의 아들은 죽었다, 철조망을…… 넘다가……

하지만 어디, 어느 곳이란 말인가! 그곳은 철조망 울타리 천지가 아닌가! 숲은 왜 이리도 지저분한가……! 오, 정말 지저분하다! 손에 엽총을 들고 철삿줄을 넘다 보면 자칫 부주의하기 쉽지 않은가……

아버지의 절규가 목구멍에서 막힌다. 허공에서 무언가가 일어서는 것이 보였다…… 오! 그의 아들이 아니다, 아니야……! 그리고 다른 쪽을 돌아본다, 그리고 또 다른 쪽을, 또 다른 쪽……

누군가 그의 낯빛이나 눈에 어린 근심을 보아도 아무것도 읽어낼 수 없을 것이다. 게다가 그 남자는 그의 아들을 소리 내 부르지도 않았다. 그의 가슴은 아들을 수없이 목청껏 외치고 있지만, 그의 입은 침묵을 지킨다. 한 번이라도 아이의 이름을 발음하는 일은, 큰 소리로 아들을 부르는 일은, 아이의 죽음을 고백하는 것이 된다는 걸 아주 잘 알고 있다……

"얘야!" 곧이어 목소리가 터져 나온다. 강한 성품을 가진 한 남자가 울음을 터뜨린다면 우리는 귀를 막아야 할 것이다. 그 애원하는 목소리에 서린 초조함을 들으면 너무 가여운 마음이 드니까.

아무도, 아무 대답도 없었다. 태양이 내리쬐는 붉은 흙길을 따라, 그새 10년은 늙어버린 아버지가 방금 죽은 아들을 찾아다니고 있다.

"내 작은 아들아……! 내 작은 아이야……!" 창자 밑바닥에서부터 솟아오르는 '작은'이란 표현으로, 그는 외친다.

앞서 이 아버지는, 완전한 행복과 평화의 순간에도 니켈크롬 총알에 이마가 구멍이 난 채 구르는 아들의 환각에 시달렸었다. 그리고 이제, 수풀의 어두컴컴한 구석마다 철사가 반짝이는 게 보인다. 한 말뚝 발치에는 옆에 엽총을 내려놓고 있는 그의……

"얘야……! 내 아들……!"

가장 지독한 악몽 같은 환각에 시달리는 한 불쌍한 아버지에게 허락된 힘에 한계가 왔다. 우리의 이 남자는 힘이 빠져나가는 것을 느꼈고, 그때 갑자기 옆으로 난 오솔길 입구에서 모습을 드러내는 그의 아들을 보았다.

열세 살짜리 소년이 50미터 밖에서부터 마체테도 들지 않은 채 숲속을 헤매는 아버지의 표정을 보았으니, 충분히 젖은 눈을 하고서 걸음을 재촉할 만했을 것이다.

"얘야……" 남자가 중얼거린다. 녹초가 된 그는 하얗게 이글거리는 모래 위로 힘이 탁 풀려 주저앉고는 두 팔로 아들의 다리를 감싼다.

아이는 그렇게 아버지 팔에 감긴 채 서 있다. 그리고 아버지의 고통을 이해한다는 듯이 천천히 아버지의 머리를 쓰다듬는다.

"불쌍한 우리 아빠……"

그렇게 결국 시간은 흘렀다. 이제 곧 3시가 될 것이다. 아버지와 아들이, 지금, 함께, 귀갓길에 오른다.

"왜 해를 주의해서 보지 않았니? 몇 시인지 알려고 했어야지…" 아버지가 조그맣게 말한다.

"봤어요, 아빠…… 그런데 돌아가려고 했을 때 후안이 봐두었던 백로를 본 거예요, 그래서 쫓아갔죠……"

"그랬었구나, 아이고 얘야……!"

"아빠……" 소년도 역시 조그마한 소리로 말한다.

한참 말이 없던 끝에,

"그래서 백로는? 잡았니?" 아버지가 묻는다,

"아니요……"

하여튼 결국은 별일 아닌 사소한 일이다. 하늘 아래 한창 달아오른 공기 속에서, 아프리카수염새의 풀포기가 덮인 개활지의 드넓은 땅 위에서, 남자는 아들과 함께 집으로 돌아간다. 이제는 그와 키가 거의 맞먹는 아들의 어깨 위에 아버지는 행복하게 팔을 두르고 있다. 땀에 흠뻑 젖은 채 돌아가는 길. 영혼과 육체가 망가졌어도, 그는 행복 속에서 미소 짓는다……

……………………………………………………………………………

……………………………………………………………………………

행복한 환각 속에서 미소 짓는다…… 왜냐하면 그 아버지는 혼자 가고 있기 때문이다. 그는 그 누구도 만나지 못했고, 그의 팔은 지금 허공에 떠받쳐 있다. 왜냐하면 그의 뒤로 말뚝 발치에는 두 다리를 위로 향한 채 가시철조망에 얽혀, 사랑을 듬뿍 받았던 그의 아들이 햇볕을 듬뿍 받으며 고이 잠들어 있다. 아침 10시부터 죽은 채로.

「아버지」라는 제목으로 『국민』에 수록(1928. 1. 15.)

부록

완벽한 단편 작가를 위한 십계명

1. 거장—포, 모파상, 키플링, 체호프—을 신처럼 믿어라.

2. 당신의 예술을 접근이 불가능한 정상이라고 생각하라. 그것을 정복하는 것은 꿈도 꾸지 말아라. 그렇게 할 수 있을 때에야 비로소 자신도 모르게 그곳에 도달하게 될 것이다.

3. 가능한 한 모방을 거부하라, 하지만 영향이 너무 강하다면 모방하라. 무엇보다도 등장인물을 창조하고 발전시키는 일은 길고 긴 인내를 필요로 하는 일이다.

4. 승리를 위한 너의 능력이 아니라 그것을 갈망하는 너의 열정에 맹목적인 신뢰를 가져라. 너의 예술을 애인처럼 사랑하고, 네 마음을 다 바쳐라.

5. 첫번째 단어에서부터 네가 어디로 가고 있는지 알지도 못하면서 쓰기 시작하지 말아라. 잘 만들어진 이야기는 첫 세 문장이

마지막 세 문장만큼이나 중요하다.

6. “강에서부터 찬 바람이 찬찬히 불어오곤 했다.” 상황을 이렇게 정확하게 표현하고 싶다면, 그렇게 쓴 말보다 더 좋은 말은 인간의 언어에는 없다. 한번 말의 주인이 되고 나면, 그 말에 자모의 소리에 의한 운율이 있는지 살피느라 너무 걱정하지 말아라.

7. 꼭 필요하지 않은 꾸밈말을 사용하지 말아라. 약한 명사 하나에 붙는 색색의 여러 꼬리표는 쓸데없는 것이다. 정확한 하나의 명사를 찾는다면 그것만으로도 비교 불가능한 색을 지니게 될 것이다. 물론 그것을 찾아내야만 한다.

8. 너의 인물들의 손을 잡고 굳은 마음으로 결말까지 데려가라. 당신이 설계한 길 밖의 다른 건 쳐다보지도 말아라. 그 인물들이 할 수 있는 게 더 없는지 그 인물들이 놓치고 신경 쓰지 않고 있는 것이 뭔지 보느라고 정신 팔지 말아라. 독자들을 남용하지 말아라. 단편소설이란 찌꺼기를 다 걸러 정제된 소설이다. 설사 아니라고 해도 그냥 이것을 하나의 절대적인 진실로 받아들여라.

9. 감정의 제국 아래에서 글을 쓰지 말아라. 감정은 죽이고 후에 불러내라. 그 감정이 어떤 것이었든 후에 그것을 되살릴 능력이 있다면 예술의 경지에 절반은 도달한 것이다.

10. 글을 쓸 때는 친구들을 생각하지도 말고, 친구들이 네 이야기에 대해 어떻게 느낄지 생각하지도 말아라. 작가는 등장인물 중 하나가 될 수 있다. 하지만 그건 등장인물이 가진 작은 분위기일 뿐 그 이상의 관심은 없다는 듯 이야기를 써라. 다른 방법으로는 이야기 속 인물들의 삶에 생명력을 불어넣을 수 없다.

1927년, 오라시오 키로가

옮긴이 해설

죽음을 통해서 삶을 그리는 작가

비극으로 점철된 작가의 삶

오라시오 키로가 사후 50주년에 우루과이 작가 후안 카를로스 오네티는 『엘 파이스*El País*』 지에 기고한 글에서 키로가의 작품을 두고 "주제가 무엇이든 흠잡을 데 없는 방식으로 구성된 작품"이라는 헌사를 바쳤다. 라틴아메리카를 대표하는 단편소설 작가 중 한 사람인 오라시오 키로가는 스스로 단편소설의 거장 에드거 앨런 포, 안톤 체호프, 기 드 모파상, 러디어드 키플링의 영향을 받았다고 밝혔으며, 평생에 걸쳐 단편소설만의 묘미가 살아 있는 200편 이상의 단편을 썼다. 아르헨티나 북부 미시오네스 지방의 원시림을 주 무대로 한 그의 이야기의 어두운 단면은 그의 작품에 영향을 끼친 에드거 앨런 포의 소설과 비교되기도 한다.

그의 작품을 관통하는 키워드는 죽음, 자연, 유배, 이렇게 세 가지로 요약될 수 있는데, 이 세 가지 키워드 모두 그의 삶과 밀접한 연관이 있다. 작가의 실제 삶은 비극으로 점철되어 있는데, 삶의 시작부터 마지막에 이르기까지 그를 둘러싼 죽음의 그림자가 떠나지 않았다. 또한 그는 밀림의 삶에 매료되어 그곳에 정착하여 살았을 뿐 아니라, 끈질기게 가혹함을 좇는 작가였다. 그는 경계를 이루는 변두리의 세계에 천착하여 야생의 삶에 직접 뛰어들었다. 밀림의 엄혹함은 그에게 예술적 추구의 대상이자 재료가 되었으며, 그는 대자연에 무방비로 노출된 인간의 삶을 생생히 그려낸다.

오라시오 키로가는 1878년 12월 31일 우루과이의 살토에서 아르헨티나 부副영사였던 아버지 프루덴시오 키로가와 어머니 파스토라 포르테사 사이에서 넷째 아들로 태어났다. 작가의 삶은 시작부터 끝까지 죽음과 함께였다. 작가가 태어난 지 두 달이 되었을 즈음 그의 아버지는 사냥에서 돌아오다 엽총 오발 사고로 그 자리에서 사망하였다. 그때 마중 나와 있던 오라시오 키로가의 어머니는 갓난아기였던 작가를 품에 안은 채 그 광경을 목격하고 말았다. 충격에서 가까스로 벗어난 키로가의 어머니는 1891년에 아센시오 바르코스와 재혼했는데, 키로가는 양아버지를 아주 잘 따랐다고 한다. 하지만 1896년 양아버지는 뇌출혈로 반신불수가 되었고, 그러자 그는 어느 날 발가락으로 방아쇠를 당겨 입안에 엽총을 쏘아 자살한다. 열일곱 살이었던 키로가는 아버지 방에 들어가다가 이 광경을 목격하고 정신적 충격을 입는다.

파리 여행에서 돌아와 문학 활동에 전념하던 스물세 살의 키로가에게 또 한 번 끔찍한 사건이 일어난다. 어릴 적부터 문학에의 열정을 함께 나누던 친구 페데리코 페란도를 실수로 죽이게 된 사건이다. 1902년 3월 5일, 키로가는 친구와 함께 총기를 손질하고 있었는데, 그러던 중 총알이 잘못 발사되는 바람에 친구 페데리코 페란도는 그 자리에서 즉사한다. 이 일로 그는 살해 혐의로 조사를 받았고 4일 동안 구금되었으나 무죄가 입증되어 풀려났다. 사건의 후폭풍을 감당할 수 없었던 오라시오 키로가는 도망치듯 부에노스아이레스로 이사한다.

후에 키로가는 또 한 번 그의 삶에 깊은 상처를 남기는 죽음을 겪게 된다. 그는 결혼하여 1910년 미시오네스 지방의 밀림에 정착해 살았는데, 그로부터 5년 뒤 부부간의 불화와 밀림에서의 삶을 견디지 못한 그의 첫번째 아내가 음독자살한 것이다. 음독 후 8일 동안 생사의 경계를 오가던 아내를 분노와 절망으로 지켜본 키로가는 결국 아내가 죽자, 상심이 너무나 컸던 나머지 평생 아내 이야기를 입에 올리는 일이 없었다고 한다. 이후 그는 미시오네스 지방에서의 삶을 접고 두 자식과 함께 부에노스아이레스로 돌아가게 된다.

키로가를 둘러싼 죽음의 그림자는 결국 작가 자신의 생을 마감하는 데까지 드리워진다. 두번째 아내도 떠난 말년에 그는 자신이 암에 걸렸다는 사실을 알게 되자 1937년 2월 19일 새벽, 58세의 나이로 병실에서 음독자살한다. 그를 둘러싼 죽음은 사실 이게 끝이 아니다. 그의 세 자식도 후에 자살로 생을 마감한다. 또한 그의 벗이자 스승인 레오폴도 루고네스도 우연이든 아니든 키로가가 죽은 지 꼭 1년 되는 날 자살하였으며, 시인이었던 키로가의 친구 알폰시나 스토리니는 마치 자기 죽음을 암시라도 하듯 키로가의 죽음에 대해 애도하는 시를 바치고 그 이듬해 자살하였다.

키로가의 삶과 문학 세계를 이야기할 때 죽음과 더불어 미시오네스 지방에서의 삶을 빼놓을 수는 없다. 1903년 레오폴도 루고네스를 따라 사진 기사로서 미시오네스 지방의 예수회 유적 탐방대에 동행한 것은 그의 인생에서 아주 중요한 여행이었다. 후에 그의 삶의 터전이자 그의 작품의 주요 배경이 될 산이그나시오를 처음 방문하게 되었기 때문이다. 그때부터 그는 밀림에 정착해서 살겠다는 열망에 사로잡힌다. 미시오네스 지방으로 이주하기 전에 그는 차코 지방에서 목화를 재배하기도 하는데, 비록 실패로 끝나기는 했지만 이때의 경험 또한 그의 작품 속에 녹아 있다. 그 후 산이그나시오 옆 야베비리 천 근처에 땅을 산 뒤 방갈로를 짓고 1910년 드디어 아내와 함께 미시오네스 지방의 밀림에서 삶을 시작한다. 그가 살았던 방갈로와 그 주변 자연환경에 대한 묘사는 그의 작품 곳곳에서 나타나며, 그가 밀림 속에서 살면서 했던 일들이나 취미 또한 등장인물들의 활동에 반영되어 있다. 아내의 죽음을 겪은 후 부에노스아이레스로 돌아간 이후에도 밀림의 삶에 대한 열망은 잠들지 않았고, 그는 결국 1932년에 다시 미시오네스 지방으로 돌아간다. 이렇게 그의 밀림에서의 생활은 그의 작품의 바탕이 되고, 그의 작품의 대다수는 미시오네스 지방을 관통하는 파라나강을 따라 펼쳐진다. 그곳의 기후와 자연환경, 그 속에 잠재된 죽음, 그리고 유배자들의 삶이 바로 그 변두리이자 국경 지방인 곳, 키로가 자신도 유배되어 살았던 그곳에서 교차하는 것이다.

키워드 하나, 죽음

그의 작품에서 거의 모든 등장인물은 결국에 가서 죽음을 맞이한다. 그런데 인물들의 그러한 비극적인 운명은 그 자체로서만 존재한다. 어떤 교훈이나 설명도 없다. 키로가에게 죽음이란 말 그대로 죽음일 뿐이다. 「표류」에서처럼 대자연의 힘 앞에서 죽음과 사투를 벌이는 인간의 모습을 묘사하면서도, 인간은 자연의 냉혹한 힘 앞에서 예정된 결말을 절대로 극복해내지 못한다. 그냥 패배할 뿐이다. 「일사병」에서 존스 씨는 뜨거운 태양 아래 언제 죽는지 왜 죽는지 알지도 못한 채 죽음을 맞이하며, 말라리아에 걸렸음에도 불구하고 노예와도 같은 선불 계약에 묶여 일을 계속해야 했던 「달품팔이」의 포델레이는 목숨을 걸고 벌목장을 탈출하지만 결국 말라리아를 이겨내지는 못한다. 「유배자들」에서 젊은 시절 "원시림 속을 쥐구멍 드나들듯" 할 만큼 숲을 잘 알던 주앙 페드로나 사람들이 일하기를 피하는 시간대의 "불 같은 증기" 속에서도 김을 매곤 하던 티라포고도, 고향에 돌아가고자 하는 열정이 아무리 크다고 한들 이제 늙어 노쇠한 몸으로는 비 오는 산속을 통과하는 여정을 감당해내지 못하는 것이다. 심지어 「죽은 남자」의 주인공은 평소와 똑같은 상황 똑같은 시간에 원했던 자세로 풀밭에 누워 있지만 마체테에 배를 깊숙이 찔린 상태이다. 그는 죽을 것임을 명확히 알고 있지만 죽는 순간까지 할 수 있는 일은 아무것도 없다. 스스로 인지하고 있든 인지하고 있지 않든 결국 죽게 될 것이지만 그 죽음을 피할 수는 없다는 것, 이것이 바로 키로가의 작품 속 인물들이 처한 공통적인 상황이다. 그런 면에서 「사막」의 쉬베르카소의 죽음은 그중에서도 가장 잔인하다고 할 만하다. 쉬베르카소 역시 모래벼룩에 의한 감염에서 살아남기 위해 고군분투하지만 결국 이겨내지 못하고 죽음에 이르게 되는데, 그의 죽음은 죽음 뒤에 남겨질 아이들의 죽음을 예견하게 한다는 점에서 더욱 비극적이다. 그가 자신이 죽게 될 것임을 인식하는 순간 그는 "모든 인간의 도움으로부터 완전히 차단된 방갈로"에서 "가장 무섭고 가장 끔찍한 고립무원의 상태로, 인간에게서도 신에게서도 버려진, 우유도 없이 외톨이가 된 두 생명체"인 그의 자식들을 보게 된다. 그는 자신의 죽음을 피할 수도 없지만 남겨진 자식들의 죽음도 막을 방법이 없는 것이다.

또한 키로가의 작품들에서 어떤 죽음들은 하찮은 우연이나 오인에서 비롯되기도 한다. 피할 수 있었을 것만 같은 안타까움을 주지만 역시 피할 방법은 없다는 점에서 병이나 사고에 의한 위의 죽음들과 다를 바는 없다. 「야과이」의 야과이는 남의 집에서 갖은 고생을 하다 간신히 집에 돌아오게 된 순간 먹이를 훔치려는 굶주린 개로 오인한 주인의 총에 맞아 죽고 만다. 「아나콘다」와 「아나콘다의 귀환」에서는 자신의 의지가 아니라 인간의 오해가 아나콘다의 삶과 죽음을 결정한다. 「아나콘다」의 결말에서 뱀들을 몰살시킨 인간들은 아직 살아 있는 아나콘다를 보고 "자기 방식대로 우리의 복수를 했"다며 살려내는데, 「아나콘다의 귀환」에서는 아나콘다가 죽어가는 인간의 마지막을 온몸을 다해 지켰음에도 "저 불행한 사람의 복수를 하자"는 인간들이 쏜 총에 맞아 자신이 죽는지도 모른 채 아나콘다는 죽음을 맞이한다. 「타콰라 대나무 저택」에서 돈 후안은 눈앞에 집을 두고도 짙은 안개 때문에 집을 찾지 못하여 그 차가운 새벽 리벳의 죽음을 막지 못했고, 「오렌지주를 증류하는 사람들」에서 엘세 박사의 딸은 "한때는 인간이었을 폐인" 아버지를 끝까지 보살피다 알코올 중독에 의한 환각에 시달리던 아버지에 의해 쥐로 오인당하여 죽는다. 여기서 엘세의 오인은 「야과이」의 마지막을 연상시키는데, 쿠퍼 씨의 어린 딸이 죽은 강아지 야과이를 보며 그랬던 것처럼 엘세의 딸은 죽어가면서 "무슨 짓을 저지른 거야, 아빠……!"라고 말한다.

그런데 키로가의 작품에 나오는 위와 같은 죽음들은 독자에게 충격을 주기 위한 이야기상의 반전이 아니다. 독자는 인물의 죽음 이전에 이미 죽음의 징후를 느낄 수 있다. 또한 작가는 때때로 비극적인 결말을 예고하는 어떤 사실들을 미리 던져놓는다. 그러한 예고는 그 자체로 비극적이지 않지만 죽음의 순간에 이르러서는 어떤 아이러니를 불러일으킨다.

「목 잘린 암탉」에는 "음식을 삼킬 줄도 몰랐고, 자리를 옮길 줄도, 심지어 앉을 줄도 몰랐"던 네 아들이 "어떤 모방 본능을 가지고 있기는 했다"는 구절이 있다. 그리고 뒤에 그 아들들은 부엌에서 "하녀가 부엌에서 닭의 목을 베고 아주 천천히 피를 빼내는 동안", "나란히 어깨를 맞대고 서서는 아연실색한 표정으로 닭의 도축 광경"을 바라본다. "새빨간…… 붉은 피……"가 그들의 주의를 끌었던 것이다. 작품의 마지막 부분에서 그들이 여동생을 질질 끌고 "바로 그날 아침 암탉의 피를 빼내었던 부엌. 단단히 붙들린 채, 아주 천천히, 숨을 앗아갔던 곳."

으로 갈 때 독자는 이미 잔인하고 끔찍한 결말을 예감한다. 정작 마지막 장면에서는 수식어나 묘사 하나 없이 유혈이 낭자한 이미지를 독자에게 상상하게 하는데, 이는 시간이 지나도 잊히지 않는다. 「깃털 베개」에서 “그녀는 침대를 건드리는 것을 원하지 않았고, 베개도 정돈하지 못하게 했다”는 진술은 후에 죽음의 원인과 연결되며, 「야과이」에서 “밤도둑들을 향해 용서할 수 없는 마음으로 엽총을 쏘아대곤 했다. 단지 산탄만을 사용했다고는 해도 그것이 가져올 교훈은 가혹했다”는 문장을 읽을 때 독자는 이미 그 교훈이 무엇인지 예상할 수 있다. 「타콰라 대나무 저택」은 첫 장면에 이미 리벳의 죽음을 예고하고 시작한다. 「오렌지주를 증류하는 사람들」에서 “이미 햇볕 아래 등을 대고 누워 사물들과 대화했던 남자라면, 갑자기 삶의 버팀목을 앗아갈 뜻밖의 환상을 볼 수도 있는 법”이라면서 작품의 마지막 장면에 본격적으로 들어가기 전에 비극을 예고하듯 “엘세의 과오는 명백히, 그의 딸 대신에 괴물 같은 쥐를 본 것이었다.”라고 못박는다. 이 단편집의 마지막에 수록된 「아들」에서 아버지는 “아들이 작업실의 조임쇠 앞에서 파라벨룸 총알을 맞고 피투성이가 되어 구르는” 환각을 보았고, 총성을 들었으나 무심히 지나친다. 아버지가 제시간에 집으로 돌아오지 않은 아들을 찾아 나설 때 독자는 아버지의 바람처럼 제발 다른 이유가 있기를 기대하기도 하지만 불길한 예감을 떨칠 길은 없다.

「일꾼」에서 화자와 그의 일꾼이 마지막으로 함께 숲에 들어갔을 때 미시오네스 지방의 아름다운 밤 풍경을 묘사하는 부분이 있다. "매우 높고 신비로운 숲은 마치 고딕 성당처럼 사선의 빛이 스며들어와, 환상적인 깊이를 제 안에 품고 있었다. 그런 세계의 저 깊은 곳에서, 유령새 우루타우의 구슬픈 울음이 마치 종소리와도 같이 가끔 숲의 고요를 흔들어 깨곤 했다." 이러한 묘사 뒤에 일꾼 올리베라는 사라진다. 시간이 흘러 화자가 발견한 것은 일꾼의 죽음을 암시하는 높은 나뭇가지에 걸린 장화 두 짝이다. 키로가의 작품에 자주 등장하는 검은 숲, 그리고 깊이를 알 수 없는 심연이라는 이미지와 고립무원의 상태 속에서 맞이하는 죽음의 이미지는 이렇게 겹쳐진다.

보물을 찾으러 들어간 신비롭고 아름답지만 어둡고 외로운 숲에서 맞이한 어이없는 죽음. 키로가의 작품에서 죽음은 행동의 결과로서 존재하는 것이 아니라 다른 이유에 의해 결정된다. 이렇듯 키로가에게 있어 죽음이란 그 자체로 삶을 구성하는 요소 중의 하나이다. 죽음은 등장인물이 저지른 죄에 대한 신의 형벌도 아니고 무언가를 성취하기 위해 극복해야 할 난관도 아니다. 우연에 의한 것이며 자연의 법칙이다. 종교적 의미의 운명이라기보다 이성적 법칙에 의한 운명이다. 사실 우리는 모두 죽는다. 그리고 무슨 이유로 죽는지 어떻게 언제 죽는지 알 수 없다. 그럼에도 우리는 살아간다. 그의 작품에서도 마찬가지다. 죽음을 맞이하는 인물들은 죽음을 인식하지 못한 채이거나 인식하고 있는 상태라고 하더라도 그들의 삶은 계속되는 것이다. 줄거리만 보자면 죽음이 두드러져 보이지만 역설적으로 그의 작품은 죽음을 앞에 두고도 혹은 죽음을 예상하지 못한 채 살아가는 우리들의 끈질긴 삶에 관해 이야기한다. 죽는다고 해서 삶이 무의미한 것이 아니라 살아 있는 순간에 삶이 의미 있는 것이다.

키워드 둘, 자연

그의 작품들에는 자연에 대한 묘사와 기후에 대한 묘사가 많이 나온다. “열네 시간 동안이나 이글거리는 태양은 하늘을 푸른 용광로로 만들었고 젖은 땅을 순식간에 말려 허연 딱지처럼 갈라지게” 만들고, “찌는 듯한 한낮의 백색 하늘 아래 끈질기게 불어오는 북풍은 시든 채소를 누더기처럼 널어놓”으며, “뇌졸중을 일으키기에 더할 나위 없이 좋은 시간”에는 “숲과 들판, 현무암과 붉은 사암, 그 모두가 빛을 반사하고 있었고 색이 씻겨 나간 듯 다 똑같은 노란 색조”로 보였고 “풍광은 단조로운 윙윙거림으로 가득 찬 적막함 속에 죽어 있었다”고 말한다. 이렇게 숨 막힐 듯한 더위나 가뭄이 계속되다가도 날씨가 바뀌어 “스무 시간 동안 그침 없이 내린 비가 파라나강을 마치 허연 기름처럼 바꿔”놓거나 개천은 “범람하여 격렬하게 흐르는 대로로 변해”버린다. “호우는 밤새도록 무자비하고 격렬하게 함석지붕을 망치질하듯 두들”기기도 하고, “오솔길들은 소리를 내며 흐르는 붉은 물의 작은 계곡들”로 변하기도 하며, 강에는 “식물들의 거대한 수상 군단이 흘러내려 가”거나 “거품이 이는 조그마한 나뭇가지들이 술 장식처럼 강변에 달라붙”으며 물이 불어나다가 마침내 “체로 치듯 물을 두드리는 큰비”가 내리기도 한다.

이는 대부분의 작품 배경이 되는 미시오네스 지방의 자연과 기후에 대한 묘사이다. 이 열대의 밀림과 기후에 대한 묘사는 자연스럽게 등장인물들의 삶의 조건이 된다. 또한 자연 환경은 삶의 조건임과 동시에 죽음의 원인이 되기도 한다. 삶과 죽음은 대자연 속의 일부인 것이다. 그렇기에 인간의 의지와 행동으로는 그 운명을 바꿀 수는 없다. 죽음을 극복하려는 노력은 압도적인 대자연의 힘 앞에서는 허무한 사투가 된다. 인간이든 동물이든 개별자의 시점에서 보면 당장 이겨내야 하고 살아남아야 하는 상황 속에 놓여 있겠지만, 자연의 시점에서 본다면 개별자들은 삶과 죽음이 무수히 반복되고 순환하는 거대한 생태계를 구성하는 아주 작고 약한 존재일 뿐이기 때문이다.

이와 같이 거대한 대자연 속의 미물이라는 이미지는 키로가의 작품 곳곳에서 갑작스럽게 서술되는 원경 묘사에서 두드러진다. 이러한 묘사는 영화에서 클로즈업 숏이 이어지다 한순간 익스트림 롱숏으로 카메라가 빠지는 것과 같은 효과를 준다. 「표류」에서 독자는 카누 안에서 몸 상태가 좋아진 것 같다고 느끼는 주인공을 본다. 그러다 앵무새 한 쌍이 높은 하늘을 조용히 가르는데, 그때 "하늘에서 내려다보는 저 아래 금빛 강물 위에는, 방향을 잃고 빠른 속도로 표류하는 카누 한 대가 물거품이 이는 소용돌이 앞에서 이따금씩 제자리에서 빙글 돌고는 했다"라는 묘사가 들어온다. 영화에 비유한다면 한참을 카누 안과 남자의 다리나 아랫배, 남자의 전신 등을 타이트한 숏으로 비추다가 남자의 시점 숏으로 보이는 주변의 풍광으로 옮겨가는 것인데 여기까지는 자연스러운 숏 구성이다. 그러다 갑자기 하늘을 나는 앵무새의 시점, 즉 버즈 아이 뷰로 촬영된 익스트림 롱숏이 들어오는 것이다. 하늘에서 내려다보이는 풍경은 거대한 강물 위에서 제자리를 맴돌고 있는 조그맣게 보이는 카누 하나이다. 발에서부터 시작해 온몸을 점령해 나가던 독은 이제 사라진 것일까, 언제 타쿠루푸쿠 항에 도달하려나, 그때까지 이 남자의 몸이 버틸 수 있으려나 하고 지켜보던 독자들은 이 장면에 이르러서 사실 그는 강에서 맴돌고 있었을 뿐이고, 카누가 빙그르르 도는 바람에 몸이 더 좋아진다고 느끼는 것이며, 이 거대한 강에서 저 작은 카누 안의 남자는, 온몸에 거의 다 독이 퍼진 그 남자는, 타쿠루푸쿠 항에 가거나 그때까지 버티기는커녕 그냥 저 거대한 강 한가운데에서 죽어가고 있는 것뿐이라는 인식에 도달하게 된다.

「야과이」에서도 "뜨거운 공기 속에 대지 위를 기어가는 야과이는 조그마한 흰 얼룩처럼" 보인다는 묘사를 통해, 독자는 계속되는 가뭄 속에서 고생하는 야과이를 풍경 묘사와 마찬가지로 익스트림 롱숏의 이미지로 보게 된다. 여기서 이 이미지는 작품의 마지막의 비극적인 결말 또한 암시하는데, 어느 날 밤 인내심을 잃고 뛰쳐나온 쿠퍼 씨의 눈에 "뒤뜰로 막 들어서려는 흰 얼룩"이 보이기 때문이다. 「사막」에서도 "벼랑 끝에 앉아 헤아릴 수 없이 깊은 허공 위에서 샌들을 덜렁거리는" 아이들을 묘사하면서 "20미터를 수직으로 솟아올라" 있는 절벽 "위로, 아주 작게 보이는 쉬베르카소의 아이들"이라고 서술하고 있다. 이 이미지의 위태로움은 앞에서도 언급했던 작품의 마지막 부분에서 아무도 없는 사막과도 같은 드넓은 밀림 한가운데의 방갈로에 고립무원의 상태로 홀로 남겨진 두 아이들의 이미지로 연결된다. 「아나콘다의 귀환」에서도 독자는 주인공 아나콘다와 아나콘다가 보는 풍경만을 따라가다가 "해 질 녘엔 물 위에 반사되어 마치 눈부시게 번쩍거리는 금속 막대기처럼 펼쳐진 햇빛이 그녀가 타고 있는 둥둥 뜬 섬을 환하게 비추"는, 아름다운 자연 풍광의 일부인 아나콘다를 갑작스럽게 넓어진 시야를 통해 보게 되거나, 작품의 마지막에 등장하는 인간의 시점을 빌려 "아득하게 먼 하늘의 선명한 색 위로, 뗏목 같은 섬 위에서 몸을 꼿꼿이 세운 아나콘다"를 보게 된다. 「타쿼라 대나무 저택」에서 돈 후안과 리벳에게 일어난 일을 이야기하기 직전 "안개는 치맛자락에 덧댄 술 장식처럼 산자락을 따라 피어오르"고 있었고 "수풀은 이미 수증기로 하얗게 변해버렸다"고 묘사하는 부분도 비슷한 효과를 준다.

더 나아가 키로가의 작품에서는 죽음마저도 자연의 일부이다. 죽는 순간에 죽는 사람의 의식이 자연과 하나가 되는 것이다. 「죽은 남자」에서 주인공은 죽음에 임박했을 때 "그가 원한다면, 그가 그의 몸을 한순간 떠나기를 원한다면, 그가 직접 쌓은 제방 위에서 여느 때와 같은 평범한 풍경을 보기를 원한다면, 그는 그렇게 할 수 있다"고 말한다. 죽은 남자 자신의 시점은 작품의 마지막에서 육신을 빠져나와 자신을 포함한 풍경 전체를 볼 수 있게 되는 것이다. 그리하여 그는 자신의 모습이 "마치 잔디밭 위에서 햇볕을 쬐고 있는 조그마한 혹 덩어리처럼 보인다"고 말한다. "「죽은 남자」의 복제판"이라는 부제를 달고 있는 「파리 떼」의 마지막에서는 주인공의 시점이 육신에서 벗어나 자연으로 옮겨가는 과정이 더욱 구체적으로 드러난다. 그렇게 절망적으로 견뎌 맞이하게 된 죽음의 순간에 화자는 "대지 위에 고정된 지점"을 느낄 수 없게 되고 "시간과 공간으로부터 자유로워져 나는 여기든 저기든, 이 나무로든 저 칡넝쿨로든 마음껏 갈 수 있다"고 말한다. 그리하여 그의 의식은 "수십억 개의 입자로 잘게" 부서졌으며 마침내 "날아서, 새롭게 태어난 우리들의 생명의 현장에 불을 지피는 햇살 속에서, 그 쓰러진 통나무 위에 나의 동료들과 함께 사뿐히 내려앉는다"고 말한다. 이렇듯 키로가에게 있어서 자연은 극복할 대상도 아니고 등장인물과 독립적으로 존재하는 배경도 아니다. 자연은 인간과 동식물을 제 안에 품고 있는 것이며, 죽음마저도 자연을 거스르는 것이 아니라 자연과 하나인 것이다.

키워드 셋, 유배

키로가는 또한 자의에 의해서건 타의에 의해서건 고향을 떠난 사람들 또는 동물들의 삶을 그린다. 그들은 혁명에 실패하여 국경을 넘어 도주하기도 하고, 몇 달 동안의 노예 상태와도 같은 계약 노동과 환락의 일주일을 쳇바퀴 돌듯 반복하게 되는 달품팔이의 삶을 살기도 하며, 머나먼 외국에서 대양을 건너와 다시는 고국으로 돌아가지 못한 채 낯선 땅에서 생을 마감하기도 하고, 고용주에 대한 복수의 대가로 어쩔 수 없이 조국을 버리기도 한다. 이들은 모두 고향 땅으로부터 떨어져 나온 추방자들이자 고향에 돌아가지 못하고 낯선 땅에서 살아가는 유배자들이다. 이들은 모두 낯선 땅의 환경과 맞지 않는 기후에 고생하지만, 다시 익숙한 곳으로 돌아갈 수는 없다.

「야과이」의 폭스테리어는 영국이 원산지인 사냥개 품종인 데다가 할아버지의 고향은 부에노스아이레스이지만 미시오네스 지방에서 살고 있다. 폭스테리어는 "이 기후에 맞지 않게 태어난 종"이어서 열대의 더위를 견디는 일이 쉽지 않다. 그리하여 계속되는 가뭄과 굶주림에 "이글거리는 눈빛과 그 두 눈 위로 쫑긋 세운 귀를 가졌던, 그리고 도발적으로 꼬리를 세우고 있었던 폭스테리어"는 사라지고, "귀를 뒤로 늘어뜨리고 뒤가 구린 듯 꼬리를 감춘 채 주인 모르게 길가를 종종걸음으로 배회하는, 뼈다귀만 앙상한 옴 오른 개 한 마리"만 남는 것이다. 「일사병」에서도 주인을 잃은 폭스테리어들은 다른 집으로 흩어져 "깡마르고 피부병에 걸린 개가 되었으며, 굶주림에 밤마다 몰래 빠져나가 남의 집 농장의 옥수수 낟알이나 훔쳐 먹는 신세"가 된다. 「아나콘다의 귀환」의 아나콘다도 "마체테를 휘두르며 끊임없는 방화를 일삼는" 인간들 때문에 더 이상 고향으로 가지 못한다.

이러한 동물들의 삶은 낯선 땅에서 유배되어 살아가는 사람들의 삶과 겹쳐진다. 「타콰라 대나무 저택」의 돈 후안 브라운은 부에노스아이레스 출신이지만 "인생의 항로를 벗어나 미시오네스 지방으로 흘러든" 인물이며 "한때는 인간이었겠지만 지금은 완전히 폐인"인 므시외 리벳은 "이 나라에는 20년 전에 들어와 투쿠만 지방의 증류 공장에서 기술 감독"으로 활약하다 "성격 탓에 사람들을 잃고 결국 이비라로미에 좌초"된 인물이다. "집에 돌아갈 날만을 기다리던" 리벳은 돌아가지 못하고 결국 자신이 좌초되었던 곳에서 최후를 맞이한다. 「오렌지주를 증류하는 사람들」의 엘세는 파라과이가 영입한 "젊고 유능한 스웨덴 생물학자"이자 의사였으나 "그 열대의 나라에서 많은 외국인의 활약이 알코올처럼 타올랐다 사그라졌던 것처럼" 몰락하여 "모두의 웃음거리"인 데다가 "알코올 중독의 지옥"에 빠진 "군복 반바지에 비스듬히 걸쳐 쓴 베레모 차림"의 "심연으로 굴러 떨어지고 만 인생"이 된 것이다.

레오노르 플레밍은 이 책의 스페인어판에 수록된 그의 작가 및 작품론에서 키로가 작품의 특성을 '변경邊境'으로 규정한다. 키로가의 작품이 중심의 삶에서 벗어나 경계에서의 불안정하고 격렬한 삶으로 독자를 이끌고 있다는 것이다. 그의 작품은 반복적으로 이러한 삶에의 추구를 드러내며, 그것을 위해 그는 변두리의 세계, 버려진 가혹한 세계를 창조하고 주변적인 인물과 갈등, 분위기를 선택한다고 말한다.

키로가의 작품에서 유배자의 삶은 이러한 변경의 삶이다. 많은 작품의 배경이 되는 곳은 브라질과 파라과이와 아르헨티나의 국경이 접하는 지역이다. 정치적, 문화적, 언어적으로 서로 다른 나라의 경계가 되는 곳이면서 동시에 과라니 원주민 문화와 예수회 시절의 역사를 공유하고 있는 곳이다. 그리고 경계를 넘나들며 인물들이 서로 흘러드는 곳이며 그렇게 모두가 고향을 떠나 낯선 곳에서 유배된 채 섞여 있는 곳이다. 이 지역들의 자연적인 경계선이면서 동시에 주요 교통로인 파라나강은 이러한 세계의 축이다. 「표류」에서 파라나강 위를 표류하고 있는 남자에게 "강류는 이제 브라질 쪽 강가로 밀려들"기도 하고, 그는 또한 "파라과이 쪽 강가는 이미 살짝 어두워져 깨끗하고 푸르스름한 산 그림자"가 물 위에 어리는 모습을 볼 수도 있으며, 그 남자의 머리 위로는 "알록달록한 앵무새 한 쌍이 높은 하늘을 조용히 가르며 파라과이로" 향하기도 하는 것이다. 파라나강을 끼고 있는 "미시오네스 지방은 그곳에서 시작해 아마존에서 끝나는 숲 지대의 가장자리에" 위치하는데 작가는 "첫 유아 세례를 받을 때이든 삶의 마지막 썰물이 빠져나갈 때이든 이 지방으로 흘러들어와 좌초하게 된 인물 유형"은 "문명 세계의 소심한 새끼 고양이"가 아니라 "두셋의 작은 서사시와도 같은 이야기나, 그것도 아니면 유혈 모험담이라도 간직하고 있"다고 말한다.

「유배자들」의 첫 문장은 이렇게 시작한다. "미시오네스 지방은 모든 국경 지방이 그런 것처럼, 그림처럼 아름다운 인물이 넘쳐난다." 이 문장 뒤에 간략히 소개된 인물들은 단편집 『유배자들』의 여러 작품에서 주인공으로 등장한다. 이 단편집의 등장인물들 역시 고향에서 떨어져 나와 변경에 유배된 자들이며, 실제로 키로가가 자주 들렀던 산이그나시오의 선술집에서 만난 사람들에게서 나온 인물들이다. "마테차밭 열풍이 불던 시절"에 만들어진 그 술집은 예전에는 "십장들이 알토 파라나 지방에서 포사다스로 내려가는 길"에 들르는 곳이기도 했고 "유명한 예수회 유적을 보러 오는 관광객들의 휴게소 역할을 하는 작은 호텔"이기도 하지만, 그 술집은 "우리 것"이라고 말하기도 한다. "숲속의 국경 지방에서 느낄 수 있는, 여러 가지가 뒤섞인 혼합물의 가장 흥미로운 장면들을 볼 수 있는 곳”이기 때문이다.

이러한 변경의 유배자들 사이에서는 자연스럽게 여러 가지 언어가 쓰인다. 아르헨티나의 공용어인 스페인어와 브라질의 공용어인 포르투갈어, 이 지역 원주민들의 모어이자 스페인어와 함께 파라과이의 공용어인 과라니어, 그리고 「일꾼」에서 언급하는 “강렬하고 맛깔스러운 말투”의 “포르투갈어, 스페인어, 과라니어가 혼합된 국경 지방 언어”. 이들은 서로 편한 언어로 소통하기도 하고 서로 다른 언어로 대화하거나 말을 하는 도중에 언어를 바꾸기도 하는데, 이는 국경 지방의 특징 중의 하나이다. 이렇듯 변경의 삶은 자연 환경을 공유하지만 서로 다른 나라의 서로 다른 문화와 언어가 뒤섞이고 서로 다른 출신과 사연을 가진 다양한 인물들이 뒤섞인 혼합물이다. 동시에 변경의 삶은 모두가 서로 다른 고향에서 떨어져 나와 이곳 변두리의 세계에 유배된 유배자의 삶인 것이다.

사실 작가의 삶 역시 유배자의 삶이 아니었던가. 그 역시 고향 살토를 떠나 공부를 위해 몬테비데오로 갔다가 다시 도망치듯 부에노스아이레스로 갔으며, 밀림의 삶에 사로잡힌 뒤에는 스스로를 밀림 속에 유배시켰고, 다시 쫓겨나듯 부에노스아이레스로 돌아갔다가도 밀림 속에서의 고립된 삶에의 열망을 버리지 못하고 말년에 다시 밀림으로 돌아갔다. 그의 삶이 그런 유배의 삶이었기에 어쩌면 그는 변두리이자 경계를 이루는 그곳에서 여기저기 고향에서 떨어져 나와 유배된 자들의 삶에 이끌린 것일지도 모른다.

삶으로 글을 쓴 작가

그의 단편에는 힘이 있다. 그리고 단편선 전체를 관통하는 확고한 세계관이 있다. 삶으로 글을 썼기 때문이다. 소설의 배경과 삶의 터전은 작품 속에서 하나가 되며 그의 삶은 등장인물을 통해 살아 있는 인물로 다시 태어난다. 아르헨티나 작가 훌리오 코르타사르도 산문집『마지막 라운드』에 실린 단편소설에 관한 그의 글에서 오라시오 키로가의「완벽한 단편 작가를 위한 십계명」중 열번째 항목을 언급하는데, 단편소설 쓰기에 관한 "흠잡을 데 없는 명료함"을 보여주는 말이라고 찬사를 보냈다.

> 글을 쓸 때는 친구들을 생각하지도 말고, 친구들이 네 이야기에 대해 어떻게 느낄지 생각하지도 말아라. 작가는 등장인물 중 하나가 될 수 있다. 하지만 그건 등장인물이 가진 작은 분위기일 뿐 그 이상의 관심은 없다는 듯 이야기를 써라. 다른 방법으로는 이야기 속 인물들의 삶에 생명력을 불어넣을 수 없다.
>
> —「완벽한 단편 작가를 위한 십계명」중 열번째

스스로 밝힌 원칙처럼 키로가는 그의 삶을 바탕으로 글을 썼다. 하지만 그는 자기의 불행을 토로하거나 자신의 생각을 이해받기를 원하는 글을 쓴 것이 아니라, 소설 속 인물들을 창조하고 생명력을 불어넣었다. 그리하여 그의 작품들은 작가의 삶에 바탕을 두고 있으면서도 대자연 속에 살아가는 모든 존재들의 삶을 그려내며 보편성을 획득한다.

그의 작품 속의 인물들과 마찬가지로 현대인의 삶에서도 우리는 이러한 키로가식의 운명과 만난다. 우리의 삶 또한 우연적인 사고로 둘러싸여 있고 죽음은 언제 어떻게 찾아올지 모르며, 그럼에도 우리가 속한 세계는 그 자체로 삶과 죽음을 함께 아우르고 있는 세계이다. 또한 언제나 낯선 환경을 맞닥뜨려야 하고 맞지 않는 삶의 조건에 적응해가야 하기에 어떤 의미에서 우리 모두는 유배자다. 그런데 이러한 우연과 불행과 죽음과 가혹한 환경 속에서도 우리는 삶을 포기하거나 중단하지 않는다. 죽음을 알고 있든 알고 있지 못하든 우리들의 삶은 계속된다. 아무리 허무한 결말이 예정되어 있다고 해도 우리들의 삶은 계속될 뿐만 아니라 매 순간 치열하기까지 하다. 키로가가 죽음을 통해 우리에게 보여주는 것은 오히려 이러한 치열한 삶 그 자체인 것이다.

이 작품집에 실린 단편 중에서 유일하게 아무도 죽지 않는 작품 「인시엔소 나무 지붕」에서 오르가스는 끊임없이 지붕을 고친다. "고슴도치처럼 뾰족뾰족 솟은 모양새"의 지붕은 비가 올 때마다 물이 쏟아져 그를 골탕 먹인다. 그런 고슴도치 같은 지붕은 4년 동안이나 오르가스의 기운을 쪽 빼놓았고, 다른 일들을 제대로 돌보지 못한 채 늘 지붕으로 기어 올라가야 했다. 그래도 그는 "지붕을 고치기 위해 할 수 있는 모든 것을 시도"하며, 사람들이 그는 으레 지붕 위에 있겠거니 생각할 정도로 지붕의 틈을 메우는 일에 매달린다. 매번 지붕을 수선하고 다시 비가 내리기를 기다려 그 효력을 확인하고 다시 새로운 틈이 벌어지면 또 다른 방책을 찾아 다시 시험을 계속한다. 그렇게 그는 지붕 위에 붙들려 있는 것이다.

그런데 우리도 지붕을 고치는 사람이 아니라고 말할 수 있을까. 신기한 것에 호기심을 보이다 발을 헛디디는 사람이 아니라고 말할 수 있을까. 그럼에도 우리는 가진 것 없는 외팔이가 늘 새로운 것을 꿈꾸고 그것을 어떻게든 실행에 옮기듯, 삶의 조건과 주어진 환경이 이상적이지 않아도 늘 새로운 것을 꿈꾸지 않는가. 아무리 허무한 결과를 받아안더라도 "단순한 의무를 이행하기 위해 그토록 힘들게 일하고 또 계속해서 한 블록 한 블록 나아가 마침내 무지갯빛"을 보게 되기도 하지 않는가.

언제 발을 헛디딜지 모른다. 그럼에도 우리는 언제나 신기한 것에 열광하고 끊임없이 지붕을 고친다.

작가 연보

1878 12월 31일 우루과이의 살토에서 아버지 프루덴시오 키로가와 어머니 파스토라 포르테사의 2남 2녀 중 막내로 태어남.

1879 생후 2개월 남짓 되었을 때, 아버지가 사냥에서 돌아오는 길에 총기 오발 사고로 사망. 그 충격으로 어머니는 아이들을 데리고 코르도바로 잠시 이사함.

1883 어머니와 아이들, 살토로 돌아옴.

1891 어머니가 아센시오 바르코스와 재혼함.

1890~95 2년 정도 우루과이의 수도 몬테비데오에서 학교를 다님. 문학, 화학, 사진, 기계공학, 사이클링 등에 관심을 가짐. 살토에서 파이산두까지 120킬로미터를 자전거로 주파하기도 함.

1896 뇌출혈로 반신불수가 된 양아버지가 엽총 자살을 함.

1897 신문에 기고를 시작함.

1898 부에노스아이레스에 가서 평생에 걸쳐 인연을 맺게 될 작가 레오폴도 루고네스를 만남.

1899 문예지 『레비스타 델 살토*Revista del Salto*』 창간.

1900 파리로 여행을 다녀옴. 귀국 후 문학 모임 '즐거운 지식 회의Consistorio de Gay Saber'를 만들고 문인들과의 교

류와 집필 활동에 전념.

1901 첫 작품집 『산호초*Los arrecifes de coral*』 출판.

키로가의 형과 누나가 장티푸스로 숨짐.

1902 스물셋의 키로가는 총기를 손질하다가 실수로 문학에의 열정을 함께 나누었던 친한 친구 페데리코 페란도를 죽이게 됨. 살해 혐의로 조사를 받고 4일 동안 감금되었다가 무죄로 풀려났으나 그 사건의 정신적 충격에서 벗어나기 위해 부에노스아이레스로 이사.

1903 부에노스아이레스에서 스페인어 선생님으로 일하던 중 레오폴도 루고네스가 이끄는 미시오네스 지방의 예수회 유적 탐방대에 사진 기사로 동행함. 이 탐방대를 통해, 후에 그의 삶의 터전이 될 산이그나시오에 처음 방문함.

1904 단편집 『타인의 범죄*El crimen del otro*』 출판.

아르헨티나 차코 지방에서 목화 재배를 하지만 실패함.

1905 단편집 『박해자들*Los perseguidos*』 출판.

1906 그의 마음을 사로잡았던 미시오네스 지방의 밀림에 정착하기 위한 계획의 일환으로 산이그나시오 옆 야베비리 천 근처에 185헥타르의 땅을 구입.

1908 중단편집 『혼란스러운 사랑에 관한 이야기*Historia de un amor turbio*』 출판.

산이그나시오에 방갈로를 짓기 시작함.

1909 제자였던 아나 마리아 시레스와 결혼.

1910 아내와 함께 산이그나시오로 이주하여 정착함.

1911 밀림 속 집에서 첫째 딸 에글레 키로가 태어남.
마테차밭을 일구기 시작함.
산이그나시오 '평화의 법관'에 임명됨.

1912 아들 다리오 태어남.
어릴 때부터 밀림에서의 삶에 적응할 수 있도록 키로가가 두 아이의 교육을 직접 맡음.

1915 부부간의 불화와 밀림에서의 삶을 견디지 못한 아내가 자살함.

1916 상심한 키로가가 아이들을 데리고 부에노스아이레스로 돌아옴.

1917 단편집 『사랑 광기 그리고 죽음의 이야기*Cuentos de amor de locura y de muerte*』 출판. 판매량과 비평 양쪽에서 큰 성공을 거둠.

1918 어린이를 위한 단편집 『밀림 이야기*Cuentos de la selva*』 출판.

1920 단편집 『야생*El salvaje*』 출판.
희곡 『희생자들*Las sacrificadas*』 출판.

1921 단편집 『아나콘다*Anaconda*』 출판.

1924 단편집 『사막*El desierto*』 출판.
한동안 영화 비평을 쓰는 일에 매진함. 영화화되지는 않았지만 장편영화의 시나리오도 집필함.

1925 미시오네스 지방으로 돌아갈 준비를 하기 위해 잠시 산이그나시오에 머무름.

1926 부에노스아이레스로 돌아옴.
단편집 『유배자들*Los desterrados*』 출판. 이 책은 후에 그의 작품 중에서 가장 훌륭하다는 평가를 얻게 됨.

1927 딸 에글레의 학교 친구 마리아 엘레나 브라보와 결혼.
「완벽한 단편 작가를 위한 십계명」 등의 글을 씀.

1928 새 아내와의 사이에서 딸 마리아 엘레나 키로가 태어남.

1929 중편소설 『지나간 사랑*Pasado amor*』 출판.

1931 독서교재 『고향 땅*Suelo natal*』 출판.

1932 아내와 셋째 딸과 함께 미시오네스 지방으로 돌아가 또다시 밀림에 정착함.

1935 단편집 『저 너머*Más allá*』 출판.

1936 전립선염을 앓는 와중에 가족 내 불화는 계속되어 결국 아내와 이혼함. 아내와 딸은 부에노스아이레스로 돌아가고 키로가 혼자 미시오네스 지방에 남게 됨.

1937 병세가 악화된 키로가가 부에노스아이레스의 병원에 입원.
자신이 암에 걸렸음을 알게 된 58세의 키로가는 2월 19일 새벽 병실에서 음독자살함.

기획의 말

세계문학과 한국문학 간에 혈맥이 뚫려,
세계-한국문학의 공진화가 개시되기를

21세기 한국에서 '세계문학'을 읽는다는 것은 무엇을 뜻하는가? 자국문학 따로 있고 그 울타리 바깥에 세계문학이 따로 있다는 말인가? 이제 한국문학은 주변문학이 아니며 개별문학만도 아니다. 김윤식·김현의 『한국문학사』(1973)가 두 개의 서문을 통해서 "한국문학은 주변문학을 벗어나야 한다"와 "한국문학은 개별문학이다"라는 두 개의 명제를 내세웠을 때, 한국문학은 아직 주변문학이었다. 한데 그 이후에도 여전히 한국문학은 주변문학이었다. 왜냐하면 "한국문학은 이식문학이다"라는 옛 평론가의 망령이 여전히 우리의 의식을 장악하고 있었기 때문이다. 그렇게 생각하고 그렇게 읽고, 써온 것이었다. 그리고 얼마간 그런 생각에 진실이 포함되어 있는 것도 사실이었다. 그러나 천천히, 그것도 아주 천천히, 경제성장이나 한류보다는 훨씬 느리게, 한국문학은 자신의 '자주성'을 세계에 알리며 그 존재를 세계지도의 표면 위에 부조시키고 있었다. 그런 와중에 반대 방향에서 전혀 다른 기운이 일어나 막 세계의 대양에 돛을 띄운 한국문학에 위협적인 격랑을 밀어붙이고 있었다. 20세기 말부터 본격화된 '세계화'의 바람은 이제 경제적 재화뿐만이 아니라 어떤 나라의 문화물도 국가 단위로만 존재할 수 없게 하였던 것이니, 한국문학 역시 세계문학의 한 단위라는 위상을 요구받게 되었던 것이다.

그러니 21세기 한국에서 세계문학을 읽는다는 것은 진정 무엇을 뜻하는가? 무엇보다도 세계문학이라는 개념을 돌이켜 볼 때가 되었다. 그동안 세계문학은 '보편문학'의 지위를 누려왔다. 즉 세계문학은 따라야 할 모범이고 존중해야 할 권위이며 자국문학이 복종해야 할 상급 문학이었다. 그리고 보편문학으로서의 세계문학의 반열에 올라간 작품들은 18세기 이래 강대국의 지위를 누려온 국가의 범위 안에서 설정되기가 일쑤였다. 이렇게 해서 세계 각국의 저마다의 문학은 몇몇 소수의 힘 있는 문학들의 영향 속에서 후자들을 추종하는 자세로 모가지를 드리워왔던 것이다. 이제 세계문학에게 본래의 이름을 돌려줄 때가 되었다. 즉 세계문학은 보편문학이 아니라 세계인 모두가 향유할 수 있도록 전 세계 방방곡곡에서 씌어져서 지구적 규모의 연락망을 통해 배달되는 지구상의 모든 문학이라고 재정의할 때가 되었다. 이러한 재정의에는 오로지 질적 의미의 삭제와 수량적 중성화만 있는 게 아니다. 모든 현상학적 환원에는 그 안에 진정한 가치를 향해 나아가고자 하는 지향성이 움직이고 있다. 20세기 막바지에 불어닥친 세계화 토네이도가 애초에는 신자유주의적 탐욕 속에서 소수의 대국 기업에 의해 주도되었으나 격심한 우여곡절을 겪으며 국가 간 위계질서를 무너뜨리는 평등한 교류로서의 대안-세계화의 청사진을 세계인의 마음속에 심게 하였듯이, 오늘날 모든 자국문학이 세계문학의 단위로 재편되는 추세가 보편문학의 성채도 덩달아 허물게 되어, 지구상의 모든 문학들이 공평의 체 위에서 토닥거리는 게 마땅하다는 인식이 일상화까지는 아니더라도 최소한 정당화되고 잠재적으로 전망되는 여건을 만들어내게 되었던 것이다.

또한 종래 세계문학의 보편문학적 지위는 공간적 한계만을 야기했던 게 아니다. 그 보편문학이 말 그대로 보편성을 확보했다기보다는 실상 협소한 문학적 기준에 근거한 한정된 작품 집합에 머무르기 일쑤였다. 게다가, 문학의 진정한 교류가 마음의 감동에서 움트는 것일진대, 언어의 상이성은 그런 꿈을 자주 흐려왔으니, 조급한 마음은 그런 어둠 사이에 상업성과 말초적 자극성이라는 아편을 주입하여 교류를 인공적으로 촉진시키곤 하였다. 이제 우리는 그런 편법과 왜곡을 막기 위해서, 활짝 개방된 문학적 관점을 도입하여, 지금까지 외면당하거나 이런저런 이유로 파묻혀 있던 숨은 걸작들을 발굴하여 널리 알리고 저마다의 문학을 저마다의 방식으로 감상할 수 있는 음미의 물관을 제공해야 할 것이다. 실로 그런 취지에서 보자면 우리는 한국에 미만한 수많은 세계문학전집 시리즈들이 과거의 세계문학장을 너무나 큰 어둠으로 가려오고 있었다는 것을 절감한다.

이와 같은 인식하에 '대산세계문학총서'의 방향은 다음으로 모인다. 첫째, '대산세계문학총서'의 기준은 작품의 고전적 가치이다. 그러나 설명이 필요하다. 이 고전은 지금까지 고전으로 인정된 것들에 갇히지 않는다. 우리가 생각하는 고전성은 추상적으로는 '높은 문학성'을 가리킬 터이지만, 이 문학성이란 이미 확정된 규칙들에 근거한 문학성(그런 문학성은 실상 존재하지 않거니와)이 아니라, 오로지 저만의 고유한 구조를 통해 조직되는데 희한하게도 독자들의 저마다의 수용 기관과 연결되는 소통로의 접속 단자가 풍요롭고, 그 전류가 진해서, 세계의 가장 많은 인구의 감성을 열고 지성을 드높일 잠재적 역능이 알차게 채워진 작품의 성질을 가리킨다. 이러한 기준은 결국 작품의 문학성이 작품이나 작가에 의해 혹은 독자에 의해 일방적으로 결정되는 것이 아니라, 세 주체의 협력에 의해 형성되며 동시에 그 형성을 통해서 작품을 개방하고 작가의 다음 운동을 북돋거나 작가를 재인식시키며, 독자의 감수성을 일깨워 그의 내부에 읽기로부터 쓰기로의 순환이 유장하도록 자극하는 운동을 낳는다는 점을 환기시키고 또한 그런 작품에 대한 분별을 요구한다.

이 첫번째 기준으로부터 두 가지 기준이 덧붙여 결정된다.

둘째, '대산세계문학총서'는 발굴하고 발견한다. 모르거나 잊힌 것을 발굴하여 문학의 두께를 두텁게 하고, 당대의 유행을 따라가기보다는 또한 단순히 미래를 예측하기보다는 차라리 인류의 미래를 공진화적으로 개방할 수 있는 작품을 발견하여 문학의 영역을 확장할 것을 목표로 한다. 이는 또한 공동선의 실현과 심미안의 집단적 수준의 진화에 맞추어 작품을 선별한다는 것을 뜻한다.

셋째, '대산세계문학총서'가 지구상의 그리고 고금의 모든 문학작품들에게 열려 있다면, 그리고 이 열림이 지금까지의 기술 그대로 그 고유성을 제대로 활성화시키는 방식으로 진행되는 것이라면, 이는 궁극적으로 '가장 지역적인 문학이 가장 세계적인 문학'이라는 이상적 호환성을 추구한다는 것을 가리킨다. 이는 또한 '대산세계문학총서'의 피드백에도 그대로 적용될 것이다. 즉 '대산세계문학총서'의 개개 작품들은 한국의 독자들에게 가장 고유한 방식으로 향유될 터이고, 그럴 때에 그 작품의 세계성이 가장 활발하게 현상되고 작용할 것이다.

이러한 기준들을 열린 자세와 꼼꼼한 태도로 섬세히 원용함으로써 우리는 '대산세계문학총서'가 그 발굴과 발견을 통해 세계문학의 영역을 두텁고 넓게 하는 과정 그 자체로서 한국 독자들의 문학적 안목과 감수성을 신장시키는 데 기여할 것을 기대하며, 재차 그러한 과정이 한국문학의 체내에 수혈되어 한국문학의 도약이 곧바로 세계문학의 진화로 이어지게끔 하기를 희망한다. 이는 우리가 '대산세계문학총서'를 21세기의 한국사회에서 수행하는 근본적인 소이이다. 독자들의 뜨거운 호응을 바라마지않는다.

'대산세계문학총서' 기획위원회

대산세계문학총서

001-002 소설 트리스트럼 샌디(전 2권) 로렌스 스턴 지음 | 홍경숙 옮김

003 시 노래의 책 하인리히 하이네 지음 | 김재혁 옮김

004-005 소설 페리키요 사르니엔토(전 2권)
호세 호아킨 페르난데스 데 리사르디 지음 | 김현철 옮김

006 시 알코올 기욤 아폴리네르 지음 | 이규현 옮김

007 소설 그들의 눈은 신을 보고 있었다 조라 닐 허스턴 지음 | 이시영 옮김

008 소설 행인 나쓰메 소세키 지음 | 유숙자 옮김

009 희곡 타오르는 어둠 속에서/어느 계단의 이야기
안토니오 부에로 바예호 지음 | 김보영 옮김

010-011 소설 오블로모프(전 2권) I. A. 곤차로프 지음 | 최윤락 옮김

012-013 소설 코린나: 이탈리아 이야기(전 2권) 마담 드 스탈 지음 | 권유현 옮김

014 희곡 탬벌레인 대왕/몰타의 유대인/파우스투스 박사
크리스토퍼 말로 지음 | 강석주 옮김

015 소설 러시아 인형 아돌포 비오이 까사레스 지음 | 안영옥 옮김

016 소설 문장 요코미쓰 리이치 지음 | 이양 옮김

017 소설 안톤 라이저 칼 필립 모리츠 지음 | 장희권 옮김

018 시 악의 꽃 샤를 보들레르 지음 | 윤영애 옮김

019 시 로만체로 하인리히 하이네 지음 | 김재혁 옮김

020 소설 사랑과 교육 미겔 데 우나무노 지음 | 남진희 옮김

021-030 소설 서유기(전 10권) 오승은 지음 | 임홍빈 옮김

031 소설 변경 미셸 뷔토르 지음 | 권은미 옮김

032-033 소설 약혼자들(전 2권) 알레산드로 만초니 지음 | 김효정 옮김

034 소설 보헤미아의 숲/숲 속의 오솔길 아달베르트 슈티프터 지음 | 권영경 옮김

035 소설 가르강튀아/팡타그뤼엘 프랑수아 라블레 지음 | 유석호 옮김

036 소설 사탄의 태양 아래 조르주 베르나노스 지음 | 윤진 옮김

037 시 시집 스테판 말라르메 지음 | 황현산 옮김

038 시 도연명 전집 도연명 지음 | 이치수 역주

039 소설 드리나 강의 다리 이보 안드리치 지음 | 김지향 옮김

040 시 한밤의 가수 베이다오 지음 | 배도임 옮김

041 소설 독사를 죽였어야 했는데 야샤르 케말 지음 | 오은경 옮김

042 희곡 볼포네, 또는 여우 벤 존슨 지음 | 임이연 옮김

043 소설 백마의 기사 테오도어 슈토름 지음 | 박경희 옮김

044 소설 경성지련 장아이링 지음 | 김순진 옮김

045 소설 첫번째 향로 장아이링 지음 | 김순진 옮김

046 소설 끄르일로프 우화집 이반 끄르일로프 지음 | 정막래 옮김

047 시 이백 오칠언절구 이백 지음 | 황선재 역주

048 소설 페테르부르크 안드레이 벨르이 지음 | 이현숙 옮김

049 소설 발칸의 전설 요르단 욥코프 지음 | 신윤곤 옮김

050 소설 블라이드데일 로맨스 나사니엘 호손 지음 | 김지원·한혜경 옮김

051 희곡 보헤미아의 빛 라몬 델 바예-인클란 지음 | 김선욱 옮김

052 시 서동 시집 요한 볼프강 폰 괴테 지음 | 안문영 외 옮김

053 소설 비밀요원 조지프 콘래드 지음 | 왕은철 옮김

054-055 소설 헤이케 이야기(전 2권) 지은이 미상 | 오찬욱 옮김

056 소설 몽골의 설화 데. 체렌소드놈 편저 | 이안나 옮김

057 소설 암초 이디스 워튼 지음 | 손영미 옮김

058 소설 수전노 알 자히드 지음 | 김정아 옮김

059 소설 거꾸로 조리스-카를 위스망스 지음 | 유진현 옮김

060 소설 페피타 히메네스 후안 발레라 지음 | 박종욱 옮김

061 시 납 제오르제 바코비아 지음 | 김정환 옮김

062 시 끝과 시작 비스와바 쉼보르스카 지음 | 최성은 옮김

063 소설 과학의 나무 피오 바로하 지음 | 조구호 옮김

064 소설 밀회의 집 알랭 로브-그리예 지음 | 임혜숙 옮김

065 소설 붉은 수수밭 모옌 지음 | 심혜영 옮김

066 소설 아서의 섬 엘사 모란테 지음 | 천지은 옮김

067 시 소동파사선 소동파 지음 | 조규백 역주

068 소설 위험한 관계 쇼데를로 드 라클로 지음 | 윤진 옮김

069 소설 거장과 마르가리타 미하일 불가코프 지음 | 김혜란 옮김

105 희곡 유디트/헤롯과 마리암네 프리드리히 헤벨 지음 | 김영목 옮김

106 시 이스탄불을 듣는다
오르한 웰리 카늑 지음 | 술탄 훼라 아크프나르 여·이현석 옮김

107 소설 화산 아래서 맬컴 라우리 지음 | 권수미 옮김

108-109 소설 경화연(전 2권) 이여진 지음 | 문현선 옮김

110 소설 예피판의 갑문 안드레이 플라토노프 지음 | 김철균 옮김

111 희곡 가장 중요한 것 니콜라이 예브레이노프 지음 | 안지영 옮김

112 소설 파울리나 1880 피에르 장 주브 지음 | 윤 진 옮김

113 소설 위폐범들 앙드레 지드 지음 | 권은미 옮김

114-115 소설 업둥이 톰 존스 이야기(전 2권) 헨리 필딩 지음 | 김일영 옮김

116 소설 초조한 마음 슈테판 츠바이크 지음 | 이유정 옮김

117 소설 악마 같은 여인들 쥘 바르베 도르비이 지음 | 고봉만 옮김

118 소설 경본통속소설 지은이 미상 | 문성재 옮김

119 소설 번역사 레일라 아부렐라 지음 | 이윤재 옮김

120 소설 남과 북 엘리자베스 개스켈 지음 | 이미경 옮김

121 소설 대리석 절벽 위에서 에른스트 윙거 지음 | 노선정 옮김

122 소설 죽은 자들의 백과전서 다닐로 키슈 지음 | 조준래 옮김

123 시 나의 방랑 랭보 시집 아르튀르 랭보 지음 | 한대균 옮김

124 소설 슈톨츠 파울 니종 지음 | 황승환 옮김

125 소설 휴식의 정원 바진 지음 | 차현경 옮김

126 소설 굶주린 길 벤 오크리 지음 | 장재영 옮김

127-128 소설 비스와스 씨를 위한 집(전 2권) V. S. 나이폴 지음 | 손나경 옮김

129 소설 새하얀 마음 하비에르 마리아스 지음 | 김상유 옮김

130 산문 루테치아 하인리히 하이네 지음 | 김수용 옮김

131 소설 열병 르 클레지오 지음 | 임미경 옮김

132 소설 조선소 후안 카를로스 오네티 지음 | 조구호 옮김

133-135 소설 저항의 미학(전 3권) 페터 바이스 지음 | 탁선미·남덕현·홍승용 옮김

136 소설 신생 시마자키 도손 지음 | 송태욱 옮김

137 소설 캐스터브리지의 시장 토머스 하디 지음 | 이윤재 옮김

138 소설 죄수 마차를 탄 기사 크레티앵 드 트루아 지음 | 유희수 옮김

139 자서전 2번가에서 에스키아 음파렐레 지음 | 배미영 옮김

140 소설 묵동기담/스미다 강 나가이 가후 지음 | 강윤화 옮김

141 소설 개척자들 제임스 페니모어 쿠퍼 지음 | 장은명 옮김

142 소설 반짝이끼 다케다 다이준 지음 | 박은정 옮김

143 소설 제노의 의식 이탈로 스베보 지음 | 한리나 옮김

144 소설 흥분이란 무엇인가 장웨이 지음 | 임명신 옮김

145 소설 그랜드 호텔 비키 바움 지음 | 박광자 옮김

146 소설 무고한 존재 가브리엘레 단눈치오 지음 | 윤병언 옮김

147 소설 고야, 혹은 인식의 혹독한 길 리온 포이히트방거 지음 | 문광훈 옮김

148 시 두보 오칠언절구 두보 지음 | 강민호 옮김

149 소설 병사 이반 촌킨의 삶과 이상한 모험
블라디미르 보이노비치 지음 | 양장선 옮김

150 시 내가 얼마나 많은 영혼을 가졌는지
페르난두 페소아 지음 | 김한민 옮김

151 소설 파노라마섬 기담/인간 의자 에도가와 란포 지음 | 김단비 옮김

152-153 소설 파우스트 박사(전 2권) 토마스 만 지음 | 김륜옥 옮김

154 시, 희곡 사중주 네 편 T. S. 엘리엇의 장시와 한 편의 희곡
T. S. 엘리엇 지음 | 윤혜준 옮김

155 시 귈뤼스탄의 시 배흐티야르 와합자대 지음 | 오은경 옮김

156 소설 찬란한 길 마거릿 드래블 지음 | 가주연 옮김

157 전집 사랑스러운 푸른 잿빛 밤 볼프강 보르헤르트 지음 | 박규호 옮김

158 소설 포옹가족 고지마 노부오 지음 | 김상은 옮김

159 소설 바보 엔도 슈사쿠 지음 | 김승철 옮김

160 소설 아산 블라디미르 마카닌 지음 | 안지영 옮김

161 소설 신사 배리 린든의 회고록 윌리엄 메이크피스 새커리 지음 | 신윤진 옮김

162 시 천가시 사방득, 왕상 엮음 | 주기평 역해

163 소설 모험적 독일인 짐플리치시무스 그리멜스하우젠 지음 | 김홍진 옮김

164 소설 맹인 악사 블라디미르 코롤렌코 지음 | 오원교 옮김

165-166 소설 전차를 모는 기수들(전 2권) 패트릭 화이트 지음 | 송기철 옮김

167 소설 스너프 빅토르 펠레빈 지음 | 윤서현 옮김

168 소설 순응주의자 알베르토 모라비아 지음 | 정란기 옮김

169 소설 오렌지주를 증류하는 사람들 오라시오 키로가 지음 | 임도울 옮김